廖可斌　主編
浦東歷代要籍選刊編纂委員會　編

陸深全集

一

〔明〕陸深　撰
林旭文　整理

復旦大學出版社

廖可斌，北京大學中國古文獻研究中心教授。
林旭文，文學博士。

儼山文集卷一

賦五首　　門生黃標校編

瑞麥賦

僕閒居田野多見瑞麥兩岐三岐至五六岐彼九岐者得於傳聞殆未之見云實有之感茲休禎造賦一篇有頌有美有風有刺義主勸戒附於古詩人之譎諫雖不足以希蹤相如子雲庶東京之流亞也示我同志靡得而布焉

天子正德五祀孟月維夏知知子瘍發下體更朔新

北京大學圖書館藏明嘉靖間陸楫刻本《儼山文集》

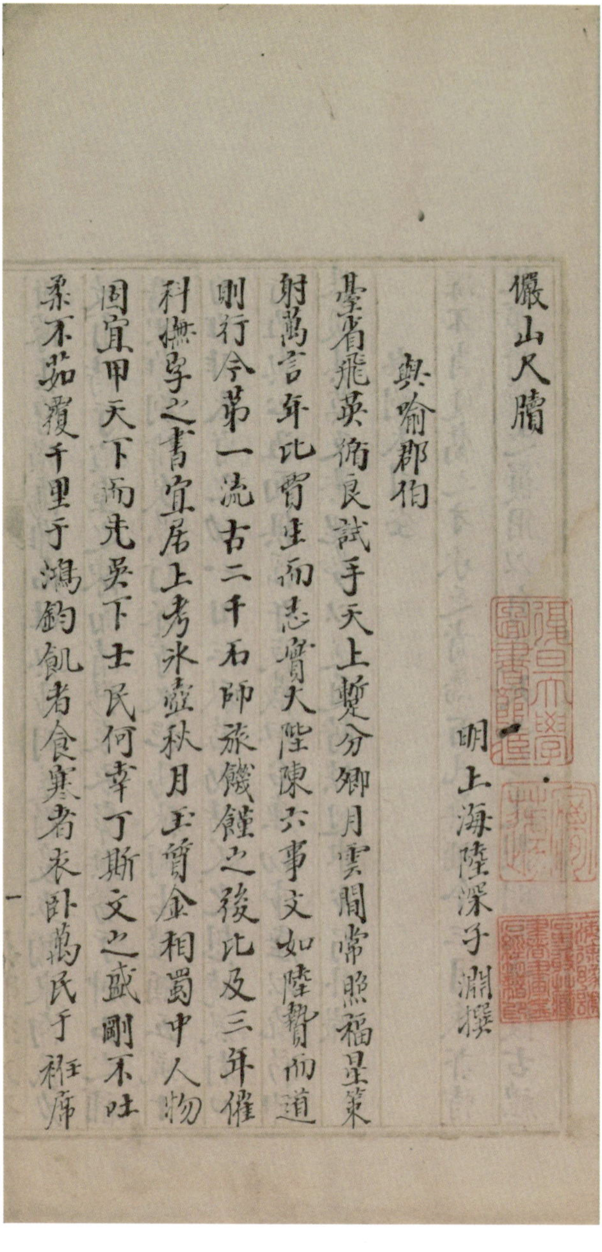
儼山尺牘

明上海陸深子淵撰

與喻郡伯

臺省飛英循良試手天上躔分卿月雲間常照福星策射萬言年比賈生而志實大陛陳六事文如陸贄而道明行令第一流古二千石師旅饑饉之後比及三年催科撫字之書宜居上考冰壺秋月玉質金相蜀中人物固宜甲天下而先要下士民何幸丁斯文之盛剛不吐柔不茹覆千里于鴻鈞飢者食寒者衣臥萬民于衽席

復旦大學圖書館藏寒木春華館藏鈔本《儼山尺牘》

浦東歷代要籍選刊　編纂委員會

上海市浦東新區地方志辦公室　編

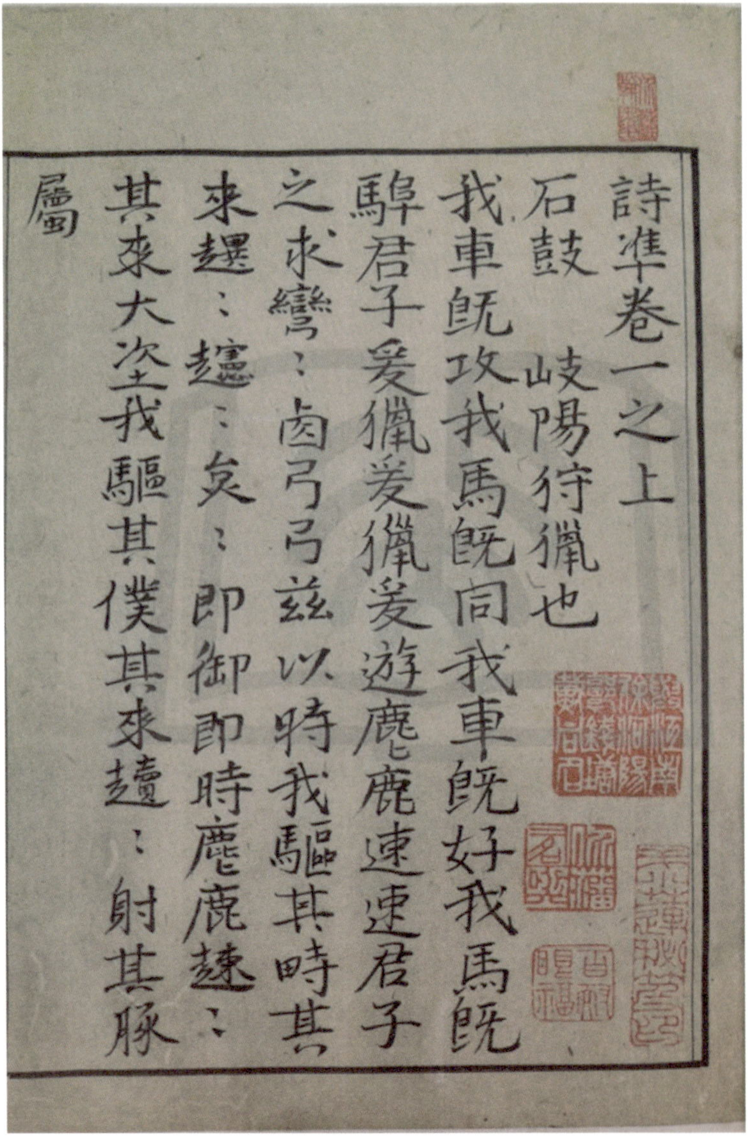

詩準卷一之上

石鼓　岐陽狩獵也

我車既攻我馬既同我車既好我馬既騂君子爰獵爰獵爰遊麀鹿速速君子之求彎：卣弓弓茲以時我驅其時其來趩：[illegible]：炱：即御即時麀鹿趚：其來大𡶓我驅其僕其來趪：射其豚屬

北京大學圖書館藏黄川吴氏藏精鈔本《詩準》

總序

葛劍雄

改革開放以來，浦東以新區的設立和其日新月異的發展面貌聞名於世，而此前還只是一個附屬於上海的地名。但這並不等於浦東的歷史是從二十世紀九十年代纔開始的，更不意味着此前的浦東没有自己的文化積累。

由於今上海市一帶至遲在西元十世紀已將河流稱爲『浦』，如使上海得名的那條河即爲上海浦，一條河的東面就能被稱爲『浦東』。因而『浦東』可以不止一個，但只有其中依託於比較大的、重要的『浦』而得名的『浦東』，方能成爲一個專用地名，並且能長期使用和流傳。這個『浦』自然非黄浦莫屬。

廣義的浦東是指黄浦江以東的地域，自然得名于黄浦江形成之後，但在兩千多年前的秦漢時期已經開始成陸，此後不斷擴大。黄浦這一名稱始見於南宋紹興二十八年（一一五八），是指吴淞江南岸的一條曾被稱爲東江的支流。此後河面漸寬，到明初已被稱爲大黄浦。永樂年間經夏元吉疏浚，黄浦水道折向西北，在今吴淞口流入長江。正德十六年（一五二一），經疏浚後的吴淞江下游河道流入黄浦，此後，原在黄浦以東的吴淞江故道逐漸堙没，吴淞江成爲黄浦的支流，而黄浦成了上海地區最大河流。

南宋以降，相當於此後黄浦以東地屬兩浙路華亭縣。元至元二十九年（一二九二）析華亭縣置上海縣，此地大部改屬上海縣，南部仍屬華亭縣，北部一小塊自南宋嘉定十五年（一二二二）起屬嘉定縣。在明代黄浦下游河道形成後，黄浦以東地的隸屬關係並無變化。清雍正三年（一七二五）寶山縣設立，黄浦東原屬嘉定縣的北端改屬寶山。雍正四年，黄浦以東地的大部分設置了奉賢縣和南匯縣。嘉慶十五年（一八一〇），以上海縣東部濱海和南匯北部置川沙撫民廳（簡稱川沙廳），民國元年（一九一二）建川沙縣。但上海縣的轄境始終有一塊在黄浦之東，寶山縣也有一小塊轄境處於高橋以西至黄浦以東，故狹義的浦東往往專指這兩處。

一八四三年上海開埠後，租界與華界逐漸連成一片，形成大都市。一九二七年上海設特别市，至一九三〇年改上海市，其轄境均包括黄浦江以東部分，一般所稱浦東即此。一九五八年至一九六一年一度設縣，即以浦東爲名。川沙、南匯二縣雖屬江蘇，但與上海市區關係密切，故仍被視爲浦東，或稱浦東川沙、浦東南匯。一九五八年二縣由江蘇劃歸上海市後更是如此。

改革開放後，浦東新區於一九九二年成立，轄有南市、黄浦、楊浦三區黄浦江以東地、上海縣三林鄉，川沙縣撤銷後全部併入。至二〇〇九年五月，南匯區也撤銷併入浦東新區，則浦東已臻名實相符。

故浦東雖仍有上海市域最年輕的土地，且每年續有增加，但其歷史文化仍可追溯一千多年。特别是上海建鎮、設縣以後，浦東地屬江南富裕地區，經濟發達，文教昌隆，自宋至清産生進士一百多名，以及衆多舉人、貢生和秀才，留下大量著作和詩文。上海開埠和設市後，浦東作爲都市近鄰，頗得風氣之先，出現了具有全國影響的人物和著作。

據專家調查，浦東地區一九三七年前的人物傳世著作共有一千三百八十九種，其中收入《四庫全書》者十二種，列入《四庫全書存目》者十餘種，在小説、詩文、經學和醫學中均不乏一流作品。但其中部分已成孤本秘笈，本地久無收藏。大多問世後迄未再版，有失傳之虞。由於長期未進行搜集匯總，專業研究人員也難窺全貌，公衆不易查閲瞭解，外界更鮮爲人知。

浦東新區政府珍惜本地歷史文化，重視文化建設，滿足公衆精神需求，支持政協委員提案，決定由新區政協文史資料委員會和地方志辦公室聯合編纂《浦東歷代要籍選刊》。計劃以至少三年時間，選取整理宋代至民國初年浦東人著作一百種，近千萬字，分數十册出版。此舉不僅使浦東鄉邦文獻得以永續傳承，也使新老浦東人得以瞭解本地歷史和傳統文化，並使世人更全面認識浦東新區，理解浦東實施改革開放的内因和前景。

長期以來，流傳着西方人的到來使上海從一個小漁村變成了大都會的錯誤説法，完全掩蓋了此前上海由一聚落而成大鎮、由鎮而縣、由縣而設置國家江海關的歷史。這固然是外人蓄意誤導的結果，也是本地人對自己的歷史和文化瞭解不够、傳播更少所致。浦東自改革開放以來，外界也往往只見其高新技術産品密集於昔日農舍田疇，巨型建築崛起於荒野灘塗，而忽視了此前已存在的千年歷史和郁郁人文。况新浦東人不少來自外地和海外，又多科研、理工、財經、企管、行政專業人士，使他們全面深入瞭解浦東的歷史文化，更具現實和長遠的意義。

我自浦西移居浦東十餘年，目睹發展巨變，享受優美環境，今又躬逢《浦東歷代要籍選刊》編纂出版之盛事，曷其幸哉！是爲序。

二〇一四年六月於浦東康橋寓所

浦東歷代要籍選刊　編纂凡例

一、地域範圍。《選刊》所稱之浦東，其地域範圍爲今黄浦江以東浦東新區和閔行區浦江鎮所屬區域。

二、人物界定。祖籍浦東並居住在浦東的人物，祖籍浦東但寓居於外地（包括今上海其他地區）的人物，長期寓居於浦東的外地籍（包括今上海其他地區）人物，其撰寫的著作均在《選刊》範圍之内。清初浦東地區行政設置前，人物籍貫以浦東地區鄉鎮爲準。

三、年代時限。所選著作的形成時間範圍，爲南宋至民國末年（一一二七—一九四九）。

四、選録標準。南宋至清嘉慶時期（一一二七—一八二〇）浦東人物所撰寫的著作原則上均予刊録；清道光至民國末年（一八二一—一九四九）浦東人物所撰寫的著作擇要選刊。本籍人士所撰經、史、子、集四部著作，或日記、年譜、回憶録等近代著述，不分軒輊，擇其影響重大者刊印。

五、編纂方式。依據古籍整理的通行規則，刊印文獻均用新式標點，直排繁體。選擇較早的底本，參照各本，並撰寫整理說明，編輯附録。除附書影外，凡有人物像和手跡者亦附録。尊重原著標題、卷次及文字，以存原始。

六、版本來源。所選各底本，力求原始。底本多據上海圖書館、復旦大學圖書館藏本，絶大多數著作爲首次整理和刊佈。

《陸深全集》前言

陸深，字子淵，號儼山，〔一〕明代南直隸松江府上海縣人，生於明成化十三年（一四七七）八月十日，卒於嘉靖二十三年（一五四四）七月二十五日，是明中葉重要政治人物，著名學者、文學家、書法家。他於弘治十八年（一五〇五）中進士，歷仕孝宗、武宗、世宗三朝，主要在翰林院、國子監、詹事府等部門任職，官至詹事府詹事、翰林院侍讀學士，與明孝宗、武宗、世宗有近距離接觸，與當時政壇重要人物如李東陽、楊一清、王守仁、張璁、桂萼、顧鼎臣、嚴嵩、夏言、徐階等俱有交集，〔二〕與當時在文壇占主導地位的復古派代表人物李夢陽、何景明、徐禎卿等也頗多交往。

〔一〕〔明〕朱謀垔《續書史會要》「陸深」條稱「陸深，字子淵，號三汀，晚號儼山」。臺北商務印書館景印文淵閣四庫全書本。

〔二〕顧鼎臣爲弘治十八年狀元，與陸深中秀才、舉人、進士皆爲同年，頗多交往。後入閣，既卒，陸深爲作《顧公（鼎臣）行狀》（《儼山文集》卷八十三）。嚴嵩與陸深弘治十五年（一五〇二）會試時相識，同落第。弘治十八年（一五〇五）同年中進士，同選翰林院庶吉士。兩人鄉居時，嚴嵩曾往訪陸深浦東家中，「留兩宿而别」。（《儼山尺牘·與張常甫》）《儼山文集》《陸文裕公續集》中，爲嚴嵩而寫的作品至少有二十六首，居交遊酬唱對象首位。這與他們兩人交往密切有關，也應與陸深之子陸楫編刊陸深文集時，正當嚴嵩得勢時有關。嚴嵩《陸公（深）神道碑》：「嵩憶在弘治壬戌春會試，識公於滄、衛之間，傾蓋如平生。是歲並下第歸，歸則約次年必偕來，已而果如約，同寓邸，同舉進士。自是出必聯騎，居必連榻。公才氣俯一世，顧以予之不類，獨不鄙，辱爲知己，栝羽鏃礪，蒙益爲多。」（見本書附録一）夏言爲陸深正德十二年（一五一七）（轉下頁）

陸深一生好學不倦，勤於著述。他生長江南，因科舉和仕宦先後到過南京、北京、福建、山西、浙江、江西、四川等地，注意瞭解各地民情風物，搜集文獻，隨筆劄録，精心考訂，有《儼山文集》一百卷、《儼山外集》四十卷、《陸文裕公續集》十卷和《儼山尺牘》，記録當時的朝政大事、社會生活和文壇動向，爲研究明中葉政治、經濟、軍事、文化等方面的情況提供了重要資料。同時，陸氏家族是今上海浦東地區的早期開發者之一，現在聞名於世的國際金融中心陸家嘴，即因其故宅與祖塋而得名。他的著作中包含大量關於明代上海特別是浦東地區的史料，對研究上海地區特別是浦東地區開發史具有重要價值。

一、陸深家族與浦東

據陸深《儼山文集》卷八十二《陸氏先塋碑》，上海陸氏「其先汴（今河南開封市）人」〔二〕，南

（接上頁）任會試同考官時所録取的進士。《儼山文集》《陸文裕公續集》中，爲夏言而寫的作品至少有十二首，居交遊酬唱對象次位。夏言《陸公（深）墓志銘》：「公嘗语其子曰：平生知己，莫如桂洲。」（見本書附録一）徐階，松江府華亭縣（今上海松江區）人，嘉靖二年（一五二三）探花，爲陸深同鄉晚輩，陸深晚年與之頗多交往，見《儼山文集》卷九十三《與金美之太史》等。徐階爲作《陸文裕公文集序》。

〔二〕唐錦《陸公（深）行狀》：「陸自漢晉以來爲三吳著姓。」（見本書附録一）以陸深家族爲三國時東吳陸氏家族之後。此處依陸深本人的說法。

宋初『建炎南渡來華亭。居華亭大有貲積，稱巨室，今松城有興聖院浮屠，其基蓋半爲陸舍云』。其高祖『餘慶府君』『自華亭出居於魏塘之馬橋北莊（應屬今閔行區馬橋鎮），蓋陸氏之別業也』。明洪武初年，有人在陸家門前被劫持殺害，餘慶府君以鄰保未施救，被逮至京師，判謫戍。兩婿本來陪伴，潛回鄉。按當時規定，如已確定謫戍地，然後死，則子孫須接着謫戍。餘慶府君爲不連累子孫，拖着看守者跳江而死。招魂葬馬橋，衣冠冢也。可見陸深家族曾是元末明初動亂及明初嚴法重刑的受害者。

餘慶府君死時，其子陸德衡（即陸深曾祖，號竹居）纔五歲，家産盡爲諸婿所據。陸德衡不自安，乃流落在外，三十二歲至上海，贅於章氏，産一子，名璿（號筠松），後又産一女，嫁樊某。陸德衡既有子女，『遂别産於章氏，有田一廛，有屋數楹，在黄浦之東，由是始定籍於上海，而魏塘之産棄不理矣』。陸德衡（竹居）『始來居浦東時，鄉里共來持短長，不相容，竹居以好語慰遣之。即來需索不如意，立致惡語，或隱几而卧，他日待之復如故，蓋長者云。妾黄氏生三子，曰璣、曰珮、曰瑾。璣有二子。珮庠生，早卒，無後。瑾有一子』。可見作爲外來者，陸德衡移居浦東之初，經歷了一段比較艱難的時期。

陸深祖父陸璿，據《儼山文集》卷八十二《筠松府君碑》：璿字廷美，號筠松，配尤孺人，有五子，曰太、平、定、震、寅，年八十三卒。五子復各有子，諸孫十八人：涵、瀾、沔、淮、浙、淪、沂、深、溶、漢、渭、河、溥、瀚、博、洲、汀、汶。陸氏至筠松，『而家始大』，『於是始彬彬矣』。女三，嫁羅俊、許容、顧澄。顧澄爲陸深姑父，生顧裔芳、定芳，妾蔡氏生顧世芳，三人爲陸深姑表兄弟。這裏展現出浦東陸氏家族興旺的過程，可見當時浦東發展空間較大。

陸深之父陸平，據《儼山文集》卷八十一《先考竹坡府君行實》：平，字以和，別號竹坡，正統戊午（三年，一四三八）生，正德辛巳（十六年，一五二一）卒，享年八十有四。初娶瞿氏，生一子曰沔，先於其父二年卒。繼娶嘉定吴氏，生一子即陸深。妾高氏，生二子：溥、博。孫四人，梁、棠、柏、楫。據《行遠集》卷十一《家大人七十乞言序》：陸平『美髯覆胸，長身玉立，人皆望而偉之。少好遠遊，足跡幾遍天下。嘗北走榆、玉之隘，度遼水，以觀山川之所極。返而居于天子之都，以遨游諸老之間。出入齊、楚、秦、晉者三十餘年。南遊荆、襄，頗愛其山水，以自放於辰、沅之間者又數年。然後歎曰：是亦可以息肩矣。逕歸』。陸深没有明説他的父親遠遊多年在幹什麽，應該是經商。據《儼山文集》卷八十一《先考竹坡府君行實》：陸平『長於理財，積至千金』，『雞初鳴即起，率家人事生産，臧獲以數百指，皆循循然在田畝間』，『祖居百有餘年，皆自府君漸次充拓，鑿池種柳，鬱然成林泉之勝。因田高下，以修水利，皆爲膏腴。扶杖行阡陌間，課耕觀植，若有至樂存焉，歲以爲常。時或持酒一盂，蔬果餅餌各一筐，以餉勤者，遠近化之，故一方無惰農。至今環浦而東，雞鳴犬吠，與機杼桔槔之聲相間作，人比之桃源焉』。又《儼山文集》卷三十九《古詩對聯序》:『余家自先曾祖竹居府君卜居於黄浦東涯,已百餘年,而子孫蕃衍,内外族人,已及千指餘。近買田頃餘於江上,作樓六楹,正當松、東二江之合流,被以蒹葭,帶以楊柳。隔峰樓閣,一望如畫。樓外有土岡數里,隱若城郭,宛轉有情。樹宜木綿,因名之曰木綿阪,期以男耕女織,於此焉老。』浦東陸氏家族的百年發家史,是明代前中期浦東百年發展史的一個生動個案。

隨着經濟發展繁榮,浦東以至上海的民風民俗發生變化。人們的生活越來越追求奢侈,人與人之間的關係也越來越講利益,陸深多次提及這種變化。如《儼山文集》卷八十二《王侯去思碑》云:『上海,古華亭也。地盡東海,耕織之力甲天下,人易爲富,其失也僭奢。俗喜相雄,其失也嚚訟,禮讓之風少衰於曩日矣。』《行遠集》卷十三《與邑侯》:『深聞先人言,吾邑風俗甚厚,士大夫於鄉閭甚有惠澤,鄉人極知尊敬。士夫雖流寓異地,一及鄉士夫之名,甚有光榮。每遇科第,則闔邑雷動,有助喜之意。深少猶及見之。後來此意漸微,士夫惠澤之路漸狹,而鄉人如無情矣。近年以來,則大不然。士夫以鄉里爲吐啖之具,而鄉人遂懷恩怨之心。此吐啖之不得,則假勢附權,以變亂其黑白,必欲遂其欲,則騙局開矣。彼恩怨之不足,則繼之以要望。士夫欲廣利路,則於彼要望之小小者,亦或故罩籠之。鄉人之黠慧習見如此,要望之不足,然後反噬士夫以謀害。陽爲怨毒,以陰遂其要望之心,於是始兩弊也。當道者悉其情狀如此,故待士夫甚輕。士夫不知，猶欲掉口舌其間，以爲文奸飾詐之計，而當道者愈不平矣。故今日士夫，非惟不能免親厚者于難，而并與身家亦受難矣。嗚呼，誰任其咎，豈不大可哀耶？』《儼山外集》卷九《南遷日記》記嘉靖八年三月自己因經筵事貶延平府同知，回家途中給同年顧鼎臣的信中説：『今當過家告墓，處置家事而後行。就禄一兩年，爲買田武夷九曲間，作終老計。緣故鄉薄惡，戈戟森然，一子幼弱，斷不可居。』這些也是考察上海地區民風民俗演變史的重要材料。

陸深生母吴氏，據《儼山文集》卷七十六《先孺人墓誌銘》、卷八十一《先孺人吴母行實》，吴氏出於嘉定之清浦舊族，在母家時，『嘗冬夜風寒，率群婢紡木綿，居旁有積薪燎于火，孺人乃指揮群婢，從下風墮其薪于塘中，風熾而火滅』。年二十三，歸陸深之父竹坡爲繼室。逮事筠松府君、尤夫人。竹坡前妻瞿氏，有子名陸沔，九歲，吴氏撫之。吴氏兩次生子，一次生女，均不育。二十八歲生陸深。又六年生一女名陸素英，八歲死。吴氏正統己巳（十四年，一四四九）十月二十八日生，正德戊辰（三年，一五〇八）九月二十四日卒於京。年六十。『平生喜誦《金剛經》』。前面已提到浦東『樹宜木綿』，這裏又提到吴氏在嘉定母家時就率群婢紡木綿，可見當時棉花種植加工是上海一帶的重要産業。

兄陸沔。據《儼山文集》卷八十一《先兄友琴先生行狀》：陸沔『將事科第，以總家政，遂棄去』，『好鼓琴，時時閉户撫弄，風月之夕，尋理古曲，聲調清越，有振木遏雲之趣。嘗得名琴，抱曰：「此吾友也。」人以友琴先生稱之』。己卯（一五一九）卒，享年五十有九。娶薛氏，同邑舊族。庚辰（一五二〇）卒，亦五十九。生男二：梁、棠。

堂姐陸翠翠（從父東隱先生之女）嫁黄涔，字克清，號竹泉。生子黄檯、黄標（出繼黄涔胞兄黄浙）。黄標字良式。妻爲陳氏，三十九歲卒於京。夫婦兩人一直追隨陸深。

陸深堂妹嫁江西提學副使唐錦。正德十四年（一五一九），寧王朱宸濠起兵叛亂，唐錦被執。寧王之亂被平息後，唐錦被罷官。（《儼山文集》卷六十九《敕封太安人趙氏墓誌銘》）

陸深妻梅氏。據《（同治）上海縣志》卷二十六：『梅氏，陸深妻。深未第時，勤苦助學。自筮仕以至終老，克相以禮。事舅姑以孝。深爲人頗傲，氏濟之以和，内外宗黨，曲有恩誼。而尤勤儉，不廢紡織。深卒，子楫又卒，乃請於朝，立郯爲楫後而補其蔭。命郯割田五百畝助鄉人役。嘉靖癸丑，以倭患議築城，捐銀二千兩，且毁所置市房數千楹，復築小東門，以利行旅。見事能持大體，不爲私計，遠近稱之。後深十年卒，贈淑人。』[一]

梅氏之所以捐獻出如此多的財産，是因爲陸深一家幾代善於經營，積累財富甚鉅，而陸楫無子，按當時風氣，陸氏家族其他成員肯定早就虎視眈眈，希望將自己的子孫過繼爲陸楫後嗣，

[一]〔清〕應寶時修、〔清〕俞樾等纂《（同治）上海縣志》卷二十六『列女傳下』，清同治十一年刊本。

以獲取陸氏家産。其他鄉鄰也不免覬覦。陸郊成爲繼子，要得到承認，確定身份，必須緩和與整個陸氏家族及鄉鄰的關係。梅氏的行爲，實屬明智之舉。

關於築城之事，上海本無縣城，當時倭寇侵扰中國東南沿海一帶，上海地區受害深重，陸深多次考慮移家松江、嘉興或杭州以避之。[一] 陸深同年進士顧鼎臣擔任大學士，建議東南沿海各縣尚無縣城者築城，其家鄉崑山『三年而城成』。[二] 陸深是當時上海的名宦鉅富，却對上海築城之事態度不冷不熱，畏首畏尾，[三] 所以上海築城之事一直没有啓動。直到陸深去世九年後的嘉

[一]《儼山文集》卷九十五《與黄甥良式十二首》『近得書，知有杭州避地之舉。不審海上事情竟如何耶，令人睡卧不安。不圖老景遭逢乃有此，付之浩歎，聽之老天耳』；『昨嚴照來，得書具悉。蔡老朴魯，不甚知事。本再上，明日當發抄工部，西磐尚書面許爲行却，並乞築城事，若一舉兩得，亦吾鄉邑中百世之利也』。

[二]《儼山文集》卷八十《顧公（鼎臣）行狀》：『公生長東南，念財賦日蠹，爲國大患，故三舉奏。又以故鄉崑山爲東南要地，財賦上供者四十餘萬。濱海數受警，無城郭可守，何以保民。乃言於撫按憲臣，疏請凡沿海縣邑無城者，令有司次第修葺，而崑山最爲要害，首議興築。三年而城成，民用乂安。百世之利，公之功也。』

[三]《儼山文集》卷九十九《京中家書二十四首》之二十二：『吾邑傍浦邊海，連年人心風俗日趨下流，況火盜疊見，不可無先事預防之術。近嘗與公輔當軸者論此，有築城之説，不見吾鄉人有樂從趨事之意。吾亦欲省事，不敢勇爲，只好默贊耳。縱使功成，利不在吾一身一家而已。此事良式知之詳悉。若爲吾身家計，惟有遷居入府城爲上策。吾連次有書及此，亦嘗託一二人謀之，不知如何。良式回，可與謀此。若移家入城後汝來京，吾心可安，有府縣可託靠耳。』卷一百《京中家書二十首》之一：『築城之説，本出内閣，吾無意必。其間每見促我爲之，吾對曰：「老先生爲我欲城一方居之，我不若尋一城去住却。」其事如此。此吾所以有遷居之計也。近聞崑山有閣老城之説，毁譽之可畏者如此。吾兒以鎮静處之可也。』

靖三十二年（癸丑，一五五三），因倭寇騷擾更趨嚴重，松江知府方廉『從邑人顧從禮建議，始得筑浚』[一]，梅氏捐助重金，由此也可見出梅氏見識非凡。

陸深前後至少生子女十三人，只有一子（陸楫）一女（贅太學生瞿學召）成年，其餘均夭折，其中長子陸桴、長女陸清的夭折尤其令他傷心。

《儼山文集》卷八十三《祭桴兒文》：『正德十六年（一五二一），歲次辛巳，臘月辛卯日，陸子自京師歸桴兒櫬。前日甲申，葬我太史公，遂舉而祔之殤位，乃抆泣爲文，祭之曰：嗚呼！予年三十有八，得抱此兒，一何遲也；汝才七齡，棄予而殀，又何早也。汝之同胞兄弟姊妹凡十三人，是何多也；今所存者，一弟一姊，抑又何寡也。嗚呼！汝父汝母，以此之故，衰老侵尋，使汝有靈，尚何心也。』陸桴應生於正德九年（一五一四），卒於正德十五年（一五二〇）。《行遠集》卷二十《哭桴兒》：『午睡多饒夜不眠，見時無賴記時憐。未容人世同浮梗，真向塵寰有謫仙。泪去始知情是海，愁來方信日爲年。此生已分緣難了，休問來生未了緣。』

《儼山文集》卷七十六《清女權厝誌》：『女清年十三，病瘖死於京師。瘖凡歲餘，更數醫，竟莫能治……爲初舉女。許配鄉進士董君懌之仲子。以丙辰（弘治九年，一四九六）臘月望前

[一]〔清〕李文耀、談起行纂修《（乾隆）上海縣志》卷之六『城池』。清乾隆十五年刻本。

一日生，以戊辰（正德三年，一五〇八）五月望後一日死。余挈之走四方，居南都者三載，居京師者四載云。』

除陸楫、陸清外，見諸陸深筆下夭折的子女還有：《儼山文集》卷七十六《京女志銘》：『余客南都，癸亥（一五〇三）以七月哭吾女四歲者。明年（一五〇四）三月，哭吾兒兩歲者。今丙寅（一五〇六）客北都，亦以七月哭吾兒八日者。十月未盡一日，吾女京姐又死，且三歲矣，余又哭之。三年之間，四哭子女於客舍，生世果何如耶』；『埋之天壇之南』；京女死時，『瘡痘遍體紫蕾蕾』。爲三年之間四哭子女作《宣悼賦》。（見《儼山文集》卷二）

《儼山文集》卷七十六《不成殤女權厝誌銘》，女名定桂，陸深第三女，生於弘治庚申（一五〇〇），癸亥七月因痘死于南京。應即上述『癸亥以七月哭吾女四歲者』。《儼山文集》卷七十六《不成殤兒子誌》，二十七（一五〇三）始有此子，名繼恩，生於南京。弘治甲子（一五〇四）三月死于南京。應即上述『明年三月哭吾兒兩歲者』。

《陸文裕公續集》卷十《奉宗溥從兄七首》之二：『自十月五日八郎死後，苦痛萬狀……往時雖屢遭此，但今氣血已衰，尤覺難忍。幸九郎得好室，人漸健，客中聊爾遣日。天道遠，未可測。』這裏的『八郎』不知指哪個兒子，『九郎』或即陸楫。

《儼山尺牘·付子家書四十三首》之二十八中還提到，『房下第三婢得一女』，不久即夭。

陸深的祖父、父親均高壽，子女衆多。但陸深本人的子女多夭折，其中又以死於痘症者居多。陸深家族富裕，自己又任高官，主要在上海、南京、北京等較發達地區生活，家庭物質生活條件、醫療條件都是最好的，而子女夭亡者如此之多，可見古代兒童夭折比例之高。

陸深子陸楫（一五一五—一五五二），邑庠生，以蔭入國子監，博學能文，屢次參加鄉試不中。主持纂輯《古今説海》（黄標實助成之），輯録歷代野史、雜記、傳奇凡一百三十五種，一百四十二卷。[二] 著有《蒹葭堂稿》七卷，有嘉靖四十五年（一五六六）陸郯刻本。他的「崇奢」論經濟思想比較有特色。《蒹葭堂稿》卷六「禁奢」條反對傳統的「黜奢崇儉」論，指出節儉僅對個人和家庭有利，從社會考慮則有害：「自一人言之，一人儉則一人或可免於貧。自一家言之，一家儉則一家或可免於貧。至於統論天下之勢則不然。」認爲富人奢侈，就可以爲窮人提供謀生機會，

[二] 按《説海》諸種書目均題「陸楫纂」，然或當爲黄標所刻，至少黄標可能起過重要作用，或因與陸深父子的情誼，或因刻資主要出於陸楫，而讓陸楫單獨署名。黄標曾致力於刻書，《儼山文集》卷九十五《與黄甥良式十五首》之八：「吾甥作事必精，所刻書不下古人，計費亦不貲也。篇名嫌不響，可題作「説海」如何？有緊要與典禮書多入幾種爲佳。」之九：「小説若刊，須喚得吴中匠手方可。發還九種，檢入，但訛謬極多。要校勘得精，却不枉工價也。予家所有，俟天晴清出。《農書》《塵史》兩册，頗便病目，留一看。」之十一：「《痘疹書》校勘得，可寫便寫，入刻早完，亦一件事了，留意。」之十二：「《痘疹論》已入刻未？吾甥所作《後序》亦佳，老懷殊爲喜慰。劉柏山北行在近，可促匠手早完，欲送與一部，以答其意耳。《嵇中散集》及《塵史》俱便病目，連日雨中藉此消遣，尚未畢也。《松籌堂集》聞是此老手編，果精當否？可細讀三四過，西來商議。其中若有關係朝廷典故及可備郡乘闕遺者，另録以藏，此看書要法也。志之志之。」

因『彼有所損，則此有所益』，能『均天下而富之』。蘇、杭和上海等地所以繁榮發達，『其大要即在俗奢』。這種崇奢思想，或與《管子·侈靡》有淵源關係，在一定程度上是明中晚期環太湖地區商品經濟發展在思想界的反映。

清康熙六十一年陸瀛齡重編《陸文裕公行遠集》卷首『國朝諸名公品鑒』引莫中江先生（如忠）曰：『陸文裕公崛起濱海……其子楫思豫殊有父風，業冠棘闈，以忌者阻抑，鬱鬱竟卒，才三十有八齡。所存笥《蒹葭堂集》，詩不滿百，而命詞遒逸，屬思沖和，務嚴體裁，弗矜色澤；文不數十，而議論慷慨，率依名節，深切世務，薄視浮榮。總厥撰著，非苟而已也。』

陸楫娶唐氏，禮部郎中唐禎之孫女、太學生唐儒號竹溪之女。陸氏家族幾代人，基本都與瞿、顧、唐、黄等幾個家族聯姻，構成了一個盤根錯節的地方性家族聯姻網絡。陸楫四舉子而不育，陸深臨終前以侄陸標之季子爲陸楫嗣，取名郯。據《（同治）上海縣志》卷十八：

（陸深）子楫，字思豫，號小山。少穎敏，讀書過目不忘，屬文善議論，以父廕由廩生入太學。著有《蒹葭堂稿》《古今説海》。年未四十卒，無子，深擇族孫郯爲之子。郯，字承道，號三山，以廕官都察院都事。時臺長以郯世族少年，心易之。及集議，援據典故，風發泉湧，始肅然改禮。後授石阡守。苗獠錯居，傜役庬雜，倣吴下條編法，著爲令，吏民德之。郡處僻陋無書籍，郯自家輦經史教之，士始向學。播酋思亂，先事經畫，翦其角距。推苑馬寺少卿，力辭，歸家居二十餘載。内行純備，無愚智皆尊禮之，與深並祀郡邑鄉賢。郯子堣，字舜封，以博聞强識稱；埒字舜陟，書法姸秀，出入蘇、米之間，董其昌器之，有二陸詞翰之目。堣子鑨，字元美，砥礪名行，於書無所不窺，輯《宗譜》四卷、《文裕遺稿》十卷，補刻《儼山文集》百餘篇，著有《百一詩集》。鑨弟鎧，亦敦孝友，工詩。〔一〕

又據《（同治）上海縣志》卷二十九：『詹事府詹事贈禮部右侍郎謚文裕陸深墓，子贈中憲大夫楫，孫石阡知府郯祔。在二十四保二十四圖。嘉靖二十四年敕葬。深，夏言志銘，許讚表。楫，陸樹聲志銘。郯，李維楨志銘。』〔二〕按，據清同治《上海縣志》卷一『鄉保』『第二十四保二十四圖』下注『陸家嘴角』。〔三〕

二、陸深的仕宦經歷

據唐錦《陸公（深）行狀》，陸深幼年穎異，六歲就外傅，教以古詩詞，過耳輒能成誦。甫成童，即洞究經史，文鋒警鋭。弘治八年（一四九五）十八歲成秀才，弘治十四年（一五〇一）中南

〔一〕（清）應寶時修、（清）俞樾等纂《（同治）上海縣志》卷十八，清同治十一年刊本。
〔二〕同上書，卷二十九。
〔三〕同上書，卷一。

直隸鄉試舉人，[二]王陽明之父王華爲主考之一，大爲賞識。弘治十五年（一五〇二）會試不利，入南京國子監肄業，受知於時任祭酒章楓、司業羅欽順及南京太常寺卿楊一清。弘治十八年（一五〇五）中進士，爲二甲第八名，[三]選翰林院庶吉士。入館後，手不釋卷，校試恒居首列。受知於時任内閣大學士劉健、李東陽、謝遷。丁卯（一五〇七）散館，授翰林院編修。次年丁母吴氏夫人憂，回家守喪。時宦官劉瑾用事，惡諸翰林不附己，以「擴充政務」爲名，將館閣官員俱改部秩，陸深爲南京禮部精膳司主事，居喪未赴。正德五年（一五一〇）八月劉瑾被誅，還原職，正德六年（一五一一）服闋還朝。正德七年（一五一二）四月推補經筵展書官。閏五月，充册封江西饒州淮王府副使，歸舟抵杭州，痰疾忽作，疏請回籍療治。及門受業者甚衆。

正德十一年（一五一六）病癒，入朝供職。正德十二年春爲會試同考官，録取夏言、舒芬等名士。秋八月陸國子監司業，作《書輯》。正德十五年春，武宗巡遊未歸，郊祀逾期，陸深以京堂官，六次省牲於南郊，分獻風雲雷雨壇，有《南郊祀録》。正德十六年（一五二一）春三月，父卒，回家守制。嘉靖二年服闋，以餘哀未忘，兼之痰疾頻作，請假療治。于居第北隅聾土築五岡，望

[二] 按，唐錦《陸公（深）行狀》稱「取冠多士」；夏言《陸公（深）墓志銘》稱「辛酉舉南京鄉試第一」。

[三] 《明史》卷二百八十六《陸深傳》稱陸深爲「二甲第一」。中華書局一九七四年版，第七三五八頁。此據唐錦《陸公（深）行狀》及夏言《陸公（深）墓志銘》。

之儼然真山也，遂號儼山。嘉靖七年（一五二八）二月，以楊一清等薦，特詔復職，以備講讀。途中所作，有《戊航雜記》。未至京，詔進國子監祭酒。秋八月丁祭，先期上疏言八月暑氣未退，祭品易腐敗變質，請用冰保護。奉旨允行，遂著爲令。是月始充經筵講官。嘉靖八年（一五二九）三月二日，輪次經筵講《孟子》「伊尹以割烹要湯」一節，講畢，言講稿爲内閣（實爲内閣大學士桂萼）所改，非自己原作，疏請以後經筵講稿不必經過内閣修改，講官得盡所言。嘉靖皇帝以經筵講稿經内閣改定乃慣例，陸深之舉爲欺詐，下吏部詳議，貶福建延平府同知。[一]途中有《南遷日記》。

八月抵延平，職專清戎。知府屠僑以陸深爲講筵重臣，不宜勞以雜務，陸深日取簿書編閲，勾稽奸蠹。搜集當地理學家楊時、羅從彦、李侗言論，編爲《道南三書》。並有《南遷稿》。甫三月，擢山西提學副使，黜退晉王府樂工馬某之孫爲郡庠生者。遍歷郡邑，程校學業，有《河汾燕閒録》。以論陽曲生員劉鐣之父爲知縣笞死，與巡按趙鏜議不合，上疏劾趙，趙亦劾陸，都察院覆請遣官會勘，兩人俱停職還籍。是歲有《停驂録》《史通會要》。至平定聽勘，具得情實，陸深復職，趙謫外任，知縣免職爲民。嘉靖十一年（一五三二）四月，歸自平定，有《續停驂録》。九月推補浙江按察副使，仍理學政，時浙中文尚奇僻，出教禁之。數月陞江西布政使司右參政，署掌司事，有死犯數

[一] 參見《儼山文集》卷二十七《乞恩认罪以全大体事》《陳愚見以裨圣學事》。

十年不決者，平反之，獲脱死籍者數十人。作《豫章漫抄》。遷陝西布政使司右布政使，道轉四川布政使司左布政使，嘉靖十四年（一五三五）五月抵保寧，即着手禱救旱災。至成都，政從簡易，鳩工改建藩庫。嘉靖十五年（一五三六），威、茂少數民族叛亂，朝廷命將征討，陸深致書副總兵何卿，建議以羈縻爲上。未幾，建昌地震，死者不可勝計，力主發官銀賑濟，全活甚衆。十一月，擢光禄寺卿。是歲有《知命集》《詩準》。光禄寺供億浩繁，且與宦官共事，尤難裁抑，而頗清積蠹。嘉靖十七年（一五三八）二月，内閣疏薦改太常寺卿兼翰林院侍讀學士，領修玉牒。嘉靖十八年一月，隨世宗幸湖廣承天府，謁顯陵，詔改行在翰林院學士掌印，晉詹事府詹事。四月返京，五月辭行在翰林院學士掌印。往返有《扈蹕南征稿》。嘉靖十九年二月，充經筵日講官，兼講《大學衍義》，累蒙賜扇、食品等。陸深以《詩》學發科，對《詩經》博綜衆説，參酌異同，作《詩微》，是歲書成。

嘉靖二十年（一五四一）四月，以九廟災，世宗詔百官修省，陸深自劾乞休，詔致仕。五月陛辭，七月抵家，謝遣人事，理江東舊館居焉。參酌經史疑義，作《傳疑録》。嘉靖二十二年（一五四三）八月得疾。二十三年（一五四四）五月，欲集古今隱逸事，作《山居經》，方手録數行，以疾劇止。六月，猶卧讀《國朝名臣録》以遣日。聞姑蘇楊循吉《松籌堂集》在外甥黄良玉處，書『《松籌堂集》取來，廿七日』九字，遂爲絶筆。七月二十五日去世。贈禮部右侍郎，謚文裕。

陸深才學優長，早歲成名，仕宦生涯前後歷經三十七年，他的會試同年顧鼎臣、翟鑾、嚴嵩相繼入内閣，他正德十二年充會試同考官時録取的夏言也早已入内閣，他却一直徘徊於館閣和藩司，最終官止詹事府詹事，其中的轉捩點即在於嘉靖八年（一五二九）三月的經筵事件。關於此事的經過，何喬遠《名山藏》卷七十五的記敍最爲細緻：

> 充經筵講官。故事，經筵直講，先送講章内閣詳定，乃以講讀。深直講，其章爲内閣桂萼所改，講罷面奏：『講義不洽，非臣舊撰，請後毋送内閣改定。』當深奏時，鴻臚官方贊行禮，上不悉聞，命深退。深退，上疏請罪。上始知之，曰：『此故事也。汝有所見，則別奏聞。』萼因奏上深所撰講章。上曰：『講章進自内閣，方得明暢，不然保無不雅馴。自後如舊。』深上言：『臣遭聖明，備員講讀。昨因講議未洽，經筵面奏。臣敢爲此，上恃堯舜。彼時威嚴之下，未盡愚衷，先行犯禮，退疏待罪。方將具論所以，不意温旨再蒙，是陛下不責臣罪，誘臣復言也。臣謹按：經筵一事，輔養君德，乃其首務。臣等摩勵，亦復不少。夫天威咫尺，臣子儼然拜起，布義陳詞。若自反身心，一無所有，豈不汗愧。故必勉加省察修踐之功，而後可收交孚感格之實。臣之愚意，以爲講章必出講臣之手，所送内閣改定，不過略去其麤疏鄙野之詞，加以温潤之氣，以具告君之體，以麗澤儒臣之心。若盡出内閣之意，而講官不過口宣之，此於感孚甚遠，以此進於君父之前，是不誠也。臣意欲乞聖明容臣等各陳所見，自訓詁演釋而外，於凡天下大政事、大利弊，皆得依經比義，條列敷奏。庶幾九卿

百司有行之而不能盡，給事中、御史有知之而不敢言，司、府、州、縣有負之而不能達者，皆得以次上聞。則聖聰日啓，聖學日邃，臣等亦藉以進修，而内閣又因以考臣等之造詣。臣誠愚戇，欲因事納忠，以佐維新之治。儻蒙聖明垂察，臣之報效，方自今日。』上曰：『陸深誇詐敢欺，即其疏首獻諛，夫豈臣讜。且覽其初進講章數語亦謬。吏部參究以聞。』吏部參深不敬，當罪，詔降一級，調外任，謫延平府同知。〔一〕

陸深之所以提出這個問題，自然不無表現自己以求速化的意圖，〔二〕但主要應該是陸深的思想和性格所致。此事具有一定的偶然性，但也有其必然性。陸深是個有理想的士人，用現在的話説，具有理想性人格。他並不僅僅滿足於自己適應環境，獲取功名富貴，而是希望朝政清明，國泰民安。他也希望自己像儒家學説中所塑造的王者師那樣，能向皇帝反映社會真實情況，坦誠表達自己的意見和建議。加上當時張璁、桂萼等人，因爲在『議大禮』中迎合世宗，幾年之内就由普通官僚陞遷爲内閣大學士，許多士大夫都對他們的行徑不以爲然。陸深本來就對自己的才學非常自負，可能對張、桂之流也不怎麽服氣，對桂萼修改自己的講稿不以爲然，便脱口而

〔一〕〔明〕何喬遠《名山藏》卷七十五《陸深傳》，明崇禎刻本。

〔二〕《儼山文集》卷九十一《與夏公謹都諫》：『且僕之去國也，重負者聖恩耳。然於事幾之微，未爲無見，不自量力，亦欲效馳驅於其間，詎意軔方發而軸先折矣。』

出。話一出口，他實際上就已處於非常不利的位置：當時事起倉促，鴻臚寺官員已贊導起駕，世宗没有聽清陸深説了些什麽，肯定印象不佳。如果陸深就此一聲不吭，好像什麽事情都没有發生，世宗肯定印象更差。當然世宗也並没有把這當回事，所以陸深上疏請罪，世宗又覺得他多此一舉，只好説經筵講稿經内閣修改是慣例，不必更改。陸深如有何見解，可别具奏。世宗這麽説並不一定當真，但陸深在這種情況下更不能不回應，否則可能會被認定有欺君之罪。但他再次上奏，所説又不過是些原則性的話，没有什麽實質内容，加上桂萼適時呈上陸深的原稿和自己的修改稿，顯示自己的修改並無明顯不當之處，世宗便不免惱怒，認爲陸深是無事生非，糾纏不休了。

經筵制度起自漢代，是爲館閣文人對皇帝講習經史而設的講席，目的是讓皇帝瞭解古代儒家經典，學習古代明君的作爲。至宋代而制度化，每十日一次者稱大經筵，禮儀隆重，日常進講者爲日講。歷代士大夫都很重視經筵，認爲這是培養皇帝成爲明君、勸導皇帝行仁政的重要機會。但大多數皇帝都只是把這當成一種儀式。明代皇帝尤其懶惰頑劣者多，往往以各種理由停開經筵。即使舉行，也並無真正向學之意。如景泰帝『每臨講幄，輒命中官擲金錢於地，任講官徧拾之，號恩典』〔二〕。戲弄講學官員，一至於此。明代經筵的講章，由講官寫成後，都要經過内閣大臣審閲修改。如果有

〔二〕《明史》卷一百五十二《儀銘傳》，第四一八九頁。

反映現實或表達講臣個人看法的内容，内閣都會根據皇帝的好惡和自己的意願抹去，皇帝實際上也並不想通過這個渠道瞭解真實情況，聽取講官意見，所以經筵基本變成了一種形式。陸深却希望真正發揮經筵的作用，自然要碰釘子，但他的這種理想主義精神是難能可貴的。

桂萼之所以删改，世宗之所以惱怒，還與陸深講章中的具體内容有關。《儼山文集》卷三十三收録《經筵講章》三篇，第三篇講《孟子・萬章》「伊尹以割烹要湯」一段，末尾陸楫注云：『已上講章三首，先公爲祭酒輪講時撰，進内閣副本，輔臣以例詳定。首《尚書》一章，出少師楊文襄公一清。次《孟子》二篇，出少師張文忠公孚敬及少保桂文襄公萼。獨援《史記》論伊尹負鼎一説，如所謂「戰國之人溺志於功名游説之間，以捷出於富貴利達之境」，至「湯之得尹，尹之遇湯，夫豈偶然之故」一段，桂文襄公悉抹去。先公以爲不慊本旨，遂於講畢面奏，語載公《年譜》中。今詳定真稿俱藏於家，而登集則依原撰，以示子孫。』原來陸深通過引用伊尹負鼎俎以滋味説商湯王的故事，論證君臣際合皆非偶然，指斥戰國時人爲儘快獲取功名不擇手段。當時張璁、桂萼諸人正以『議大禮』迎合世宗而驟取高位，陸深此説，如出於無意，則表明他實在缺乏政治敏感性；如有意言之，則其剛直可嘉。[二]

[二] 明人張鼐認爲，陸深用『鼎俎欲速』，『意以刺張、桂故也』。《寶日堂初集》卷二十二，明崇禎二年刻本。

在經筵事件之前，陸深的仕履尚屬平順。他入選翰林院庶吉士，散館後留爲翰林院編修，又被推爲經筵講官，有直接接觸皇帝的機會，還曾擔任宦官的教習〔一〕，這些都爲他鋪就了一條有利於日後入閣的道路。但經此挫折後，他不得不輾轉在福建、山西、浙江、江西、四川等地任地方官多年，就與顧鼎臣、翟鑾、嚴嵩等同年拉開了差距。更重要的是，世宗從此留下對他的不好的印象。世宗深諳御人之術，此後還多次表示對陸深的才學、修養舉止的賞識，如嘉靖十八年正月，陸深被安排隨從世宗駕幸承天府，世宗將陸深官銜『翰林院侍讀學士』中的『侍讀』二字抹去，改『行在翰林院學士掌印』，這算是對陸深的一種認可。世宗甚至説過陸深可以入閣的話，讓陸深興奮了好久〔二〕。據説陸深免職回鄉後，世宗還想起他〔三〕。但世宗還是始終對他喜歡不起來。嘉靖二十年二月，内閣推陸深爲禮部會試主考之一，這是當時朝臣最向往的美差，因爲可以録取大量新進士成爲自己的門生，名利雙收，但世宗改以禮部尚書温仁和任之，這已表

〔一〕唐錦《陸公（深）行狀》：『戊寅，奉簡命入内書堂訓中官肄習，多所成就。』

〔二〕陸深《儼山文集》卷九十八《京中家書二十三首》之三：『我心亦欲一回，南部闕亦可得，但朝廷聖明，不敢言私。近日品論廷臣，各加優劣，説「如今翰林都無人，只陸深舉動好，將來可以入閣，且遲些，遲些」。前在山陵，亦説「陸深只是戇直」。天語如此，聞之感懼，感懼。汝不可多對人言。』

〔三〕〔清〕尤侗《明史擬稿》卷二《陸深傳》：『既去後，上一日問侍臣翟鑾曰：「陸深、張邦奇，才學孰優？」鑾對以陸優於張。上曰：「陸深曾爲祭酒，桂萼欲害之，今尚在否？」方有意召用，而深歿矣。』清康熙刻本。

現出對陸深的不滿意。不久九廟災，詔百官自劾，世宗就以此爲藉口將陸深免官了。

陸深爲自己的理想和衝動付出了沉重代價。但他從來不認爲自己的做法有錯。除保存講稿原件外，在數年後任江西布政使司右參政時所著《豫章漫抄》卷四云：『學士蘡蘡曰：天下事宰相當言，宰相不得言則臺諫言之，臺諫不敢言則經筵言之。』[二]可見他一直堅持自己的看法和做法。

陸深在國子監任職期間所做的幾件事情也值得一提。他正德十二年（一五一七）八月任國子監司業，十四年（一五一九），朱宸濠起兵反於南昌，武宗親征，敕百官慎留務，陸深適署篆，惡典簿不職，即時奏黜。兵部尚書王憲正受武宗寵信，其子犯監規，下繩愆廳懲戒之，王憲頗不悦，陸深寫信申論不少屈。[三]嘉靖七年（一五二八）陞任國子監祭酒。懲當時國子監玩縱之弊，嚴設科條，戒諸生嚴飾繩檢。自己率先垂范，季試必宿公廨，閲卷秉燭達旦，對諸監生面諭優劣。時監生撥歷者多挾權貴請囑，規求越次，乃立劃一之法，僥倖者無所容力。按，國子監司業

[二]《儼山外集》卷二十六。

[三] 見《儼山文集》卷九十一《與王荆山都憲》。何三畏《雲間志略》卷十《陸文裕儼山公傳》：『公素性剛介，不能容人過，自諸生而已然矣……其爲司業也，司馬荆山王公憲任子講書不到，公樸責之。荆山有後言，公作書辨論不少屈。』明天啓刻本。

只是正六品。國子監典簿也是朝廷命官，從八品，『典文移、金錢出納支受』〔一〕，相當於國子監的辦公室主任，是掌握實權的職位。朝廷官員一般官官相護，誰都不得罪誰，以求有個好人緣，有利於陞遷。翰林院、國子監、詹事府等部門的官員，因不負責重要行政事務，且明代非翰林院出身者基本不可能入内閣，而選入翰林院者即抱有入閣的期待，旁人也以儲相目之，尤其小心翼翼。『凡史官在禁近者，皆媛媛姝姝，俯躬低聲，涵養「相體」，謂之「女兒官」。』〔二〕像陸深如此果斷地劾免屬官，對朝中正得勢的高官的子弟嚴厲責罰，一點面子也不給，這是頗爲少見的。嘉靖前期，武定侯郭勛大有寵於世宗，陸深也『惡之，呼爲「跋扈將軍」』〔三〕。凡此皆可見陸深秉性剛正、堅持原則的個性。

陸深在各地任地方官時，也恪盡職守。像任浙江提學副使時『正文體』，任江西右參政時平反冤獄等，還屬於例行公事，但在山西提學副使任上的舉措就不同尋常了。明代規定從事戲曲

〔一〕《明史》卷七十三《職官二》，第一七八九—一七九〇頁。

〔二〕〔清〕錢謙益《列朝詩集小傳》丁集中『少師孫文正公承宗』條。上海古籍出版社一九八三年版，第五五三頁。

〔三〕〔清〕尤侗《明史擬稿》卷二《陸深傳》：『上嘗評論廷臣云：「如今翰林無人，只陸深舉動好」，又稱爲「忠敬，只是戇直」。其眤受知如此。而深性嚴毅，與朝士少諧。武定侯郭勛方有寵，深惡之，呼爲「跋扈將軍」。勛嗛焉，多方沮之，深遂乞致仕。』清康熙刻本。

歌舞等『賤業』者，子孫不能參加科舉考試和做官。晉王府有一姓馬的樂工，深受晉王喜愛，他的一個孫子已經被選爲王府中某郡主的丈夫（儀賓），馬某因此請求脱去『樂籍』，得到批准。他的另一個孫子讀書，前任提學副使已將他録取爲秀才。陸深到任後，有秀才舉報此事，陸深即行文黜退之，稱『寧可學校少一人，不可以一人汙學校』。馬某申辯已獲良民身份，且已與王府結親，陸深認爲上輩從事賤業，子孫氣息猶在。晉王『再四與言』，巡按御史趙鏜也來説情，陸深『堅意不從』。[二] 以今人看來，陸深此舉比較過分。當時人肯定陸深的舉措，是敬佩他不屈服於晉王和巡按御史的權勢，維護學校的聲譽和利益。

陸深爲此事已得罪時任巡按御史趙鏜，接着發生的一件事情則使兩人徹底鬧翻。嘉靖九年九月十五日，山西太原府陽曲縣生員劉鎧之父劉文寬被知縣打成重傷而死，劉鎧上訴巡按趙鏜，趙先入知縣之言，將劉鎧責打上鈕。群秀才申訴於陸深，陸與趙言：『父死非其罪，人子不共之讎也。不能爲復怨，反欲黜之，可乎？』趙不從，遂抗疏相訐。『有旨差勘，直指外調，令爲民，而公復職，一時服公之正也。』[三] 劉鎧之父究竟爲何被笞，並下獄死，已難知詳情。從事後對

[二] 〔明〕張鼐《寶日堂初集》卷二十二，明崇禎二年刻本。

[三] 〔明〕何三畏《雲間志略》卷十，明天啓刻本。參見《儼山文集》卷二十七《貪酷官員枉法人命重傷憲體事》。

知縣的處罰僅是勒爲民來看，大約事出有因，知縣是執法過度。群秀才申訴於陸深，陸深作爲提學副使，有保護秀才群體權益的責任。此事後經朝廷遣給事中董進第、御史王道會勘，陸深得到支持，可見他的説法符合事實。其實陸深此舉的意義不限於此事本身。他在舉劾趙鏜時指出，朝中六部、都察院屬於有司，地方各省屬於方面，彼此没有統屬關係。都察院派出的巡按御史，對地方事務只有監察權，並無管理權。趙鏜干預地方刑事案件，屬於越權。[一]其實明代巡按御史的職權及其與地方官的關係，是明代治理體系中的一個特殊問題。朝廷一方面規定巡按御史只有巡察、舉劾權，没有管理權，以防止巡按御史權力過大，另一方面又讓巡按御史凡事可究：『巡按則代天子巡狩，所按藩服大臣、府州縣官諸考察，舉劾尤專。大事奏裁，小事立斷。按臨所至，必先審録罪囚，吊刷案卷，有故出入者理辯之。諸祭祀壇場，省其墻宇祭器。存卹孤老，巡視倉庫，查算錢糧，勉勵學校，表揚善類，剪除豪蠹，以正風俗，振綱紀。』[二]這就造成了巡按御史職權邊界不明確。朝廷實際上是有意利用這種模糊授權，同時强化對巡按御史和地方官的雙向制約。但在執行過程中，因爲巡按御史掌握舉劾大權，所有地方官都盡力巴結奉

[一] 見《儼山文集》卷二十八《正名祛弊以光治体事》。
[二] 《明史》卷七十三《職官二》，第一七六八—一七六九頁。

承，雖然地方官的級别一般只是正七品，而各省布政使都是正二品，連按察副使也是正四品。陸深偏要揭開這一潛規則，要從法理上講清楚巡按御史與地方官的關係，再一次表現出他的理想主義人格。陸深嘉靖八年剛因經筵事吃了大苦頭，次年又敢於與晉王府、巡按相抗，義正詞嚴，勇氣可嘉。

陸深任四川左布政使時，正逢威遠縣、茂州一帶少數民族叛亂，朝廷中有人建議大舉用兵，陸深致書統兵將領副總兵何卿，指出這些地方偏遠，剿之不可能盡滅，占之不可能久守，不如以撫慰之爲主。任事者不能有好大喜功之心，否則後患無窮。[一] 應該説，在當時的歷史條件下，陸深的這一主張確屬遠見卓識。它不僅可以使當地少數民族同胞免遭屠戮，也可使内地人民免受死亡和沉重的徭役。這是應該予以大力肯定的。

總的來看，作爲一個政治人物，陸深的個性具有矛盾性，一方面比較孤傲、剛直。《明史》本傳稱：『深少與徐禎卿相切磨，爲文章有名。工書，倣李邕、趙孟頫。賞鑒博雅，爲詞臣冠。然頗倨傲，人以此少之。』[二] 可見陸深比較孤傲自負，是當時人的普遍看法。陸深《史通會要》卷

[一] 見《儼山文集》卷八十四《四川與何總兵論西番用兵公移一首》。
[二] 《明史》卷二八六《陸深傳》，第七三五八頁。

下，在歷敘各代史官及其史學著作後，説：『今史司取士滋多，人自爲荀、袁，家自爲政、駿。每記事敷言，則閣筆相視，含毫不發。頭白可期，汗青無日。』[二] 這是陸深的自白。對同僚們如此輕蔑，可以想象他將得罪多少人。看來説他倨傲確非虚言。但另一方面，作爲江南士子，特别是作爲翰林院中人，陸深又比較膽小、謹慎，珍惜自己的前程，不敢出頭。在他出仕期間，朝廷相繼經歷了劉瑾擅權、武宗荒嬉、寧王叛亂、世宗議大禮等重大事件，陸深既没有像正德十二年的狀元舒芬那樣，爲諫阻武宗嬉游，幾乎被杖死；也没有像正德六年的狀元楊慎那樣，爲諫阻世宗追尊興獻王被杖，並被貶居雲南永昌衛至死。關於這些事件，他甚至没有公開表達過任何意見，只是在給家人、朋友的信件中含蓄地表達擔心。他在《溪山餘話》中記述與當時已退居林下的著名直臣章懋的一次交談，頗能見出他的膽小謹慎的心態：

因憶正德壬申（七年）秋，深以編修使淮府畢事還，經蘭溪，與今僉都御史唐虞佐龍同謁公於白露山下。公留飯於廳事，惟虞佐與深侍。公一一詢朝事，併及當道諸公。因曰：『萬一今上無嗣，則孝宗絶其繼承，云何？』深不敢對。又曰：『當論昭穆，昭穆亦有數説不同。若據《左傳》，曰文之昭也，武之穆也，則昭穆當視廟制。』深益不敢對。虞佐時以剡城

[二] 《儼山外集》卷三十一《史通會要》卷下。

尹持服，素喜議論，是時亦默默。公微笑，字謂深曰：『子淵意何如？』深遂避席對曰：『此非小臣所敢道。』公又笑曰：『官也不小。李綱在宋朝許大擔負，只是起居注耳，起居注正是今編修之官。』深遜謝，不省何謂。公亦遽以他語易之。深至杭，遂上疏移疾還家。[一]

陸深不僅在武宗立嗣這樣重大而迫切的朝政問題上噤不敢言，唯求避禍，且對一些比較具體的事情，儘管他有自己的見解，只要有一定風險，他就不敢堅持。僅舉一例：有感於他所見到的明朝的現實，他對王安石的變法主張非常認同。《河汾燕閒録上》詳細引述了王安石的《上神宗皇帝言事書》，然後說：『國監舊有《荆公文集》板，介谿嚴禮侍維中爲祭酒時重爲修補。予踵介谿爲祭酒，命典簿廳模印數部，以分遺朝士。時學録王玠署典簿，至廂房中，蹙額言曰：「好好世界，如何要將王安石文字通行，怕有做出王安石事業來。」予憮然，遂止。斯言固不可以人廢也。』[二]因爲南宋以後王安石被程朱一派理學家認定爲『奸詐小人』，所以只要自己的屬下拿這個説事，陸深怕有損自己的名聲，就不敢堅持印刷王安石的文集了。[三] 在這一點上，他連

[一]《儼山外集》卷十四《溪山餘話》。
[二]《儼山外集》卷三《河汾燕閒録上》。
[三]參見《陸文裕公續集》卷二《吴中新刻臨川集甚佳雙江聶文蔚持以見贈攜之舟中開帙感懷寄詩爲謝》：『荆文丞相宋熙豐，國監遺文舊嘗刻。猗予謬司六館成，手許校磨工未即。當今楔棗稱吴中，唐模宋板俱奇特。是非本定空愛憎，報復何窮恣翻覆。文章功業兩難朽，治亂興亡三太息。蘇州太守古鄰侯，貽我遠勝黃金億。』

嚴嵩還不如，嚴嵩還主持修補了王安石文集的雕版，當然這與王安石和嚴嵩同爲江西人有一定關係。

陸深對自己的矛盾性格是有所省察的，他曾作《自訟》反省：『汝驕汝矜，既墮既輕。謂汝多能，而病人之不稱。謂汝多辯，而屈人於無聲。多能害道，多辯近刑。勿謂汝少，三十而立。策名持禄，汝實何德。薄蓄厚施，寡種多穫。汝甘於小成，是謂狼疾。朝聞夕死，云胡不力。』[一]一之不已，繼之以再，引述宋代劉恕《自訟》文以自警：

劉恕字道原，温公門人，宋儒中有史學者。嘗著《自訟》文，以爲平生有二十失、十八蔽，其悔過之勇、自知之明，寔前賢之高尚。顧其所謂失與蔽者，予皆有焉，又若爲予而發者，因録之以自警。平生有二十失：佻易卞急，遇事輒發；狷介剛直，忿不思難；泥古非今，不達時變；疑滯少斷，勞而無功；高自標置，擬倫勝己；疾惡太甚，不卹怨怒；事上方簡，御下苛察；直語自信，不遠嫌疑；執守小節，堅確不移；求備於人，不卹咎怨；多言不中節，高談無畔岸；臧否品藻，不掩人過惡；立事違衆，好更革；應事不揣己度德，過望無紀；交淺而言深，戲謔不知止；任性不避禍，議論多譏刺；臨事無機械，行己無規矩；人

[一]《儼山文集》卷八十四。

不忤己，而隨衆毁譽；事非禍患，而憂虞太過；以君子行義，責望小人。非惟二十失，又有十八蔽：言大而智小；好謀而闊論；劇談而不辨；慎密而漏言；尚風義而齷齪；樂善而不能行；與人和而好異議；不畏强禦而無勇；不貪權利而好躁；儉嗇而徒費；欲速而遲鈍；闇識而强料；事非法家而深刻；樂放縱而拘小禮；易樂而多憂；畏動而惡静；多思而處事乖忤；多疑而數爲人所欺。事往未嘗不悔，他日復然。自咎自笑，亦不自知其所以然也。其中惟苛察、深刻，予似可免。然賦性弛緩，而每欲示人以肺肝，亦不得不謂之失與蔽也。若夫事往未嘗不悔，他日復然者，則又中予之沈痼。循省之餘，輒復自笑。《詩》曰：『我思古人，實獲我心。』〔一〕

陸深的所謂自省自警，不無自我表白甚至自誇的成分。他説『其中惟苛察、深刻，予似可免』，其實也未必可免。但總的來看，他對自己的矛盾性格是有自知之明的。綜其仕宦經歷，他應該稱得上一個有理想、有操守、有見識、有個性的政治人物。尤侗《明史擬稿·陸深傳》『論』曰：『翰苑文學之臣，雍容安坐，可致臺閣，而陸深抗論執政，獨以風采自見。及爲外臺，復能排御史而去之，豈非鐵中錚錚，出乎其性者哉？雖未枋用，獨受主知，其文學亦傳於世。世之詞林先

〔一〕《儼山外集》卷四《河汾燕閒録下》。

生，荏苒委蛇，與時俯仰，其爲人賢不肖何如也。』[二]《（嘉慶）松江府志》卷五十二《陸深傳》云：『深出入館閣幾四十年，練達朝章，兼通今古，其所論議皆可見施行。在内數上書言事，在外皆有功德於其士民。尤以文章見，所著皆根本典籍，切近事理。書學顔真卿、李邕，賞鑒博雅，爲世莫及。』[三]相對於《明史·陸深傳》等，上述評價更爲準確合理。

三、陸深著作的史學價值

陸深兼具多重身份。後世對他在政治、文學方面業績的評價並不太高，或者説存在一定争議，而對他在歷史學、書法理論與創作方面的成就和貢獻，則看法比較一致，認可度較高。所以，陸深在中國古代歷史學、書法理論與創作領域的地位，高於他在政治史、文學史上的地位。陸深也致力於詩文創作，努力成爲一個文學家，因爲這是當時成爲一個士大夫的必備條件。但他像中國古代很多文人一樣，給自己的人生的定位並不是僅做一個文學家，而是希望成爲治國、平天下的士大夫。尤其是他進入翰林院以後，更以遠大自期，留心於歷代典章制度、朝政得

[二]（清）尤侗《明史擬稿》卷二《陸深傳》，清康熙刻本。
[三]（清）宋如林修、孫星衍等撰《（嘉慶）松江府志》卷五十二，清嘉慶松江府學刻本。

失，以及當代各種社會問題、民情風俗等，加上他天性勤勉，凡有所見，均予以劄録，詳加考訂。因此，就總體而言，他的著作的史學價值高於文學價值。徐獻忠《陸文裕公外集序》云陸深『平生無他好弄，飲食、政事之外，必與翰劄相親』，所言確屬實情。徐階《陸文裕公文集序》云：『公嘗言，文以通達政務爲尚，以紀事輔經爲賢，非顓顓輪轅之飾已也。』[一]此説準確表達了陸深的著述宗旨。《四庫全書總目》『南巡日録一卷北還録一卷』條云『深最留心史學，故隨所見而録之云』[二]，也指出了陸深治學的這一特點。《儼山文集》《陸文裕公續集》《儼山尺牘》就含有大量史料，《儼山外集》收著作二十四種，共四十卷，尤其具有重要史學價值。陸深本人也很重視《儼山外集》中的這些著作，據何良俊《儼山外集序》：『良俊有友董宜陽，蓋雅從陸文裕公儼山先生游。先生嘗語之曰：「余集欲不傳。余有撰著數種，雖不敢自謂成一家之言，其於網羅舊聞、紀記時事，庶不詭於述者之意矣。使後世有知余者，其在兹乎？其在兹乎？」後見先生之子楫與其甥黄子標，訊之良然。』[三]

《儼山外集》中，《史通會要》三卷『摭劉知幾之精華，櫽括排纂，别分門目，而採諸家之論以

[一]《儼山文集》卷首。又見〔明〕徐階《世經堂集》卷十三，明萬曆間徐氏刻本。
[二]《四庫全書總目》卷五十三，清乾隆武英殿刻本。
[三]〔明〕何良俊《何翰林集》卷八，明嘉靖四十四年刻本。

佐之，凡十有七篇，專爲史學而作』〔二〕。《書輯》三卷，皆論六書八法，據卷首所開列書目，輯録有關史書十六種，書法論著共一百二十六種。〔三〕兩書均是自成體系的名著，在相關學術領域具有重要地位。輯録明初史事有《平胡録》（四庫全書改稱《平北録》）一卷，記載當代史事有《聖駕南巡日録》一卷、《大駕北還日録》一卷，記録科舉考試制度有《科場條貫》一卷，均有重要史料價值。輯略文史考證古義的有《傳疑録》二卷，關於古董文物有《古奇器録》（附《江東藏書目録小序》）一卷，録理學家言論則有《同異録》二卷，都很有學術意義。記親身遊歷見聞和讀書所得有《淮封日記》一卷、《南遷日記》一卷、《河汾燕閒録》二卷、《知命録》一卷、《停驂録》一卷，《續停驂録》三卷、《蜀都雜抄》一卷、《豫章漫抄》四卷、《金臺紀聞》二卷、《玉堂漫筆》三卷、《春風堂隨筆》一卷、《中和堂隨筆》二卷、《願豐堂漫書》一卷、《春雨堂雜抄》一卷、《溪山餘話》一卷等，均隨筆記録時事，間有考訂。《四庫全書總目》『儼山外集』條評云：『《同異録》爲進御之本，採擇古人嘉言，撮其大略，分上、下二篇，上曰《典常》，下曰《論述》，專爲治法而作。《古奇

〔二〕《四庫全書總目》卷一百二十三『儼山外集』條，清乾隆武英殿刻本。

〔三〕《儼山外集》卷三十八至四十爲《書輯》，《儼山外集》卷四十《書輯》跋：『予少溺志於書，無傳焉，而未有所得也。頗喜考尋前人之遺論，纂輯既久，恍乎若有以見其指意之所在，而亦未敢遽以爲是也。中歲以來，抱詞賦之悔，不復數數然。正德戊寅，假館老氏之宮，新涼病後，再加删次，深懼古人之法不盡傳於將來也……是歲中秋日，雲間陸深識。』

器録》皆述珍異……其餘則皆訂證經典，綜述見聞，雜論事理。每一官一地，各爲一集，部帙雖別，體例則一。雖讕言瑣語錯出其間，而核其大致，則足資考證者多。在明人説部之中，猶爲佳本。』〔二〕

首先，陸深的著作生動記録了明朝正德、嘉靖年間朝廷政治和社會生活的真實狀況。一般認爲，明孝宗弘治年間，政治比較清明，是明代社會治理的高峰。武宗正德年間至世宗嘉靖年間，則是明代社會治理由盛轉衰的時期，是明代歷史由中期向晚期轉變的過渡阶段。當時明王朝表面上看還比較穩定，實際上已矛盾重重。除了劉瑾擅權、寧王叛亂等統治階級内部的鬭争外，大量農民失業，社會秩序動蕩不安。正德五年至七年发生的劉六、劉七農民大起義，波及今河北、河南、山東、安徽、江蘇、湖北、江西等地區，時人比爲『安史之亂』，就是各種社會矛盾的集中爆發。关於正德至嘉靖两朝的历史，有關史籍的記載往往都是一些宏觀描述，陸深的記録則具體細緻，可以幫助我們更清晰地認識當時社會的真面目。如《儼山外集》卷八《淮封日記》載，正德七年閏五月，陸深受命充封淮王府副使，由運河南下。時正逢劉六、劉七農民起義，沿途騷動。陸深記一路所見，尤其在良店驛瞭解到馬中錫招撫起義軍失敗的經過，以及遊擊將軍許泰

〔二〕《四庫全書總目》卷一百二十三，清乾隆武英殿刻本。

的言行等，頗有史料價值。其中寫道：『午後過呂梁，焚劫之禍，無過此地，煨燼極目，令人憮然。』《儼山外集》卷五《聖駕南巡日録》記嘉靖十八年春二月底，在陪從嘉靖皇帝浩浩蕩蕩南巡承天的路上，『道旁見兩人折柳枝而捋之，云以充饑』，『行途見饑民跪號者相續』。《儼山外集》卷六《大駕北還録》記載返京的路上，『夾路饑民老稚號泣，輒以錢予之，勢不能遍，有瞑目而過者』。明世宗是一個極其剛愎自用、殘忍自私的皇帝，在一片頌揚聲中飄飄然，自以爲聖明無比，國泰民安，不惜興師動衆，南巡承天，爲自己的母親探視墓地，一路百官隨從，衆軍護衛，沿途王府、地方官府迎送，耗費無算。而就在沿途上，饑民載道，號哭不止，只能靠捋取柳葉充饑，其情其景，令人觸目驚心，與世宗南巡的奢華場面形成鮮明對照。

老百姓既然衣食無着，社會秩序自然不可能安寧。陸深《儼山外集》卷九《南還日記》記他嘉靖八年被貶延平同知，乘船沿運河南還，五月四日，在臨清南魏家灣附近，『野宿。是夜甚警，無寐。蓋饑民屢來窺伺，將來甚可慮也，奈何奈何』；五月九日，『予入别舟前行，道中見一長船泊西岸，數人坐船面北望，云是祭酒船，皆有垂涎奮袂之意。予見之，始知果有尾予舟者，命家人輩嚴備』；『三更後，後船有聲，予親執弧矢以待，至五更乃静疊。予行北河垂三十年，所見盜賊不等，未有駕舟聚衆，不顧行迹如此者。自德州來，兩岸人家藉藉，頗知之。時亦有爲之虚張其勢者，竟無詰問追捕之人，何也？其人每夜皆來抛磚，或爬行作狗至水濱伺便。舟中呵護發聲，即急走去。蓋一時饑民之亡命，第不可長也，奈何奈何。』時當劉六、劉七農民起義剛剛平息之後，以堂堂國子監祭酒，順着運河官道南下，路過尚屬比較發達的地區，竟然如此不安全。《儼山外集》卷七《大駕北還録》又載，嘉靖十八年，陸深在陪從世宗南巡北返途中，四月三日，『聞前途叫號聲甚苦，即驅衆往，乃一内侍爲賊所劫，速令護應，當擒一人，衆皆奔散。内侍捧傷哀訴不已。縛賊於馬前。至頓坊鋪投村店，適及行李車，命止，呼地方與賊，使根究之。』這就更誇張了。皇帝車駕路過，盜賊竟然敢搶劫隨駕的宦官，則當時全國其他偏遠落後地區，普通商民行走於路途，情況又當如何？我們由此還可以想見，在整個中國古代，因爲缺乏法治和社會安全保障機制，普通老百姓的生存環境是何等惡劣。

由於陸深長期任職館閣，瞭解一些朝政内幕，他的有些不經意的記録，對後世人認識當時的歷史真相細節很有幫助。如《儼山文集》卷八十《顧公（鼎臣）行狀》記世宗南巡承天前夕，命時任内閣大學士顧鼎臣協助皇太子居守北京，對顧鼎臣一次又一次地叮囑，可見專制君主對權力是何等敏感。又如卷九十七《京中家書二十二首》之十二：『今科名第，皆朝廷親定。校閱試卷甚精且當，真不世出之英主也。初，内閣擬蘇州陸師道作狀頭，其卷甚佳，御筆批作二甲第五，取袁煒第一。文華宣讀已出，復召二老兼未齋入，改爲第三，親擢茅瓚作狀元。』這一細節，透漏出世宗是何等的多疑。漢唐以來各朝都設經筵，《儼山文集》卷二十一《經筵詞》二十首，撇開恭維皇帝的那些套話外，其詩歌，特别是每首詩後的附注，可能是迄今所見對經筵制度特别是明代經筵制度的最準確細緻生動的描述。卷八十五《策：癸亥南監季考》考題及擬作範文，對國子監的源流及國家教育體系問題做了全面考察和深入思考。卷八十二《王侯去思碑》本意是贊頌上海縣令王卿廉潔事蹟，客觀上揭露了當時胥吏爲奸、官府賤買民物、打白條等行徑：『縣糧長有曰鬮頭，鬮頭者，兜攬聚斂之首人也。其人必且材技尖儇，候伺人意隙中之。大率官取之鬮頭，鬮頭取之糧長，糧長取之民。民輸十，糧長輸六七，鬮頭四三之，歲罔虚日。侯悉除去，曰：「此假一手取諸吾。無取，吾何鬮頭之爲？」每歲里甲賦錢於田，斂之官，以充經費，曰櫃錢。櫃錢者，官操其奇贏而出納之，諸行市賣有折閲者，有入空券而待命者。侯每公用，先簿直之，給而後入。歲杪羨餘，且數請于上官。歲連災，或出櫃餘賑之，民以不傷。』卷八十七《跋劉都司家藏卷》指出，根據四川都司同知劉文昌家所藏其祖父、都督僉事劉紀（參與英宗『奪門之變』的軍人之一）的手書，『奪門之變』发生在正月十七日，而非十五日。這些記録都具有重要史學价值。

陸深對當時上層士大夫生活狀況和精神面貌有深刻洞察。人們一般認爲，正德、嘉靖之際也是整個明代社會風俗的轉折點。如顧炎武《天下郡國利病書》引《歙志·風土論》云：『國家厚澤深仁，重熙累洽，至于弘治，蓋綦隆矣……尋至正德末、嘉靖初則稍異矣。出賈既多，土田不重。操資交捷，起落不常。能者方成，拙者乃毁。東家已富，西家自貧。高下失均，錙銖共競。互相凌奪，各自張皇。于是詐僞萌矣，訐争起矣，芬華染矣，靡汰臻矣。』[二]陸深的有關記載，爲此提供了有力佐證。如《儼山外集》卷三《河汾燕閒録上》，談及當時士大夫多喜言命：『東白先生張公元禎，以太常卿兼講學，教乙丑科庶吉士。先生天順庚辰進士，以道學名世。嘗爲予言：自小子登朝，見士大夫凡三變。初登朝，見士大夫多講政事，遂有好政事，意蓋指李文達公輩也。再登朝，見士大夫多講文章，遂有好文章，意蓋指李文正公輩也。及今次登朝，見士大夫多講命，爲之微笑。是時靳少卿貴字充道、徐侍讀穆字舜和，皆好推星，而翰林諸先生，每會晤間，皆喜談五星三命。故術士遊京師者，多獲名利，亦一時之風尚也。予素不信其術，嘗有數説以闢之，同年間每以爲拗。顧學士鼎臣字九和，素善此，以爲汝不信自不信，命自是有。』張元禎正德元年（一五〇六）十二月卒，顧鼎臣與陸深弘治十八年（一五〇五）同年中進士，是這一榜的狀元。陸深這裏描述的，應該是正德初年的情況。相信命，也就是失去對是非善惡的信仰，不相信朝廷有公平正義。既然如此，士大夫們必然變成投機主義者，就無爲而不可。陸深的這一記録，對我們瞭解明中葉上層士大夫精神心態的變化具有重要意義。

[二]〔清〕顧炎武撰、華東師範大學古籍研究所整理《顧炎武全集》第十三册，上海古籍出版社二〇一一年版，第一〇二五頁。

即使是一些對歷史文獻的輯録和考證，往往也指向某種現實問題。如《春雨堂雜抄》云：『三代而下，惟光武具聖人之體，只圖讖一事，甚爲累德。鄭興、賈逵以附同顯榮，桓譚、尹敏以乖忤淪敗。此去求仙覆轍何大相遠，往事可勝歎耶！』[一]四庫館臣認爲，陸深此歎，『似亦因世宗好道而托諷也』[二]，應該符合事實。《儼山外集》卷一《傳疑録上》云：『王安石在熙寧間裁減宗室恩數，三學宗子鬨聚都下，俟安石入朝，擁馬以訴。安石徐下馬，從容言曰：「譬如祖宗功德，服盡而祧，何況賢輩？」於是宗子皆散。雖荆公一時應變之才，然其言不可廢也。』同書還詳細羅列漢、唐、宋各代處置宗室之法，强調宗室爵位不能封得太高，封爵者不能太多，爵位應按輩遞減，應允許宗室讀書科舉、自食其力等。四庫館臣指出，此論『當爲明代宗禄之弊而設』[三]，也應該是準確的。關於王安石面折宗室這一掌故，《儼山外集》卷十三《願豐堂漫書》、卷三十三《春雨堂雜抄》、卷三十四《同異録卷上》還多次提及，可見陸深對此事極爲重視，因此不避重複。按，明太祖和成祖定下了對宗室優待加禁錮的政策，皇帝嫡長子爲太子，餘子爲親王；親王嫡長子襲親王，餘子爲郡王；郡王嫡長子襲郡王，餘子爲鎮國將軍，孫全部爲輔國將軍，曾孫全部

[一]《儼山外集》卷三十三。
[二]《四庫全書總目》卷一百二十七『春雨堂雜抄一卷』條，清乾隆武英殿刻本。
[三]《四庫全書總目》卷一百二十七『傳疑録二卷』條，清乾隆武英殿刻本。

爲奉國將軍，四世孫全部爲鎮國中尉，五世孫全部爲輔國中尉，六世以下全部爲奉國中尉，『禄之終生，喪葬予費』。[一] 宗室待遇優厚，但不准考科舉、做官。由於生子則有禄，如生一鎮國中尉就獲禄千石，所以宗室皆廣收妾媵，多生子嗣。明初宗室五十八名，至嘉靖八年（一五二九）已達八千二百零三名，其中親王三十，郡王二百零二，世子三，長子四十一，鎮國將軍四百三十八，輔國將軍一千零七十，奉國將軍一千一百三十七，鎮國中尉三百二十七，輔國中尉一百零八，奉國中尉二百八十，未名封四千三百，庶人二百七十五。[二] 後來到萬曆末期，宗室人口達約二十萬。[三] 宗室人口的幾何級增加，帶來宗禄劇增。如從明初到嘉靖初，山西晉王府由一萬石增至八十七萬餘石，河南周王府由一萬石增至六十九萬餘石。嘉靖後期，全國歲輸京師糧四百萬石，而應支宗禄米已達八百五十三萬石。山西每年留存米一百五十二萬石，而宗禄應支三百十二萬石。河南每年留存米八十四萬石，而宗禄應支一百九十二萬石。[四] 實在無法兑現，朝廷只能打折支給。宗禄的無限膨脹，給朝廷和整個社會廣大民衆帶來巨大負擔。嘉靖八年（一五

〔一〕《明史》卷一百十六《諸王》，第三五五七頁。
〔二〕〔明〕鄭曉著、李致忠點校《今言》卷四，第二七六條，中華書局一九八四年版，第一五九頁。
〔三〕〔明〕謝肇淛《五雜組》卷十五，明萬曆四十四年潘膺祉如韋館刻本。
〔四〕《明史》卷五十八《食貨六》，第二〇〇一頁。

二九），户部尚書梁材就驚嘆：『將來聖子神孫相傳萬世，以有限之土地，增無算之禄糧，作何處以善其後？』[一]當時有識之士均對此憂心忡忡，每每言及。但這畢竟是一個敏感話題，弄不好就會被扣上藐視皇族的罪名。陸深再三言之，表現出他的責任感和勇氣。

作爲吴中人士，他對吴中的賦税過重問題感受極爲强烈。按明朝建國後，吴中地區賦税空前加重，這既有經濟方面的原因，即宋元以來環太湖地區與全國其他地方經濟發展水平差距拉大，也有政治方面的原因，即朱元璋有意懲罰曾屬於元末張士誠集團的吴中地區，有意打擊比較富裕的吴中士民，以維持全國的平衡。吴中人士一直對此耿耿於懷。在陸深之前，葉盛《水東日記》、陸容《菽園雜記》、王鏊等撰《（正德）姑蘇志》等曾言及之。[二]在陸深之後，顧炎武《日知録》卷八曾引王士性《廣志繹》卷之一『方輿崖略』之語言及之。[三]陸深在自己的著述中更是數十次談到這個話題。如《儼山文集》卷四十三《送陳静齋都憲巡撫南還序》、卷四十五《松江

[一]（明）陳子龍輯《皇明經世文編》卷一百三，梁材《會議王禄軍糧及内府收納疏》，明崇禎平露堂刻本。
[二] 見（明）葉盛撰，魏中平校點《水東日記》卷四『蘇松依私租額起税』條，中華書局一九八〇年版，第三七—三八頁；陸容《菽園雜記》卷十五，中華書局一九八五年版，第五三—五四頁；王鏊等撰《（正德）姑蘇志》卷十五，臺北商務印書館影印文淵閣四庫全書本，第三〇八頁。
[三] 見（明）王士性著，周振鶴編校《王士性地理書三種》，上海古籍出版社一九九三年版，第二四一頁；（清）顧炎武著，黄汝成集釋《日知録集釋》卷八『州縣賦税』條，上海古籍出版社二〇一四年版，第一八一頁。

府志後序》、卷五十《縣侯张八峰膺奖序》、卷八十《顧公（鼎臣）行狀》等。有些言論簡直怒不可遏，反映了吴中士大夫對此事的切齒之恨。如《儼山外集》卷十八《停驂録》：

『加耗』二字，起於後唐明宗，入倉見受納主吏折閲，乃令石取二升爲『鼠雀耗』。我太祖則每斗起耗七合，石爲七升，蓋中制也。江南糧税每石加耗已至七、八斗，蓋併入雜辦，通謂之『耗』，意不止於鼠雀爲也。近時巡撫乃於田畝上加耗，則漸失初意矣。五季漢隱帝時，王章爲三司使，始令更輸二斗，謂之『省耗』。當時人怨之，史亦謂章聚斂刻急。胡致堂推本其殺身，以爲興利之戒。

這裏指斥的矛頭直接指向明太祖，可謂大膽。又如《儼山外集》卷二十一《續停驂録卷下》：

本朝初，總計天下税糧共二千九百四十三萬餘，浙江一布政司二百七十五萬二千餘，蘇州一府二百八十萬九千餘，松江一百二十萬九千餘。浙當天下九分之一，蘇贏於浙，以一府視一省，天下之最重也。松半於蘇，蘇一州七縣，松才兩縣，較蘇之田四分處一，則天下之尤重者惟吾松也。

古者建都，皆在西北，其地高炕，可以蓋藏。又即其地之所出者，亦少轉輸之費。今京師北莫，經費咸仰給於東南。東南卑濕，再歲無糧。漕輓以來，每石必倍。雖使力耕常稔，浥爛之餘與船運之費，亦已再倍矣。求一年之餘於三年之内，比古尤難。愚謂冗食不可以不汰，而廢田不可以不開。區區徒事於東南，其未形之變，可勝道哉！

這又幾乎是威脅了。再如《儼山外集》卷三十三《春雨堂雜抄》第一条：

宋初，王贇方奉命均兩浙雜稅。錢氏舊法，畝稅三斗。王至，悉令畝稅一斗。朝廷責其擅減，王曰：『今兩浙已爲王民，其可復循僞國之法？』畝稅一斗，自贇方始。今兩浙之稅繁重，或云起於賈似道公田，或云張士誠以租爲稅，今遂因之。大抵減稅者必當治朝，加稅者必是亂世。

這更是明目張膽的詛咒了！陸深的這些言論，反映了明中晚期環太湖經濟較發達地區與其他地區之間、環太湖地區與中央政權之間，因爲經濟利益而産生的嚴重衝突，體現出吴中地區士大夫内心深處對中央政權的真實態度，也反映了經濟和社會發展遥遥領先的吴中地區士民，在龐大封閉的大一統帝國體制中的鬱悶無奈。近代西方國家中政黨的誕生，往往起因於地區或行業的經濟利益訴求。研究中國近代化進程的學者，對陸深等人的這些言論應該給予高度注意。

《儼山外集》涉及的内容非常廣泛。陸深事事留心，學問淵博，很多考訂都令人增長見聞。這裏略舉數例：《儼山外集》卷四《河汾燕閒録下》：

予少時見民間所用，皆宋錢，雜以金、元錢，謂之好錢。唐錢間有開元通寶，偶忽不用。

新鑄者謂之低錢，每以二文當好錢一文，人亦兩用之。弘治末，京師好錢復不行，而惟行新錢，謂之倒好。正德中，則有倒三倒四，而盜鑄者蜂起矣。嘉靖以來，有五六至九十者，而裁鉛剪紙之濫極矣。

這無疑是研究中國錢幣史特别是明代錢幣史的重要資料。又如《儼山外集》卷四《河汾燕閒録下》：

曆家大抵以漏刻極長於六十，極短於四十。嘗聞前輩言，惟正統己巳官曆，晝刻三十九，夜刻六十一，以爲陰過，故有土木之變。元《授時曆》則長極於六十二刻，短極於三十八刻，以爲驗於燕，地稍偏北故然。外國有蒸羊脾未熟而天明者，則短又不止於三十八刻而已。豈漏刻隨日因地有不同者如此，初不全繫於陰陽之消長也。

《儼山外集》卷十二《金臺紀聞下》：

嘗聞西域人算日月食者，謂日月與地同大，若地體正掩日輪上，則月爲之食。傳注家謂月蝕爲暗虚所射者，余未敢信以爲然。

《儼山外集》卷十五《玉堂漫筆卷上》：

薛文清公觀崖石，每層有紋横界，而層層相沓。謂爲天地之初，陰陽磨盪而成，若水之漾沙，一層復一層也。殊不知實是水所漾耳。蓋天地之初，混沌一物，惟有水火二者。開闢之際，火日升，水日降，而天地分矣。凡山阜皆從水中洗出，觀江河間沙洲可見。余嘗謂水天下之至高者也，山天下之至卑者也。故海底有石，而山顛有水。然水亦實至高，霜、露、雨、雪是也。

按《儼山外集》卷十一《金臺紀聞上》載：『鄜縣河灘上有亂石，隨手碎之，中有石魚，長可二三寸，天然鱗鬣，或雙或隻不等，云藏衣笥中能辟蠹魚。』這裏説的應該是魚化石。如果陸深所言僅止於此，則還只相當於漢魏學者博物好奇的水平。但從前引三條中可以看出，在明中葉，像陸深這樣的學者，對地球緯度、月食、地球演化等，都已有一定的觀察和思考，對外國學術也有一定的瞭解。他們正在力圖突破『陰陽』之類傳統知識體系，但又很難取得根本性突破，已進入知識和觀念變革的陣痛期。

又如《儼山外集》卷四《河汾燕閒録下》：

馬端臨論圩田曰：『今之田，昔之湖。徒知湖中之水可涸以墾田，而不知湖外之田將胥而爲水也。』此數言極盡吾鄉泖湖之利害，當大書深刻，以示愚民之嗜利者。

可見馬端臨、陸深已有一定的生態觀念和環保思想。而直到二十世紀末，國人纔重新認識這一點，並開始退耕還湖、退耕還林等，真讓人感慨！又如《儼山外集》卷十二《金臺紀聞下》記中醫中的神秘主義謬論和庸醫誤人之狀，發人深省：

金華戴元禮，國初名醫。嘗被召至南京，見一醫家迎求溢户，酧應不閒。元禮意必深於術者，注目焉，按方發劑，皆無他異，退而怪之，日往觀焉。偶一人求藥者既去，追而告之曰，臨煎時下錫一塊，麾之去。元禮始大異之，念無以錫入煎劑法，特叩之。答曰，是古方爾。元禮求得其書，乃『餳』字耳。元禮急爲正之。嗚呼，不辨『錫』『餳』而醫者，世胡可以弗謹哉。〔一〕

又如《儼山文集》卷五十二《浮山遺竈記》記定州『補天』民俗：

平定之山以浮名者二，故稱東、西浮山云。東浮山在城東五十里餘，即女媧氏補天之處，其煉石竈尚存。山多産石炭，勝他産，而所産諸色石，亦可燒云。予嘗荒唐補天之説，今適其地，睹其跡，於是召其土人問之，土人曰然。又問之土人之耆宿，耆宿曰然。已又問之學士大夫，士大夫又曰然。予曰：何謂也。時僉憲白君實之曰：是遺俗焉，可徵已。凡吾定之人，環而家者，以千萬計，而附州者尤密。今州居之家，復以百千計。歲上元之夕，無論小大，家家置一罏焉。當户，高五六尺許，實以雜石，附以石炭，至夜煉之達旦，火焰焰然，光氣上屬，天爲之赤，至于今不廢也，是之謂補天。

〔一〕按《儼山文集》卷七十六《清女權厝誌》，詳細記録其女陸清生病、各位『名醫』胡亂施治的情形，可與此條參看。

這是研究中國古代神話傳説和地方民俗的珍貴史料。又，關於《陽關三疊》的唱法，《儼山文集》卷八十八《跋陽關圖》云：

右唐王右丞詩，世所傳《陽關三疊》詞也，調存而疊法廢。往在京師日，與王陽明、都南濠論此，或以爲每句作三疊歌，或以爲止歌落句三疊，迄無定説，而紀載亦各不同。意當時必有譜，而今無所於考也。或以爲每句一歌，每歌一疊輒減二字，至三疊則歌三言矣。言皆成文，頗有紆徐婉曲之調，似盡離别繾綣之情，殊爲有理，而亦未知卒合於本詞否也。

這也應該是關於《陽關三疊》的唱法的較早較全面的記載。另如《儼山外集》卷二十《續停驂録卷中》詳敘歷代收書藏書情況，相當於一部簡要的明以前藏書史。《儼山文集》卷九十《跋石鼓詩》（按此詩文本爲楊慎所録），詳敘《石鼓文》著録歷史，後代論及石鼓文者，多據以考證。卷九十六《江西家書十一首》之五叮囑陸楫參加縣試、府試、科試、鄉試三場應該注意的細節。卷九十五《與黄甥良式十二首》提到黄良式生子，陸深『薄具少物，充粥米』。這些都是反映當時社會生活、民風民俗的重要資料。

順便指出，《儼山外集》各種作品中，有個别條目前後重複。如卷十《知命録》記華山雷雨事，卷十三《願豐堂漫書》複及之；卷一《傳疑録上》討論《孟子》『爲長者折枝』之『枝』當解作『肢』，卷二十一《續停驂録卷下》複及之；卷一《傳疑録上》討論《論語》中『執』當解作

『藝』，卷二十一《續停驂録卷下》複及之。但這只是白璧微瑕。總體上看，在明清筆記類著作中，從體量、精深度和現實意義等方面衡量，陸深的《儼山外集》，可能是最接近顧炎武《日知録》的著作。

四、陸深的文學觀念與文學創作風格

陸深是一個吴中文人，自然不免受吴中文學傳統的影響。同時，他又是一個館閣文人，不能不受這種身份定位及其所帶來的人生心態和館閣文風的制約。他的文學觀念和創作風格，就是這兩方面因素融爲一體的産物。然而，陸深登上文壇時，又正逢明代文學思潮發生巨大變化，即由明前期臺閣體佔主導地位的時期，轉爲狂飆突起的『前七子』文學復古運動佔主導地位的時期，陸深也不能不受其影響。總體來看，他的文學觀念和創作風格，經歷了一個從接受復古派的文學觀念並追隨復古派的詩文風尚，到在復古派與臺閣體和吴中詩文風尚之間徘徊，再到回歸臺閣體和吴中風尚尤其是後者的過程。他的文學觀念和創作風格的構成及其變遷過程，是研究明中葉文學，特别是當時臺閣體、吴中派、復古派之間的複雜關係的一個絶佳樣本。

明代文學復古運動以李東陽『茶陵派』的詩歌理論和創作實踐爲先導，醖釀於弘治中後期，至弘治十八年前後正式興起。〔二〕此前臺閣體壟斷文壇的局面已經瓦解，以歌功頌德、道德説教爲職志的臺閣體文學平庸濫熟的弊端已經充分顯現。『前七子』文學復古運動雖然主要由任職於郎署的李夢陽、何景明等人發起，但當時在翰林院任職和做庶吉士的士人也都在一定程度上予以呼應。李夢陽《朝正唱和詩跋》回憶復古運動初興時的情景云：

> 詩唱和莫盛於弘治，蓋其時古學漸興，士彬彬乎盛矣。此一運會也。余時承乏郎署，所與唱和則揚州儲静夫、趙叔鳴，無錫錢世恩、陳嘉言、秦國聲，太原喬希大，宜興杭氏兄弟，郴李貽教、何子元，慈溪楊名父，餘姚王伯安，濟南邊廷實。其後又有丹陽殷文濟，蘇州都玄敬、徐昌穀，信陽何仲默。其在南都則顧華玉、朱升之其尤也。諸在翰林者，以人衆不敘。〔三〕

按李夢陽此文約作於正德六年（一五一一），其時茶陵派領袖李東陽還在内閣大學士任上。復古派與茶陵派的分野逐漸明顯，但還没有完全分道揚鑣。此文回憶弘治末年的情形，當時茶陵派成員與復古派的成員之間更無明顯界限。這裏提到的儲静夫（巏）、喬希大（宇）、何子元（孟

〔二〕參見拙作《明代文學復古運動研究》，商務印書館二〇〇八年版，第五九—八五頁。
〔三〕臺北商務印書館景印文淵閣四庫全書本《空同集》卷五十九。

春）等，都屬於李東陽的追隨者。所謂『諸在翰林者』，既包括弘治末年在翰林院任職的顧清、魯鐸等人，也包括弘治十八年（一五〇五）中進士並進翰林院的人，即崔銑、嚴嵩、陸深等人。他們在弘治末與李夢陽等人的文學觀念大體是一致的，也對臺閣體不滿，也傾向於復古。但到正德六年前後，以李夢陽爲代表的復古派的復古主張更加鮮明，政治上經過反劉瑾集團的鬬争表現更加引人矚目。翰林院的官員和庶吉士們，受制於自己的身份定位，就漸漸與復古派拉開距離。李夢陽感覺到『諸在翰林者』態度的微妙變化，因此對他們弘治末年曾參與唱和的事，以一句『以人衆不叙』就打發掉了。

其實，早在中進士之前，年輕氣盛的陸深，作爲吴中文學的傳承人，就對作爲明代臺閣體之典範的宋代詩文風尚表示不滿。唐錦《陸公（深）行狀》：『弘治甲寅（七年，一四九四）冬，錦娶公之從女弟，彌月歸寧，筠松翁喜甚，命錦與公款談竟日，因泛論古今詩文。公曰：「近觀東坡詩，殊與唐人不類，餘可知已。雖謂之宋無詩，未爲不可也。」錦益嘆服。』所謂『宋無詩』，正是後來復古派否定宋詩的最爲極端的説法。可見早於復古派正式提出這種主張之前十來年，年僅十八歲的陸深就提出了這一説法。弘治十八年（一五〇五）中進士後，他馬上被在京城倡導文學復古的李夢陽等人的主張所吸引，互相唱和。《儼山文集》卷二十五《詩話》載：『丙寅歲（正德元年，一五〇六）與李員外夢陽夜坐，以「芳樹」爲題，作一字至七字詩，蓋唐已有此體矣。』按，

《儼山文集》卷十九有《芳樹篇求友也》《後篇》《雜言贈别李獻吉》，均爲這種詩體，或即爲當時所作。嚴嵩《陸公（深）神道碑》：『公始發解南畿，舉進士，入翰林，文章名即軒然重天下。是時孝皇御極，朝廷清明，百官各安其職，得以其餘肆力於簡册翰墨之間。諸司各屬，往往名雋崛起，而與館閣之士争衡而並馳。公於時翹然特出，揚英振華，每篇章一出，人争傳誦之。蓋公於書無所不讀，抉隱而鈎其玄，與李空同（夢陽）、徐迪功（禎卿）諸子上下其議論。』嚴嵩弘治末正德初也曾積極參與李夢陽等人的唱和活動，其詩文以『秀麗精警』見稱，得到復古派諸子的高度肯定。李夢陽曾説：『如今詞章之學，翰林諸公，嚴惟中（嵩）爲最。』[一]作爲當時過程的親歷者，嚴嵩的敍述比較準確。

陸深强調詩歌的音樂性、情感性，反對以詩道『義理』，批評宋詩的理性化傾向。《儼山文集》卷三十八《重刻唐音序》云：『夫詩主於聲。孔子之於四詩，删其不合於歌者猶十九也。宋人宗義理而略性情，其於聲律尤爲末義，故一代之作，每每不盡同於唐人。至於宋而詩之弊遂極矣。』卷三十九《詩準序》也認爲，《詩經》之風雅頌、周南召南，主要應從音樂分類。『故詩也者，緣情而有聲者也。詩比律而成樂，樂足以感物。』《儼山外集》卷十九《續停驂録卷上》：『鄭

〔一〕〔明〕何良俊《四友齋叢説》卷二十六，中華書局一九五九年版，第二三九頁。

漁仲謂樂以詩爲本，詩以聲爲用。又謂古之詩，今之詞曲也。若不能歌之，但能誦其文而説其義可乎？不幸世儒義理之説日勝，而聲歌之學日微。馬貴與則謂：義理布在方策，聲則湮没無聞。其言皆有見。』這些説法與茶陵派、復古派的主張完全一致。李東陽曾説：『詩在六經中别是一教，蓋六藝中之樂也。樂始於詩，終於律，人聲和則樂聲和。又取其聲之和者，以陶寫情性，感發志意，動蕩血脈，流通精神，有至於手舞足蹈而不自覺者。後世詩與樂判而爲二，雖有格律，而無音韻，是不過爲俳偶之文而已。』〔二〕李夢陽曾説：『詩至唐，古調亡矣，然自有唐調可歌詠，高者猶足被管弦。宋人主理不主調，於是唐調亦亡。黄、陳師法杜甫，號大家。今其詞艱澀，不香色流動。如入神廟，坐土木骸，即冠服與人等，謂之人可乎？』〔三〕三人的説法如出一轍，李夢陽、陸深很可能受到李東陽的啓發。

但陸深本質上是一個吴中文人、館閣文人。復古派重視詩文的情感、氣格和法度，吴中文學歷來重視『風情興致』即對日常生活情趣的描寫，館閣文學則强調文以明道，有裨時政。隨着年齒漸長，特别是在翰林院待的時間長了，陸深便逐步脱離復古派，向吴中文人回歸，同時將自

〔二〕〔明〕李東陽《麓堂詩話及其他一種》，商務印書館一九三六年《叢書集成初編》本，第一頁。

〔三〕〔明〕李夢陽《缶音序》，臺北商務印書館景印文淵閣四庫全書本《空同集》卷五十二。

己定位爲館閣文人。陸深文學觀念和立場的這一變化過程，在他對元末明初松江籍詩人袁凱《白燕詩》的態度上得到生動體現。《儼山文集》卷八十六《題海叟集後》記録了正德初年陸深與李夢陽共同編訂袁凱《海叟集》的經過：『《海叟集》舊有刻，又别有選行《在野集》者。暇日因與李獻吉員外共讀之，又遠次爲今集云。』《陸文裕公續集》卷十《與郁直齋七首》之七也提到這件事。〔二〕耐人尋味的是，《儼山文集》卷二十五《詩話》第一條再提此事：『袁御史海叟能詩，國朝以來未見其比，有《海叟集》。予爲編修時，嘗與李獻吉夢陽、何仲默景明校選爲集，孫世祺繼芳刻在湖廣。獻吉謂海叟諸詩，《白燕》最下最傳，故新集遂删之。』按袁凱以《白燕詩》得名，此詩描摹白燕形象，手法頗爲巧妙，屬於典型的吴中詩風。李夢陽等復古派作家强調詩歌必須表達比較重要的真情實感，所以特别討厭這種炫技討巧的詩風。大概當時李夢陽等人的態度比較强烈，所以陸深也就同意將向來被認爲是袁凱成名之作和代表作的《白燕詩》剔除在其詩集之外。但陸深一直對李夢陽的觀點半信半疑。若干年後，更是越來越不以爲然，所以在所著《詩話》第一條即再論此事，且備録袁凱、時大本、顧文昱三首《白燕詩》，透漏出對自己早年屈從

〔二〕《陸文裕公續集》卷十《與郁直齋七首》之七：『連日齋居清晏。《海叟集》亮入品藻，如之何？此老詩有氣骨。往時年少，喜方人，嘗以爲高過吴中四傑，人多不服，惟王文恪公以爲然。追念長安詩杜中，品評編校，將三十載，而獻吉、仲默俱已下世，爲之慨歎。此老别有全集，俟著眼後，更須裁訂商量也。』

李、何的做法的後悔。[一]

《儼山文集》卷九十一《與李獻吉》當作於正德十二年（一五一七），信中只談自己此年參與會試，録取了舒芬、夏言、陳沂、梅萼等《詩經》房的優秀人才，雖然提到何景明、崔銑等早年參與文學復古運動的人物，但基本不提文學。信中云『外小詩扇，附子鍾侍讀先生轉呈』，表明他與李夢陽之間的關係已經相當疏遠；『《結腸》之作，少俟病蘇請教，非敢忘也』，這是指李夢陽夫人左氏去世後，李夢陽悲慟不已，作《結腸操》，徧徵友人和詩。這是李夢陽晚年比較重要的一次人生活動和文學舉動，而陸深反應如此冷淡。

嘉靖九年（一五三〇），陸深著《停驂録》，其中云：『李憲副夢陽字獻吉，號空同子，弘、正間名士，與予交好。嘗約獻吉遊吴卜居，予將入梁訪族，二十餘年未酬也。嘉靖己丑（八年，一五二九）秋，獻吉尋醫渡江，留京、潤一兩月，予適有延平之行。是歲除日，獻吉下世，予赴晉陽，以庚寅（嘉靖九年，一五三〇）三月二十一日經汴城，而西望几筵，一慟而已。其子枝，字伯材，

[一] 在復古派『前七子』中，陸深與李夢陽、何景明、康海、徐禎卿有過詩文酬唱，其中與吴縣（今蘇州市）人徐禎卿關係最爲密切。《儼山文集》《陸文裕公續集》中，爲徐禎卿而作者有九首。這與他們是同年進士有關，也與徐禎卿是『前七子』中唯一的江南人士有關。

以《空同子》八篇來貺。燃燈讀之，重爲之流涕。』〔一〕這裏回憶了與李夢陽的交往，但只説李夢陽爲『弘、正間名士』，不説他爲何有名，語氣中還似乎含有李夢陽已爲過去人物之意，表明他此時已不認可李夢陽的文學主張。

《儼山外集》卷十五《玉堂漫筆卷上》：『陳束字約之，以翰林編修出官二司。今以參議捧表入京，過余，問近世詩體，予未及答。明日以所作《高子業集序》爲贄，其持論甚當。但詩貴性情，要從胸次中流出。近時李獻吉、何仲默最工。姑自其近體論之，似落人格套，雖謂之擬作亦可也。楊載有云，詩當取裁漢魏，而音節以唐爲宗，殆名言也。』按陳束以湖廣參議『捧表入京』在嘉靖十八年（一五三九），此時陸深對李夢陽、何景明等復古派作家的創作提出嚴厲批評。

鑒於嘉靖年間復古派生硬模擬古人的弊端充分暴漏，陸深不禁反復言之。《儼山外集》卷二十《續停驂録卷中》：『林竹溪論歐、曾、老蘇、東坡所以絶出於唐以後者，以其詞必己出，不蹈襲前人，而又自然也。蹈襲者，非剽竊言語，但體製相類，筆力相似，皆是也。斯言甚足以救今日之弊。』《陸文裕公續集》卷十《與郁直齋七首》之三：『作詩一事，古人論之詳矣。要先認門庭，乃運機軸。須發之性情，寫乎胸次，然後體裁格律辯焉。方今詩人輩出，極一代之盛。大抵

〔一〕《儼山外集》卷十八。

古宗《選》，律宗杜，可謂門庭正、機軸工矣。惜乎過於摹擬，頗傷骨氣。昔宋時有優人誚館閣者，衣破碎之服，揚言於衆曰：「我李義山也，爲三館諸公牽撦至此。」今日《文選》、杜詩，亦可謂牽撦盡矣。』

唐錦《陸公(深)行狀》也節録了陸深的這段話，稱他『頗厭近時文體之陋，恒語學者曰：「文字當各寫胸次，如江河之潤、日月之光，乃可言文。若規規然摸描彷襲，作者果如是乎？」遇艱澀之詞，輒曰此换字減字文也，棄去不視。尤長於紀事，落筆千百言，馳驟頓挫，無一冗詞泛語。賦詩則直寫性情，不事雕琢。初喜盛唐，中年以後，沖澹閒遠，駸駸漢魏矣』。説陸深『初喜盛唐』，即與復古派相同，這是對的；説他『中年以後，沖澹閒遠』，也是對的；但説他『駸駸漢魏矣』，則是粉飾之語。中晚年的陸深，實際上已轉移至臺閣文學的立場，而骨子裏則是退回吴中文學傳統。如果要説與前代哪個時代的詩文風尚相近的話，那就是中晚唐。這個時候的陸深，更感興趣的已不是『格高』，而是『風情興致』。《儼山文集》卷二十五《詩話》云：『詩句有相似而非相襲者，然亦各有工拙。杜甫云：「江清歌扇底，野曠舞衣前。」儲光羲云：「竹吹留歌扇，蓮香入舞衣。」李義山云：「鏤月爲歌扇，裁雲作舞衣。」劉希夷云：「池月憐歌扇，山雲愛舞衣。」老杜格高，但歌舞於清江曠野之中，固不若竹下荷邊之韻。池月、山雲之句，風情興致，藹藹政自可人。』從這裏不難看出其偏好所在。

角色決定意識，身份決定立場。如果説陸深骨子裏愛好的仍是吴中文風，那麽在理性層面，他自進入翰林院以後，便以治國安邦的臺閣大臣作爲自己的人生目標，自認爲文章應該經世致用，有裨政教，有意將純文學與應用文學混爲一談，已認同臺閣文學的立場和觀念。徐階《陸文裕公文集序》載：『然公嘗言，文以通達政務爲尚，以紀事輔經爲賢，非顓顓輪轅之飾已也。夫文之用廣矣，大矣。其體諸身，爲德之純；其措諸事，爲道之顯；其書諸簡册，爲訓之昭。古昔聖人以此經緯天地，紀綱人倫，化成海内，貽則萬世。故夫播而爲訓誥，萃而爲典謨，删述而爲經，筆削而爲史，雖出於聖人之手，猶文之一端也。而後世不察，獨以文字當之，於是道德、勳業、文章判爲三途。至其甚也，又舉所謂文字者歸之乎浮靡詭誕之作，而其爲文，因亦流於俳優之末技、家人之俚語，則何所繫於人文世道，以庶幾古作者之萬一哉？』應該説，徐階的説法，反映了明代臺閣文人的文學觀念，也符合中晚年陸深文學觀念的真實情況。《儼山文集》卷四十《北潭稿序》，是爲曾任禮部尚書的傅珪的文集而作，即集中體現了陸深本人的這種臺閣文學觀：

惟我皇朝一代之文，自太師楊文貞公士奇寔始成家，一洗前人風沙浮靡之習，而以明潤簡潔爲體，以通達政務爲尚，以紀事輔經爲賢。時若王文端公行儉、梁洗馬用行輩，式相羽翼。至劉文安公主静崛興，又濟之以該洽。然莫盛於成化、弘治之間。盖自英宗復辟，勵精治功，一代之典章紀綱，粲然修舉。一二儒碩，若李文達公原德、岳文肅公季方，復以經綸輔之，故天下大治，四裔向化，年穀屢登。一時士大夫得以優游畢力於藝文之場，若李文正公賓之、吳文定公原博、王文恪公濟之，並在翰林，把握文柄，淳龐敦厚之氣盡還，而纖麗奇怪之作無有也。公舉成化丁未進士，弘治間列職坊院，寔由三公之門，而一時同館以氣節相激昂者，羅文肅公景明其人也。是其師友淵源之地，已爲夐異，而涵養之深，造詣之密，公所自得者尤多。故其文章皆温雅典則，如錙金璞玉，不見追琢刻畫之工，而光彩可掬。斯稿所存，豈惟家傳爾已。又嘗聞公言，文章政事，本出於一。文章之可施行者，即謂之政事；政事之有條理者，即謂之文章。蓋公之志，必欲舉一世於禮樂仁義之中，而不屑屑於語言文字之末，視韓退之、歐陽永叔輩弗論也。

但臺閣文風注重所謂『經世濟用』，而吳中文風上承六朝文學傳統，比較注意表達個人日常生活情趣，兩者之間又是存在矛盾的。陸深對吳中文風感到天然親切，但當他站在臺閣文風的立場來觀察時，又不得不對吳中文風提出批評。如《儼山文集》卷四十一《古文會編後序》云：『深昔與黃君同被上命，入讀中秘書。時以文章爲職業，得縱觀前代之文而揚搉之。謂文莫盛於西京，而極弊於江左。江左，今江南諸郡是也。黃君將有意於兹土耶？然去之千數百年，風聲再變，已非昔矣。振而起之，豈亦有待也哉？夫文者，質之餘也，猶本之有華也。古之人質厚重而本盛大，是故其言必文而必傳。夫質可變也，本可培也。力變其質，以豐培其本，其何古之難復。』費寀《陸文裕公文集序》也認爲，文章當有補於世，而吴中文人歷來偏重辭采，宗六朝。陸深能擺脱吴中文風的影響，所以取得成就。實際上，陸深並未真正擺脱吴中文風的影響，而是在臺閣文風與吴中文風之間徘徊。他中晚年的文學主張表面上似乎明確一致，實際上並不一致，而是蘊含内部矛盾。遵循正統的文學觀念，就要否定吴中文學風尚，這實際上是在龐大封閉的帝國内部佔主導地位的傳統文學觀，與帶有一定近代化色彩的新的文學觀念的衝突。這是擺在明代吴中文人面前的一道難題。他們往往回避這一難題，采取在不同語境説不同的話的策略，或對傳統文學風尚做符合吴中風尚的解釋，或對吴中詩文風尚做出符合傳統詩文風尚的解釋，以論證吴中文學的合法性。陸深也是如此。除《古文會編後序》外，他很少直面臺閣文學的主張與吴中文學傳統之間的衝突這一問題。在創作上，他基本上是將二者分工，以臺閣體文風應付應用性寫作，以吴中詩風文風用於個人化日常化的寫作，以此平衡兩者之間的關係。

在明中葉的成化、弘治、正德年間和嘉靖前期，文壇上除了臺閣體、吴中派、復古派以外，還有一個道學家詩派，也很有影響。它以薛瑄、陳獻章、莊昶等人爲代表，繼承宋代理學家的傳統，以詩歌表達悟道的感受。如果説陸深與臺閣體、吴中派、復古派都頗有瓜葛的話，那麽他對這一道學家詩派及其詩風一直持否定態度，這主要源於他的吴中文學立場，也可能受到復古派文學觀念的影響。《儼山外集》卷四《河汾燕閒録上》云『石守道作《怪説》，以議楊大年之文體。吾鄉國初有王彝先生字宗常，作《文妖》以疵楊廉夫之製作。文章體裁，固當有辯，妖、怪之目誠過矣。』對宋代石介、元末王彝所持極端的『文以載道』觀念，陸深表示不贊同。《儼山外集》卷十四《溪山餘話》：『宋詩自道學諸公又一變，多主於義理，而興寄體裁則鄙之爲末事。如明道詩極有佳者，合作處何下唐人。龜山詩筆自好，大篇如《岳陽書事》，開闔轉换，妙得蹊徑，如「湖光上下天水融，中以日月分西東」之句，尤爲奇偉，具見筆力。小詩如「隔雨樓臺半有無」，興致藹藹，描寫甚工。』這裏對理學家程顥、楊時的詩歌給予了一定肯定，但肯定的是其『開合轉换，妙得蹊徑』『尤爲奇偉，具見筆力』『興致藹藹，描寫甚工』等。對宋代道學家詩人總體上『主於義理，而興寄體裁則鄙之爲末事』，則是明確否定的。《儼山文集》卷四十三《李世卿文集序》約作於正德中後期，李大萁（字世卿，一四五二—一五〇五）爲湖廣嘉魚人、陳獻章弟子。文中云：『本朝文事，國初未脱元人之習。渡江以來，朴厚典易，蓋有欲工而未能之意。至成化、弘治間，宣朗發舒，盛極矣。然要而論之，蓋有兩端。以雕刻鍛鍊爲能者，乏雄深雅健之氣；以道意成章爲快者，無修辭頓挫之功。故修辭類於雕刻，而雕刻者辭之弊也。道意成章者近於雄深雅健，而雄深雅健又不止於成章道意而已。大抵深於學，昌其氣，然後法古而定體。吾嘗持是以考焉。』所謂『雕刻鍛鍊爲能者』，顯然指復古一派；所謂『以道意成章爲快者』，應該主要指道學家詩派。可見陸深對復古派、道學家詩派都不滿意，他正試圖建立一種以『深於學、昌其氣』爲基礎，同時注意『法古以定體』的文學觀。

總的來看，陸深曾短暫接受復古派的文學主張，但在他終生秉持的文學觀念中，佔主導地位的還是臺閣文學觀和吴中文學觀。受這種文學觀念的制約，他的大部分文章都屬於應用性寫作。或爲朝廷典禮而作，如『頌』『表』『青詞』之類官樣文章；或爲應酬之作，如大量的碑傳文等，與明初至明中葉臺閣文人文集的面貌没有多大差别。《儼山文集》共一百卷，詩、詞、詩話共二十五卷，文七十五卷，其中卷六十二到卷七十六是墓誌銘，卷七十七是墓表，卷七十八到卷八十一是行狀，卷八十二爲碑，卷八十三爲誄、哀辭、祭文。僅这类碑銘哀祭類文章共二十二卷，約佔《儼山文集》全書的四分之一。陸深還大量爲徽州富人作『記』『傳』『銘』之類，如《儼山文集》卷五十三《晴原草堂記》《静庵記》，卷五十四《可齋記》《黄山樓記》《玉泉記》《蒲山書屋記》，卷五十五《江風遺憾記》《羅氏義宅記》，卷五十六《怡怡堂記》《願豐樓記》《燕翼堂記》，卷六十一《鮑處士小傳》《晚逸居士傳》，卷六十七《唐處士夫婦合葬墓誌銘》《處士鄭可齋墓誌銘》，《陸文裕公續集》卷九《壽汪思雲室余孺人七衺序》等。這些人一般都是『挾高貲遊江湖間』『以商隱者』[一]。陸深經常説『深故太史也』，爲自己寫作這類文章尋找合法性。但實際上陸深主要是爲了豐厚的潤筆而寫作。按明代官員俸禄極薄，洪武二十五年（一三九二）『更定百

[一] 《陸文裕公續集》卷九《壽汪思雲室余孺人七衺序》。

官禄』，正一品月俸米八十七石，以下遞減，『自後永爲定制』。後來又有本色、折色諸法，總之『自古官俸之薄，未有若此者』。陸深最後官至正三品，月俸米三十五石。[二]按萬曆年間重修《明會典》的記載：『正三品，歲該俸四百二十石。内本色俸一百四十四石，折色俸二百七十六石。本色俸内，除支米一十二石外，折銀俸一百一十石，折絹俸二十二石，共該折八十四兩七錢。折色俸内，折布俸一百三十八石，該銀四兩一錢四分；折鈔俸一百三十八石，該本色鈔二千七百六十貫。』[三]按明中後期鈔已大幅貶值，嘉靖四年，『鈔一貫折銀三釐』[三]，故折鈔俸該二千七百六十貫，約相當於銀八兩二錢八分，加上折布俸四兩一錢四分，折色俸總共纔十二兩四錢二分。陸深當時每年的整個俸禄，就是米十二石，銀九十七兩一錢二分。[四]他寫上述銘、記

[二]《明史》卷八十二《食貨六》，第二〇〇二—二〇〇三頁。
[三]萬曆重修《明會典》卷三十九，上海商務印書館一九三六年《萬有文庫》本，第十册，第一一〇二頁。
[三]《明史》卷八十一《食貨五》，第一九六五頁。
[四]按陸深嘉靖八年以後在外地和京城做官十餘年，總共只積下約四百兩官銀。平時的用度，每年約需銀三百兩，還有米、菜之類，多由松江家中運往任職所在地。《儼山文集》卷九十七《京中家書二十二首》之二十：『使用人事，須用家資幇貼。可於房錢内寄得三百兩來應手，却俸資可積整銀。如此計較，亦要兩便耳』；之二十二：『此間有一處相應房子，講價千金。若决成，須家中取銀六七百兩來。此房要作久計也，意要請汝母來，再有處置，定當報之』；卷九十八《京中家書二十三首》之十七：『昨山陵之行，賞銀八兩。近爲四川採木工成，賞銀二十兩、紵絲二表裏。此間日用，須得家中每歲幇銀三百餘兩方夠。去歲用帳算清，發回查照』。

類文章，潤格究竟如何，難以確知，但從一條信息可以做出推斷。他的堂姐之子黃標及其妻子陳氏一直追隨他，感情很深，黃標家中也不富裕。陳氏三十九歲死於京中，黃標請陸深爲之寫一篇墓誌，陸深給兒子陸楫的書信中説，可用潤筆中的五兩折爲喪儀，則其潤筆總數可能有十兩甚至二十兩。〔一〕爲親且貧者寫一篇墓誌，都有這麽多收入，則爲高官富賈寫這類文章的潤筆必定非常可觀，每篇數十兩甚至上百兩都有可能。也就是説，寫一篇這樣的文章的收入，就可能抵得上半年甚至一年的官俸。

這類文章爲豐厚潤筆而作，自然多阿諛誇飾之語。雖然陸深做事都比較認真，下筆不肯苟且，有時還很較真，如爲曹茂勳祖母作墓誌銘，專門附信指出曹家提供的『行狀』中哪些地方不妥，爲何墓誌銘要這樣寫，一一解釋辯證，並稱：『嗚呼，金石文字有天下萬世在後，敢不慎重。僕文雖下劣，然却是字字較量過也。更有未安處，乞以書來，僕尚當改定，不敢憚勞也。若入石，須得善書者爲佳，或即託楊伯立作楷亦妙。刻成須搨數本見寄。』〔二〕但陸深計較的也不過是

〔一〕《儼山文集》卷九十九《京中家書二十四首》之七：『黃良式求陳娘子墓誌，潤筆不薄，我以五兩折祭。柩歸，吾兒可從厚行禮。』之十二：『今黃甥良式南還，念此子兩度來京，皆是倚仗於我。顧其命薄，盡成狼狽驅馳，最可憐惜，其破費亦不少也。茲回欲興復家産，汝可量力助之，我亦許矣。此子不是負人者，知之知之。此間大小事體，我悉與之酌量，披露心腹，視之如子，汝可與謀議行事。吾三族中後生，聰明皆不如也。』

〔二〕《儼山文集》卷九十四《與曹茂勳四首》。

當時這類文章涉及的名分、體例之類問題。這類文章基本上都是按一種套路寫作，這種套路已被唐宋以來作者特别是明前期臺閣體作者操作得極爲成熟。因此這類文章雖不無一定史料價值，但其内容的真實性有待分析，藝術性基本無從談起。《儼山文集》卷八十三《愚庵李府君誄》，是爲華陽郡王府的一個教授李吉安而作。李年八十解任，又二年卒，陸深的誄辭就可以寫成『州閭悲思，朝野吊唁，山川失色，天日改观』。再如《儼山文集》卷七十一《敕贈安人孫氏墓誌銘》，就是一篇典型的套話文章，可視爲陸氏此類文章的一個標本。陸深是受孫氏之子、户部員外郎蔡乾之請而作，他與蔡乾好像并無深交，對孫氏的情況就更不了解，因此純粹是爲了人情、润筆而作此文，所以完全用當時通行的套話、空話連綴成章。如説墓主家庭，不管實際上是貴是賤，一般都説是出自名門：『孫故崇陽望族，居里之橋墩港，世修隱德。』然後一般要説墓主出生即不凡：『安人始生，嶷然殊異，氣柔而聲和，五歲能讓，七歲知戒，九歲精女工。读《孝經》、小學、《列女傳》，都通大義。』这些情況是否屬實，孫氏是不是真的識字，就難説了。然後就要寫到，她與蔡乾之父蔡贯的婚姻，是雙方家長精心尋覓的結果：『年二十四，封君先生受于孫氏之廟而室之。封君出名家，少即聰穎過人，蔡處士府君諱英愛之，爲擇婦必孫氏女。既成禮，中外交賀。』其實他们的婚姻可能並没有这样光鲜。当時婦女一般十六七歲就会出嫁。孫氏二十四歲纔嫁給蔡贯，應該有某些特殊原因。再接着就要講孫氏如何賢惠持家、如何孝順公婆了：『先生方爲邑弟子員，遭歲惡，家遂中落。安人脱簪珥服飾，以佐賓、祭、經史之費，罔德色焉。封君讀書，安人紡績，俱入夜分，或至達旦。積勤本儉以復家，幾中興焉。時處士府君與太夫人鄉居，距十里許，安人問安歸，無間朝夕。得甘旨，必先奉。處士府君嘗曰：「相兒子他日亢吾宗，新婦之力也。」弘治戊午，封君先生始循例貢至京師，授職商城。安人從之，數年縞衣糲食，晏如也。太夫人年八十餘，留崇陽，安人每一思之，輒數日不懌，歸省視者至再。既没，終具悉出潔鮮，不倚辦於妯娌。既葬，號慟思慕，若不勝焉。僉曰孝婦云。性澹泊，尤不喜飲酒。好周人之急，了無後望。不欲子姓析居，綜理家政，老而不倦。孤姪禄與玉，安人撫之，人不知非己出也，卒以有立。下至臧獲，有過必曲爲掩覆，無喜怒之形。』幾乎爲每個官宦或富裕人家的婦女寫墓誌銘，都是這個模式。差不多可以作爲模板，只要填上姓氏即可。

陸深的詩歌數量不少，但應酬之作佔較大比重，其餘的主要是紀行之作和閒情之作，反應社會現實問題的不多，這仍是由他的吴中文人和臺閣文人的身份和文學觀念決定的。當然，他也偶爾有反映現實的詩作，如《儼山文集》卷四《沛水行》，作於正德三年（一五〇八），寫他在路途上見到，因遭受水災，有父親賣自己的女兒，他深表同情：『河上丈夫七尺身，插標牽女立水濱。自言豐年娶得婦，結髮甫能够十春。隔年生女如獲寶，阿翁提攜阿婁抱。兩歲三歲學步行，鄰里盡誇皮肉好。今秋糧限不過年，縣官點夫夜拽船。可憐此女八歲餘，決券只賣四百錢。』父親還問買家住在什麽地方，希望將來能搭信問候。回答説是越州，父親略感安慰，以爲那裏是豐衣足食的樂土。但作者在旁邊嘆息道：『聽罷那禁雙淚流，相逢只合死前休。聞道越中多賦斂，父北兒南兩地愁。』此詩學習杜甫、白居易、元結等人樂府詩，敘事和抒情綫索跌宕起伏，體現出陸深關懷民瘼的心情。《儼山文集》卷一《瑞麥賦》作於正德五年（一五一〇）。該作運用漢賦正反論難的體式，雖最後一節歸於頌美祥瑞，但針對首節中『客』大肆誇耀『一麥九岐』（即一枝麥杆長出九個麥穗）之瑞，作者（『知知子』）在次節中指出，這種華而不實的祥瑞没有意義。倒是正德四年（己巳），江南一帶遭受水災，後果極爲嚴重，應該引起官府注意：

往歲己巳，運厄元元。夏耘被壟，淫雨注天。晝夕閲七，颶風相牽。海波怒而山立，江潮噴以駿奔。蛟龍舞於街衖，岡阜淪爲漭淵。漂尸横野，浮畜蔽川。千里一壑，萬户絶煙。於是百年之完聚，連邑之生全，化爲魚鱉，葬于鯨鱷者，殆過半矣。暨乎水退，民失故居。滄桑一變，形勝都非。朱門沈其閥閲，碧瓦蕩爲丘墟。烏窺巢而不下，狐訪穴而重疑。號哭振野，提負沿途。父棄其子，妻别其夫。相與轉徙乞丐，奔逐投依。若流星之逼曙，而敗葉之辭枯也。於是强有力者，牢朽材於古岸，塞行潦以腐薪，依濕林爲棟幹，綴敗席爲闉闍。溷爨無别，卧食不分。什併爲五，棄仇講鄰。相依爲命，枵腹連旬。野無留菜，樹不遺根。儌幸於萬一，苟活於旦昏。爾乃積陰鬱結，隆冬盛寒。層冰千尺，竹柏枯乾。豈祝融之故都，爲玄冥之停驂。何曖曖之陽國，顧風烈於塞垣。民無夙具，習不素安。於是受凍而仆者，又如干矣。

賦中指出，朝廷也曾下令發放賑災糧款，減免賦稅，然而州縣官員不予執行：

良有司方憂經費之不足，懼考課之殿後。鴻澤持而不下，限令疾於電走。朝四莫三，示一藏九。使民破十家之産，僅足以輸一家；費數畝之田，未足以賦一畝。笳鼓盈村，擾及豚狗。爾乃制爲嚴刑，迫及黄耇。巨木囊頭，重金繫肘。臀無完膚，指欲墮手。谿壑之填未饜，伸報之門何有。於是孑遺之民，瘡痍之末，斃於敲扑，困於征科者，蓋淪胥以盡，漸不可久矣。

這裏不僅寫出了地方官員的横暴，他們爲了自身的利益，追索百姓，使災民的生活雪上加霜，而且揭露了朝廷的虚僞，朝廷如果真正關心災民，何不真正減輕賦税，調整考核官員的政策？這篇賦立意正大，描寫也比較生動。

陸深所主要服務的兩個皇帝，武宗荒唐，世宗殘酷，在明代以至整個中國古代史上都是特别惡劣的皇帝。在武宗正德年間，可能受當時士大夫風尚影響，陸深對武宗的胡作非爲明確表示不滿，似乎還比較敢言。正德二年（一五〇七）閏正月初一，李夢陽、王守仁因彈劾宦官劉瑾等被貶出京，陸深作《南征賦》（見《儼山文集》卷一），中有『睹巨盜之乘垣兮，固將遏之以峻防』；『斥虎之使逝兮，遭反噬未爲殃也』。劉瑾直到正德五年纔倒臺，不知陸深這篇作品當時在什麼範圍公開，可見他當時很有正義感，也很有勇氣。另如《儼山文集》卷十《初與郊祀分獻風雲雷雨壇》：『願有風雷悟明主，敢將雲雨賦襄王。（自注：時有所諷。）圜丘禮樂今皇盛，萬騎千廬簇女墻。（自注：時邊軍皆扈從入壇。）』該詩諷刺武宗正德十五年（一五二〇）嬉游不出席郊祀，以楚襄王爲比，這在明代就屬於比較大膽的了。进入嘉靖年間後，看到世宗對付官員手段嚴酷，陸深變得比較謹慎。但有時候激於義憤，他還是忍不住要表達一下自己的感慨。前面已提到，嘉靖十八年（一五三九）春，陸深陪從世宗南巡承天，沿途看見有老百姓捋柳葉充饑，這一幕深深觸動了陸深，他除在筆記中幾次記敘這一事實外，還寫下了《邯鄲縣南見捋柳芽充饑者》一詩：

青青楊柳樹，努眼學窺春。春風漸暄妍，品彙一以新。如何遭採折，捋之葉屯屯。初疑摘早茗，尤恐識未真。問此胡爲爾，答云療饑貧。芽茁本可茹，何暇辯芳辛。既免私家競，復有官道遵。連朝斷烟火，持此抵八珍。地爐酌野水，拾樵煮清淳。幸將糠粃雜，撑腹藉輪囷。去秋淫潦厄，今春點差頻。焉知歲年計，聊度旦暮身。嗚咽語難了，淚落如可紉。見此三歎息，臨岐倍傷神。黎民有菜色，何況等木皴。道路正供億，一日須萬緡。民腹已

如此，民力那堪論。王政先煢獨，漢治資良循。天恩倘可乞，咫尺當重陳。[一]

陸深此詩的寫法，也追摹杜甫和白居易的新題樂府。作者的筆調抑制，平静敍述，而饑民的回答已讓人酸鼻。更難得的是，詩人指出『道路正供億，一日須萬緡』，將世宗南巡的奢侈浪費與饑民的饑寒交迫境況進行對照，直接指斥世宗行爲不當。世宗極爲忌刻，當時譏訕之禁甚嚴。河南巡撫胡纘宗就因爲寫了一首詩，對世宗南巡略有譏諷之意：『聞道鑾輿曉渡河，岳雲縹緲護晴珂。千官玉帛嵩呼盛，萬國衣冠禹貢多。鎖鑰北門留統制，璿璣南極扈羲和。穆天八駿空飛電，湘竹英皇淚不磨。』仇人王聯告訐，指『穆天、英、皇』爲詛咒世宗像舜、周穆王那樣出游不返，世宗大怒，捕胡下獄，欲處死刑，很久後纔釋放，仍杖三十。[二] 由此可見，陸深作爲一名翰林院官員，敢於指斥是多麼難能可貴。他可能是被眼前的景象深深刺激了，不禁發出如此不平之音。事後，歷來小心謹慎的他，或許又擔心此詩會惹麻煩。應該基本出於陸深手訂的《儼山文集》没有收這首詩，到陸楫『訪蒐散佚、隨遇劄録』編輯《陸文裕公續集》時，纔收入這首詩，不知是否與此有關。

[一] 見《陸文裕公續集》卷一。
[二] 〔明〕沈德符《萬曆野獲編》卷二十五，中華書局一九五九年版，第六三六頁。

最能體現陸深詩歌個人風格的，還是他按照吴中的詩文風尚所寫的一些描寫文人日常生活情趣的作品。這些詩作構思小巧，描摹細緻，語詞清麗，就像開在屋角田邊的小叢閒花，雖無震撼心目的强烈藝術感染力，但含有一縷淡雅的情致。這裏舉《儼山文集》卷十《初夏四首》組詩爲例，其餘概可想見：

桔槔聲裏送春歸，乳燕還鶯接隊飛。入硯柳花還礙筆，撲簾槐雨欲霑衣。月茶初碾金文餅，團扇新裁白練機。小閣正宜清潤候，晝長消得往来稀。

銀塘新水鴨頭紋，載酒浮花動午薰。老圃養成三徑竹，野人耕破一溪雲。廉纖雨脚晴不斷，怯恰鶯啼遠更聞。爲惜琴書妨溽暑，自鋤苔砌辨香芸。

穹林迢遞緑生煙，漠漠澄空映水田。唤雨唤晴鳩不住，能高能下燕頻穿。春暉東去元無恙，風力南来漸有權。起坐江樓自清曉，游魚吹浪碧荷圓。

緑陰庭院晝初長，藥碾丹爐按古方。病後精神渾愛惜，閒来文字費商量。自攜藜榻安風背，新作茅堂向水陽。子鯊正肥斑竹笋，欲將身世老江鄉。

《儼山文集》卷二十四收録『詩餘三十二闋』，早年所作似乎較有情韻。中年以後，專意做官治學，又頗經憂患，好像詞興衰減，不多的詞作中，好幾首是與夏言唱和之作。蓋其時夏言春風得意，快速陞遷，他喜歡作詞，陸深作爲其房師，也不得不迎合。這裏舉其少年時所作擬南唐馮延巳《南鄉子》四闋之一爲例，以見一斑：

細雨濕流光。芳草年年與恨長。煙鎖鳳樓無限事，茫茫。鸞鏡鴛衾兩斷腸。魂夢轉悠揚。睡起楊花滿繡床。薄倖不来門半掩，斜陽。負你殘生淚幾行。[一]

陸深文學作品中，其實還有兩個方面的内容特别值得注意。一是他所表達的吴中地區比較富裕家庭的士人在出仕與家居之間的矛盾心態。在明代，其他地方經濟比較落後，士子讀書做官，既是爲了實現自己的人生價值，也是爲了解決生計問題。江南一帶的人，即使不富裕，也不一定有衣食之虞。因此求仕做官，主要是爲了實現傳統政治理想和人生價值。僅從生活的角度看，北上做官，滿天下奔波，事務繁忙，加上各種應酬，相當辛苦。如果碰上昏君當道，奸佞擅權，相互傾軋，風波險惡，那更是苦不堪言。但在當時現實中，士子除了考科舉做官，又基本没有别的人生道路可以選擇，所以包括江南士子在内的所有讀書人，都不得不走這一條路。當時有些江南人士，通過經營致富、創作書畫等，爲自己的生活提供保障，可在一定程度上獲得自由，但他們在人生價值觀上還是有失落感的。只有極少數靠經營致富或創作書畫、戲曲、小説

[一] 詞末作者跋云：『南唐馮延巳「細雨濕流光」詞，余垂歲極愛之，因按腔廣爲四首，蓋四十年前之作也。癸卯（嘉靖二十二年，一五四三）梅月，偶於小樓敝書中翻出。才情減退，老病侵尋，爲之憮然者久之。』

等謀生的人，開始自覺不自覺地探索思考自己的人生道路的價值和意義，爲自己的人生選擇做出新的解釋。但更多的江南士子，還是在出仕與家居之間矛盾迷茫。陸深早在赴京會試時，就有此疑惑。《儼山文集》卷六《臨清車行》：『南人不識車，北人不識舟。二者更相苦，役役不能休。吾生本丈夫，安能絶行遊。生長東吴郡，偕計來皇州。歲暮風日烈，行行阻且修。黄塵翳白日，四牡騑梁輈。未明候晨雞，殘更且薄羞。堅冰交狐豕，寒疇下羊牛。疏林希突煙，迥野多荒丘。觸目集野意，撫時縈羈愁。豈不愛遺體，高居詎良謀。遑遑念饑溺，遐思禹稷儔。』雖然對自己自找苦吃有些悔意，但最後還是回到傳統的人生觀和價值觀上來。此後，凡是政治上比較順利、獲得了世俗羡慕的榮譽時，他就感到興奮激動。如《儼山文集》卷二《渡淮放歌》，作於嘉靖七年（一五二八），他自正德十六年（一五二一）回家爲父親守喪，至其時已家居八年，有人建議他赴吏部報名復任，他説自己原任國子監司業，應該爲士子典範，不能汲汲於名位。結果，經朝廷重臣楊一清等推薦，朝廷特詔他復職，在路上就被陞爲國子監祭酒。按慣例，只有三品以上的官員復任纔用特詔，陸深備感榮耀，喜悦之情溢於言表：『故人衮衮俱公侯，頻歲勸予勞尺素。亦有封章達姓名，曾傍重瞳屢回顧。憶昨素冠成陛辭，天子中興初踐祚。八年林卧心常懸，一捧部符躬莫措。玉堂天高舊夢回，青宫地切新恩誤。萬分何補等涓埃，五十無聞昧時務。憑將一出期遂初，自保孤忠總如故。』身處政治中樞，他有時很感滿足自得，《儼山文集》卷十六

《館中》：『天上文章白玉堂，日華浮動鬱金香。詞頭封罷渾無事，獨步花磚繞回廊。』憑自己的努力，官至三品，封贈三代，更感自豪。《儼山文集》卷九十八《京中家書二十三首》之十『今早入朝頒詔，仰賴天地祖宗，三代俱蒙恩，贈清卿學士，叨冒逾分。三十年來辛勤，願望於此足矣。但願吾兒立志勵行爲好人，以全門祚，傳之子孫，吾更有何事耶？恩廕想待東宫册立，吾兒可得也』；之二十：『追封三代，得兼清銜，廕子入監，皆吾邑建設以來所未有，不可不知感報。』但在失望時、疲憊時，他就不免對自己的選擇産生懷疑，對江南家居生活無比懷念。《儼山文集》卷十四《宿遷曉發》：『重裘絮帽北行裝，地炕煤爐候曉光。十里雞聲常帶月，五更蝶夢半還鄉。關河遠近俱蕭索，岐路東西各渺茫。不怕孤危緣歷慣，太行山脊更羊腸』；卷十《展牲還》：『月照齋心萬慮空，嚴寒時送北山風。冰蹄入夜千關紫，宵御分行燭影紅。世事浮雲千態變（自注：時秋臺越獄，出入皆檢，頗恐，恐不測），故人點凍一尊同。江南苦憶歸耕地，三匝茅堂一畝宫。』但爲了表面的榮耀，爲了保護家族、家庭的利益，他又不得不硬撑下去。《儼山文集》卷九十八《京中家書二十三首》之七：『廿四雞初鳴，即撰進《太祖高后樂章》六成。入東閣，候至申時，御殿下敕畢，抵家已張燈矣。連日夜身心寢食俱不得遂，六七十老人恐難堪。吾家族中復有幸災樂禍之心，正所謂内迫外迫，人生處此，何樂耶？』《儼山續集》卷十《奉宗溥從兄七首》之六：『奈獨客萬里，懷老念幼，無時少忘。屢欲爲退休計，顧家門事大，未敢輕爲自便，如何如何。』陸深作品中所表現出來的這種矛盾心態，實際上是宋代以後江南地區具有一定近代獨立人格覺醒意識的知識分子在沉睡的龐大帝國母體中的痛苦無奈狀況的寫照。

陸深文學作品中特別值得注意的第二個方面，是他對當時傳統倫理道德規範異化情形的反映。中國古代農業社會特別重視家庭、家族，强調所謂親親、孝悌等等。實際上，宋代以後，在環太湖地區，因爲經濟的繁榮，特别是商品經濟的發展，人們越來越注重追求利益，傳統倫理道德規範受到巨大衝擊。它已經在很大程度上走向反面，異化爲一種强制性權力，成爲某些人謀取利益的工具。温情脈脈的親情面紗，與所掩蓋的赤裸裸的利益争奪，形成巨大反差。這一轉變體現在很多方面，其中突出的表現之一，就是家庭中的兄弟關係惡化，以及某一房無後時各房争爲繼嗣以奪取遺産。陸深與父妾高氏所生二子陸溥、陸博和陸河等堂弟及侄輩關係都非常緊張。《儼山文集》卷九十五《與表弟顧世安十六首》之五：『近又得沈方伯家人寄到書，知老父移居北宅，心背俱刺。四弟失教以孝弟之道，致此狼狽，亦深之不孝不德爲之，南望惟有痛哭而已。委曲情事，亦惟有賢弟知之。族中兄弟俱多離心，而嫡血子孫盡不可恃，賢弟早晚幸爲調護，深生死不敢忘也。』同卷《與黄竹泉三首》之一：『令弟淵卿書來，説河弟、李廷益房基事，深並不知其情。但河之嗜利忘義，乃其積習，必有不當人意處，吾姊丈當教而改之可也！

至卬至卬。』《儼山尺牘·付子家書四十三首》之十七：『墳山葬事，吾一言難盡。筠松翁辛苦卜此吉兆，吾半生心力盡此一方土地，不意門祚衰薄，生此不肖子孫，竟以聞官，可恨可恨。三弟來説此事，吾未嘗有決斷之説，何得爲吾許他，欺天罔人，一至於此。此地五穴，地氣已盡，兼地無空，豈可侵奪已葬之穴，爲葬母之孝子乎？此事曲直義理，良有司必能辨之者。所謂惜小費以亂大倫，天人之所不容也。世豈有不能生事其親，而欲借空名，以爲厚其送死，得爲孝子乎？第恐目下已定。如果非禮非法，吾當以此聞於朝廷，作還葬之行，給假南還也。此帖臨發時作，痛哭流涕之言，迫切迫切。可示子孫便示之，如無益，火之可也。』《儼山尺牘·與顧世安三十六首》之十六：『聞老父日就衰弱，兩弟均不曉事，兩侄尤甚』；之三十二：『深唯有病妻弱子，懸懸在念，知每被侵凌，此骨肉人倫大變也，中夜間唯有墮淚在枕上耳。吾弟見聞，乞以此情喻之，且傳聞，吾未敢以爲實也。念先祖積德，方當食報，豈宜有此斬澤事，此吾所以痛也』；《與楊東濱八首》之六：『深門祚衰薄，遭不肖兄弟弄事，狼狽如此，愧死不暇。』可見因爲買房、墳地等事，陸深父子與陸溥、陸博、陸河等鬧得不可開交，甚至告至官府，陸深不得不以自己爲朝廷命官的身份來威脅他們。

除反映陸氏家族内部矛盾外，陸深作品中還有很多地方反映類似情況。如《儼山文集》卷六十五《處士朴庵倪公墓誌銘》，是爲陸深的同年、同僚翰林院庶吉士倪宗正之父處士倪彬而寫。倪氏爲浙江餘姚人，文稱倪彬『少處人倫之變，長而能教其子，尤爲人所稱。初，守禮公（倪彬之父）年既長，無子，其伯兄意以己子後公。未幾，公繼聚陳氏，生處士及處士之弟，又未幾而公卒。時處士年才十餘耳。始謀者瞠曰：「兩遺孽去之，則産吾産也。」日來擾其門，穴窗毁瓦，推瓶倒罍。躬穫以歸，則要諸路，擊而奪之，死者屢矣。時陳母外無以禦强暴，内無以庇其孤，日夜哭泣，因以喪明。處士百千委曲，以有成立。而陳母卒後，每見目眚者，則爲之一慟。至其待讎者之子弟，未嘗不如族人也，是可謂怨而不怒者矣』。這裹描寫的家族奪産之戰，驚心動魄，與《儒林外史》所寫嚴貢生搶奪其弟嚴監生家財産的情形并無二致。這就是當時所謂兄弟情誼的真相。卷六十七《李先生墓誌銘》記敍了一個庶子被嫡子欺負的情况。卷六十九《黄良式妻陳氏權厝誌銘》記敍陸深堂姊嫁黄竹泉所生子黄標出繼大宗，後來遭到質疑，『家蠱紛紛起』。卷七十一《竹溪韓公夫婦合葬墓誌銘》記載韓忠（號竹溪）之幼弟韓慈已出繼叔父韓維爲嗣，却還要回來與韓忠争奪生父的家産。卷八十《顧公（鼎臣）行狀》載顧鼎臣爲其父顧恂之側室楊氏所生，出生時其父顧恂年已五十有七，顧鼎臣『少不獲于伯兄，事之未嘗失禮』。《行遠集》卷十三《與瞿親家》之『瞿親家』應爲陸深父陸平前妻瞿氏的家人。此信涉及瞿氏家族立嗣糾紛，陸深曰：『自深論之，香火繼承之意微，而田宅産業之心重。萬里、九皋，如出一轍，吾嘗兩笑之，而不敢有所主也。雖老舅見示一二，吾亦笑而不答。但立嗣一節，在今事例，自有成法。生而無後，則聽立其所悦；無後而死，則當論其昭穆。若生而有所不悦者，猶得告官别立。況既死之後，而欲苦苦以其所不悦者承之，此豈立法制律之本意哉？』《儼山尺牘·與某提學》：『縣學生滕奎，與深少同筆硯，最蒙麗澤之益，號相友善者，無過于此。今不幸見惡于其叔，本争家財，誣以他過，而學諭李先生遂欲中之以法。』《儼山外集》卷十七《玉堂漫筆卷下》，記楊士奇子楊稷在鄉間仗勢欺人，爲非作歹，被朝廷判處死刑。『初，仁廟與三楊君臣俱泣曰：『汝必輔朕子孫，朕亦貸汝子孫死。』故三楊子孫皆有敕。稷之敢於爲惡，亦有所恃也。稷既繫獄，文貞得疾，猶欲援敕以贖稷死，命次子㚟檢敕，㚟密秘之，託以稷先持去，遂弗及救。余聞之丹徒靳宫諭云。』這真是令人瞠目結舌。這其實，在明中晚期吴中地區及其他地區許多家族相互關係中，我們都可以看到類似情形。這表明，所謂傳統倫理道德，已經基本坍塌。社會倫理道德以至整個社會秩序，已經需要徹底重整。

以上論及的陸深作品的特殊價值，明清評論家是不會關注的。他們只能按照傳統的文學觀念來評價陸深的作品。由於陸深詩文總體上不脱臺閣體文風和吴中文風，缺乏特色，因此篇帙雖富，當時及後世評價並不高。《四庫全書總目》評曰：『今觀其集，雖篇章繁富，而大抵根柢學問，切近事理，非徒鬬靡誇多。當正、嘉之間，七子之派盛行，而獨以和平典雅爲宗，毅然不失其故步，抑亦可謂有守者矣。』〔一〕這是從館閣文學的立場、從反對復古派的角度來肯定陸深詩文，不免偏頗。王世貞《藝苑卮言》對陸深的評價是『陸子淵如入貲官（即以錢買官者）作文語雅步，雖自有餘，未脱本來面目』〔二〕，用語可謂辛辣。朱彝尊《明詩綜》卷三十三引陳卧子（子龍）：『子淵氣尚清拔，學非深造，多輕淺之調。』這是明代復古派詩論家的評價。作爲復古派對立面的錢謙益《列朝詩集》，對陸深的評價是『公少與徐昌國（禎卿）善，切磨爲文章，有名於世。工書，仿李北海、趙承旨，品騭古今，賞鑒書畫，博雅爲詞林之冠。遺文百卷外，有《河汾燕閒録》《玉堂漫筆》諸書傳於世』〔三〕。錢謙益不直接評陸深詩文，只明確肯定其書畫、史學等，含意頗堪玩味。朱彝尊《静志居詩話》也是否定其詩，而肯定其書法和史學成就：『儼山詩，其原出於大曆十子，平衍帖妥，如設伊蒲之饌，方丈當前，雖遠羶腥，終鮮滋味。至其折衷經史，練習典章，其所紀載，可資國史采擇。昔朱晦翁譏葉正則知古而不知今，陳同甫知今而不知古，惟許吕伯恭克兼之。儼山亦可無愧伯恭矣。若夫正書似顔尚書，行書似李北海，莫雲卿之論，謂風力實出趙吴興之上。自董尚書墨蹟盛行，而儼山遂爲所掩，然尚書論書法推爲正宗，世有張懷瓘，估

〔一〕《四庫全書總目》卷一百七十一『《儼山集》一百卷《續集》十卷』條，清乾隆武英殿刻本。
〔二〕〔明〕王世貞著、羅仲鼎校注《藝苑卮言校注》，齊魯書社一九九二年版，第二五九頁。
〔三〕〔清〕錢謙益《列朝詩集小傳》丙集『陸詹事深』條。上海古籍出版社一九八三年版，第二七八頁。

直未必定取董而遺陸也。』陳田輯《明詩紀事》則對陸深詩不予首肯，對其書法評價也不高：『子淵論詩云：近時李獻吉、何仲默最工。姑自其近體論之，似落人格套。雖謂之擬作可也。然其自作乃平衍敷腴，去李、何尚遠。書法在明人中不失爲第二流。』〔一〕

陸深對自己的書法造詣頗爲自信。據説有人稱他的書法似趙孟頫，他不以爲然，曰：『吾與吴興（趙孟頫）同師北海，海内人以吾爲取法於趙。』〔二〕在錢謙益之前，王世貞、莫是龍、董其昌等即對陸深書法給予很高評價。王世貞《李文正陸文裕墨蹟卷》：『儼山先生《寶應雪夜翫月歌》，則出入北海、吴興，雄逸超爽，有秋雕春駿騰騫絶影之勢。陸之於李，歌辭不妨衣鉢，書法更自青冰也，因合而藏之。』〔三〕又稱他『天才卓逸，翰墨名家，流輩見推，彌布朝野。詩文遒健偉麗，所至動人。尺牘結法無一筆苟。雖尋常家人語，施於所親狎者，亦精審遒密，有二王遺意。小楷尤不易得』。莫是龍曰：『究論其風力，實出於吴興之上……識者尤爲近世莫及。』董其昌曰：『國朝書法，以吾松沈民則爲正始。至陸文裕，正書學顔尚書，行書學李北海，幾無遺恨，足爲正宗，非文待詔所及也。然人地既高，門風亦峻，不與海内翰墨家盤旋賞會，而吴中君子鮮助

〔一〕〔清〕陳田撰輯《明詩紀事》丁籤卷十二，上海古籍出版社一九九三年版，第一三三一頁。

〔二〕清康熙六十一年陸瀛齡重編《陸文裕公行遠集》卷首『國朝諸名公品鑒』。

〔三〕〔明〕王世貞撰《弇州山人四部稿》卷一百三十二『文部·墨蹟跋下』，臺北商務印書館景印文淵閣四庫全書本。

羽翅，唯王弇州先生始爲拈出。然蘭之生谷，豈待人而馥哉？』〔一〕後世評價，或以王、莫、董等人之論爲過譽。

陸深也是一個收藏家，收藏範圍包括古器具、圖書、書法繪畫等。〔二〕《陸文裕公續集》卷七《人持元史至用二十陌得之》描寫其收書之樂：『囊中恰減三旬用，架上新添一束書。但使典墳常在手，未嫌茅舍食無魚。』《儼山文集》卷五十一《江東藏書目録序》敘其收書經歷及特點云：『余家學時喜收書，然覼覼屑屑，不能舉群有也。壯遊兩都，多見載籍。然限於力，不能舉群聚也。間有殘本不售者，往往廉取之，故余之書多斷闕。闕少者或手自補綴，多者幸他日之偶完，而未可知也。正德戊辰（三年，一五〇八）夏六月，寓安福里，宿痾新起，命童出曝，既乃次第於寓樓。數年之積，與一時長老朋舊所遺，歷歷在目，顧而樂焉。余四方人也，又慮放失，是故録而存之，各繫所得。儻後益焉，將以類編入。』據《儼山外集》卷三十七《江東藏書目録小序》，該

〔一〕並見清康熙六十一年陸瀛齡重編《陸文裕公行遠集》卷首『國朝諸名公品鑒』。

〔二〕《儼山文集》卷九十八《京中家書二十三首》之十一：『今寄回鈞州缸一隻，可盛吾家舊崑山石，却須令胡匠做一圓架座，朱紅漆。前寄回銀硃兩包，此出涪州，俱是辰砂研成，祇宜入漆，不可雜用了，知之知之。鈞州葵花水匳一副，又有菱花水底一箇，可配作兩付，以爲文房之飾。餘不再收可也。玻璃瓶彩漆架不佳，可令蘇工製一烏木架，可賣也。』陸深喜收藏，凡事用心至細，由此可見一斑。

目録分十四類：經、理性、史、古書、諸子、文集、詩集、類書、雜史、諸志、韻書、小學和醫藥、雜流、制書。分類與通行分類法略有區别，歷來爲目録學家所關注。尤其是將小學和醫藥歸爲一類，據其自序，乃因他認爲『不幼教者不懋成，不早醫者不速起，其道一也』。這顯然只是陸深一家之説。〔一〕

書畫是陸深收藏的重點，所收不乏名作。既爲自己玩好，也用於送禮等『人事』。《儼山文集》卷九十九《京中家書二十四首》之二十一：『書畫是我一生精力所收，俱各散漫不曾收拾，不知汝有暇清理否。我重入翰林，屢有朝廷文字應酬，苦無書檢閲。此間有人事，書亦復收買幾種。今寫書目去，來時可帶得要的數種。若宋元板，除此間所有，盡可收束，做書厨夾板載來……畫成堂者不必帶，只唐宋單幅可攜十數軸，卷册都可帶來。字帖有古而好者量攜之。』卷一百《京中家書二十首》之五：『今日買得唐褚遂良所臨《蘭亭帖》，有米元章、趙子昂諸名賢題跋，乃希世之寶也。吾家有《月半》《眠食》二帖，皆足爲傳家珍玩，知之知之。家中累歲收拾書畫，皆吾精力所在。有未經裝表者，俱是陸欽經手，可作一箱帶來。兼收買得舊綾錦來爲裝束。

〔一〕《四庫全書總目》卷一百十六『《古奇器録》一卷』條：『其義例與歷代書目頗有不同，蓋深以意爲之，非古法也。』清乾隆武英殿刻本。

過蘇，却與周一之顧倩得一表背人來，尤有用，須湯氏乃可。向曾與一之商量者，黄良式亦知之。此等事，既可以娱老，亦可以爲清人事，故及之。』

這裏順便談一下陸深的學術思想。明代吴中士大夫一貫對宋明理學不感興趣，認爲理學家高談性理，不符合日常生活實際，都是空論，而且鄙薄理學家空疏不學。雖然程朱一派理學在明代已被確定爲官學，科舉考試以之爲標準，朝廷奉之爲正統，儼然神聖不可侵犯，但明代吴中士大夫多不以爲然，重要表現之一就是給程朱的著作挑刺。楊循吉『雅不喜宋人議論，而於考亭尤多掊擊。又最惡近世學術，不然其説』[一]。祝允明早年即有《讀書筆記》，其《學壞於宋論》以爲『古説』『宋人都掩廢之』；『凡學術盡變於宋，變輒壞之』。[二] 晚有《祝子罪知録》，更對上至商湯、周武、伊尹、周公、孟子，下至程頤、朱熹等理學家遍加掊擊，並揭露理學家的虚僞：『道學之名甚尊，僞學之利甚厚，莫不小禍于初，而大獲于後。官不峻而勢益張，權愈失而力轉重，時君通國莫敢攖其鋒，以是黠子從之如狂。從古以來，竊聲利者，無若此途之捷也。』[三] 在這

[一]〔明〕錢府《合刻楊南峰先生全集序》，見〔清〕黄宗羲編《明文海》卷二五二，中華書局一九八七年影印清涵芬樓刻本，第二六四四頁。

[二]〔明〕祝允明《懷星堂集》卷十，臺北商務印書館景印文淵閣四庫全書本，第五一〇—五一一頁。

[三]〔明〕祝允明《祝子罪知録》卷五，明刻本。

方面，陸深同樣繼承了吴中文人的傳統。他官於館閣，場面上不得不遵循程朱理學，以爲師生楷模。也做了建議將薛瑄從祀孔廟（《儼山文集》卷三十四《薛文清公從祀孔廟議》）、輯録楊時、羅從彦、李侗三位理學家之遺文編爲《道南三書》（《儼山文集》卷三十九《道南三書序》）之類的事情。但除公開正式場合隨聲附和贊頌程朱理學外，私下每每議論其缺失。《儼山文集》卷三十一、三十二收録研究《詩經》的著作《詩微》，卷四十一《詩微序》自稱『求爲朱子之忠臣』，實際上對朱熹《詩集傳》多所辯駁。卷五十《縣侯張八峰膺獎序》：『今世學術，高者纂宋儒之講議，務爲攏挏之詞以諱也。其下者則獵取腐爛時文之語，以合程式，君父前殊歉大觀。』《儼山外集》卷二十一《續停驂録卷下》對朱熹論祭祀之昭穆、論祭祀之『尸』，都不以爲然，以爲『恐於幽明人鬼之義，皆爲未精，豈一時有爲之言耶？』甚至認爲朱説『近於巫覡之説』，批評頗爲嚴厲。同書又謂：『《中庸》雜出《戴記》，至二程始尊信而表章之，今獨行，與六經並。晉戴顒嘗傳《中庸》，梁武帝爲《中庸講疏》，然已有知《中庸》者矣，非但始於宋也。』這是否定二程表彰《中庸》之功。同書還對明人推崇曹端的理學，頗不以爲然。《儼山外集》卷二十三《豫章漫抄一》：『宋孝宗升祔，將復祧廟，孫逢吉言：「太祖造邦，與漢高帝同，而未正東向之位，當此時宜更定。」晦庵時爲侍講，不以爲然，以爲殷、周之祖，是謂稷、契，典禮不遠稽於三代，乃近法於漢、唐。逢吉曰：「我宋之興與商、周異，安得以稷、契爲比？不酌人情而必曰三代，人將得而議矣。」此當以逢吉之言爲正。逢吉字説之，龍泉人。』《儼山外集》卷二十七《中和堂隨筆上》又稱：從李開先處借録宋代王景文《詩總聞》，『其書頗與朱《傳》不合，亦多前人所未發云』。凡此，皆不難見出陸深微意所在。

明中葉，思想界趨於活躍，程朱理學一統天下的局面被打破。先有陳獻章、湛若水等，吸收佛教禪宗和道家的某些思想，上繼宋代陸九淵學説，注重『於静處養心』。嗣有王守仁開創『心學』，强調『致良知』，一時風行於世，陸深都不感興趣，不予認可。《儼山外集》卷二十四《豫章漫抄二》載：『趙善鳴字元默，與同年湛元明俱出陳白沙之門。三十年前，因元明識其人。甲午春，以南京户部員外公差過豫章，出許司徒函谷所刻論辯爲惠，始得盡見一時賢俊論學之説。予向嘗疑「氣以成形，而理亦賦焉」爲有語病，今諸公併與「性即理也」一言爲不通之論。大抵義理之學，要在悦心處，如登山然，高一步則所見自别。若未至其地而議之，何益之有。函谷至以《太極圖》爲周子之真贓實犯，此何言與？』可見當陳獻章、湛若水、許誥、趙善鳴等對周敦頤、二程、朱熹理學提出質疑時，陸深又不能接受。

陸深對王守仁及其心學的態度，值得重點關注。陸深是王守仁之父王華任江南鄉試主考時録取的舉人，一直奉王華爲座師。王守仁弘治十二年（一四九九）中進士，曾醉心詩賦創作，與李夢陽等唱和。陸深弘治十八年（一五〇五）中進士後，也加入這一群體。正德二年（一五〇七）閏正月初一，李夢陽、王守仁因彈劾宦官劉瑾等被貶出京，陸深作《南征賦》相送（見《儼山文集》卷一），可見陸、王兩人交誼頗厚。《儼山外集》二十五《豫章漫抄三》記敘陸深正德七年（一五一二）專程繞道拜望晚年家居的王華的情景：『予還自饒，至富陽，陸行過蕭山，入紹興，拜吏部尚書海日公王先生于家。先生名華，字德輝，辛丑狀元，新建伯守仁之父，予鄉試座主也。時廣東梁喬爲守，先生陪入郡齋訪之，梁適他出，先生握予手，登越王臺，觀蘭亭石刻，還過廳事，指所匾「牧愛」二字笑謂予曰：「往年戚編修瀾文湍還，謂時守曰：『此便可撤去。我自下望之，乃「收受」字也。』」似含譏諷。』其師生親密之狀令人歆羨。

嘉靖十二年（癸巳，一五三三）年，時任浙江按察副使的陸深，又曾前往拜望王華繼妻、王守仁繼母趙氏。《儼山文集》卷四十《壽王母趙太夫人七十序》回憶了這一經歷：『浙水之東，姚江之上，有壽母曰趙太夫人，先南京吏部尚書龍山先生王公之配，新建伯兵部尚書守仁之繼母，今鄉進士守文之母也。行太常寺卿兼翰林學士陸深，於龍山公爲鄉試座主，亦嘗從陽明遊，而守文則督學時所校士，視太夫人猶母也。太夫人進封一品，今年壽七十，守文自京闈取捷，名在魁選。春試畢歸，及六月十六日初度之辰，謀捧觴而問壽於深。深憶往歲癸巳之春，持憲東巡，拜太夫人於紹興之里第。時太夫人出坐中堂，冠服雅艶，肅然語家門三數事。』

嘉靖元年（一五二二）王華去世，作爲最親近和最有才華的學生，陸深受託撰《海日先生行狀》，其中云：『時先生元子今封新建伯方爲兵部主事……深，先生南畿所録士也。暨於登朝，獲從班行之末，受教最深；又辱與新建公遊處，出入門墻最久。每當侍側講道之際，觀法者多矣。正德壬申秋，以使事之餘，迂道拜先生於龍山里第，扁舟載酒，相與遊南鎮諸山，乃休於陽明洞天之下，執手命之曰：「此吾兒之志也。大業日遠，子必勉之。」……』〔二〕由文中可知，此狀作於王守仁封新建伯之後。然而，這樣一篇重要的傳記，《儼山文集》《陸文裕公續集》皆不收入，唯賴《王陽明全集》所附『世德記』收入而得以留傳於世，陸深文集中也幾乎未收與王守仁的唱和之作，其中必有重要緣故。清代曹一士的解釋是因爲陸深不贊同王守仁的『心學』：

前代正德、嘉靖之間，姚江盛談良知，北地矜言復古，士大夫靡然從之。終明之世，學術文章日以訛失。蓋雖豪傑之士，冥然莫覺其非者幾二百年。而吾邑文裕陸公生於是時，獨能心知其非是，微言緒論，時所指斥，於是歎前輩淵源深遠，學識堅定，不爲交遊名譽所傾動。百世而下，猶令學者因公之言，知所自立，以不失其家法。其言於朝者曰：『陽明討逆平蠻，功在天下。至其講學，吾未之知。』又筆之於書曰：『今諸公並與「性即理也」一言

〔二〕陸深《海日先生行狀》，見吴光等編校《王陽明全集》卷三十八『世德記』，上海古籍出版社二〇一一年版，第一五四四—一五五四頁。

爲不通之論。夫義理要在悦心，如登高然，高一步則所見自别。若未至其地而議之，何益之有？趙函谷司徒至以《太極圖》爲真贓實犯，此何言與？』……嗚呼，公反復致辨於學術文章之變者，可謂微而中、約而該矣。抑嘗考公年譜，王海日先生主江南省試，公爲解首，與陽明交好如兄弟。及陽明講學授徒，數貽書與公，往復多不合，而集中不傳，豈惡啓争端，削其稿耶？……蓋公崛起海濱，逮事成、弘諸公，雍中則師張文懿，館中則師李文正。他若羅整庵、魏莊渠、顧東江諸公，皆謹守家法，不眩新學。耳目所及，問學彌深，故能别黑白於未定之時，辨淄澠於交流之日，爲後之崑山、虞山，近之當湖、安溪導其先路。嗚呼，公所謂豪傑之才也。〔一〕

按清代康熙年間朝廷大力强化程朱理學的正統地位，曹一士作此解讀並不奇怪。但這是後來人的敍述，代表吴中士人立場的敍述。是否符合陸深父子的心思，還有待考辯。陸深對陽明心學肯定不認可，《儼山尺牘·付子家書四十三首》之十四云：『江西時文，亦甚弊弊，吾所不喜。大抵駕一片高虚套子，如曰良知，如曰神化機、貞夫一之類。』但是否僅爲學術觀念不合，即棄《海日先生行狀》而不録，並削去與王守仁交往的詩文？據《明史·王守仁傳》，王守仁正德十

〔一〕 清康熙六十一年陸瀛齡重編《陸文裕公行遠集》卷首曹一士《重編陸文裕公行遠集序》。

四年（一五一九）平定寧王朱宸濠叛亂後，遭到先受寧王賄賂者和嫉妒者百般誣衊。直到嘉靖元年（一五二二）纔論功封新建伯，世襲，歲禄一千石，『然不予鐵券，歲禄亦不給』。嘉靖六年（一五二七），王守仁又奉命平定斷籐峽瑶亂，捷至，世宗『以手詔問閣臣楊一清等，謂守仁自誇大，且及其生平學術，一清等不知所對』；『守仁已病甚，疏乞骸骨，舉鄖陽巡撫林富自代，不俟命竟歸，行至南安卒，年五十七』；『守仁既卒，桂萼奏其擅離職守，帝大怒，下廷臣議。萼等言：「守仁事不師古，言不稱師。欲立異以爲高，則非朱熹格物致知之論；知衆論之不予，則爲朱熹晚年定論之書。號召門徒，互相唱和。才美者樂其任意，庸鄙者借其虚聲。傳習轉訛，背謬彌甚。但討捕畲賊，擒獲叛藩，功有足録，宜免追奪伯爵以章大信，禁邪説以正人心。」帝乃下詔停世襲，卹典俱不行』。直到隆慶元年（一五六七），廷臣多頌其功，纔詔贈新建侯，謚文成，二年（一五六八）予世襲伯爵。[一] 由此可見，從嘉靖七年（一五二八）王守仁卒，到隆慶元年（一五六七）詔贈新建侯，四十年間，功高蓋世的王守仁在朝廷中已成負面人物。否定王守仁之事，由世宗直接操縱，他不僅懷疑王守仁的功績，大怒其不俟命竟歸，而且認定其心學爲異端邪説。很難説世宗本人有什麽學術思想，他也不一定真是因爲學術觀念不同而懲罰王

[一]《明史》卷一百九十五《王守仁傳》，第五一六六—五一六八頁。

守仁。在『議大禮』的激烈搏殺過程中，支持他的多是陽明心學門徒。他之所以要否定王守仁，主要原因是王守仁以道德、功業而兼學術，一時聲望太高，風頭幾乎蓋過世宗本人，且不怎麽尊重他。世宗自命不凡，以爲自己兼爲帝王和導師，他是決不能允許臣下能有這樣的影響力的。桂萼等只不過是揣摩迎合其意，兼逞私心而已。既然王守仁在嘉靖年間處境如此，深知世宗其人、一向謹慎小心的陸深，以及其子陸楫，在嘉靖二十三年（一五四四）前後編定陸深文集時，自然會盡量避免將與王守仁有關的詩文放進去，這可能纔是陸深文集不收《海日先生行狀》的主要原因。這與陸深文集盡可能多收與當時正得勢的嚴嵩、夏言有關的詩文是一個道理。

唐錦《陸公（深）行狀》末尾曰：『太卿穆文簡公孔暉嘗品當世人物，謂公才識性度酷類東坡。少保胡端敏公世寧謂公曰：「公交遊遍海内，吾獨真知之。文章行業，殆今之歐陽公也。」尚書霍文敏公韜每對朝士曰：「方今縉紳豪傑，屈指不數人，陸子淵其一也。」禮侍少湖徐公階嘗謂：「吾松先達，如張莊簡公之政事、錢文通公之風猷、張莊懿公之器量、顧文僖公之才望、二沈學士之書翰，皆一代名流。儼山公殆兼而有之。至於問學之宏博，詞賦之精工，直當與先朝宋文憲、李文正相爭衡。」聞者以爲知言。』這是當時名流對陸深的總體評價，或爲面許之言，或爲陸深文集作序中語，聊供參考可也。

五、陸深的著作及其版本

陸深特别注意保存自己的文稿，其子陸楫也用心收集整理父親的著作。《儼山文集》卷九十九《京中家書二十四首》之十九云：『書來欲爲吾集文稿，舊曾清出三册，是丙子(正德十一年，一五一六)以前所作，是姚天壽寫清，放在浦東樓上西間壁廚内。丁丑(正德十二年，一五一七)以後文字俱散漫，稿簿俱留在家，可乘閒清出，令人寫浄，須我自删定編次也。』此信爲嘉靖十八年(一五三九)扈從世宗南巡承天之後所寫。又《儼山文集》卷九十九《京中家書二十四首》之二十一曰：『我平生文字稿簿，可一一收束，一字不可失也。交遊書劄，自可作一櫃藏起，樓上俱可架閣也。』

因爲陸深文稿保留較爲齊整，所以他嘉靖二十三年(一五四四)去世後不久，陸楫即編成《儼山文集》一百卷、《儼山外集》四十卷。費寀《陸文裕公文集序》：『陸文裕公集凡百卷。』徐階《陸文裕公集序》：『陸文裕公集一百卷，其子國子生楫所刻……公歿再期，而此集出……嘉靖丙午(二十五年，一五四六)仲夏望日。』徐獻忠《陸文裕公外集序》：『先所次詩文集共若干卷，此因名外集，子楫校，授中表黄子標銓次如此云。嘉靖乙巳歲(二十四年，一五四五)八月既望後學郡人徐忠獻撰。』何良俊《陸文裕公外集後序》：『唯先生撰著成書凡二十三家，通計四十卷……是刻也，黄子實事編校，最爲詳審。楫又以先生之命，命良俊序於簡末……嘉靖乙巳(二十四年，一五四五）九月望後學郡人何良俊撰。』按照上述序、跋，《儼山文集》《儼山外集》似在嘉靖二十四年（一五四五）到二十五年（一五四六）兩年間同步編成。以往人們也都據上述序、跋，認爲《儼山文集》《儼山外集》即刻成於嘉靖二十五年（一五四六）。北京大學圖書館藏《儼山文集》一百卷二十册二函本、臺灣圖書館藏明崇禎十三年（丁巳）陸鏗校補刻本《儼山文集》一百卷本，末尾均有文徵明《陸文裕公全集後序》云：『文裕公既卒踰年，文集梓成，今大學士徐公既敍首簡，其子楫以余與公雅有事契，俾識其後。未幾楫死，嗣孫郯復以爲請，屬予多病未暇，而郯請彌勤。蓋自丙午極今丁巳，十有二年矣，意益弗懈。』則在陸楫於嘉靖三十一年（一五五二）去世後，其嗣子陸郯在嘉靖三十六年（丁巳，一五五七）即將《儼山文集》重印。

《陸文裕公續集》十卷的編纂時間應該晚於《儼山文集》和《儼山外集》。唐錦《陸文裕公續集序》：『先生既斂神觀化，其子太學生楫字思豫發所藏稿，類而成編，凡爲集百卷，外集四十卷，咸登諸文梓，壽其傳矣。兹復訪蒐散佚，隨遇劄録，編爲續集十卷，刻附集後以傳……嘉靖辛亥歲（三十年，一五五一）仲春朔旦。』陸師道《題陸文裕公續集後》也説：『右《陸文裕公續集》，其子楫既刻前集百卷，外集四十卷，復蒐集遺佚，以成是編，爲十卷，合百五十卷。嗚呼，富矣哉！……及至懸車之後，乃作《傳疑録》；屬纊之年，方集《山居經》。則始斂其大有爲之志以爲立言計，而非向之區區應世者比……嘉靖辛亥（三十年，一五五一）夏五月朔長洲陸師道謹題。」則《陸文裕公續集》編成於嘉靖三十年（一五五一）左右。

今北京大學圖書館藏有：《儼山文集》一百卷，二十册二函；《儼山文集》一百卷，三十二册四函；《儼山文集》一百卷、《外集》四十卷，二十八册四函；《儼山外集》四十卷，四册一函；《儼山外集》四十卷，五册一函；《儼山外集》四十卷，一册一函等。很可能當時是以《儼山文集》一百卷、《儼山外集》四十卷、《陸文裕公續集》十卷爲三個單元，既分别單獨刊刻過，也根據需要分别將《儼山文集》和《儼山外集》、《儼山文集》和《陸文裕公續集》拼合刊刻過。

順便要指出的是，三書雖主要由陸楫編成，但黄標發揮了重要作用。《儼山文集》卷一題下注「門生黄標校編」；卷三十一《詩微一》題下亦注「門生黄標校編」。又徐獻忠《陸文裕公外集序》稱《儼山外集》由「子楫校，授中表黄子標銓次如此云」。何良俊《陸文裕公外集後序》稱：「唯先生撰著成書凡二十三家，通計四十卷……是刻也，黄子實事編校，最爲詳審。」則黄標對《儼山外集》的編校出力尤多。〔二〕

〔二〕《儼山文集》卷九十五《與黄甥良式十五首》之七：「刻書復成幾種？可草草印來一閲。病餘，因清出雜記，略有數卷，寫得十葉付去，就煩一校勘。若雷同剿説，抹去可也。予此等文字，大意欲窮經致用，與小説家不同，幸著眼。可命照入刻行款寫一本來，有商量處也。」可見陸深在世時，黄標已著手校刻陸深《儼山外集》中的作品。

陸楫編纂其父三書的同時，還編成《陸文裕公年譜》。唐錦《陸公（深）行狀》云：『適楫修公《年譜》初成，事詳且核。謹掇其大端，編次如右。』康熙六十一年陸瀛齡重編《陸文裕公行遠集》卷首所收林樹聲《陸文裕公年譜序》云：『宗伯陸文裕公卒之明年，其孤楫手撰年譜既成，奉以告林子曰：「……願開首簡，以信來者。」嘉靖乙巳（二十四年，一五四五）夏五月吉賜進士出身翰林院庶吉士後學郡人林樹聲序。』此《年譜》曾刊刻否，是否尚存於世，現不得而知。

二〇一六年，黄山書社《明别集叢刊》第二輯影印《儼山文集》《儼山外集》《陸文裕公續集》共一百五十卷，其中《儼山文集》《儼山外集》據北京大學圖書館藏明嘉靖陸楫刻本《儼山文集》一百卷、《儼山外集》四十卷共二十八册四函本影印，《陸文裕公續集》據清華大學圖書館藏明嘉靖陸楫刻本《陸文裕公續集》十卷本影印。

四庫全書本《儼山集》一百卷、《儼山續集》十卷以兵部侍郎紀昀家藏本爲底本，該底本『不載《外集》，蓋《外集》皆其筆記雜著，又自别行也』[二]。四庫全書本《儼山外集》三十四卷以浙江汪汝瑮家藏本爲底本，『舊刻本四十卷，今簡汰《南巡日録》《大駕北還録》《淮封日記》《南遷日

[二]《四庫全書總目》卷一百七十一『《儼山集》一百卷、《續集》十卷』條，清乾隆武英殿刻本。

記》《科場條貫》《平北録》六種，别存其目，故所存惟三十四卷焉』〔二〕。四庫館臣之所以删去這六種六卷，是因爲其中多牽涉明代史實，有可能觸清朝統治者之忌諱。將四庫全書本《儼山集》一百卷、《儼山續集》十卷和《儼山外集》三十四卷與陸楫刻本《儼山文集》《陸文裕公續集》和《儼山外集》相應部分比較，差别很小（見下），可見紀昀家藏本《儼山集》一百卷、《儼山續集》十卷和汪汝瑮家藏本《儼山外集》四十卷，或即嘉靖陸楫刻本，或是據陸楫刻本的翻刻本。

試比較黄山書社影印嘉靖陸楫刻本（以下簡稱『嘉靖本』）與文淵閣四庫全書本（以下簡稱『四庫本』），有如下幾個方面的差異：

（一）嘉靖本誤，四庫本不誤，應爲四庫館臣校改。如：

嘉靖本《儼山文集》卷十四《十二月朔雪夜宿宣風館次壁間韻》『深慚未遂還吴計，獨譜《離騷》調楚魂』，四庫本改『調』爲『招』；

卷十八《雨中同嚴介谿張碧溪懷宋西溪地官》『今與懷人一水遥，小堂深竹坐蕭蕭』，四庫本改『與』爲『雨』；

卷十九《春日書事用十二生肖體》『磔鼠真漸獄吏詞，飯牛甘結主人知』，四庫本改『漸』爲

〔二〕《四庫全書總目》卷一百二十三『《儼山外集》三十四卷』條，清乾隆武英殿刻本。

『慚』；

卷二十三《太清歌》『鼓腹含哺囿太平，九有享清寧』，四庫本改『囿』爲『誦』；

卷二十四《念奴嬌》『開頭捩拖，長年也是人傑』，四庫本改『拖』爲『柂』；

卷四十一《古文會編後序》『得縱觀前代之文而揚確之』，四庫本改『確』爲『摧』；

卷五十七《周大記》『始周與秦國合而列，列五百載復合』，四庫本改兩個『列』爲『别』；

卷八十三《愚庵李府君誄》『如材梗楠』，四庫本改爲『如材楩楠』；

卷八十三《祭鄭可齋文》『庇護未階』，四庫本改爲『庇護未加』；

卷八十四《責志論》『刑喪神馳』，四庫本改爲『形喪神馳』；

卷八十五《策：　癸亥南監季考》『括磨拔擢』，四庫本改爲『刮磨拔擢』；

卷八十八《跋師子林圖》『可謂本教中之喝捧手』，四庫本改『喝捧手』作『喝棒手』；

卷九十五《與顧世安十六首》之九『不必介帶』，四庫全書本改作『不必芥蒂』；

嘉靖本《儼山外集》卷一《傳疑録上》：『《周禮》多幽、薊、并而少青、徐、梁』。按這裏是説《周禮》所記『九州』與《禹貢》所記的差别。《周禮》所記有『青』，少的是『冀、徐、梁』，嘉靖本上下文也不誤，唯此處誤。四庫本改正爲『少冀、徐、梁』；

卷十六《玉堂漫筆卷中》：『嘉靖庚子四月廿日，晨起偶觀，柳書所疑，南窗下兩目作花，投筆浩歎。』『柳』應是『聊』字而訛。四庫本乃改爲『因』字；

卷二十一《續停驂録卷下》兩處提到前秦君主『符堅』，四庫本均改爲『苻堅』。

上述各例，四庫本的校改都是正確的。由此可見，四庫館臣的校改還是比較細心的。

（二）嘉靖本不闕，而四庫本有闕。可見四庫本的底本並不一定是嘉靖原刻本，但更大的可能是所據原刻本已有破損。如：

《儼山文集》卷三十一《詩微》，四庫本『卷耳』『樛木』『螽斯』『桃夭』幾條，都有不少闕字，以『中闕』表示，但嘉靖本不闕。

也有相反的情況。《儼山文集》卷九十二《與沈西津方伯三首》之三『黄金垂帶』後二字嘉靖本漫漶，四庫本完整。

（三）也有嘉靖本不誤，而四庫本誤者。如：

《儼山文集》卷九十八《京中家書二十三首》，嘉靖本分段非常清楚，四庫本却幾次將兩封信連寫，導致篇數與題目不一致。

《陸文裕公續集》卷二《送朱玉洲游南雍》後，嘉靖本依次是《大風》《山雞歌示徐元度》《岐陽石屏歌》《題鄭俠流民圖》《月潭歌》《呂梁行》《題文徵明畫》《七十歌》《十一日安陵始得風過桑園》《贈别殷子》《和王元章梅花酬時望》，而四庫本卷二《送朱玉洲游南雍》後，依次是《岐陽石屏歌》《題鄭俠流民圖》《月潭歌》《吕梁行》《題文徵明畫》《七十歌》《十一日安陵始得風過桑園》《贈别殷子》《和王元章梅花酬時望》《大風》《山雞歌示徐元度》。諸詩順序不同，可能是四庫全書抄手抄漏了幾首，如果重抄的話太費力，因此采取了補抄的方式，以曚混過關，即使被發現了也比漏抄責任要輕。由此可見出四庫全書抄校者在抄校過程中的微妙心態。

卷四《自天姆山望天台》後，接《慈化寺早起喜晴遂發》，四庫本則將後一首詩省去題目，直接接在前一首後。按《儼山外集》卷二十四《豫章漫抄二》：『袁州萬載縣西北行百里，有慈化寺，爲普庵道場』，則陸深所經歷的慈化寺在江西，與浙江天姆山不相干。四庫本應該是漏抄了題目。

《儼山外集》卷十六《玉堂漫筆卷中》提到『襲封誠意伯劉廌』，『廌』字嘉靖本闕，四庫本作『基』，誤。劉基本人受封誠意伯，襲封誠意伯者乃其孫劉廌。

卷三十三《春雨堂雜抄》論及宋代宰輔制度曰：『參知政事者，與參庶務，以毗大政。其除授不宣制，不押班，不知印，不預奏事，不升政事堂，殿廷别設磚位於宰相後，及敕尾署銜降一等。』嘉靖本、四庫本均脱『後』字，或爲陸深原稿有誤。四庫本又改『磚位』爲『專位』。按，據《續資治通鑑長編》卷五、卷四十等，『磚位』不誤。四庫館臣殆不知『磚位』之義而誤改。

卷三十四《同異録卷上》引宋祁《慶曆兵録序》，其中謂『唐季亂生置帥，其弊樂，故群不逞糜潰而争』。按嘉靖本作『弊樂』不可解，四庫本改『樂』爲『弱』，亦不順。據《全宋文》卷五一六所録宋祁原文，當作『其弊樂姑息，厭法度』。

由上述各例可見，四庫館臣也難免疏失。

（四）嘉靖本不誤，四庫本因顧忌而删改。如：

《儼山外集》卷三《河汾燕閒録上》第一條，嘉靖本有一條：『杜詩「風吹滄江樹，雨洗石壁來」，自是以實字作虚字用。樹，樹立之樹。晦翁以爲誤字，欲更爲「去」，對「來」字，恐未然。東坡《有美堂詩》：「天外黑風吹海立，浙東飛雨過江來。」祖此。但長公不若老杜之簡雅遠矣。』四庫本没有這一條。像這種缺一條的情況很少見，不排除是漏抄，但故意删去的可能性更大，因爲這一條批評了朱熹。

卷十七《玉堂漫筆卷下》一條，嘉靖本作『宋徽宗宣和六年，禮部試進士至萬五千人，是年賜第八百餘人。宋朝故事：每廷試前十名，御藥院先以文卷奏，御定高下。高宗建炎間始曰：取士當務至公，考官自足憑信，豈容以一人之意，更自升降？自今勿先進卷子。此真帝王之體。古所謂君明樂官，不明樂音者，正如此。』四庫本將『高宗建炎間始曰』改爲『高宗建炎間始罷之』，以下各句全删。按：此下數句爲讚美宋高宗之語，陸深殆爲明世宗在科舉鼎甲録取上肆意弄權而發。清朝皇帝也特别喜歡專斷弄權，對科舉多加干預，這段話戳中了他們的痛處。四庫館臣爲避禍，所以删去。

卷二十一《續停驂録卷下》：『及觀汪彦章之奏劾，有曰：「劉光世、韓世忠、張俊、王瓊之徒，身爲大將，飛揚跋扈，不循法度，所至驅虜甚於夷狄。」』末句四庫本改爲『所至驅掠甚於敵人』。

《陸文裕公續集》卷二《送朱玉洲游南雍》末尾『千金駿骨非難事，萬里鵬風有壯圖』以下，嘉靖本作『太史近占乾象好，文星明歲照三吴』。四庫本作『太史近占乾象好，題詩贈汝還憐吾。聽我題詩作吴話，終當把酒話尊爐』。嘉靖本無而四庫本多出者，似只有這一處，殆因『文星明歲照三吴』一語有忌諱，館臣自由處理乎？

從上述例子可以看出，四庫館臣爲了避禍，在校改時是如何的小心翼翼。一斑窺豹，由此我們可以窺見《四庫全書》編纂過程的真實情形。

前引清應寶時修、俞樾等纂《（同治）上海縣志》卷十八載，陸深嗣曾孫陸鑨，『字元美，砥礪名行，於書無所不窺，輯《宗譜》四卷、《文裕遺稿》十卷，補刻《儼山文集》百餘篇』。按前面已提到陸鑨曾於明崇禎十三年（一六四〇）校補重刻《儼山文集》一百卷，將之與嘉靖刻本對照，行款皆同，應爲用嘉靖刻板重印，但卷首費寀與徐階二序位置互换，徐階序後補刻有『崇禎庚辰春玄冢孫鑨重訂』字樣，費寀序後補刻有『如臯冒起宗重較』字樣，『總目』四頁省去，由此可知陸鑨重印時有所修補。陸鏻所輯《文裕遺稿》十卷，是否尚存世，不得而知。此處所言『補刻《儼山文集》百餘篇』，當即下面要提到的《陸文裕公行遠集》。

《四庫全書總目》『行遠集行遠外集皆無卷數内府藏本』條云：『明陸深撰。深有《南巡録》已著録。其《文集》《續集》刻於嘉靖中，此集則崇禎庚午，其曾孫休寧縣知縣起龍所編。前有起龍《述言》一篇，稱深隨地著述，散見四方者，邈不可購。所鐫正、續集一百五十卷有奇，十不得五，迄今糢糊散佚又十之二三。起龍眷懷先澤，多方搜購，見輒筆之，又積至二十餘卷，以次校編。又稱附以《年譜》，重開生面云云。今考此本所載，皆《文裕集》所已收，蓋其時舊刻散佚，因掇拾所存，重刻此版，故稱搜購，實則非續獲於正、續二集之外也。所稱《年譜》，今亦不存，或裝緝偶漏，或歲久板又佚缺歟？』按日本内閣文庫藏有《陸文裕公行遠集、外集》不分卷，按文體編排，首有陸起龍《述言》云：『起龍睠懷先澤，圖所以爲劍合計，家咸元美鏻夙有同心，多方搜購，見輒筆之，又積至二十餘卷。』所言與《四庫全書總目》一致，當爲同一本。

康熙六十一年（一七二二），陸深五世從孫陸瀛齡重編《陸文裕公行遠集》。卷首曹一士《重編陸文裕公行遠集序》：『文集歲久漫漶，耳孫景房（陸瀛齡）取其伯祖永寧公（陸起龍）明季時所刊《行遠集》，重加編校，定爲二十四卷，示余讀之。』陸瀛齡重編《行遠集》『識』云：『齡自總角時，先君子嘗手裒全集，庭立而詔之曰：我陸氏家學在是，立身行己，當以公爲法。小子識之未敢忘。全集原刻凡一百八十卷，先伯祖吉雲公宰永寧時，重付剞劂。慮其繁也，十存一二，簿書鞅掌，未暇編定，公諸當世。今藏版尚存，齡謹奉庭訓，重編卷次，且補其漫漶闕失者。』陸瀛齡『一百八十卷』之説，何所依據，不得而知。北京大學圖書館藏有明陸起龍刻清康熙六十一年陸瀛齡補修《陸文裕公行遠集》二十四卷本，黄山書社《明别集叢刊》第二輯據以影印。將之與日本内閣文庫藏明崇禎十年陸起龍刻《陸文裕公行遠集、外集》相比，陸瀛齡補修本只是分了卷次，將『賦』等文體的位置作了變動，所收作品一致。正如《四庫全書總目》所言，《陸文裕公行遠集、外集》中所收作品，大部分《儼山文集》《儼山外集》《陸文裕公續集》已收録，但有一百三十六篇詩文上述三書没有收録。對某些作品，《陸文裕公行遠集、外集》有所删改。

陸深《儼山文集》《陸文裕公續集》中，都收了較多尺牘，但並未收全。另有《儼山尺牘》一册，不分卷，唯見復旦大學圖書館藏有『寒木春華館藏鈔本』，其中所收尺牘均爲《儼山文集》《陸文裕公續集》未收者。

陸深搜集早期四言詩的著作《詩準》，今唯見北京大學圖書館藏有一本，封面題『詩準精鈔本　黄川吴氏藏』，右側題『戊午五月世經堂』。卷首有『國立北京大學藏書』『潘承弼藏書印』『曾爲雲間韓熙鑑藏』『甲子丙寅韓德均錢潤文夫婦兩度攜書避難記』『璜川吴氏收藏圖書』等印。末頁有『乙卯七月初五閱一過，小蓮戈襄』字樣，及『小蓮、半樹齋戈氏藏書印』和『韓繩大一名熙字价藩讀書印』『國立北京大學藏書』印。明嘉靖間華亭徐階和清康熙間錢塘徐旭旦均號世經堂，未知孰是。戈襄（一七六五—一八二七）爲清中葉藏書家，詞學家戈載之父。『璜川吴氏』爲清嘉慶間蘇州藏書家吴志忠家族，因祖籍安徽新安之潢溪，故署『潢川吴氏』，又作『璜川』『黄川』。韓德均爲清中葉雲間藏書家韓應陛之孫，韓載陽之子。韓熙（繩大）爲韓德均之子。潘承弼（一九〇七—二〇〇三），字景鄭，現代藏書家，一九三五年曾任章太炎創辦的章氏國學講習會講師，其藏書樓爲寶山樓。按該書末尾有《刻〈詩準〉小序》：『郡守高子登氏讀我儼山先生匯次《詩準》……乃謀余引而刻焉……願刻而是正之。後學彭汝寔拜書。嘉靖丙申（十五年，一五三六）冬十月望日嘉定州刻』；《刻〈詩準〉後序》：『儼山陸公以國子師暫寄藩翰，西蜀之政秩焉以和。乃於其暇，旁覽載籍，取石鼓、蠶叢若而詩既，手自參定，名曰《詩準》，屬司諫彭子汝寔暨鳳韶校之，嘉定高守登刻之……嘉靖丙申（十五年，一五三六）九月甲寅，屬吏麻城毛鳳韶謹書』。則此書或曾刊刻，此本或爲寫刻本。

陸深以《詩經》中科舉，有研究《詩經》的著作《詩準》，僅存二卷，收入《儼山文集》卷三十一、三十二。卷三十二末尾陸楫注：『先公《詩微》成，攜入京師，爲朝士借録亡去，僅存《二南》

《邶風》耳。餘俟訪獲，當別梓成書以傳。』[二]

有《戊航雜記》。《儼山外集》卷九《南還日記》（嘉靖八年貶延平同知南還途中，四月廿七日）載：『得友鄭廉宜簡書。錦衣百户黄鏈字良器，爲予刻《戊航雜紀》寄至。良器能詩辭，皆徽産也。』其中作品應已收入《儼山文集》和《陸文裕公續集》。

有《見月録》一卷。《儼山文集》卷三十六《見月録小引》：『余性疏，口且多言，與人交輒得罪。』他與戴子孝同行四千里，共處五十日，而相處融洽，他感到驚異，也感到欣慰。故專門編録两人同行時所作爲《見月録》一卷。此書不知是否曾單獨刊刻，其中作品不知是否已收入《儼山文集》和《陸文裕公續集》。

有《知命集》。《儼山文集》卷三十六《知命集引》稱，嘉靖十二年（一五三三）從江西右參政，升陝西右布政使，道轉四川左布政使，由江西、京口、維揚、開封、洛陽、咸陽，至梓州，一路之作，編爲《知命集》。其中作品應已收入《儼山文集》和《陸文裕公續集》。

[二] 《儼山文集》卷四十一《詩微序》：『深承父師之訓，以《詩經》發科。自少誦習，中歲業舉如制。反覆諷詠之餘，各有所疑，輒用劄記。迨通籍禁林，獲交英俊，間於僚友間稍出一二質之，頗有合焉，而亦未敢遽以爲是也。念今六十年矣。雖於經術之大，終身難聞，而一得之愚，不忍自棄。聊復稿存，將以示子孫。題曰《詩微》，其章句篇什，多仍乎舊。是編也，蓋欲折衷《傳》《序》，兼采衆長，以明詩人之旨。其疑者存焉，其闕者擬焉，而因以附見鄙説，求爲朱子之忠臣而後已。嗚呼，僭妄之罪，安所於逃，粗令後世知予之苦心，豈所謂皓首一經者耶？』

有《海潮集》。《儼山文集》卷三十九《海潮集序》，作于庚子（嘉靖十九年，一五四〇）夏四月望。他觀察上海、浙江沿海潮水來源，集録古今論潮水者類爲集。今未見。

陸深曾欲輯録松江前輩詩，未就。《儼山文集》卷四十二《草堂遺稿序》：『深方欲輯録郡中諸前輩詩，自爲一編，以致景仰之意，愧寡陋未就。』

陸深曾抄藥方。《儼山文集》卷五十一《爲己方序》：『予喜手抄書，方時少壯，夜寒鑪炙不廢潁。今五十有六年矣，衰病垂及，乃喜抄藥方。』今未見。

陸深還曾編古文選本《古文選》。沈懋孝《古選序》：『《古文選》者，東海儼山陸司成所編緝。上自春秋，下訖兩漢、晉、魏以來，如戴《記》、左氏、莊生、孫武、屈、賈、班、馬之文，取其著者爲十卷，冠於前。若宋玉、司馬相如、揚雄、劉向之徒，得文六十餘首，又爲四卷，列於後。友人喬君刻以傳，屬余序其義……陸先生爲館閣前修，自許甚□，斯編大約多取於周末漢初，自與唐宋人霄淵迥別。世無卞生，誰則知之者。』[一]按陸深著作中未提及此書，各種書目亦不載，疑此書未刻，或曾刻而已失傳。

《四庫全書總目》卷一百三十一著録《儼山外紀》一種：『舊本題明陸深撰。深有《南巡日

[一]〔明〕沈懋孝撰《沈長水集·長水先生四餘編》，明萬曆刻本。

録》已著録。此書載《學海類編》中，乃曹溶於深《儼山外集》之中隨意摘録數十條，改題此名，非深自著之書也。』〔二〕

二〇二二年七月二十日　廖可斌

〔二〕《四庫全書總目》卷一百三十一『《儼山外紀》』條，清乾隆武英殿刻本。

《陸深全集》整理説明

陸深作品主要收録於《儼山文集》《儼山外集》《陸文裕公續集》中。有兩個版本：明嘉靖刻本和四庫全書本。嘉靖刻本由陸深之子陆楫所刻，包括文集一百卷，外集四十卷，續集十卷，共一百五十卷。其中《儼山外集》是筆記雜著，包括《傳疑録》二卷，《河汾燕閒録》二卷，《春風堂隨筆》一卷，《聖駕南巡日録》一卷，《大駕北還録》一卷，《淮封日記》一卷，《南遷日記》一卷，《知命録》一卷，《金臺紀聞》二卷，《願豐堂漫書》一卷，《谿山餘話》一卷，《玉堂漫筆》三卷，《停驂録》一卷，《續停驂録》三卷，《科場條貫》一卷，《豫章漫鈔》四卷，《中和堂隨筆》二卷，《史通會要》三卷，《平胡録》一卷，《春雨堂雜鈔》一卷，《同異録》二卷，《蜀都雜鈔》一卷，《古奇器録》一卷，《書輯》三卷。四庫全書本與嘉靖刻本的主要區別在於，四庫全書本《儼山外集》只收十八種三十四卷，簡汰《聖駕南巡日録》《大駕北還録》《淮封日記》《南遷日記》《科場條貫》《平胡録》六種六卷，别存其目。

明崇禎年間，陸深從曾孫陸起龍編《陸文裕公行遠集》。清康熙六十一年（一七二二），陸深五世從孫陸瀛齡對《陸文裕公行遠集》重編補刊，定爲二十四卷，實爲陸深作品的一個選集。陸瀛齡重編補刊本所收的大部分内容，《儼山文集》《儼山外集》《陸文裕公續集》都已收，只有個別篇章，《儼山文集》《儼山外集》《陸文裕公續集》没有收録。而對同一篇章的文字，《陸文裕公行遠集》往往有所删减。

《儼山尺牘》是陸深的書信集，其内容《儼山文集》《陸文裕公續集》均未收。

《詩準》是陸深搜集編纂的《詩經》以外的四言體古詩集，收録從石鼓文至陶淵明作品，附有陸深的相關考釋評論。

此次整理《陸深全集》，力圖盡可能全面收集陸深存世作品，匯爲一編。各集以次排列，盡可能保留其本來面目，而不打亂重新編排。其中《儼山文集》《儼山外集》以黄山書社《明别集叢刊》第二輯影印北京大學圖書館藏明嘉靖年間陸楫刻本爲底本，《陸文裕公續集》以黄山書社《明别集叢刊》第二輯影印清華大學圖書館藏明嘉靖年間陸楫刻本爲底本，以清文淵閣四库全书本爲校本。《陸文裕公行遠集》以黄山書社《明别集叢刊》第二輯影印北京大學圖書館藏明陸起龍刻清康熙六十一年陸瀛齡重編補刊本爲底本，與明嘉靖年間陸楫刻本《儼山文集》《儼山外集》《陸文裕公續集》一一比對，爲避免重複，只收録後者未收的序跋六篇，詩一百十五首，文十五篇。《儼山尺牘》以復旦大學圖書館藏寒木春華館藏鈔本爲底本。《詩準》對研究中國早期詩歌具有一定價值，故本書予以收録，以北京大學圖書館藏黄川吴氏藏精鈔本爲底本。

陸深的個別作品，散見於其他人的文集及方志等文獻中。此次整理，從鄭善夫《少谷集》中輯佚詩一首，胥從化編訂的《濂溪志》中輯佚詩一首，卞永譽《式古堂書畫彙考》中輯佚詩六首，陸時化《吳越所見書畫録》中輯佚詩八首，《王陽明全集》中輯佚文一篇《海日先生行狀》。共計詩十六首，文一篇，作爲『輯佚』。

『附録』收録三類資料：傳記、交游詩文、評論，供研究者參考。

明焦竑《國朝獻徵録》卷十八收録許讚撰《陸公深墓表》，謂陸深『所著有《儼山文集》一百卷……校定《大學》經傳，《翰林記》凡二十餘種』。陸深校定《大學》經傳的著作今未見。徐階《陸文裕公文集序》亦稱陸深著有《翰林誌》，清鈔本萬斯同《明史》卷一百三十四亦著録『陸深《翰林記》』，但陸深著作中未提及此書，存世《翰林記》乃明黄佐所撰。另，清代曹溶輯、陶樾增訂的叢書《學海類編》（廣陵書社二〇〇七年版）第三册收録陸深撰《儼山外纂》，共五頁，十五則，均摘録自《儼山外集》，因此本書不收。王雲五主編《叢書集成初編》收録陸深《傳疑録 儼山纂録》（上海商務印書館一九三六年版），其中《傳疑録》已爲《儼山外集》收録；《儼山纂録》共四頁，内容與《儼山外纂》内容完全相同。新文豐出版公司一九八五年印行的《叢書集成新編》第二一册收《蘿山雜言》一卷，共三頁，《叢書集成新編》目録頁和該書封面均題『陸深著』，卷首題『金華宋濂著』，實爲宋濂作品，不知《叢書集成新編》目録頁與該書封面何以誤題陸深著。

此次整理，凡重要異文、訛誤和其他需要説明的地方，均出校記予以説明。一般異體字不改，以盡可能保留文獻原貌和文字信息。個别異體字改爲通行繁體字，避諱字和一般的刻印錯誤徑改，均不出校記。底本中的闕字和字跡模糊不清處，以□表示。

林旭文

二〇二〇年十月一日

陸深全集總目

儼山文集

林旭文　整理

儼山文集目録

儼山文集卷三……(八六)

儼山文集卷五……（一一〇）

儼山文集卷六

儼山文集卷八……（一五二）

儼山文集卷九……（一六八）

儼山文集卷十……（一八二）

儼山文集卷十一……（一九六）

儼山文集卷十二……（二〇八）

儼山文集卷十三

儼山文集卷十六……（二七二）

儼山文集卷十七

儼山文集卷十八……（二九二）

儼山文集卷十九……（三〇二）

儼山文集卷二十……（三〇八）

儼山文集卷二十三……（三四一）

儼山文集卷二十四……（三五七）

儼山文集卷二十七……………………（三八三）

儼山文集卷二十八……………………（三九三）

儼山文集卷三十五……（四六一）

儼山文集卷三十九……（四九八）

儼山文集卷四十……（五〇七）

儼山文集卷七十一……（八〇九）

儼山文集卷七十二……（八一六）

儼山文集卷七十三……（八二五）

儼山文集卷八十七

儼山文集卷八十八……（九七一）

儼山文集卷八十九……………（九八一）

儼山文集卷九十……………（九九一）

儼山文集卷九十一……（九九八）

陸文裕公文集序

魏曹丕有言，文章以意爲主，詞爲衛。時論韙之，予謂不然。夫文章，道之緒也。使其意或詭於道，則雖詞極工麗，奚取焉？矧克垂世經務如古所謂文爾哉？姚姒尚矣，漢遭秦絶學，斯文未闡，然夷考其作者，要皆淳厖剴切，動據經傳。一時詔令所被，猶足風動黔首。下則述作奏記，亦能匡時裨俗，用詔來世，豈非去古未遠而理道猶有存哉？陵夷至於六朝，操觚之士競爲靡麗以相誇尚，其間如陸機、雲、沈休文諸人，皆三吴豪傑，爲世所宗，而渾噩之風，盖於斯時又變矣。我明興，丕新文教，海内嚮風。百餘年來，士皆蒸蒸然，知上嘉唐虞，下追秦漢。藝文之家，庶幾近古。然江左之習，猶存什一。至於吴中，號稱多才，聞人學士宗旨六朝者，獨倍他域。豈其邦之有作，不欲自相盭耶？將遺風流響，能自脱然者鮮哉？

《陸文裕公集》凡百卷。余讀之，其詩歌則雅而莊，頌紀則婉而諷，疏議則敷而達，序記辯解則博而當，直而不俚。公吴産也，機、雲兄弟固公遠世。迺其文獨剔奥闡幽，根極理道，六朝餘習，一洗如脱。至究其論議，又皆鑿鑿可見諸行事，非徒説者，豈不真知趣舍擇尚君子哉。昔司馬相如爲侍從，以文章得幸，考所陳述，率多諛導之詞。賈誼達國體者，長沙之謫，所著《鵩鳥》

《屈原》諸篇，何其怨也。公初在翰林，所爲文多規切時事。以充經筵日講官，慨然以講章自宰臣更定非是，面陳其闕，竟坐落職，可謂剴直不諛矣。至左遷以後，驅馳籓臬間，略無感時憤俗之意。觀其《發教巖》詩云『去留俱有適，吏隱欲中分』，《峽江道中》詩云『何似湘江路，常懸魏闕心』，此其心豈常有怨尤耶？夫剴直不諛，公是以不免延平之行；忤而不悔，公是以復有賜環之命。以公度漢廷二子所造，不較遠哉！不較遠哉！嗟夫，讀公集者，不徒可以知公之文，因可以識公之爲人矣。

賜進士出身榮禄大夫太子太保禮部尚書兼翰林院學士纂修玉牒國史經筵講官鍾石費寀書。

陸文裕公文集序

《陸文裕公集》一百卷，其子國子生楫所刻。公諱深，字子淵，上海人，舉弘治乙丑進士，歷官至詹事府詹事兼翰林院學士。文裕者，其謚也。

公自少時，文則有名。既官翰林，以文章爲職業，於是其所著作日益工以富。每一篇出，士大夫輒傳誦推遜之。然公嘗言，文以通達政務爲尚，以紀事輔經爲賢，非顓顓輪轅之飾已也。夫文之用廣矣，大矣。其體諸身，爲德之純；其措諸事，爲道之顯；其書諸簡册，爲訓之昭。古昔聖人以此經緯天地，紀綱人倫，化成海内，貽則萬世。故夫播而爲訓誥，萃而爲典謨，删述而爲經，筆削而爲史。雖出於聖人之手，猶文之一端也。而後世不察，獨以文字當之，於是道德、勳業、文章判爲三途。至其甚也，又舉所謂文字者歸之乎浮靡詭誕之作，而其爲文，因亦流於俳優之末技、家人之俚語，則何所繫於人文世道，以庶幾古作者之萬一哉？惟公之見不然，故於輔經，有《詩微》，有《道南三書》，有《學説》，有《同異録》；於論政，有《處置鹽法狀》，有《禆聖學》《光治體》疏，有『西川用兵』書，有『備胡』『弭盜』『賑饑』諸策問；於紀事，有『翰林誌』，有《經筵詞》，有《郊祀録》，有《孫炎》《花雲傳》。而國家之典章、百司之故實，散見於碑、誌、序、記者尤多。率其言可以適道，舉其説可以爲治，信公之深於文也。

階往年嘗獲侍公，竊窺公之志，蓋毅然以經濟自許。故在翰林，在國子，則數上書言事。督學于晉，參藩于楚，旬宣于蜀，則皆有功德於其士民。而世顧獨稱公爲文章之宗匠，豈以彼而掩此乎？抑論文者没溺於舊聞而然也。

公殁再期，而此集出。維公位不登卿輔，壽不滿七十，其文在經濟者雖不盡顯於時，而所謂輔經紀事、通達政務之文，猶幸有徵於此。然則集之刻，固尚論公者所不廢哉，宜楫之拳拳也。昔公嘗重修《蘇文忠傳》，而大學士桂洲先生夏公誌公墓，亦以文忠擬公，天下稱爲知人。嗟乎，後世合公與文忠較量之，當益知階之序公集非諛矣。

嘉靖丙午仲夏望日，賜進士及第通議大夫吏部左侍郎郡人徐階序。

儼山文集卷一

賦五首

瑞麥賦

僕閒居田野，多見瑞麥，兩岐、三岐至五六岐。彼九岐者，得於傳聞，殆未之見，云實有之。感兹休禎，造賦一篇。有頌有美，有風有刺，義主勸戒，附於古詩人之譎諫。雖不足以希蹤相如、子雲，庶東京之流亞也。示我同志，靡得而布焉。

天子正德五祀，孟月維夏，知知子瘍發下體，更朔新愈。有客唁焉，登堂三揖，乃掀髯吐論曰：『夫物有異産，事有奇遭。談肉者不可與論味，眯采者不可與即文。闊哉希乎，今兹之所覩也。子足良苦，抑未之知乎？』知知子蹶然而起，危襟横几，奉客下風曰：『唯唯。願客詔之。』客曰：『走故農家，五穀是理。爰自弱齡，勤厥四體。今年逾知命，而豐穰凡幾。一畝三石，稂莠吐米，皆未若今歲之爲瑞也。麥苗芃芃，檖岐爲二。揚芒舍穎，復爲三四。多者五六，將將覆地。東鄰一莖九岐尤異。殆淳和之所薰蒸，而上帝用以錫類也。周書異畝，漢歌兩岐。陋昔人之誇詡，昭后皇之惠慈。雖蒙白之翁、負玄之老，皆緣畝玩視，相與嗟咨。若走者，齒髮猶盛，涉歷未廣，宜乎驚悸而夥頤也。」

知知子仰屋太息，索然久之，曰：「否否。客何談之盭也。夫緣物者貴質，敷文者適用。且夫麒鳳之希，難以療饑；芝菌之祥，難以充庖；雲錦之爛，難以禦寒；蠙蚌之光，難以續膏。是以聖明抑難得之貨，蹇不稽之言。誠以重本而緩末，棄無益而即有用也。客幸目覩岐麥，津津稱瑞。民瘼甚矣，果誰之致，獨非客之所觀見者乎？試爲客語：往歲己巳，運厄元元。夏耘被壟，淫雨注天。晝夕閲七，颶風相牽。海波怒而山立，江潮噴以駿奔。蛟龍舞於街衖，岡阜淪爲漭淵。漂尸横野，浮畜蔽川。千里一壑，萬竈絶煙。於是百年之完聚，連邑之生全，化爲魚鱉，葬于鯨鱣者，殆過半矣。曁乎水退，民失故居。滄桑一變，形勝都非。朱門沈其閥閲，碧瓦蕩爲丘墟。烏窺巢而不下，狐訪穴而重疑。號哭振野，提負沿途。父棄其子，妻别其夫。相與轉徙乞丐，奔逐投依。若流星之逼曙，而敗葉之辭枯也。於是强有力者，牢朽材於古岸，塞行潦以腐薪，依濕林爲楝幹，綴敗席爲闤闠。溷爨無别，卧食不分。什併爲五，棄仇講鄰。相依爲命，枵腹連旬。野無留菜，樹不遺根。儌倖於萬一，苟活於旦昏。爾乃積陰鬱結，隆冬盛寒。層冰千尺，竹柏枯乾。豈祝融之故都，爲玄冥之停驂。何曖曖之陽國，顧風烈於塞垣。民無夙具，習不素安。於是受凍而仆者，又如干矣。天子方軫念南服，融照閭閻。發德音，大王言，貸常賦，闢四門。封簡書於芝檢，勤使者於輶軒。省太官之供調，減司寇之坐論。賑倉廩之儲積，蠲逋負之浩繁。方將奪民命於溝壑，續生氣於遊魂。蓋三五之罕有，而二氣所不能全之曠恩也。良有司方憂經費之不足，懼考課之殿後。鴻澤持而不下，限令疾於雷走。朝四莫三，示一藏九。使民破十家之産，僅足以輸一家；費數畝之田，未足以賦一畝。笳鼓盈村，擾及豚狗。爾乃制爲嚴刑，迨及黄耇。巨木囊頭，重金繫肘。臀無完膚，指欲墮手。谿壑之填未厭，伸暴之門何有。於是孑遺之民，瘡痍之末，斃於敲扑，困於征科者，蓋淪胥以盡，漸不可久矣。戾氣醖釀，蒸爲疫癘。方且乘陽發騰，獷不可制。今枕藉而病卧者，比比皆是。招醫降巫，若憒若醉。是其凍餒蝕於胸腸，刑罰慘其心志。發雙伏而並攻，何方藥之能治。厥禍方萌，殆未知其所至也。使壟畝之植，一本而十岐，共蒂而百穗，將安救之，而客誇以爲瑞哉？且菽粟所以貴於珍鼎，布縷所以加於玄黄者，爲其有用也。今夫用者徒存，而用用者已亡，是謂隆虛而病實，忘遠而娛細矣。僕竊爲客贅而不取也。』

客聞而憮然曰：『噫嘻，有是哉，子之迂也。信乎執一者未足與權二，泥彼者不可與適此。子徒鑒於己巳之變，爲流而不止乎？是殆滯於陰陽之迹，而未深於斯理者也。且夫於穆之化，圜運不已。剥終必復，泰因於否。吉凶互尋，禍福相倚。夫蟲之蠕蠕也，不屈不發；地之窿窿也，不伏不起。數逆斯通，氣順乃死。是故九載之水，或以成堯；七年之旱，終以啓禹。子豈知夫凶儉之後，繼之以豐稔；登進之漸，承之以君子耶？然而氣機橐籥，必有攸始。兆先於物，發遠伊邇。鐘鳴而隕霜，礎潤而降雨。走誠得於俯仰之餘，是以釋近憂而崇遠喜也。且夫麥備四氣，實首五穀。詩人頌其於皇，下氓賴以率育。續歲功於發春，函潛氣而多淑。是休嘉之先露，徯斯理於將復。示帝心之仁愛，啓方來之祉福。諒有開而必繼，孰無徵而迺獲。走且與子託丘壑以優游，咏皇風之清穆。是故有取于麥岐，子何責之備而論之刻叶耶？』

知知子不能難。客乃躡履而退，曳杖而歌。歌曰：『麥秀兮多岐，覆壠兮纍纍。彼其之子，曾是兮弗思。』於是知知子返乎潛室，沈思淵默。緯情愫於渾淪，抽端緒於開闢。推玄化之始終，考休咎於遺册。覽《春秋》之所書，測消長於『三易』。道有殊而歸同，理既契而心戚。然則客之言，似亦未爲失也。將以厥明，戒館客，循阡陌，辨麥岐之疏數，聽鄰鄽之損益。問勤勩於三時，弔疾苦於緩急。於時風輕景融，煙朗霧清。謝彫輿，却繁纓。被大練，策溪藤。道以童子，從以經生。指三汀以東騖，遵龍江而緩征。瞻桑梓於原隰，拜松楸於佳城。睇海氛於極際，儼波浪之奔轟。感釣游之舊踪，慨歲月之不停。藹里墟之蔓延，有孤物而屢更。亦浮雲之多態，何難樹而易傾。悵久寄於異土，心戀戀乎故京。方徘徊以瞻眺，謇彷徨而屏營。顧見道左，麥穗岐岐。本同末異，旁無附枝。始戟戟以競秀，竟孌孌而莫攜。將神工之妙合，復化鈞之巧持。或雙昂以森矗，或左右以紛批。或越畎而希挺，亦共房而駢垂。薄長飈以洄洑，照圓景而陸離。等比翼於異類，嗤連理而不爲。固物薄而稟厚，騰衆喙以增奇。胡哲人之超軼，隨所如而見疑。昔宣尼之瑞魯，匡人怪而圍之。比干之忠殷，曰不祥而戮尸。彼二聖且猶然，般罹此又何辭。抑軒輊之偶致，將彼蒼之有知。於是歷覽既倦，羲馭未疲。攬厥穎異，采掇以歸。洵皇澤之滲漉，拯黎民於阻饑。託子墨以宣秘，聊洋洋以陳詞。

南征賦

空同子、陽明子同日去國，作《南征賦》。

亶肅肅以宵征兮，悲往路之未央。懼中道之折軸兮，思改轍又惡夫無良。顧僕夫以先後兮，喟河廣之誰航。瞻桑梓之翳翳兮，孰云忍捐夫故鄉。方青春之駘蕩兮，何雨雪之縱横。白日匿其耿光兮，鬱浮雲以翻揚。睇山川以無極兮，陵谷杳乎其孰明叶。祥狐嘷而風厲兮，何有於嵗嵗之鳳凰。昔宣尼之遑遑兮，固蒙笑於楚狂。展直躬以事人兮，卒三黜乎舊邦。慨殷室之多賢兮，王子剖而信芳。苟璞玉之終在兮，雖屢刖又何傷。謀人之國兮，焉有禍而彌藏。覩巨盜之乘垣兮，固將遏之以峻防。謂余夢寐之顛倒兮，豈敢幸其必當。黑白之同體兮，蓋昔焉之所常。憚嬋娟之翹妬兮，吾安忍刓夫清揚。集絺綌以禦冬兮，疇駕尤於寒涼。狎逆鱗而批之，固以不碎爲慶叶也。斥虎之使逝兮，遭反噬未爲殃也。卬衷之洵安兮，初未量乎得喪叶。曩委羽於東海兮，奚成功之可望。矢貞心之不泯兮，瀕九死吾猶恇。昔淑媛之見背兮，竟結髮之難忘。悵恩情之中絶兮，往將灑掃乎室堂。彼良農之俶載兮，力刈乎莠與稂。誕嘉穀之離離兮，竟收功於千倉。度中流以失楫兮，豈俟共載而勗勸。燕雀安於焚棟兮，斯物知之不長。服先哲之明訓兮，希旁燭之煌煌。神龍之淵天兮，諒所乘之允臧。步中夜以顧瞻兮，睆牽牛與七襄。永相望於咫尺兮，庶精誠之可將。仰天閽之九重兮，冀羲馭之回光。魂怦怦以上征兮，謇徘徊而彷徨。

亂曰：桂車蘭軒，服騏驎兮。登高臨深，送征人兮。懷芳握馨，遺心親兮。瞻望弗及，涕泗零兮。

弔劉生賦

唐士劉蕢，燕産也。感激殷憂，有薊丘易水之餘烈。以直言廢，故有祠，祀直言也，在今昌平。皇明正德之六載，中月南至，史官陸深共承陵祀。道出祠下，顧瞻徘徊，乃述賦焉。

洵劉生之瓌偉兮，已亮夫言出而禍隨。誕樹虛而賈實兮，紛振古之共悲。測彼蒼之倚伏兮，嗟生獨罹乎此時也。當明庭而鋪詞兮，既已謝乎無媒也。苟忠信之自卬兮，又奚必開金石而稱奇。願韜卷以有徯兮，恐歲暮之難期。凌冰雪以北度兮，敬弔生之芳祠。空蘋藻於寒沍兮，悵瞻遡之何遲。吁會合其猶然兮，羌昧己而前之。塞河決於微穴兮，當狂瀾之既頽。貔虎逸而負嵎兮，欲徒手以徑批。臨深淵而莫戒兮，聳旁觀之屢疑。佩宣王之昭訓兮，亦有道而言危。曰余既知夫隱衷兮，冀身却而道垂。謂將來之可恃兮，竟陳言之誰施。謇歷生之故墟兮，睇西山之崔嵬。尋采薇之舊踪兮，路逶迤而多岐。風號寒而木怒兮，恍有遇於斯須。情抑鬱而欲語兮，魂靡靡以難持。儻決機於轉圜兮，曰獨生之所私。

後灔澦賦

昔蘇公子瞻賦灔澦，蓋曰江會百川，勢易驕逞。不先之以齟齬，盡其快銳，爲害斯大。嗟乎，是誠有之。夫當國家豐亨豫大之時，必有風靡波蕩之俗。使無正人法家出氣力以扞之，則末流有不可救者矣。此公作賦之旨也。嘉靖丁酉二月初，予將出峽。舟過瞿塘，春水未生，孤根欲露。盤旋其下，有感于心，作《後灔澦賦》。

道叢、𣶒之故國，沿岷、汶之長源。睇灔澦之兀崒，繹先哲之名言。測安危之倚伏，乃始疑而今信。然昔伯禹之導江兮，命陽侯爲驅先。挾六龍與二虬兮，劈雷斧之神銛。劃地脉而中分兮，挺孤高之一拳。障犇轟之東騖兮，回萬折於瀾翻。時盈縮以浮沈兮，擁百川而獨尊。或如象兮如馬，舟人睨而不敢上下。相逝者之汩汩兮，固晝夜之不舍。惟上帝之默佑兮，恒斡運於區中。示機緘於錯糾兮，物有窮而必通。猗宣父之感麟兮，既伐樹又絶糧。羌鄒孟之仁義兮，竟見沮於臧倉。胡賢聖之迍邅兮，夫豈兹堆之未汰。派遠而彌昌兮，象下流兮永賴。抱遺經而先覺兮，返亂治於否泰。顧大化之茫茫兮，俟萬世於須臾。俯中流之一柱兮，盍前鑒而蚤圖。慨孔明之馳驅兮，磊磈乎八陣猶未磨。問草堂於瀼水兮，弔江上之東坡。予粲粲其白髮兮，懼末路之蹉跎。

宣悼賦

陸子羈旅兩都，三年之間，四哭子女。天永地厚，控訴焉如。作《宣悼賦》。

歲靡靡以于邁兮，嗟繼續之未昌。曰予邅迴之可哀兮，何歲三改而四殤。背鄉井以遼邈兮，囊又告予以屢空。謂彼蒼爲不仁兮，先哲重之曰降祥。將余戾之日積兮，懵不知其内訟。抑修短之冥合兮，長辛楚又奚用。登高臺以舒嘯兮，凄北風於襞縫。涕既掩而復隕兮，雲坌興而四涌。豈余目之眵眯兮，心恎恫而不舒。俯危闌以侘傺兮，恍何物之滿裾。迴曲房以偃息兮，若有聞於欷歔。顧父子之至情兮，孰云排攘而獲疏。謂昏爲旦兮，謂日爲年。胡懽愉之易終兮，而憂戚不可以延。諒后皇之終惠兮，恐日暮於虞淵。反予袂以自持兮，承慈顔於堂前。

儼山文集卷二

歌一 十九首

大將北捷歌

弘治乙丑夏六月，北虜乘我大喪，肆蜂蠆之毒，圍我游擊，薄我大同。今皇帝握符正極之始，神武雄斷，本於天至。赫然奮怒，若曰：天命在予，玆曷敢赦。乃以縗絰之服，親御右角門。發德音，布簡書，舉廟算，麾六師。大司馬簡士卒，大司徒備粻糗，廷命大將，面授方略，而以御史中丞副焉，期於掃蕩而後已。臣聞自古師出，以喪禮處之，本哀懼也。夫哀則多思，懼則多謀，必勝之道也。況我師之出，適逢大喪耶。烈烈行師，既哀既懼。又是月也，正周宣王勝玁狁之時耶。夫兆必有先，數不偶合。空王庭於漠南，繫單于於闕下，有不足言者矣。臣炁以文字爲職，敢預作歌，將以薦諸凱還之燕。

六月炎蒸如甑炊，天驕合兵犯西陲。腥風穢氣滃不解，烽火告急明星馳。天子諒陰赫斯怒，醜虜自絶皇天慈。黄麻夜草大將敕，平明宣召當彤墀。大將身經數十戰，虎視炯炯虬髯吹。天子御門親授鉞，自閫以外卿便宜。繫以金印大如斗，許以熊羆百萬師。大將蹈舞稱萬壽，以少擊衆臣能爲。師行在練豈在冗，請以甲胄二萬隨。帝曰俞哉卿算勝，大官宴錫黄金巵。微醺擁出長安道，白馬蹀躞挑青絲。簇花錦袍紅的皪，五尺佩劍光陸離。皇皇大節出宣武，誓師禡纛盧溝涯。銜枚疾走向雲朔，雲朔地險胡天低。疾雷殷殷動金鼓，旭日晃晃摇旌旗。部伍連連魚在貫，馬首矯矯雲騰螭。蒺藜宵嚴帳外壁，刁斗復遶轅門池。王師節制本無敵，曲直已定分雄雌。指揮諸將摇白羽，進戰以正接以奇。先聲并得風鶴助，大勢欲撼河山移。犬马隊中夜相擾，大酋囓指驚還疑。初傳漢兵卒未出，何物神武速且治。胡虜所恃在弓馬，皇天效順霖雨霣。牛筋弦解雕羽澀，豐泥塞道沈烏騅。我師技長虜技短，昏昏殺氣天地悲。奇兵更令出山後，直擣巢穴爲糠糜。虜人聞之愈憂恐，形魄故在神魂褫。欲進不能退不敢，三三五五成尫羸。野草既清外援絶，狼貪豨突將安施。倉皇已同失穴鼠，技窮有似臨江麋。大將庚牌出麾下，夷虜覆滅當此時。功名機會不可失，須效奇節稱男兒。我師呼聲震山谷，氣吐長虹吞赫曦。手掄朱鎗丈有二，身掛犀甲輕銖錙。棄糧却騎奮直前，左馳右突春草靡。兩軍既合勝負見，弱者伏地壯者尸。竿杪髑髏懸冒頓，馬蹄腥血蹀閼氏。腦肝狼藉膏平野，脂肉饜飫烏鳶饑。皚皚枯骨雜沙礫，星星鬼燐昏參差。敗弓折矢絶北返，委棄機械如京坻。名駒宛馬驅入塞，維縶老稚何纍纍。

吁嗟醜虜良不度，漢家兵力雲天垂。頻年侵軼付不較，先帝欲示包荒私。一朝遺孽蕩塵坌，大將文武誠兼資。狼星夜墮胡天浄，長城萬里鐵作基。翻空露布敍戰績，捷音曉入天顔怡。武皇徒聞五出塞，班超空勒燕然碑。仁義之師若時雨，暴亂即止休窮追。開天武功今第一，雪洗千古光神祇。須譜鐃歌薦樂府，載拜稽首臣獻詩。

紅白蓮歌 白學士秉德池亭分題

白家池館薰風裏，恰在香山最深處。池流曲曲暗通泉，蓮葉亭亭齊覆水。花紅花白相間開，香風香氣四邊來。乍比珊瑚出銀海，還疑瓊蕊下瑶臺。銀海瑶臺俱可憐，仙舟一葉渡晴川。素心飽露秋同月，豔質凝脂曉破煙。歌罷江南不知暑，渚平沙暖新添雨。江妃映日試紅妝，楚客因風摇白羽。別有風光傍晚看，遥山流翠入闌干。四面畫屏相向立，一機織錦亂交攤。主人个時玉堂退，紈扇綸巾坐相對。静虚如此可論心，芳韻于今應作佩。論心作佩總堪誇，不愧名稱君子花。記得金鑾送歸夜，分明一朵隔籠紗。

魯橋熱

赤日行空正當午，老夫畏熱如畏虎。計程歸路三千七，值我行年六十五。昨過任城舊酒樓，山川信美非吾土。仲宣太白俱仙才，安得並載黄龍浦。此日池塘楊柳風，此時庭院芭蕉雨。牙緗架插餘萬卷，衮鉞心傳破千古。滿座時看羽扇摇，半酣起拂吴鈎舞。已約清風成故人，更須霖雨歌明主。回瞻殿閣憶微涼，却向園廬依茂樹。

秋水篇

江南潔修多水芳，紫菱翠荇下銀塘。銀塘遥接芙蓉渚，曉妝亭亭沐秋雨。摘花美人雲錦裳，鬱金香佩雙鴛鴦。家住湖南碧灣裏，碧煙如紗拍湖水。少年射策蓬萊宫，文彩隱映芙蓉紅。珊瑚十尺空自好，靈芝九莖何足道。一爲君歌秋水篇，濟川穩汎木蘭船。若論顔色休嗟晚，竟堪持補君王衮。

楊妃病齒圖

沈香亭畔催花鼓，華清宫中翠盤舞。瓠犀半啓櫻桃顆，可是玉魚偏作忤。似將一掬黛娥韇，翻取三郎斷腸譜。歸來南内情更多，一曲霓裳淚如雨。

石齋歌

少師楊公之以石名齋也，學者稱之曰石齋先生，蓋有年矣。客曰：『公博極群籍，尤深於《易》，不俟終日，取其介也。』又曰：『公家本蜀，奇偉秀拔之觀，蜀實有焉，著之心目，示不忘也。』門人陸深獲周旋齋中問學，而退嘗深思之。夫道以濟時爲上，物以資世爲賢。故聖人不寳難得，不作無益，遠觀近取，凡以致用也。今夫用石者博矣。其細者，不論清廟明堂之建，負荷而底定者，是曰柱石。疲癃殘疾之人延起而安全者，是曰藥石。盛德豐功之著，刻畫以傳不朽者，是曰金石。盤石以言其固也，鐵石以言其斷也。彼甲乙之品、袍笏之拜，是玩物矣，又君子之所弗論。公碩德重望，鎮物礪世，其取諸石也，非深之所能知。自今觀之，相業柱石也，言行藥石也，文章金石也，使宗社有磐石之安，處大事、決大疑，確乎鐵石之操。石之用大矣，備矣。作《石齋歌》歌之。

關西夫子今元老，有石當齋齋更好。疑從天上墮支機，似向瀛洲擘瓊島。磨礪堪爲百世師，璠璵不數連城寶。星光璀璨太白精，雲根崒嵂西川道。早年充貢來明庭，玉堂紫閣静儀刑。擎天八柱開黄道，障海千尋掣巨靈。有時條理振韶夏，百獸率舞游魚聽。孤標共仰積鐵壁，大手爲勒磨崖銘。授書空傳穀城叟，漢室開塞一培塿。何如五色補天材，元付當年取日手。石齋峨峨高入雲，四海蒼生共翹首。萬年永藉聖朝安，再拜爲歌仁者壽。

寶絲燈屏歌

鮫人夜織冰蠶絲，不數細滑鵝溪絹。或云并州快剪刀，剪此一段澄江練。乃是雲南之南萬山中，雲腴石髓蟠青蔥。酒黄鴉紫祖母绿，復有無價桃花紅。遠人不貢車輿服，持此射利如射鵠。遂令長安富豪家，下視隋珠賤和玉。瑣屑璀璨星宿同，水碓火鎔俱有功。短長曲折巧應手，無乃鬼幻神爲工。分經錯緯了不亂，各以本色呈絢爛。霞蒸霧滃有無間，遥看一道晴虹貫。是中白膩若可飡，良工點染開林巒。似嫌世上縑素弱，頗有勁氣生毫端。製成屏風向燈夕，聊慰風塵遠爲客。壯心豈解隨物遷，鄉書又送經年隔。酒錢不愛典衣償，要與明月争輝光，但願明月長輝光。

三松圖

可齋鄭宜簡，抱負偉奇，身通技能，俱造精妙，使推而致之，可資經濟之用。而宜簡甘自隱約於農賈之間，不肯少露一斑。往年游京師，館閣巨公與諸學士史官暨當世名流頗有知之者。而宜簡益自韜晦，嘗告予曰：『道之精以爲身也，他非所望。』今年六十矣，日修孝義之行。若以祈天永命然者，使仁者必壽，其殆斯人與？乃題《三松圖》壽之。

三松亭亭高插天，離立森爽含風煙。棟梁廊廟似無用，撑架日月如有權。渾疑無地着此物，日觀其下天壇前。秦時大夫封不受，漢家武皇來何處。潛龍卧龍差可擬，鱗鬛頭角俱依然。懶爲行雨六丁怒，彩虬金電揮成鞭。有似高人傲一世，寧舍富貴耽沈玄。師山孫子今奇士，家住萬山蒼翠邊。胸中惟儲秘書監，囊裏不貯司徒錢。手種青松一萬樹，如此三樹尤堪憐。風雷掀舞山嶽動，歲華剥落冰霜偏。古柏空傳二百丈，蟠桃浪説三千年。有時坐石聽涼籟，獨把黄庭金字編。神仙官府總一致，朝中宰相山中賢。題詩一寄可齋子，會見滄海成桑田。

蓉溪書屋爲金司寇

蓉溪江山真畫圖，蓉溪主人絶代無。往歲西歸結書屋，風前月下聞伊吾。牙籤插架幾萬軸，雲錦照水三千株。有時谿頭風日好，一段秋波浄於掃。水香花氣相氤氲，人間别有蓬萊島。蜀道時歌李白難，草玄甘抱揚雄老。只今身復上天衢，太平經濟須巨儒。尚書省裏少司寇，御史臺中上大夫。共道孤芳持晚節，還應廊廟憶江湖。别來幾度花開候，每向西風重回首。補成五色衮龍衣，元是當年摘花手。復有堦前蘭桂行，相期歲暮松筠友。君不見南陽草廬緑野堂，此溪此屋同垂芳。

渡淮放歌

出門江南花無數，行盡淮南春欲暮。風雲天上鬢絲繁，頗悔從前好詞賦。伊吕分明道可行，孔孟咄嗟時不遇。故人衮衮俱公侯，頻歲勸予勞尺素。亦有封章達姓名，曾傍重瞳屢回顧。憶昨素冠成陛辭，天子中興初踐祚。八年林卧心常懸，一捧部符躬莫措。玉堂天高舊夢回，青宫地切新恩誤。萬分何補等涓埃，五十無聞昧時務。憑將一出期遂初，自保孤忠總如故。長河濁流足風波，飛鷁揚舲競津渡。攜家十口兒女情，居安慮危在雲路。遥持一寸報主心，時放歌聲和韶護。

吕梁洪

青山夭矯如渴龍，墮地直走河流東。崖崩谷應氣猶怒，其下必有黿鼉宫。舟人估客盡回首，篙師舵手俱神工。人言大險亦大勝，如此江山須畫中。宣尼南游鬼物出，伯禹東導神靈通。天地何心世多故，劉項曹吕皆豪雄。聖皇恃德不恃險，萬里衽席歌同風。我來其間正初夏，片帆遥映斜陽紅。風旛前麾影接岸，水檻下視波連空。肩輿十里據高坐，始信静處觀無窮。

大風宿留城

身世浮沈如一舸，一日千里十日坐。順風人喜逆風怒，我任天公何不可。隨身所到一問津，去者從右來從左。古今道路無不然，自有亨衢自坎坷。黄泥岸高緑樹深，遥望前船密如鎖。争先疾趨古所戒，夜宿澄潭傍漁火。

寶應湖翫月

我生愛月仍愛奇，着意欲到西湖西。不然具區三萬六千頃，坐此一色銀玻瓈。今宵寶應湖南路，桂魄皎皎風凄凄。水光四接上下合，冰柱十尺雲天低。樓船不渡南北斷，危檣密鎖烏鳶棲。我攜二客恣清賞，試選高岸成攀躋。弦光滿射白玉鏡，斗柄倒浸青雲梯。人間天上非還是，翻疑海外聞天雞。瑶華臺殿雲母障，水晶宫闕黄金泥。胡床老子興不浅，揮手弄影沿長隄。菰蒲何心爛不起，鮫鱷有恨蟠猶啼。南中卑暑不耐冷，況復風雨尤難齊。兹行所得差足慰，未覺嚴沍欺袍綈。人言春月勝秋月，春月花柳空萋迷。争如冬月有勁氣，復此淮海冰連谿。酒懷逸興俱浩蕩，霜明雪映工品題。君不見漢家中郎持漢節，風概凜凜海上甘牧羝。

和王元章梅花爲段主事子辛賦

畫堂六月飛嚴霜，客持此幅梅花芳。乍窺疑浮初月影，細對忽麗繁星芒。塞垣風高吹石裂，嶺南天低不受雪。何似孤山處士家，一段西湖弄華月。梅花此時殊有韻，青鳥遥傳海山信。度水盈盈玉雪膚，含風裊裊堆鴉鬢。萬種心情春酒缸，起爲花神酹一觴。誰憐白賁元無價，空復紅芳號假王。會稽山農骨已冷，夢入梅花呼不醒。巡簷且索屋三間，負郭何須田二頃。

雪村晚酤圖 爲温宫諭題

崆峒萬木凍不僵，瓊瑶一片埋夕陽。雲安道上少行客，百花潭西封草堂。橋回谿轉疑無路，前村依稀後村暮。時見青帘獵獵招，如聞白雁翩翩度。天涯摇落空歲華，翠微自有高人家。林端紅葉飽茶竈，梁上青蚨挑畫叉。一斗鵝黄正堪買，拍拍好懷同北海。不來租吏渾無譁，夙約溪翁如有待。川源窅窱古人風，幸際車書萬國同。床頭何用紀歲曆，門外但送郵詩筒。憑誰致此好氣象，必有明君與賢相。託齋先生素心人，懸此一幅高堂上。畫家畫意不畫形，當朝戴進最有聲。未歌三白呈祥瑞，先兆六符開太平。

南峰書院 爲徐良節題

南峰主人顔如玉，更向峰前築書屋。虹光夜夜貫斗牛，秀色冉冉連嵩祝。復有家傳萬卷餘，累朝諸父皆詩書。子雲寂寞空玄閣，諸葛經綸有草廬。南州高士元同譜，玉樹冰壺映千古。風騷共計國無雙，韋杜浪誇天尺五。孤標絶壁倚春晴，風動芸香滿院生。常留雲氣從龍出，須種梧桐聽鳳鳴。

龍江歌 壽唐士同憲副五十

龍江東來萬里道，遥接瀛洲與蓬島。三江有水剪不斷，五湖無波浄於掃。龍江先生江上生，德器文章俱老成。胸吞雲夢已八九，量比汪陂無濁清。登科弱冠人如賈，辭源倒挽銀河瀉。砥柱中流力有餘，扶摇九萬風斯下。掖垣諫草避人焚，憲節西持往校文。多少魚龍隨變化，一天星斗浸寒雲。雲間自愛歸來早，蓴菜鱸魚舊盟好。閒看秋影澄道心，坐見紅塵揚碧草。碧草紅塵閲歲年，宣尼當日正知天。終同渭水非熊兆，會起浮空萬斛船。

瀛海圖爲李宗易諭德歌

天南咫尺帝城隅，山靈水秀相盤紆。中有瀛海接銀漢，吞九雲夢涵五湖。太行西來走其下，排列七十二朵青珊瑚。微風吹波縠紋浄，明月照影驪珠孤。汪汪千頃蕩星斗，上下一碧隨鷗鳧。世傳神龍有窟宅，霹靂驚起頭角殊。化爲霖雨灑六合，波濤壁立風雲麤。須臾光霽變天地，荏苒花柳呈芳腴。我聞弱流三萬遠隔扶桑外，六鼇三島空傳呼。玉堂學士李太白，家住瀛海真蓬壺。水心樓閣開雲母，風外簾櫳蹙浪珠。有時倚檻一長眺，宛見雲中五色清虚都。心胸已着秘書省，殿陛恭承子大夫。青錢萬選絶代有，白璧連城天下無。頻年文場拔董賈，昨歲武舉羅孫吴。廟堂自當金玉器，鼎鼐竟與鹽梅俱。周家申甫嵩嶽降，蘇氏軾轍眉山枯。大賢應運重得地，瀛海似也非其徒。江南程生近好手，點綴金碧工調朱。經營意匠入窅眇，翻取商巖舊典謨。玉顔丈人古冠佩，疑是退直金鑾趨。手揮一籌探海水，坐見清淺連桑榆。魯連高蹈帶俠氣，仲子汗漫甘乘桴。君不見，張子房，借前箸，爲漢驅。請看此籌一下，能奠萬古之皇圖。

題嚴介谿所藏何竹鶴畫

江南五月黄梅雨，濕雲不斷生遠水。風流太守竹鶴翁，家住江南水雲裏。興來揮灑出畫圖，高峰掩映雲模糊。江迴路轉草堂静，雨崩沙塌谿橋孤。鈐山堂中群玉府，此幅遠淡尤足數。憲使先生最愛才，玉堂學士真博古。到處護持如有神，攜來長安手澤新。高人韻士千年蹟，孝子慈孫百代珍。

儼山文集卷三

歌二 二十一首

節婦歌

憶昔逆胡犯邊日，先皇赫怒揮鈇鑕。蒼天深意在戢兵，六龍暫駐陰山蹕。古來勝負兵家常，土墓之變悲莫當。忠臣孝子畢誓死，長纓徒手繫名王。維時張公忠勇士，肉骨藁葬蠻夷耳。隕星莫想諸葛生，落日凋戈揮不起。中閨裁罷寄征衣，征衣一寄不曾歸。東海深深精衛苦，九疑淚盡山成圍。折釵分鏡甘獨守，寒影遺孤成左右。紅顔白髮須臾間，長夜玄堂重執手。遺孤無怙亦無恃，期以功勳光後祀。星聯八座位中丞，重譯威敷雪前耻。誰云綱常一日無。嗚呼，忠臣爲君貞婦夫，憑軒涕泗聲嗚嗚。

開河待牐苦熱

長江無六月，此語爲誰傳。篘簟紗㕑裏，何人不可憐。我家本在三江上，竹樹成行更森爽。畫閣含風蘸水開，仙槎到海隨潮長。波摇雲夢通具區，地接蓬萊與方丈。何似黄塵千尺高，脱巾群飲總稱豪。銀床玉井無由覓，赤脚層冰何處逃。徒聞東郡泉千派，不濟南湖水一篙。臨流欲渡遠晞髪，待看西巖吐新月。萬貫誰纏鶴背輕，一蓬自笑鳩巢拙。人間合有清涼方，半捲湘簾坐超忽。君不見陶潛釀秫，兩疏賜金。罷此毒熱，聽我吴吟。

星月歌

元宵自戴子充冬官小酌，還卧養庵。夢中得詩，憶其首聯云『大星無光月如水，碧空無雲千萬里』。晨起櫛沐，頗用訝歎。適小野春官見過，遂舉似之。小野，今之雅才，首肯賞音，云突兀不類常作。因加竄足成爲放歌，庸拓旅懷。

大星無光月如水，紫煙辟寒天萬里。金吾木柝聲不驕，火樹星橋接空起。恭承休假作上元，滿目韶華帝城裏。團圞三五宵可憐，淺薄一分春奈爾。胡床浩興空昔年，秋色不似長安妍。五鳳樓前迎萬乘，六鼇海上擁群仙。歡遊衹厭春更短，欲挽空壺涵百川。機中紅雨催花落，天上青娥妒扇圓。九衢羅綺人如蟻，五侯甲第黄金炬。底用還鄉作晝行，真堪窮漢經年煮。別有工夫巧奪天，製成二八當窗女。迴紋暈采剪越綾，五色含光漏湘楮。雲母琉璃俱有神，銀河牛渚恍通津。常抛金弹誇豪俠，獨抱明璫泣蜃人。火具時時聞戰伐，飛流一一繞勾陳。誰家簾幕留歡住，幾處笙歌按拍新。節物人情豈相待，後夜遲遲出滄海。每驚舊髮羞鸞鏡，却倚新聲填欸乃。仙人自古有羡期，書生妄意圖元愷。但祈燈月兩相和，歲歲年年常不改。

秋日入佘山觀昭慶三栝松

雲間山水稱絶奇，簡遠開豁無不宜。村村花柳足佳麗，亦有落落蛟龍姿。新秋晴日照古寺，鳴絲偃蓋風離離。閣前兩株疏且瘦，左右拱揖如佳兒。獨憐衆草没曇院，不見十尺圍桐皮。稍偏一株在東麓，蓊翳拔起三虬枝。擎空似欲拏雲雨，匝地更與成漣漪。我聞佳樹以地貴，豫章赤水非人爲。雲間栝松重昭慶，往往盆盎時見之。此來得共恣幽賞，山深谷暝何遲遲。未嗟才大難爲用，頗恨地僻稀相知。摩挲風霜有古意，指點時代多遐思。東廊一僧最朴野，導我屋角開重籬。爲言秋高八九月，風前落子堪萌滋。邇來區賦要往役，此事久廢從先師。山中歲月已如此，世上風波紛路岐。坐成三歎倚石壁，欲別未別空猶夷。蒼髯戟戟老髮禿，白雲冉冉游絲垂。此山九峰居第一，誰爲姓佘誰所遺。或云種茶似陽羡，吴歈楚調聊相隨。陸家放鶴還沙際，張季思鱸今水湄。他日青松能待我，茯苓琥珀總宜詩。

悠然亭

濠梁有魚水，莊惠無爾我。吾猶恨多事，忘言豈不可。俯仰天地同悠然，魚忘于水水忘淵。澄鮮一色月轉漢，潑刺數聲風起船。封君本是方叔後，老氣盤空薄牛斗。長嘯江湖范蠡書，逃名松菊王弘酒。庭中瀦泉泉上亭，亭外萬疊青山青。有時出雲作細雨，此際游小開南溟。坐來一日當千日，未論他年百四十。海棠花發春氣濃，一片臙脂鏡中濕。

赤壁歌

我聞赤壁乃是曹劉之戰場，襟鎖巴蜀，喉控荆襄。丹崖插江幾千尺，疑是煅爛半面之崑岡。下有波濤走萬里，上有椒桂森衆芳。紫苔斕斑伏虎豹，紅雲縹緲遊鳳凰。當時烈烈南風發，北岸舟楫灰飛揚。蛟螭失勢易爲縛，何奈太白多寒光。時移運去疾流電，江山如故天蒼蒼。平生好奇癖山水，夢寐仿佛徒彷徨。昔有蘇子瞻，來自白玉堂。扁舟夜載七月涼，月明把酒酹周郎。英雄多有恨，涕淚徒浪浪。爾來數百載，勝事不可常。陶子五月使瀟湘，殷勤請戒十日糧。黄州弭節聊徜徉，須凌絶頂出上方。翹扶桑兮俯八荒，清風時來聲琅琅，爲我一誦《秋水》章。

子醇雨後陪宿道館有贈

春燈着花照春雨，窈窕仙宫對床語。龍池冥冥雜花寒，魚書雁信多愁緒。一百五日又已過，二十四橋何處所。容臺美人錦繡腸，能爲楚歌歌白苧。候我明光起草餘，更約城南看花侶。長安風塵緇素衣，故園魂夢牽春渚。三軍草露白鐵袍，五侯宅第黄金炬。聞雞起擊珊瑚鞭，共慰此身同逆旅。

夜泊真州

前歲泊船真州江，滿船明月摇船窗。今年復向真州住，黄昏待月月欲吐。明月照人無醜好，來來去去令人老。一杯船尾得月多，聽我試唱真州歌。真州歌，將奈何。大船如屋，船船官艖。危檣插空飛不入，鐵鎖鈎聯密如織。語音嘈唧了不分，同是經商異南北。居民太半趨四壩，倡女沿河晚妝罷。短擔雙簷唤賣鮮，小舠三槳輕如駕。連樓夾巷簇簇新，家家許住異鄉人。共道今年生意少，下客折本上客貧。江南春山疊疊緑，荆楚轉運遥聯屬。南京供奉日日過，金字黄旗去還續。君不見文信公，幾陷虎口中。但願路日通，不怨東西逢逆風。

雨後於都司分種紅蕉

今日不知來日事，百年枉作萬年圖。青青一種芭蕉樹，春雨敷榮秋雨枯。憶昨歲晚雪飛白，都閫門墻映紅碧。依稀記得建陽過，南北東西總爲客。建陽縣令薛給事，開尊北堂邀我至。對花云是美人蕉，不怕風霜逞嬌媚。前月京師附書還，爲傳給事死諫官。見花憐花爲花惱，萬丈雪山毛骨寒。都司劉郎舉武舉，每以危言動天子。螭頭豹尾不肯留，獨鞚花虬行萬里。萬里邊庭絶羽書，手種芭蕉三百株。一宵蹄齧苦不戒，粉碎玉人傷緑珠。共汝朝來有歸興，細雨沈沈滿三徑。攜鋤斸取舊根荄，且種窗前欹枕聽。

題李蒲汀學士所藏趙千里射熊圖

王孫藻思錦繡紋，點染青山縈白雲。避雁霜高錦樹出，射熊風勁角弓聞。似是西原獵場下，公子翩翩齊騁馬。捷如流電氣十倍，滿彎明月神瀟灑。沙平草淺石徑長，左馳右突不可當。直前一發遂得雋，豈但百步能穿楊。古來妙傳誇絶藝，此幅摩挲今幾世。周詩藹藹歌夢祥，漢館離離是何處。蒲汀學士人中龍，勘畫披圖最有工。致身本在霄漢上，雅興時落山林中。武功文事亦素具，細認丹青有奇趣。尚父曾聞載後車，宣尼尚且供先簿。試看更兆掌中珠，雄風駿骨頭角殊。他年隔座屏風裏，喚取良工搨此圖。

南宫北郭踏雪

前夜維揚翫寒月，今朝燕冀寒踏雪。百年快事能幾迴，誰料兹行兩奇絶。漠漠郊原一掌平，紛紛珠貝綴難成。玉堂瑶圃隨行上，縞帶銀杯逐步生。復有軟輿和蓋重，何似漁翁一簑凍。白馬翩翩千里驕，紅旗閃閃長亭送。臂鷹走狗誰家兒，頗憶東原年少時。雙飛一箭穿雲下，九尾千年匝地馳。壯氣老來餘白首，熊裘貂帽鵝黄酒。掃竹尋梅何事無，柳絮梨花隨處有。東方又動朝日紅，耀色流光四望通。矮屋欲埋孤出棟，遥山先映最高峰。試問天公資發育，前須巽二後滕六。蒼生赤腹望豐年，黄扉紫閣尤驚目。誰持堅白攻異同，燮理調和唯至公。不見狻猊巧摶换，消得東皇一夜風。

文峰歌 爲鄭正郎

雲路東南永，閶闔紫翠重。蓬萊宫闕近，突兀見文峰。文峰拔地幾千尺，巨靈夜卓凌空筆。特立疑從五老分，高標正傍三山出。三山秀色鍾異人，文峰先生尤絶倫。身同砥柱障東海，力挽華嶽開西秦。二十明經取上第，六曹郎署稱無二。作雨爲霖本有期，擎天捧日真能事。當今好手張平山，寫出巉巖水墨間。美人被服何雅素，坐看白雲相往還。先生愛山兼愛畫，風物江南兩奇邁。停驂駐節費追陪，高堂素壁時張掛。舊家門巷對山居，共道相傳百代餘。開圖宛見文峰面，若論連城玉不如。

竹巖歌 為程時言侍御題其先君方伯號

君不見程公竹巖重新安，上有鳳雛雙羽翰，下有龍孫欲迸青琅玕。嶙峋白璧連城價，搖動清風六月寒。美人歲晚愛顔色，身踞虎豹凭闌干。衹今仙遊向湘浦，唯餘落月輝林巒。調和六琯製大雅，鎮壓百里成偉觀。孟生淚盡不復茁，唐皇感之比二難。江南程氏古司馬，别有伊洛分派如波瀾。誰云今人不如昔，竹巖太中相應看。仲氏外臺握風紀，儼哉伯子和氣端。正公壁立幾萬仞，要比季子鐵豸冠。四時正氣鬱不改，東南秀色若可飡。掃除炎熱礪世鈍，一爲長歌天地寬。嗚呼竹巖不可見，見此孤標遺蔭回風湍。

西巖歌

君不見崑山産玉高嶙峋，當年一片稱絶倫。邇來幾千載，元氣醞藉含至淳。乃有參天卓地壁立之西巖，窅窱洞府棲仙真。春色桃花誤流水，秋清桂樹當月輪。紫芝瑶草滿下界，祥虹瑞靄往往早暮相鮮新。箕山將讓許，武陵聊避秦。遠觀田變海，昔傳嶽降神。自如先生古柱史，甲第華堂住其趾。少年風彩真玉人，陸家兄弟安足齒。滿門忠孝世所希，江南數作鳴珂里。狀元宰相應黑頭，季弟今爲天下士。大兒文學早作畿輔師，直言忠諫丹青裏。小兒穎異似楊修，已署門生拜天子。有孫行年十六七，一舉鄉書衆中起。珊瑚與珠樹，過眼紛可喜。先生況是真仙才，酒尊常對崑山開。消除日月歸棋局，舒卷絲綸有釣臺。屨杖登山疾於駕，有時登山望蓬萊。玉耶人耶兩難辨，但見秋容秀色遠與鸞鶴相徘徊。五千《道德》閒常誦，三度蟠桃手自栽。只今七十逢初度，剛是浮生第一回。山中好風日，天末負趨陪。短篇遥當長年頌，願借澄湖作壽杯。參天卓地之西巖，永與朱顔黑髮相追隨。

題畫

春風花柳谿橋路，賸有韶華管送迎。隔岸青山千尺起，聞歌多少别離情。此圖點染還清潤，似是錢塘戴文進。張公好畫如有神，高築金臺同買駿。内庭多暇日正長，湘簾半捲當華堂。時時拂拭見古意，欲效丹青比夢良。

雨中汎舟聞座客琵琶

蘭舟急雨横銀塘，水芳沙鳥滋暮涼。煙雲彌望接蜃氣，樓閣失地含龍光。于時披襟坐盤薄，愛聽瀟淅鳴舷艎。座中有客偏好事，獨把琵琶臨醉鄉。一攏一撚有古意，欲弾未弾先斷腸。四弦嘈嘈乍入手，似與風雨隨低昂。曾傳青衫泣司馬，豈是紫塞啼王嬙。孤臣忠憤重離别，壯士感激多慨慷。鵾弦鐵撥世希有，此曲杳眇尤難當。誰裁無價紫桫欏，乃有雙盤金鳳凰。我生兩耳才具足，妙解那得如中郎。老懷政爾苦冰炭，試遣陶寫憑消詳。須臾返棹更東下，雲物一空江水長。

可泉圖 爲胡大參

我識可泉三十年，今朝爲賦《可泉》篇。秦川蜀川渾漫爾，相憶相逢俱偶然。君家去天才尺咫，雲樹蒼蒼萬山裏。羲昊曾留畫卦文，陸郎未試煎茶水。當年妙小富文章，春日承恩上玉堂。客過每勞占劍氣，人傳從此破天荒。一朝汩没青山下，印月行風倍瀟灑。遥從西郡夢三刀，又向南臺騎五馬。皖城東下是蘇州，銀色琉璃萬頃秋。匡廬天外飛猶落，楊子江心泥不流。濟南突地七十二，錢塘江頭水西寺。還將詞翰舊風流，總屬參知新政事。一夜秋期夢故鄉，某山某水暫徜徉。如流車馬來阿曲，似水門庭復晉陽。晉陽相看吾已老，開圖宛聽泉聲好。白練橫拖萬里長，銀河倒挽三山小。溶溶漾漾更逶迤，東流終向鳳凰池。聊從漢使乘秋日，正是商巖大旱時。滿地蒼生望霖雨，天瓢一滴何如此。由來鄒孟達逢原，安用蒙莊齊物理。誰云嶓冢不勝舟，誰謂崑崙最上頭。請看逝者無昏旦，化作江河入海流。

松鶴圖

遥空受秋萬里碧，松露團團野花白。藤梢橘刺紛陸離，細水涓涓遶雲石。我疑此圖是玄圃，中有雙禽鳴且舞。霜翎砂頂足生韻，玄裳風輕月將午。當家妙品在逼真，況是寫生須入神。古來高人重圖畫，欲令見者常如新。我聞胎仙三千歲，摩挲此幅能幾世。乃知丹青空爾爲，别有不朽超絶藝。

枯木竹石圖

人間何處真不俗，雨後山前兩竿竹。雪村老人幽興多，落筆龍孫削蒼玉。離離亂石出澗底，古木壓枝虬欲起。相思天際望美人，月明一片湘江水。君不見工師取才，伶倫裁管，兼收並蓄，截長補短。開圖識苦心，聽我歌欸欸。

次韻黄如英聽管生彈琴

逸人最愛馮虚閣，手弄絲桐自酬酢。清安身世甘寂淡，富貴交親供詼噱。天空境静初按譜，掩抑悲凄更豐約。淙淙巖背墮春泉，歷歷林梢下秋籜。緩猱急引大可憐，含徵流商調相錯。初聞古意三疊高，旋見失勢千丈落。勇如壯士提戈戟，静似佳人洗丹堊。吴山積雪開四窗，夜静金爐火猶爍。是時相對擁青綾，頓使煩襟坐來鑠。中郎此意妙莫傳，炊爨之餘尚堪鑿。看君幽興正得意，我和險詩聊善謔。須臾鼓罷陽春曲，門外青山映寥廓。

楝塘 為李封君

甬東水樹清深處，楝花風動黄梅雨。喬木由来世澤家，清溪合有高人主。主人本是種德人，種成玉樹高嶙峋。青驄白豸風霜古，紫誥金泥雨露新。苦縣遥宗元姓李，今代聞孫還柱史。彈壓争知重有山，門庭不愧清於水。繡斧銀章使節歸，摘花釀酒映斑衣。明堂正要求梁棟，墜子成林大十圍。

和答張子醇索硯

容臺大夫古列仙，謫向人間年復年。當時正坐風騷罰，今日猶爲筆硯憐。吴東片石青山裏，箬裹藤封四千里。力微任重致不多，空對知音慚未已。看君筆陣何堂堂，真堪作史蔡中郎。自須剪贈西湖水，化作虹霓萬丈長。

儼山文集卷四

謡 三首

邊城謡 贈王司徒

金木難，丑之年，大同六月胡塵連。將軍死綏戰士哭，東芻斗米當十千。司徒受命出餉邊，綸巾羽扇何翩翩。指揮捆載赴急援，上山下山魚貫聯。營中望見氣十倍，抆涕裹血張兩拳。君不見丞相昔日下三川，木牛流馬何其便，司徒之功相後先。司徒之功相後先，請觀渭上田。

卧龍謡

龍卧不行天，龍吟《梁甫》篇。借龍何處所，行雨遍三川。三川山勢常含雨，北風不斷東風駛。赤龍上天掉龍尾，更遣流星促龍起。定軍山中龍骨藏，龍光夜夜拂咸陽。

石橋謡

一揮千黄金，不如一石梁。江水險莫測，人命薄於霜。南州十月水涯降，臨流不渡愁褰裳。家住江水北，市在江水陽。朝渡給薪米，暮渡攜酒漿。有時浪急石齒齒，對面千里空斷腸。東鄰周封君，有子登玉堂。一朝發私帑，波面流虹光。方車結駟若坦道，石可泐，德難忘。

辭 二首

春山辭 贈别何舍人仲默

登長坂，望故都。辭帝閽兮南鶩，渡河梁兮春波。時一去兮難再，怨芳歲兮蹉跎。赴山靈兮夙約，返初服兮苧羅。林深兮春暮，草靡兮雲和。猿避席兮空谷，樹開障兮崇阿。左蘭兮右芷，牽芙蓉兮盤蘿。聊徜徉兮寤歎，澹容與兮嘯歌。望佳人兮不可即，眇千里兮傷如何。

風泉竹石圖 爲楊夢羽正郎賦

啓玄圃兮纈群芳，淡容與兮翺翔。望帝子兮極浦，思美人兮瀟湘。幽篁兮怪石，泉激風兮鳴璫。神舒兮境寂，開菂房兮蘭堂。冠切雲兮瑶珮，飧沆瀣兮夜未央。抱貞節兮自媚，日夏烈兮秋霜。羌秀色兮可攬，邈江山兮蒼蒼。遊天君兮太清〔一〕，跨虎豹兮騎鳳凰。

【校記】

〔一〕天君：原作『夫君』，據文意改。《荀子·天論》：『心居中虛，以治五官，夫是之謂天君。』

行 十五首

沛水行 戊辰歲

沛水東決如沸湯，家家水痕强半墻。麥苗不收棗樹爛，雞犬縛盡無糟糠。河上丈夫七尺身，插標牽女立水濱。自言豐年娶得婦，結髮甫能勾十春。隔年生女如獲寶，阿翁提攜阿婁抱。兩歲三歲學步行，鄰里盡誇皮肉好。今秋糧限不過年，縣官點夫夜拽船。可憐此女八歲餘，決券只賣四百錢。錢財入手容易盡，但願分投避饑饉。借問上船何處州，異日經過煩附信。答言家住越州城，緑樹青山好託生。桑樹養蠶常着帛，湖田種稻早炊秔。聽罷那禁雙淚流，相逢只合死前休。聞道越中多賦斂，父北兒南兩地愁。

悲開河行

鄞張秀才，翰林檢討常甫兄也。北來省弟，道死開河。作《悲開河》。

丈夫乍可道路死，揮淚聽我《開河》篇。開河五月暑有毒，亢暵百日河無泉。枯蓬赤烏汗如雨，長夜白鳥雄似鸇。遊子去家三千里，況復病體累十年。祇知出门多歷覽，誰料來日當大難。木皮束棺靈寄寺，縣吏檢尸巫布筵。憶昔當時别家日，父母挽留妻子牽。自言省弟到上國，自謂賦命天無偏。地豈長沙人賦鵩，道如陋巷鬢凋蟬。弟不及見親已遠，奈此半路連棄捐。重泉杳杳不復旦，遊魂黯黯何由還。相逢親舊煩附信，南到會稽北到燕。堂上老親嗔惡夢，閨中少婦焚紙錢。長安空悲聽雨約，旅館那得共被眠。哭夫哭兄兼哭子，呼神呼地復呼天。一死辛酸尚堪忍，兩地嗚咽真可憐。君不見封侯無成向沙漠，馬革裹屍猶是賢。

重廿五行

予憂居海鄉，寄生理於稼圃。今歲壬午，連遭天災。前月一風，今月一雨，咸爲異常。況值七八月之間，傷農特甚。慨然遠懷，命筆識之，題曰《重廿五行》，紀時變也。

前月今日風若掣，今月今日雨不絶。頽垣敗壁補未完，注棟傾盆勢尤烈。對床不辨兒女啼，懸天但恐星河決。遥看密瀉同織絲，復有大片如飛雪。夜來霑灑愁圖書，似聞揮霍鳴金鐵。昨聽父老指顧言，目數群龍迸空裂。海中沙縣全城翻，邑裹譙樓半腰折。皇天高照正森嚴，聖主中興自超軼。豈伊玄化復偶然，無乃蒼生自詒孽。擁衾轉輾苦待明，四野茫茫混魚鼈。禾頭生耳須浪傳，竈底産蛙幸虚設。不然東南財賦區，寧免宵旰勞符節。小臣幽憂才一家，終歲饑寒詎堪説。仰天端拜意獨深，捧日何能計應拙。挽回光霽敢望多，今夕明朝事終别。

金陵行

鍾山鬱嵯峨，冉冉朝出雲。昔日秦始皇，於此埋黄金。埋金空復爾，千載悲歎深。石頭遶其右，長江亘其陰。我祖造帝業，此地遂發靈。雙觀切雲霄，宫殿何森森。下有高樓臺，甲第賁丹青。縉紳羅其中，白馬揚金鈴。山川此都會，登眺亦峥嶸。送君金陵去，歌我金陵行。

江南行 送鄧良仲尹崑山

僕本江南士，請歌《江南》篇。江南佳且麗，沃野多良田。道旁采桑女，湖中木蘭船。禮讓季札後，文學言偃前。崑山産良玉，自古盛才賢。東通滄海波，西接闔城煙。既饒魚稻利，復當大有年。登眺何鬱鬱，井市互糾纏。商賈競啓闢，逋流願受廛。使君楚邦彦，敷治若烹鮮。新從天上來，端坐理徽絃。齊民本同性，嗜好貴有先。谷中自虚曠，豈曰聲難傳。酌酒聽我歌，我歌慎勿諼。

傷哉行 挽何處士

傷哉薤露日欲午，昨日草堂辭故主。黄粱已熟夢初回，百歲相將一抔土〔一〕。北邙山下紙錢風，杜鵑聲中寒食雨。留得功名上墓碑，行人立馬淚如縷。椒漿滿地不勝愁，日落玄猿爲起舞。流傳義事死不泯，會有餘休大門户。

【校記】

〔一〕抔：原作『杯』，據文意改。

蜀山行 悲安處士

蜀山何蒼蒼，蜀江何湯湯。江山相望鬱不改，中有懷賢淚幾行。淚行灑向嘉州道，嘉州高士忽已老。高士墳前四尺碑，北風細雨摇白草。至今人傳高士德，侍母能吞病回食。讀書千卷老不忘，白首猶能數行墨。有文孫曾振其武，巍科達官相次取。千秋萬歲安家祠，瓜瓞綿綿稱始祖。

駿馬行 贈別殷近甫

殷子有奇骨，昂藏若駿馬。康莊在遠道，伏櫪甘土苴。長安一朝別我去，再三挽留不能住。潞河新有下灘船，到家正及朱炎暮。君家本在齊魯墟，楓林瑟瑟臨前除。小樓畫檻蔭林樾，中有先世千卷書。北堂慈母髮垂領，倚門望兒悲短景。小弟今年十四五，弄筆時時學馳騁。上奉母顏下課弟，日有餘功擬叢桂。病骨偏宜秋氣涼，藥囊閒却參苓劑。登高迴睇望泰山，恍見仙人時往還。翩翩白鶴不可借，流光日夜凋朱顏。朱顏一往那再復，惟有功名留汗竹。志士偏增日暮悲，佳人易感窮途哭。憶昔虛堂坐論文，辭鋒往往傾先秦。談詩屈指數漢魏，歎息六代何無人。殷子奇氣鮮有匹，人間八寶光耀日。吴郡徐卿吾畏友，每每到君賞高逸。君不見九方皋，胡能按譜索馬毛。願子加飡善自愛，天閑十二終當豢爾曹。

畫松行 爲鄭啓範題

畢、偃去已遠，馬、夏新有聲。攜將秦大夫，從事褚先生。幽篁壓枝免絲颺，雪後冰前儼相向。淺紅膩紫多好顔，端合低頭丈人行。蟄龍一夜聞雷起，況復笙篁風滿耳。縣齋晝静簾影重，聊伴詩書當行李。君不見前年營建採山林，竹頭木屑俱千金。天南别有擎空樹，迴巖疊嶂深更深。豈不中梁棟，地僻誠難尋。由來才大難爲用，始覺良工真苦心。

東家行

東家有女嫁西家，不羞白璧倚蒹葭。結髮初疑連理樹，牽情復比並頭花。並頭連理願千秋，夫壻今年輕薄遊。鬬雞遠過夷門市，繫馬時從白下樓。鬬雞繫馬聊應爾，可憐年華付流水。月離三五弓下弦，春當九十花成子。千疊關山音信稀，傳言絶塞寄征衣。身騎大宛烏龍去，手取將軍金印歸。烏龍金印兩難成，邊境蕭條不可行。黄沙萬里雙睛暗，白雪千山五月明。風月空閨難獨守，團扇絺衣豈堪久。箜篌弦上公渡河，羌笛聲中折楊柳。楊柳秋來滿故園，良人何日返東門。黄金繞身久離别，不如貧賤暫温存。

西州門行

悵望西州路，經年感舊恩。嘗因石頭醉，不覺至州門。至州門，應慟哭，輿疾歸來塵滿目。羯兒江上兵八千，黿子車中年十六。蒼生滿地終奈何，一枕白雞春夢足。中原心，東山志，兩難憑，俱不遂。幾人能有羊曇淚。

分金行

古人重結交，何必千萬人。一一苟知己，安得各許身。嗟哉管鮑交，迹遠心逾親。後來相齊功，寧令負分金。

猛虎行

天生爾物何雄發，咆哮一聲振林樾。倀魂離離腥風動，山下行人豎毛髮。乳子曾聞昔擾馴，食牛誰料今搪突。太山啼婦那忍聞，血肉縱横疊枯骨。君不見東家近日射生手，彎弓百步能穿柳。

射虎行

海壖饒稻粱，日夕滿牛羊。忽傳虎南下，遠見目炬光。腥風獵獵振林木，前村驚走後村哭。南衙仙尉滇南才，白馬彫弓美如玉。太平寺西日卓午，一箭殺虎如殺鼠。長官迎勞吏歡呼，負嵎長嘯今何處。君不見南山白額長橋蛟，眼中此尉人中豪。

擬飲馬長城窟行

密密墻頭柳，凄凄野中露。徘徊念遠人，即目不成覩。别離誰不然，相思逐流年。日短願夜長，夢中得相憐。食荼知味苦，登高知路長。耿耿懷隱憂，雙輪繞柔腸。客來異鄉縣，遺我一匹絹。雙手認封題，中有夫壻書。上言紫貂弊，下言近瘦肥。持刀欲裁衣，仍將比殘機。

四言古詩 四首

邃庵 爲師相楊先生賦

時惟文明，篤生哲人。若大厦斯構，巨木既掄。江漢濯靈，于國之南。來游來觀，有兹邃庵。於穆邃庵，奠長安之里。先民有言，人遠室邇。仞墻既闢，朗牖載啓。邁心昭曠，崇志玄始。承明既下，遵此深閟。耽耽渠渠，以造爾後生。孰曰一室，而匪八荒。君子善居，旁達煌煌。凡此煌煌，惟邃之功。故嶽深則蓄，川匯攸同。誕求明德，兹庵是出。出則外攘，入則内謐。庸是基程，光我王室。帝用勤止，僉曰允諧。三事是寄，以陟崇階。對揚休命，執德不回。秉國之鈞，邃兹弘開。孰求勿獲，胡致匪才。以延我基緒，於皇遐哉。

修竹篇三章

孝子備物以奉親，物取於備，孝之至也。

瞻彼修竹，薄言睠之。依依庭除，託植在玆。我悦我親，以況其儀。竹之苞矣，以慰我思。

瞻彼修竹，其色如玉。眷言顧之，豈曰空谷。出則爾恭，入則爾復。君子之居，清風穆穆。

瞻彼修竹，鳳凰于飛。歲聿云莫，泥泥有輝。崇是正直，以保中虚。君子萬年，神明所依。

儼山文集卷五

五言古詩一 三十七首

園中芭蕉産甘露金色若蓮花而大幾盈尺欣賞一首

園古草木茂，氣和休祥集。老堪寄一廛，當此三江入。緑蕉隱輕霧，紫葩垂巨實。駢房類馬齒，厚味過蜂蜜。蟠桃經千歲，優羅竟誰挹。縹緲仙人掌，馨香鸜鵒粒。珍奇徒飽聞，何如手可拾。文園素中消，起痾冀一吸。太華玉井蓮，菡萏黄金濕。孤標自無群，惆悵臨風立。食芹想明主，欲起爲什襲。倚檻良有情，搴芳偶無術。把酒一賞之，拊膺百愁失。還聞制頹齡，大藥儻可及。欲草《貞符》篇，緬慚《春秋》筆。

聽雨

白髮日夜長，青草緣堦生。江村荷時雨，潮田愜耦耕。稍稍辨遠樹，依依見孤城。魚鳥亦何意，上下如有情。撫己得良晤，與物本同生。遭逢百年間，重陰幾開晴。

儼山西偏鑿方塘而未及泉四面窪空若壁適春潮暴漲懸溜而下若珠璣萬斛水晶簾一段迸空垂舞噴射照耀奪人目睛而衝撞淵湃頃焉出聲又若張樂洞庭之上信天下之奇觀也作詩紀之

九天落銀河，一部喧水樂。自昔飫奇聞，于兹破塵濁。東風吹海門，潮頭擁蛟鱷。漫坡已鋪練，溜崖遂懸瀑。雅音發鏗鏘，天籟韻宮角。横開水晶簾，亂颭珍珠雹。迴風拂漚沫，落日漾瀺灂。排波摧冰霜，蕩空驚鸛鶴。雖慚達人觀，緬希百川學。無私理則然，盈科仰先覺。嗟予方寡陋，昔賢何渺邈。垂老卜此居，偶爾期浣濯。林木日已繁，茅衡向堪斲。相要素心人，文史事商確。

慶壽寺西廊齋居贈沈仁甫

山陵届良吉，群寮秉精誠。梵宫庭宇静，願託塵土形。華鐙照木榻，四面凄以清。璧月度雲漢，珠斗當女城。值我同心友，相依敍平生。弱齡結高誼，白首有定盟。君爲澗中水，我如隨風萍。萍飄入澗水，蕩漾永合并。

送王存約赴惠州

遠別當長歌，歌短調轉苦。鄙生寡諧合，屈指那可數。夫君重意氣，交誼薄太古。豈惟到爾汝，未暇辨賓主。同懷奉聖明，何心慕纓組。契闊萬里途，恨無銜風羽。客宵仰雲天，明星燦三五。

清河曉發

清霜肅晴野，秣馬乘暗發。長逵會凄風，疏林薄殘月。三五東方星，横斜北斗没。似聞度前陂，苦寒傷馬骨。

遊虎丘憩劍池上作

磐石廣且平，萬木鬱以蒼。中有高樓臺，翼翼何煌煌。黄金塗殿柱，五色錯中堂。問是誰所居，緇衣禮空桑。感此金石固，變遷不可量。始因伯業顯，中更晉諸王。况以血肉軀，焉得久樂康。促膝臨澗水，澗水清且光。澄碧照我衣，可辨黑白黄。俯身濯長纓，素手激清涼。適意易爲别，悵悵不能忘。

西堙曉發

日出山霧黄，五月氣猶肅。溟濛十里餘，轅馬傷局縮。豈不憚馳驅，所欣恣余目。沈沈樹隱岑，稍稍黍抽陸。仰觀雲中岫，俯視澗底谷。境深工出奇，地古尚餘樸。駕言問民風，十稔九無熟。巖嵌時突煙，委複閟土屋。行行重嗟咨，明光竟遺覆。予本登才賢，幽探事陶育。撫此晉陽區，孱綿愧食肉。

送王憲副廷吉赴蜀

出郭已可愛，何況郊外遊。十里歷大陸，偶此值杪秋。黍稌畢刈穫，蕭條見高丘。密雲釀微雨，輕塵斂前騶。送客遠行邁，道路阻且修。臨岐一觴酒，去去不可留。丈夫懷明德，仳別難自由。

雜興

江河赴東流，日月西馳速。天運有乘除，人事工報復。如何首陽薇，一去無後禄。子雲最和同，符命手自録。婉婉舒我言，往往覆人國叶。亦知重身圖，誰家非骨肉。伊余六尺軀，寧用千鍾粟。禍福止一時，安能辨直曲。浩歌歸去來，田中有茅屋。

晨起南牖納涼

庭柯含遠風，時暑散煩襟。豈乏華屋爽，適我良所欽。頗愛陶彭澤，五斗北窗陰。南薰來前楹，何必懷千金。野居自云樂，俯仰遂素心。素心亦何有，息影睠山林。歲月忽已邁，江湖一以深。手持一編書，中有太古音。誦言消永夏，是非遺昨今。

坐月效古

肅肅迨秋夕，明明月流光。衆星燦若珠，三五正縱横。居人不能寐，客子懷故鄉。大化無停運，弦望倏相當。鴻雁多哀思，庭柯變青黄。時往老將至，悲來夜何長。咏彼《蒹葭》詩，悵望宛中央。

巉山精舍晚意

林深暮煙紫，海近秋月白。稍稍神慮淡，悠悠寺喧隔。乾坤等逆旅，誰非遠行客。遣此百憂端，棲我一畝宅。楚狂雖忘世，湘纍竟何益。寄情混漁樵，託契友金石。

新秋别三首送唐士同

悠悠都門道，執手從此辭。明時各致身，那復計别離。君已寄民社，我愧空文詞。相視各不語，秣馬當風嘶。馬嘶識故道，落葉戀故枝。仰視雲間漢，牛女將秋期。

二

潞水日滔滔，豆花復離離。新涼動長河，樓船正南馳。相望日已遠，何以慰相思。願多東來風，吹雁過京師。樓頭夜初永，起坐薄羅幃。團圓向人月，鑒我懷中私。

三

與子三歲間，一歲一聚首。人生少百歲，能共幾尊酒。子年三十餘，我已二十九。後時聚散期，日月能俟否。同心多仳離，良會不可久。奈此參與商，任運付何有。

遲嚴介谿太史

遠至卜燈穗，近約嗔路遥。娟娟十載别，盈盈中夜潮。僻地安足賞，佳人不待招。榆柳含新妍，泉石共孤標。雖慚陳子榻，迺有顔生瓢。開徑屢延竚，永冀念久要。

我有平生人二章

我有平生人，故被雲錦裳。灼灼桃李顔，娟娟饒清揚。婉婉吐麗辭，纖纖素手長。後宫選名姝，三千一身當。遠從二妃遊，歷覽周八荒。膏車駕言邁，使我涕泗滂。念君不能已，謳吟遣巫陽。

二

我有平生人，善鼓朱絃琴。清商發高彈，泠泠太古音。萬人羅列聽，歎息一何深。玉衡指孟夏，朱明自南侵。曲中正悠陽，絃絶調不任。鸞膠是何年，長令負此心。豈不增悲辛，古意日已淫。

連理詞 挽畢封君

春草碧高阡，春晴寒日煙。下有雙白璧，上有芳樹連。連理復連根，根深葉何鮮。大枝高一尺，蒼蒼欲擎天。孫枝復秀發，直起拂雲穿。樹色耀白日，璧光掩重泉。

出土城即事

粼粼原隰遠，遲遲麗景晴。始欣出塵想，遂暢同物情。夭桃出頹垣，曲澗縈舊京。民俗遠漸朴，山照去猶明。天闕古無對，邊塵今自清。撫時感雨露，緣禮報生成。因公遂攸往，倡言紀兹行。

發昌平

山城麗淑景，沙堤度輕輿。身從雲中歸，疑有雲生裾。離離列巇崿，藹藹越里墟。時有桃李花，無言臨澗隅。

雜詩

苦乏山林資，來此朝市遊。日月不相待，華髮變清秋。晞心中道獲，懍懷末路憂。浮陰隱層城，輕冰結洪流。孤語冀冥契，同逝匪良謀。緬懈南征鴻，豈曰道里悠。

遊潤州城南諸山

日斜始取路，春服遂遊行。街迴復巷轉，西望見岭岭。道旁車輪推，呦呦何嚶嚶。平疇灌時蔬，健婦日把耕。意愜勩不辭，奮步直前征。荆榛鉤我衣，煙霏拂我纓。忽焉凌絶頂，俯視江與城。一氣漫浩浩，清颷四傍生。藉草聊小憩，爲樂不可名。暮景漸微茫，欲下仍含情。

晨發柯村

藹藹山川曲，朝曦散秋光。草露尚未晞，嶺樹變微霜。白雲滿長谷，此中多深藏。遵養共時晦，滅景不可望。擾擾倦行役，拙誠難可將。

上峻坂臨崖

少陵有佳句，再拜扶病翁。掖予登峻坂，此事將無同。好奇已成癖，履險始有工。流泉噴玉雪，危石摇青紅。下臨千仞淵，上摩九萬風。秋陽正皜皜，極目雙飛鴻。

率童僕出田

旭日照桑塢，乳鳩拂林坳。農務日就理，駕言赴東皋。東皋有佳適，云是江海交。彌望眇孤帆，凌空俯危巢。伯禹功未泯，季札風猶高。戢戢出士女，田田及土膏。鹿門有遺響，子雲徒解嘲。違己詎非病，喟予傷繫匏。

理園

庭下石齒齒，水際花冥冥。宿痾霽暑雨，時還枕孤亭。百慮静以遣，世紛老旋經。所存復餘幾，兀然顧兹形。呼童理荒穢，森爽出衆青。宣父歎後凋，湘纍眷芳馨。孰云草木姿，奄忽隨飄零。持此遂久要，庶以娱暮齡。

秋懷

仰觀流大火，圓魄復西馳。未覩凌霜葉，先見隕風枝。羅幃閟清景，瑶瑟流哀思。掩抑不成調，清商汎朱絲。恐驚高樓婦，蕩子阻歸期。

贈别安鴻漸給舍四首

西馳萬里道，送子不及遠。萬里非所嗟，覲子恐歲晚。青青蠶叢山，歷歷太行坂。素冠集流塵，客子中夜飯。驅車當周行，相顧各繾綣。

二

繾綣夫如何，欲語不出口。冥冥雲中禽，菀菀道傍柳。炎暑方載途，客行日彌久。山川氣候更，風雨昏旦有。毋爲人所先，寧爲人所後。

三

青城多異境，蛾眉隱新月。巴江從中來，紆曲如一髮。秋氣勁梗楠，春陽長薇蕨。地高魚鳥閒，天近星斗没。行歸及桑梓，山川共輝發。

四

君還江水源，我去江水委。江中多鯉魚，尺素來萬里。遥涉岷漢流，復泳沅湘沚。海門何浩蕩，但恐風波起。江干候鯉魚，秋高水瀰瀰。

儼山堂遲友

淡煙釀朝冥，細雨含秋姿。獨立更延佇，悵望遲所思。麗容本絶代，被服何陸離。一爲經時別，悲喜極感持。徽音寄篇翰，往往追四詩。知己自曠遇，佳會貴及時。大業日云遠，非子誰與期。

移居寄子容

予本四方人，慷慨赴天路。幸託金蘭交，再蒙鹽車顧。端懷素居憂，豈乏同袍賦。側身向長安，凝望幾朝暮。浮陰結苑墻，年華落宫樹。是非金玉姿，安能磐石固。時欲往從之，駑馬不能步。相思在相知，因風寄情愫。

送徐進士昌國湖南纂修

丈夫及壯辰，足迹徧川谷。送子湖南去，佳勝付遐矚。渺渺洞庭波，盤盤衡陽麓。朝鱠武昌魚，暮聽瀟湘竹。嗟此赤壁灰，悲彼長沙鵩。雙旌動秋色，俯仰如新沐。境内三千里，候吏豐館穀。山水富奇聞，歸借南遊録。

發西店驛

海嶠不可即，林巒互盤縈。依依度阡陌，靡靡事前征。僕夫衹趨蹌，昏曉各有程。豈不愛歲月，娛此山水清。少小四海志，老大竟何成。伏轅傷局促，履境戒高盈。南中氣候早，三月競深耕。林煙起菑畬，園風動茅衡。物華遂敷暢，旅懷倦將迎。喧寂會所適，感歎重含情。

儼山文集卷六

五言古詩二 三十五首

贈别徐昌國二首

北風吹我衣，送子山之隅。一瞻再三顧，别離在斯須。知遇良獨難，工瑟徒好竽。感念管鮑私，安得不區區。昔爲比翼鳥，今如失水魚。一日爲三秋，悵望增欷歔。

二

北風被原野，送子古郭下叶。僕夫遠前途，執轡柔如組。屏營復躊躇，氣結不得語。許身忌太炫，榮名毋多取。珠明蜃人心，玉縝良工苦。寄言同心人，蜂蠆多風雨。

夜宿爛柯山農家 爛柯本在金華，不知此何以名

夜扣田家門，空庭列松炬。導之上小樓，一室有雅趣。木榻久已塵，頗勝棲草露。雞豚棲下方，警戒煩再顧。雖無窮途哭，必有神物護。時敕符俱從。老農拙言辭，起拜具禮度。感此深山深，土風儼淳素。

武鄉山中晚行〔一〕

水流青山中，人行白雲處。落日下西崦，餘光拂高樹。此行何所有，一眺空海宇。慚乏山林姿，來此成賓主。

【校記】

〔一〕武鄉：原誤作『武卿』。

閒居擬陶

林居罕人事，漸與農圃親。時還讀我書，夢寐見古人。桃源亦何有，傳説失其真。藹藹風日妍，鬱鬱草樹春。儻免病爲累，吾亦愛江濱。

寓彰德倉司小憩頗有花竹之觀

愧乏瀟灑趣，享此山林居。時花當春發，喬木向日舒。好風汎崇光，有鳥鳴前除。坐久獨顧影，悠然思遂初。去住各有適，得喪兩無餘。

雨後分種秋葵

早葵花已繁，晚葵始萌滋。迎陽與應肅，物性各有宜。吾欲備四氣，代謝任所之。往者固已爾，來者當自知。人生會有適，遲速何足疑。但願風日妍，臨秋挹高姿。睠此尺寸間，尋丈以爲期。殷勤付畦叟，愛養貴及時。

登翠華巖上洞

窮高冀遠矚，躋勝酹良緣。京塵動千尺，往來成歲年。偶上翠華洞，閒尋舊鑱鐫。無煩辨人代，惟知出風煙。長安近捧日，韋曲低去天。惟皇朝萬國，聲教被八埏。振策一以眺，高雲下淵泉。德輝九苞鳳，形勢百足蚿。

新晴病起獨登臺觀耕

東曦散早涼，沃土依水曲。宿雨一以霽，微風滿疇緑。農人欣及時，物情遂所欲。稼穡良獨難，勤惰各有屬。夙痾幸暫舒，登臺恣遐矚。饁餉偕爾鄰，指揮顧我僕。新苗含露滋，把愛等蒼玉。稍稍已成行，纍纍尚盈束。苟遂豐稔期，寧知泥塗辱。倦遊拙理生，藉此一壓足。

齋居

園林變夏木，弱軀猶春衣。豈乏四方志，瘏馬不能車。偃息滄江涘，水竹既清虛。悟悦有夙契，冥詮資簡書。翔禽懷佳音，時雨鳴前除。境適謝力遣，迢遥遂忘予。

風琴

予蓄二琴，客爲調之。偶置亭間，適天風微動，自出異響，客歎希有。作詩紀之。

陶令無絃趣，未忘矯俗心。退之聽穎師，哀怨一何深。伊余兩瑶琴，因風調至音。乍如落松濤，復同驪龍吟。掩抑竟何有，斷續難自禁。悦耳貴一適，傅指勞千金。乃知宇宙間，喧寂寄所任。大化本無迹，至理不可尋。以余疏慵姿，置之風水林。

碧雲寺觀泉

堂辭白玉前，寺到碧峰下。石幢插堵波〔一〕，貝葉翻般若。循除決晴泉，此境極瀟灑。琤琮金佩傳，宛轉玉繩瀉。緬懷川上心，臨流歎不舍。曾聞貂璫雄，揮金事游冶。高臺相掩映，松篁雜梧櫝。似識舟壑安，寧知蕉鹿假。止觀等殷鑒，洗酌泛周斝。

【校記】

〔一〕堵波：原誤作『渚波』。

臨清車行

南人不識車，北人不識舟。二者更相苦，役役不能休。吾生本丈夫，安能絶行遊。生長東吴郡，偕計來皇州。歲暮風日烈，行行阻且修。黄塵翳白日，四牡騑梁輈。未明候晨雞，殘更且薄羞。堅冰交狐豕，寒疇下羊牛。疏林希突煙，迥野多荒丘。觸目集野意，撫時縈羈愁。豈不愛遺體，高居詎良謀。遑遑念饑溺，遐思禹稷儔。

秋懷

斗杓西指申，興言懷豳詩。玄蟬泣高柳，玉露零泥泥。急景如受驅，少壯誠幾時。丈夫懷苦心，飄泊將奚爲。悦彼庭前樹，芳花綴繁枝。莫俟涼風欺，果實獨後期。

題畫

關河凍初合，雲物歲已晚。紆轡雞鳴樹，悵望羊腸阪。徘徊不能度，風高馬毛短。

陳光禄惟順迎暾書舍四首

龍泉

瀑布下匡廬，倚天垂玉柱。瀟瀟六月寒，坐對白龍舞。幽人送目餘，新添夜來雨。

寺鐘

蒲牢吼蕭寺，明星出東方。動息各有會，隨風遠飄颺。唤起巫山夢，縹緲賦高堂。

漁歌

愛聽江湖調，滄浪第一聲。桃花新水浪，摇動楚王城。得魚沽酒處，風雨更多情。

予家舊藏瀟湘圖聊因舊題各成短詠八首

樵語

風暖鳥聲喧，隔隖聞人語。盤雲拾墮樵，晨昏自來去。深山多虎狼，同心邀伴侶。

山市晴嵐

山以遠市珍，山中復成市。輕雲結浮嵐，東風瀉清泚。不辨往來人，微喧隔林起。

漁村落照

風波本無定，漁家愛夕陽。絲綸摇颺處，多在瀼西傍。清歌一曲竟，天水共微茫。

煙寺曉鐘

清曉坐聞鐘，知是何朝寺。微霜動商飈，秋隨雁行至。聯翩去鄉人，豈無懷鄉意。

江天暮雪

雪片大於手，江空歲復寒。幽人高卧處，偏得畫圖看。爲問梁王簡，何如楚客冠。

瀟湘夜雨

扁舟瀟湘上，夜聽瀟湘雨。回風度明璫，叢篁各成塢。欲起寄相思，美人隔南浦。

洞庭秋月

月光隨處好，何況洞庭秋。風露三千里，金波上下流。此時聞鐵笛，天際一登樓。

遠浦歸帆

孤帆自天際，出没見秋毫。歸心同逝水，飛度挾風濤。臨流一悵望，空覺此生勞。

平沙落雁

雁陣驚寒早，平沙襯水圓。同懷稻粱意，南下盡翩翩。誰念關山遠，猶有尺書傳。

玉華雜咏七首爲盛程齋賦

玉華山

海風吹海宇，飛過玉華山。山中人不見，窈窕翠微間。得月乘鸞度，開雲放鶴還。

白雲窩

雲來如有情，雲歸本無迹。歸去群山青，來時林樹白。窩中卧雲人，偶值愛雲客。

萬柳塘

千條萬條黄，垂柳復垂楊。連雲難辨色，蔭月不留光。幸不當岐路，别離那復傷。

望湖樓

登樓望澄湖，樓高湖面小。金波月裏秋，青草雨中曉。心閒境逾静，悠然見魚鳥。

韓山

一髮韓江水，韓山相對起。扁舟乘海潮，回首渺千里。上流春雨多，夷猶弄清泚。

越王走馬埒

燕臺骨已朽，渥洼種未生。何年走馬埒，尚帶越王名。榕葉斜陽外，坐看海雲輕。

鶴舟

買得青田種，相攜共一舟。碧簫吹夜月，飛度百花洲。借問華亭唳，何如赤壁遊。

過安山几間有高達夫集偶拈東平路作一首戲效其體

飛鷁指金臺，揚帆出鉅野。細柳縈長隄，新蒲弱堪把。煩襟散遥岑，好風送朱夏。

七言古詩四首

雲山圖贈嚴介谿西還

美人别我還楚封，遥望雲山如畫中。憶昔燕市初相逢，年少意氣雙飛鴻。揭來射策披心胸，五雲旭日蓬萊宫。玉堂對榻聞曉鐘，南郊獻賦追揚雄。旁人忽忽稱儒宗，文彩往往驚相公。過從莫限風雪衝，卜居長安家屢通。眼見天日升潛龍，石渠夜照藜火紅。退食聯步時從容，移書論道相磨礱。豈徒握手期協恭，自信肝膽摩蒼穹。今我日月催衰慵，近有白髮臨青銅。世事浮雲無定蹤，況子縲絰儼在躬。十年契誼蘿施松，一旦摻袂成西東。人言此圖千萬重，我意試比應難窮。

中山圖次韻俞國昌都諫送許補之侍御謫定州

中山風物美且都，無乃賢達避世區。芝山許子今鉅儒〔一〕，虬髯逸論如大蘇。隻手欲作回天圖，七月詔獄朱顔敷。我生有癖惰且迂，辱子契誼時與俱。兩都三試要不殊，空憐警夜雁有奴。寂寞府中棲樹烏，剸割修復見昆吾。聊試兒童夾道呼，中山山中勸種榆。

【校記】

〔一〕鉅儒：原誤作『詎儒』，據四庫全書本改。

月夜與高進之沈德禎諸友過箨山次壁間韻

櫂歌欲停山月吐，月影照人清可數。疑心已斷壁間蛇，壯氣猶驚草中虎。清溪曲曲淡不流，此月重來猶故我。

秋思

空庭蕭索簾櫳雨，秋色漫漫四山裏。閒花不語傷朱顔，落葉無聲風未起。依稀三五少年遊，鳳凰臺畔臨吴楚。家書自怪滿紙題，猶剩胸中數行語。

儼山文集卷七

五言律一 六十首

何舍人館中對雪

燕地春猶淺，高城雪更明。相逢爲客處，同有望鄉情。棧閣因風積，樓臺入夜清。不知梁苑賦，何似蔡州城。

過盧溝橋

野適意自愜，逢春更可憐。弄黄初試柳，破碧已分泉。馬足騰晴霧，雞聲隔午煙。翠華巡幸日，馳道直如弦。

孝廟挽詞

帝座宵沈彩，皇祇晝嘯風。時巳午之間上賓。申初，有黑風從西北來，括地揚塵，咫尺不辨。人懷三代治，天忌萬年功。衮冕丹青裏，山河涕泗中。聖恩如可報，精衛海濤東。

下陵

片月青山外，遥燈緑樹中。馬蹄知熟路，人語雜回風。臺殿參差出，冠裳彷彿同。穹碑猶入望，揮涕憶神功。

對月

連夜月色好，此宵看滿輪。金波惆悵裏，碧海别離新。冰雪南征雁，關山北望人。琴書照清影，舟楫對通津。

假寐

假寐依洄洑，篝燈伴水雲。晚潮隨月上，歸雁帶霜聞。地古三江合，星移五夜分。冥行吾豈敢，露宿畏離群。

三日出大明門

日華麗高閣，風光媚輕塵。喧喧車馬動，藹藹歲年新。花柳回芳甸，關山念遠人。履端逢泰運，大饗卜明禋。

賦得玉河煙柳

御堤新水上，細柳織輕煙。隱映金鑾外，低回玉甃前。曉容横一抹，春色試三眠。地接天門近，常霑雨露偏。

得劉子書

念子不能寐，中宵鳴素琴。近聞衡嶽去，遥望楚江深。入夢多岐路，緘書有好音。隔窗風雨横，愁絶故人心。

寄李獻吉

客到梁園者，仍煩致起居。夜來新有夢，春去久無書。緑野深花徑，黄河抱草廬。迢迢千里道，目短鬢蕭疏。

和張玉溪山行

一逕出林坰，四山開畫屏。霜鐘度遠寺，雪柳帶長汀。路轉城闉出，雲深石洞冥。千年埋玉處，龍氣晝常扃。

華蓋殿外候駕雪中有懷崔後渠嚴介谿上陵

此去西陵好，花驄並轡行。橋山瞻王氣，禮殿肅精誠。候吏供宵飯，歸鞭促曉程。立殘金殿雪，憶爾到昌平。

分水祠漫成

江頭十日坐，無日不吁嗟。緑暗連天柳，紅明委地花。銜泥新燕子，傍水舊人家。南望無終極，青天又一涯。

谷亭經舊寓

土屋曾爲客，朱炎夜見星。棗林連驛路，麥飯趂魚腥。萬里看雙鬢，三年抱一經。經行重俯仰，楓樹晚冥冥。

過清河煙霧不見山

春氣濃如酒，沈沈醉遠山。愛飛孤鳥没，隨意片雲閒。興爲尋芳發，塵憐撲面還。石橋流水漫，立馬聽潺湲。

徐州洪次韻

表裏山河勝，東泉復上流。斜陽明石佛，古堞遶徐州。谿影尤宜月，潮聲不待秋。去來風雨横，奇絶冠兹遊。

月下抵彭城

險中不覺險，家近轉思家。世路元無盡，人生故有涯。鄉音傳白苧，秋事付黄花。今夜彭城驛，清尊對月華。

寶應晚泊

天接湖光迥，雲開塔影圓。老漁明宿火，客子傍歸船。晚市風聲静，秋沙月色偏。絶憐浄如練，閒擬謝公篇。

渡江

幾日江南路，靈旗發畫船。江流餘舊日，山色入新年。風細蛟龍卧，雲開虎豹眠。夕陽京口聞，吟興酒尊前。

過丹陽

平明辭鐵瓮，日暮過丹陽。遠道初知客，方言忽近鄉。苔封聯艇緑，泥涴小車黄。柳暗河橋下，平分麥秀涼。

遊金山次唐韻

過水金山寺，真憐地脉分。潮聲生絶壁，江影墮孤雲。涼吹先秋到，長歌入夜聞。登臨殊不極，斜日伴微醺。

嘉定登圓通寺佛閣次王節推韻

酷暑宜高閣，時花上檻紅。水沈銷活火，冰簟受南風。鳥背層霄外，龍腥古鉢中。晚涼頻徙倚，村郭失西東。

黄純玉之再遊龍華也予不及再陪悵然次韻

浦口橋西寺，水深塵事稀。重來黄叔度，尚憶陸探微。霜後驚紅樹，天南望紫薇。還將五色手，歸補衮龍衣。

遊昭慶寺

秋風昭慶寺，初日滿迴廊。地古松能偃，山深橘未霜。移舟還傍麓，著屐試登堂。高閣凌雲表，憑闌意自長。

坐月喜易欽之見過

方庭兀坐久，漏水静來聞。雉堞孤雲補，旗竿片月分。鄉心基遠夢，涼意感微醺。賴有同心者，敲門慰藉勤。

題竹送張鍾美侍御按雲南

臨岐欲有贈，贈此比琅玕。南國多炎暑，因君見歲寒。風雷山嶽動，瀟灑畫圖看。白雪真難壓，青雲亦可干。

晚過元明新居

歲暮天涯客，相依願好鄰。樓臺殘夜月，梅柳隔年春。契誼憐知己，馳驅愧此身。浮雲終日事，偏感異鄉人。

苦雨

長安十日雨，雨中孤客愁。泥深妨著屐，鄉遠怕登樓。水氣偏欺日，雲陰每妒秋。不知畿甸裏，禾黍尚堪收。

月下與張碧溪汎舟

微月墮止水，空明漾淺沙。放舟沿柳岸，看竹過鄰家。林静一枝鳥，溪喧兩部蛙。不應張博望，別自有仙槎。

贈沈舉人銓

歲晚風江闊，天空朔雁孤。君行自冰雪，吾意且江湖。驥北千金價，鵬南萬里圖。文章關國運，把酒對青蒲。

儼山春曉二首

濛濛連夜雨，曲曲帶溪山。隔水分喧寂，經旬斷往還。天連滄海近，人比白鷗閒。多藉東風力，吹春到閉關。

又

初有江山勝，況逢花柳春。曉雲含宿雨，暖吹約輕塵。樹裏看孤櫂，煙中辨四鄰。幾年京國夢，喚醒愛閒身。

寄孫思和

竟負回舟約，虛煩下榻留。惟餘三畝宅，遥望七峰樓。天接星文動，江涵雁影流。煙花正無數，老眼幾時休。

雨中行史涇

江路西南永，端陽亦不晴。草堂松粉潤，花塢蘚痕平。橋古行人迹，田低過水聲。兹遊自奇絶，雲樹望中生。

六日雨二首

郊居世塵少，農月雨聲多。暝色連葭菼，繁陰動薜蘿。歌謡終帝力，霑潤即恩波。漠漠江天外，時時白鳥過。

又

長閒緣性懶，愛雨爲年豐。入夜聲逾急，因風勢轉雄。燈前欹病枕，江上憶漁翁。亦有滄洲興，相期泛水東。

南浦阻風

西風催逝水，一片布帆輕。渺渺江鷗去，離離錦樹明。興高偏有恨，秋老最關情。咫尺谿南路，天留訪戴行。

宿布金寺

宿宿俱投寺，行行莫問津。麥波摇落日，花雨戀殘春。水國攻農事，禪房清世塵。鄉心與野意，從此往來頻。

秋齋夜聽雨二首

鸛鵲林棲盡，秋窗細雨來。野雲天共遠，涼氣夜交催。簷溜斷仍滴，燈花落更開。幽人心賞足，孤詠寄高懷。

又

南畝苦刈稻，西風兼送寒。老農舂舊穀，紅女搗殘紈。暗響隨黄葉，疏香消紫蘭。物華知節改，如意幾回看。

宿碧雲寺

西崦碧雲寺，天空近太微。堂虚寒吹入，簷宿暮雲歸。聽履仙卿集，留僧錫杖飛。偶因方外勝，殊覺世情非。

次韻嚴介谿上陵

帝遣修陵祀，秋來得並行。雨聲連日夜，山色洗幽并。遠道防殘暑，齋心冀晚晴。敬皇弓劍地，揮涙想西征。

酌别何舍人兼問訊空同子

年少誰如子，他鄉怯病身。春風滿歸路，幾日罷征輪。塵合青山遠，河開碧樹新。故園如見月，應念未歸人。

贈别王瑩中二首

孤舟連夜發，客子念還家。遠道多秋卷，高城急暮笳。一身籠外鳥，萬慮壁間蛇。春色淮南路，江蘺遶白沙。

二

愛爾不能住，高樓空暮思。浮雲連日脚，流水遶天涯。未有孫陽遇，虚煩楚客辭。故園江上好，風詠況相宜。

五塢山房爲盧師陳賦

不是黄金地，毋煩白石歌。春風湖上路，夜月鏡中波。插案圖書在，緣堦蘭桂多。遥知梅雪後，杖屨待經過。

晚自西堤攜楫兒散步

夕陽江水外，曲曲帶沙堤。生意隨汀草，閒心付杖藜。漁舟天上下，人語瀼東西。稚子偏憐我，相攜過竹谿。

赴儲芋西少參中途過陳氏莊避雨

合下陳蕃榻，真成訪戴行。燕泥妨馬力，花雨弄春晴。十里緣江路，中年故國情。不須團蓋擁，風澹正雲輕。

人日雪二首

院深勤掃地，簾静愛焚香。墮壑隨風力，穿雲逗日光。山城閣道迴，松徑石衣長。欲試煎茶水，丁寧近竹房。

二

人日歲常陰，今年雪更深。天空山競出，春早柳難禁。四海三農望，孤城獨客心。故園江上路，梅塢有誰尋。

看雲

筠簟瑩冰紋，開簾卧看雲。隨風還作陣，映水復成文。出岫連綿起，奇峰次第分。更能呈五色，持此獻明君。

人日

春日復人日，鄉心亂客心。東山遊不到，西嶺雪常陰。城郭林泉遶，風雲殿閣深。梅花臨水發，抛事且須尋。

月下行舟

水曲風帆渺，雲開月殿圓。金波千片動，珠斗半空懸。樹影連山合，歌聲入夜妍。舵樓高似屋，歸興坐來偏。

蘭溪道中

朝日暉江路，平林映遠山。宿雲收不盡，高鳥與俱還。秋草弄幽色，寒松有好顔。時時上高瀨，隱几聽潺湲。

教巖暮發

向夕秋山紫，西風吹白雲。納涼移榻屢，待月引杯勤。嶺樹参差出，漁歌次第聞。去留俱有適，吏隱欲中分。

宿建昌縣公館聽雨和周玉巖都憲

五月溪山路，水深雲更深。溪梁連近麓，帆影掠長林。巨浸愁農事，重陰傷客心。翻將經濟意，時向簿書尋。

鄱陽湖

家居滄海曲，觀水入雲天。斜日番君廟，西風鄔子船。草封高岸没，波合斷山連。起擊中流楫，秋光滿大川。

望雲居

道遠山初近，天長晚更晴。水從星漢落，舟在畫圖行。擊楫吴郎計，乘槎漢使情。難將物外意，空博世間名。

萬載冒雨曉發途中次韻

途迎南至日，上盡雨中山。人過龍行處，雲生馬度間。征旗殘畫捲，弛擔墮樵還。阮籍何心者，予方索笑顏。

二

曉行隨落月，細雨暗前山。天地陰晴裏，風雲變態間。遠裝初覺重，濕鳥並知還。捲幔峰巒接，丹青有好顏。

儼山文集卷八

五言律詩二五十五首

龍窩驛一名雙溝

遠道悲遊子，春光滿驛亭。幽花背巖發，芳草上洲青。帆影連銀海，山形列翠屏。何如張博望，光動女牛星。

自滎澤渡河

清曉輕塵濕，長河新水通。一宵花信雨，兩岸麥秋風。禹迹微茫外，鴻溝指顧中。七年三問渡，南北更西東。

初從木罌渡水欣然忘危步入山庵小憩

病骨難爲路，春容半帶陰。木罌初渡水，山寺不藏林。脱險初經險，違心却負心。楚雲天共遠，聊復一登臨。

過趙州

當代朝天路，猶餘望漢臺。地分三晉古，客過萬山來。霽雪留殘照，輕車動早雷。望窮天北極，紫氣遶蓬萊。

自下邳晨渡

殘月曙猶上，斷冰寒更流。風回青雀舫，塵滿皂貂裘。勳業匳中鏡，英雄水上樓。行人連日夜，陌上重回頭。

汶上

汶上棲賢地，風塵愧此行。天寒日力短，道遠旅魂驚。不醉任城酒，空懷賀監情。浮雲亦何意，常爲碧山橫。

西望太行諸山

白日如送客，青山解迎人。半空橫疊嶂，萬里一孤臣。澗積過年雪，風迴隔歲春。并州雖暫住，難比故鄉親。

石鐵村乘月行一名什貼，有鋪

片月新秋裏，行人山路中。晚涼微帶露，宿雨尚含風。星炬參差列，肩輿宥䆲通。去程迷遠近，時復問西東。

陽武道中

冬日如春暖，河冰斷復流。塵中藏去馬，天際出危樓。周道真如砥，行人那可留。風霜雙短鬢，失計爲身謀。

井陘道中雪甚

井陘天下險，何況雪中過。絶壁看雲嶂，危橋下玉坡。奔騰千駟馬，森矗萬人戈。信有淮陰令，銜枚夜渡河。

井陘西上故關是日陰翳

雪豔騰騰長，天容黯黯低。千重無路入，一望使人迷。日午憑雞唱，雲生傍馬蹄。山川分趙魏，關路隔東西。

過北關八月三日

舊雨侵泥滑，連朝得曉晴。土窑留樹蔭，山路逐泉聲。近塞風先勁，中秋月乍生。幾家田石坂，辛苦望收成。

定襄雨中

細雨重門寂，新涼病骨清。河山襄子國，關塞代王城。獨夜聞雞早，高雲過鳥輕。斷橋題豫讓，身後尚留名。

涇陽道中曉行

古樹捎殘月，孤燈映遠村。聞雞憐曠野，驅馬上高原。戀主心逾切，安身事不煩。東風吹曉夢，只許繞柴門。

寄題郭復齋三守別署二首

城上樓臺迴，山中日月開。眼空人獨坐，吏散客頻來。泉石秋先到，詩篇手自裁。隔溪花發處，時有鶴飛回。

二

山水東南郡，經營復此中。渚花嬌欲語，海鶴舞成童。曲徑重重月，迴闌面面風。蓬萊元不遠，城外弱流東。

送朱守忠兼懷山陰舊遊

我昔登南鎮，山陰一水東。禹功思玉帛，秦刻卧魚蟲。古有神仙宅，今傳王謝風。獨懷詞賦悔，白髮老揚雄。

大浪灘

江水清不澈，秋容雨復晴。捲簾聞瀑坐，攲枕看山行。密篠緣谿轉，長松徑壑平。人家翠微裏，時有白雲生。

玉山西下換小舟乘月

懷玉谿山路，依稀記昔年。秋風南國客，明月下瀧船。苦愛滄浪曲，誰歌白石篇。甘棠是何物，千古使人憐。

書龜峰石壁上

四眺山俱好，入山遊興長。群峰更卧起，萬木半青黄。輕鳥巢孤壁，流泉過疊廊。幽期探未極，翻憶巨靈藏。

宿龜峰

一宿龜峰寺，登臨願不虚。巖花僧定後，山果客來初。峭壁時虧蔽，孤雲遞卷舒。愧無康樂手，疑有子長書。

中秋對月二首

今夜中秋月，長安向北城。高梧雲意薄，小草露華清。氣候關寒暑，天心忌滿盈。孤亭虚四壁，着意傍人明。

二

對酒不成醉，秋光倍可憐。照人偏白髮，爲客況青氈。幾處關山裏，終宵鼓角邊。未應塵世上，能看幾迴圓。

至潼關

潼關天作險，此地復樓臺。一徑雲中度，三川日下來。東遷周左計，先入漢雄材。自有蓬桑志，西南萬里開。

峽江道中暮色

曉山南國麗，中月復冬深。輕露還蒸麓，幽花尚滿林。北風千疊恨，西崦半帆陰。何似湘江路，常懸魏闕心。

雪中王嵩野過公館小酌次韻

西臺梁苑客，南國楚郊山。共愛六花舞，如登萬玉間。平原千騎出，遠浦一蓑還。萍水萍鄉路，相看得破顔。

宿邯鄲

兼程趨百里，虚館宿邯鄲。世事渾如夢，春宵尚帶寒。古臺平雉堞，殘月隔雕闌。無端是興廢，人共璧俱完。

十日早朝寒甚是日致賀皇子生

寒重春猶勒，風迴雪未消。旂常懸日月，殿閣迴雲霄。卿相恭寅協，君王視早朝。天顏殊有喜，臚唱颺簫韶。

應制撰潁殤王挽歌四首

潛德悲天慭，餘哀眷帝衷。素車明落日，丹旐颺淒風。聚散雲無迹，彭殤數偶同。人間留不得，龍種自龍宫。

二

玉樹難爲實，璇源本自清。未勝桐葉剪，先助薤歌聲。祖祭公卿集，皇恩父子情。堂封千古地，佳氣五雲平。

三

瑶圃秋先到，珠林露易晞。千官歌執紼，萬乘淚霑衣。正氣蒼冥闊，佳城紫翠圍。多應是神物，華表鶴重歸。

四

皇胤分天派，仙才降帝居。如何埋玉日，方及晬盤餘。不見東平禮，空傳北海書。英靈同大造，消息任盈虛。

新鄉道中

望國還鄉路，南人北客心。鬢毛霜欲滿，時敍夏初臨。宿雨風塵浄，遥山紫翠深。蘇門精舍近，悵望負幽尋。

曉發新鄉

落月猶在屋，大星欲浮空。旅門人戒曉，官道樹含風。隱隱共山濕，迢迢衛水東。黄河舊行處，指點爲誰窮。

淇縣道中雨濘

雨深泥滑滑，一步九躋攀。世路分南北，人情念往還。濕雲縈細柳，龍氣隱高山。想像歌淇澳，何如蜀道間。

泛黄河

淼淼望不極，連天送濁流。浮沈經塞外，淘洗向中州。鷗弄千帆雨，沙明兩岸秋。靈槎頻訊問，乘興欲遨遊。

赴介谿賞雪

懷鄉仍歲杪，喜雪況登樓。天地俱生色，江湖足勝遊。十年依鳳闕，此日更狐裘。未有陽春調，能爲郢客讎。

次介谿看牲韻

輦路金沙湧，郊壇翠甓開。定須騎鶴到，唯許視牲來。列炬銀花發，嚴更玉漏催。上卿仙骨勝，侵曉入蓬萊。

送楊子濬大理得告歸嶺南

愛爾不可別，欲留其奈何。池塘春草變，山鳥杜鵑多。采藥仙人侶，緘梅驛使過。于公好門第，四海望陽和。

次韻曹承之留别二首

舊京千古重，許國一身輕。驛路梅初發，都門雪正晴。新除分晝省，惜别賦春明。多少臨岐客，於君獨有情。

二

南至三千里，東風一櫂輕。石頭城外曉，桃葉渡傍晴。客思奚囊重，鄉心晝繡明。六朝佳麗地，登眺若爲情。

送張希賢令泗會

萬里古端州，分符作勝遊。雲山通庾嶺，風土接羅浮。縣静仙凫遠，樓高瘴雨收。未能逢故舊，迴雁有高秋。

次韻送李都閫

山顛與水涯，時見野人家。遠湖拖白練，新竹長青蛇。澗露浮雲石，林藏著雨花。神仙無别徑，此地有煙霞。

邀甬川少宰過報國寺送吕涇野致仕

赤日都門道，青山故國情。風前邀客過，寺裏送君行。有夢憑清曉，何心計去程。秦川一水隔，天遠九重城。

舟發

風水本無定，有時能送行。西郊不作雨，北望獨含情。習静憐穿榻，聞歌愛濯纓。十年懷舊業，六月遂南征。

潞河發舟兩日夜始抵和合驛

快路日千里，畏途腸九迴。古難當蜀道，今日下燕臺。柳色連村暗，波光映日開。北山如有待，猿鶴未應猜。

放任城南閘

風水自順逆，物情生愛憎。任城天設險，湖泊氣多蒸。相業商巖雨，君恩玉井冰。阮途多少意，長嘯愧孫登。

十四日放徐州洪逢周一之

脱險方驚險，思君喜見君。高山共流水，覆雨更翻雲。初過留侯國，行經亞父墳。當年誰作計，楚漢欲中分。

直河晚泊

落日青山好，舟行復見山。楚天窮眺望，河水正潺湲。沙岸人争渡，柴扉夜不關。向來戎馬地，此夕且開顔。

河漲

輕塵高弄日，新漲急翻江。客子難爲夜，鄉心不可降。村沽聊取醉，野調自成腔。冥遣懷篇翰，垂簾短過窗。

舟中晚景偶理琴

密葉隱日脚，微風蹙水紋。客心隨路遠，人語隔溪聞。過雨甦秋穀，征旂颺晚雲。匣琴多古意，移調奏南薰。

晴發

氣爽鐘聲遠，天空鳥影微。檣頭分曙色，席背引朝暉。水亂添新漲，沙明合舊磯。田家霑足否，天遣遠人歸。

山莊

細雨移花果，來禽帖重題。山林元有骨，桃李自成蹊。林曠傳乾鵲，村深報午雞。暖泉如可浴，呼杖小橋西。

方竹

仙人九節杖，誰琢玉成方。倚石孤稜瘦，捎雲列戟長。莫將三弄笛，雅製獨眠牀。多少圓機客，輪蹄滿道傍。

雪後

風雪初開野，江潮已到門。水深三畝竹，春蚤一塍萱。無事偏宜懶，初心苦畏喧。不應吴市裏，自有辟疆園。

儼山文集卷九

七言律詩一 五十首

長至侍班

白玉闌干動曉容，鳳笙吹律應黄鐘。侍臣躡履趨金殿，天子垂衣覆衮龍。雲裏雪花依仗落，爐間香氣入簾濃。却看下界羅星斗，身在鈞天第幾重。

南郊駕出

南郊清禁鎖乾文，時倚齋居望瑞雲。帝輦欲來香滿道，宫門乍啓曉初分。芝房桂棟圜丘殿，虎旅龍驤太乙軍。昔日揚雄空麗藻，唯將《羽獵》奏明君。

駕入

龍斾日射九關開，鳳輦風高萬乘來。皇國山川自迴互，碧空雲物尚徘徊。依微花柳迎春仗，次第王侯獻壽杯。漢時唐封俱鄙陋，《虞書》《周典》共昭回。

東山草堂一首送東山劉先生致仕

堂成十載晝扃扉，不負山靈將相歸。物外漁樵相問訊，堦前猿鶴有光輝。偏宜海月涼先到，可忍春雲濕未飛。想得夜闌還有夢，龍紋時動篋中衣。

賦得新鶯

花裏新鶯高復低，遍身金縷養初齊。自來幽谷偏求友，慣領東風試學啼。何處王孫停柳外，十年征戍憶遼西。上林喬木知多少，他日一枝應借棲。

秋聲

高閣煩襟生遠興，忽聞涼籟動羅幃。隨風已去傳鳴柝，傍月還來助擣衣。疑有波濤從地起，獨憐烏鵲正南飛。長安此夜悲秋客，細數流年感是非。

秋興二首

細雨兼風若有情，樹邊樓裏伴秋清。候蟲燈火黄昏永，客子衣裳白苧輕。魂夢幾番偏故國，襟期何處慰平生。壁間更與悲團扇，卧聽梧桐落葉聲。

悵望西山宿雨晴，新凉高閣夢魂清。秋於景物三分變，老覺功名一念輕。日課就荒詩草少，月支無補俸錢贏。長安歲歲逢摇落，宋玉情多鬢易星。

秋日慧昭寺訪舊迷道

不是桃源路亦迷，客心隨馬自東西。蕭疏榆柳如前歲，依約樓臺記隔谿。入寺緒風秋較早，照窗斜日鳥偏啼。憑誰指點還歸去，頭白山僧有杖藜。

秋日會通河送客

京國三年思故國，黄花時節又登臺。清江水冷魚龍伏，落日天空鴻雁來。忽漫逢人渾似夢，常因送客暫開懷。鱸魚蓴菜江東地，不爲蓴鱸也合回。

與徐昌國登雞鳴山

臨風蕭散撤荆扉，緩步相攜上翠微。試日丙丁看塔影，睹松寬窄解腰圍。路侵壁水分鳴鐸，石近僧床掛衲衣。滿目樓臺形勝裏，當年辛苦憶龍飛。

送林見素都憲撫江西

閶闔天開袖疏來，先皇深意獨憐材。江摇旌旆雲霞遶，詔剪絲綸日月回。千里藩垣聊試手，百年海嶽幾生才。故山聞説饒猿鶴，滿地蒼生半草萊。

送劉直夫歸省還江西

群聯共愛挹蘭芳，南浦魂銷一舉觴。君獨有親甘去國，我寧無夢遶高堂。天連鳥背迷寒雨，江引漁梁出曉霜。珍重天涯易回首，官橋春日柳條長。

雙挽

蕭蕭松柏北邙道，連理凋殘風日清。地下有靈龍合劍，人間無主鶴歸城。山西短日迷椿影，機上殘燈照雨聲。四尺碑頭字如掌，行人讀遍汝南評。

元宵

滿街燈火雜游塵，消受風光五日春。時十日立春。微雨淡雲城上月，紙燈茅店客中身。家遥隔歲書隨雁，山近當窗鬼笑人。佳節不殊心賞異，梅花新水獨相親。

破曉出水西門往江口途中作

城西買馬滑衝泥，總爲風光候指揮。拍岸寒潮驚曉枕，過江殘雪上春衣。梅花野寺初聞磬，楊柳村居半掩扉。曙色漸分人漸遠，五雲雙闕擁朝暉。

子殤後二首

消瘦腰支減練裙，異鄉音信可堪聞。青春滿面殤兒淚，白骨三遷幼女墳。萍水飄零風顫雪，文章消息雨收雲。業緣尚有迂癡在，愛惜圖書未敢焚。

磨蟻旋旋意緒同，傷春隨處怯東風。三年未了隆中卧，一旦誰收稷下功。滿徑藥苗因病減，隔窗蕉葉爲書空。細尋舊事輪纖指，雲水今朝是幾重。

夜宿龍江驛

風塵隨分三年住，燈火江村一夜留。入市女郎能買酒，懷家游子怯登樓。煙中舟楫來京口，雲裏鐘鈴出石頭。水浄更闌不成寐，隔船鄉思起吴謳。

入京口閘

沙城擾擾人歸市，喜色津津客過關。船外寒潮隨白鳥，樹間花氣遶青山。夢魂風雨今宵滅，鄉國門墻五日還。百里波濤幸無恙，滿巵村酒慰慈顔。

入晉陵西門往東門晚泊

百年雨露長繁華，煙柳長堤入市斜。石岸樓船載簫鼓，朱闌簾幕護鶯花。軟泥驛路人調馬，細水溪橋女浣紗。待泊黄昏更東下，滿城燈火萬人家。

春暮還舊隱花木半存憮然拈筆有作

淡花疏竹舊簾櫳，墻暈苔痕碧土濃。春燕定巢應識主，夜蛾隨幌獨憐儂。池塘課僕添栽藕，杯豆留人半采葑。僻絶吾廬偏不厭，枕書日日卧高舂。

夏日幽居即事

手汲清泉和碧煙，細臨晉帖滿吴箋。南風送暑催三伏，西日下山留半圓。丹柰雨肥禽着意，畫梁泥足燕高眠。方床高結跏趺坐，我與幽居信有緣。

書扇寄王天錫乃兄天則

梅花歲歲憑君折，折盡梅花第幾枝。樹杪暮雲看去遠，江湖游鯉到來遲。詩今點竄成千首，路已經過熟九疑。坐對惠連談往事，夜來應夢草生池。

挽周處士

生前不識處士面，身后空成處士吟。小雨荷香池館静，暖風花信草堂深。青山昨夜悲埋玉，流水何年到賞音。四尺碑頭數行墨，罨溪松柏自蕭森。

寄王瑩中

定山風景近何如，江月江潮遶故廬。龍洞舊游春服就，太玄新著夜窗虚。滿川花柳三杯裏，隔岸樓臺六代餘。我獨長安經歲晚，南來目斷數行書。

落花

蝶粉蜂黄冷浣溪，衰顔無主畫樓西。情緣偏戀鴛鴦水，勳業多留燕子泥。荏苒芳塵湘魄化，飄揺紅雨蜀魂迷。池塘倍覺朝來勝，新緑成陰護鳥啼。

館中書事

深既入館，司禮監太監蕭敬者，在上前言進士陸深、徐禎卿，意若幸予，而惜昌國之不偶。數日後，同年數輩在左闕門接本，有中人問之曰：『爾進士中有陸深、徐禎卿者。』衆皆愕然，不識其故，漫應之曰：『然。』曰：『前日蕭太監爲至尊言之如此。』衆以告予，予驚且懼，賤姓名何以達於中貴？因識以詩。

疏慵舊業大江東，十載雕蟲愧末工。豈有才名驚行輩，徒勞中貴達宸聰。少年賈誼吾安敢，今日相如事偶同。自笑《子虛》無賦草，親將迂策獻重瞳。

末意謂深雖被蕭監之薦，然以迂樸之學，受知先帝，故有是命。與楊得意薦相如者異矣。

馮侍御野雉坪

蕪莽頻年雜採樵，山靈留此託高標。紆迴負郭瓜田近，平遠如村石逕遥。日暖林端飛雉子，雨晴澗尾送魚苗。功成廊廟懸車處，應有芳名配午橋。

張家灣志哀

五年此地往來過，人事悲歡奈爾何。涕淚偏從寒夜墮，月華空自海門多。天邊衰柳連村郭，囊裏殘書廢蓼莪。沙際一燈人語寂，北風流水共悲歌。

長女卒後復攜家渡江

趨朝入市總無緣，江上新開二頃田。水閣茅堂元自得，酒懷詩興故依然。夕陽度嶺人吹笛，秋水臨門客繫船。尚有舊書三百軸，海雲江月共年年。

送熊元交使越

山水蒼蒼古越州，菱花荷葉共維舟。二高峰頂三更日，七里灘聲五月秋。靈雨自隨征斾去，綵雲常傍使星流。江南江北還相望，兩地各登高處樓。

送顧與成使浙江

江南此去經年别，更欲殷勤不可攀。細雨出城春淡泊，斷冰辭岸水潺湲。風花碧落鶯遷谷，燈火黄昏吏報關。歸計越中須作早，石渠諸老待君還。

邵氏園亭

主人池館玉橋東，盡日輕塵不度風。黄鳥愛啼墻曲裏，緑雲常護日方中。茶分陽羡家園好，地接長安客況同。何似更當良夜燕，月痕花影淡簾櫳。

雪夜聽沈仁甫談鄉事

鄉事連牀話未休，春寒寂寂送春愁。素衣憐子客千里，畫燭摇人風滿樓。燕地雪花偏入暮，故園楊柳幾經秋。多情爲問吴淞水，猶遶儂家日夜流。

秋丁國學分祀

瑶壇夜氣屬秋清，禮殿衣冠肅上丁。風度簫韶聞九奏，露垂銀漢轉三星。青松團蓋飄香篆，白玉圍闌映舞翎。聖道彌高垂萬古，皇恩罔極授群經。

題石淙二首爲師相楊先生

入雲嫋嫋石泉流，回首青山憶舊遊。天柱雪消銀瀑下，海門日照紫煙浮。即看鳥背三台路，疑有軍聲萬里秋。此地到江龍窟近，化爲霖雨滿神州。

滇水湘山故有情，石淙又紀勝遊名。坐來風雨聞韶濩，挽作天河洗甲兵。曉出五雲隨日捧，寒流千折到江清。暗通氣脉金山寺，更表東南鐵甕城。

長陵

文皇功業冠吾朝，極目長陵北斗高。龍虎千重常隱霧，松楸萬壑驟聞濤。禮成寢殿嚴三獻，版署曾孫饗太牢。淺薄小臣叨法從，夜分端拜擁青袍。

景陵

景陵東奠接蓬瀛，長憶宣皇致太平。弓劍閟嚴龍氣合，樓臺環瑣斗杓横。地高海嶽依依見，天闊風雲冉冉生。萬歲千年隆禮典，群官偏許夜深行。

劉蕡祠二首

諫議千年自有祠，唐朝宫闕黍離離。多情瘦馬銜寒到，無數青山落照遲。往事空傳臺下駿，靈風常滿廟前旗。冰霜入夜頻搔首，欲奠芳椒侑楚詞。

門帶冰堤一徑隨，丹青寥落見風儀。當年去國呈秋卷，同輩看花滿麗詞。言論縱危終愛主，英雄空好不逢時。客來繫馬祠前樹，獨坐寒山有所思。

夜坐念東征將士

長河乘夜渡貔貅，兵氣如雲擁上游。大將能揮白羽扇，君王不愛紫貂裘。十二關山齊故國，百年疆域漢神州。不眠霜月聞刁斗，自啓茅堂望斗牛。

書扇贈何子元武選

春風吹墮洞庭舟，春日來從鸚鵡洲。萬國風塵隨獨客，五更煙月下中流。天邊城闕身重到，笛裏關山鬢已秋。坐憶五年江海别，楚雲吴樹各登樓。

赤水村登土岡同何子元武選張子醇儀制賦得春字

林館來遲已暮春，追攀且得共高人。貪山更送雲中目，避日時移樹裏身。臺殿近瞻龍氣遶，笙歌聊代鳥聲頻。城西亦是風雲地，不遣登臨負此辰。

赤水村與方道士

赤水村西風日晴，紫琳宫裏鳳簫聲。經冬翠竹摇仙珮，萬里青山遶帝京。休沐偶過花院静，盤飧兼愛藥苗清。主人已得長生訣，我輩空懷遺世情。

思歸飲欽之館

鄉心迢遞鬱難開，且醉佳人舊酒杯。千里雁書迴隔歲，五湖雲樹鎖高臺。遥聞河北兵還滿，坐看長安月又來。容取腐儒江海上，仗君終作濟時才。

病起見庭萱有作

堂背花開空復情，客衣偏感歲年更。滿庭緑蔭飛新燕，無數鄉心啼亂鶯。病後强題眠食健，鏡中常爲鬢毛驚。黄金臺上頻迴首，慚愧當時買駿名。

鄭家口晚眺

落日曠野飛沙平，微吟捲席登岸行。垂楊緑暗夕露下，細草碧鋪晴月明。空闊試窮遠望目，飄零每動思家情。明發一舟何處所，江湖隨到問鷗盟。

戲馬臺登眺

王氣蕭條伯業收，彭城依舊碭山秋。山連青郡兼齊遶，水合黄河入海流。漠漠雲涯低度鳥，疏疏樹杪送行舟。凌空臺閣宜春望，尚及西風半日遊。

儼山文集卷十

七言律詩二 一五十首

對月

深院黄昏清露多，月明初上女墻過。行邊幾度圓如此，高處不勝寒奈何。宿鳥頻翻動緑樹，釣船遥憶開金波。山城漏永坐來久，牛女今宵正隔河。

淮陰祠

是非千載總成空，滿地凄涼在眼中。落葉數聲秋雨暗，女墻寒影夕陽紅。旌旗南國悲遊輦，圭璧東陲想故宫。書劍扁舟乘夜發，擁爐閒坐讀周公。

虎丘

江鄉蕭颯不禁秋，古刹名山占此丘。雲護龍池迷雁塔，雨平虎迹上漁舟。聲傳清梵疏鐘出，衣妥紅蓮極浦流。千古宛然渾在眼，越王臺畔女墻頭。

晚行浦中

秋江東北風吹櫂，夜色西南月度河。客子生涯隨路酒，漁郎消息隔煙歌。雁行千里緘題到，牛背前村短笛過。船外暗香來不斷，芙蓉知傍水雲多。

苦熱

朝來病骨不勝衣，望斷淮南一雁飛。故國青山三畝宅，何年白屋兩重扉。況堪旅舍多殤殯，安忍家書遠報歸。長日畏途猶苦熱，江天閒殺白鷗磯。

嚴陵

嚴江秋色碧於空，嚴陵祠堂江水東。山雲不斷欲作雨，巖樹半欹常背風。行人度嶺忽高下，返照入壁時青紅。櫂歌互逐漁歌起，相送樓船上峽中。

將遊龜峰寄汪抑之器之二太史

愛此秋高風日清，紆迴常作探山行。俯看飛鳥有時到，悵望美人無限情。沙净水根偏見石，樹含谷口少聞鶯。好峰只隔斜陽外，擬借新居卧月明。

謁張東海先生墓

東海先生天下士，近從驥子讀遺文。風霜滿壑松杉古，日月雙懸曉夜分。書帶尚縈堦下草，練裙疑化嶺頭雲。廿年正有高山仰，形勝東南更出群。

下鳳山南麓聞曹定翁先生夜過山居至已西還瞻行花竹間奉懷一首

遥傳拄杖過山居，度壑穿雲更短渠。入院衹餘霜後菊，護窗唯有讀殘書。聊鑱翠竹留題字，獨上青松望小車。咫尺懷人情萬里，江流爲覓一雙魚。

驄馬一首寄同年沈御史子公

長安驄馬鐵連錢，新賜黄金鑄作鞭。千里共看皮骨好，五花應入畫圖圓。昭王築罷燕臺下，桓典騎來御苑邊。已見過都頻歷塊，最憐神駿鬪春妍。

甲戌二月十三日大雪厚數寸晚得月書事

瓊瑶滿地月華明，寒勒東風過海城。午夜夢魂清化蝶，蚤春心賞負流鶯。半空臺殿疑無影，幾處江湖尚有情。澤國年年候農事，恐驚風雨報西成。春雪後百廿日必有大風雨，俗占謂之雪報，最傷農。

雪霽與朱子文陳起静訪李百朋舟次先寄

雪消沙岸暗潮通，南浦仙舟二妙同。柳褪凍痕黄欲綻，雁拖夕照晚猶風。幾年鄉夢三更後，十里波光一櫂中。復有月明同下榻，山陰却笑興偏窮。

甲戌四月八日再遊龍華有述

六日龍華兩度遊，陸行騎馬水行舟。風雲塔院松將暝，煙火村家麥已秋。病到静餘初減藥，望窮天際更登樓。桑榆苦愛清江曲，常愧山僧半日留。

春興和張碧溪韻

天上歸來白玉京，茅堂依舊帶江城。安身已辦烏皮几，晚食初嘗玉糝羹。何用門前栽五柳，祇須石上結三生。東風又送催花雨，起向花間次第行。

贈别碧溪次韻

江上忽聞歌濯纓，好風和護客南行。黄金總爲收書盡，白髮長因覓句生。鄉里定誇能老健，交游誰復更多情。不須惆悵江湖晚，造物從來本忌名。

江上載疾送嚴介谿太史

風風雨雨度江來，此歲登臨第一回。五月葛衣猶未著，幾群鷗鳥莫相猜。催農已盡黄梅節，送客須傳緑蟻杯。南去舵樓波浪闊，望君真是濟川才。

送黄竹泉兄弟南還

雪後遥山紫翠重，宦情歸興二難同。天邊樓闕身曾上，冀北風雲眼獨空。到日春回紫荆樹，去途詩和鶺鴒風。懸知别後相思處，江北江南夜月中。

除夜僦居對雪

誰遣天花白滿筵，破除殘臘入新年。江山萬里春猶淺，煙火千家夜未眠。馬援歸來空有累，揚雄老去始知玄。浮生踪迹元無定，泥上飛鴻亦偶然。

雪後遊廣恩寺贈同遊張儀部

落日未落西城西，孤亭曲徑遶冰堤。丹青合殿煙初暝，紫翠千峰雪後低。萬里旌旗聞戰伐，一年風物遂攀躋。同來苦愛張平子，袖有琅玕錦繡題。

绿雨樓漫興

暑雨初晴樹色偏，晝長風景滿樓前。天邊白鳥兼雲没，簾外青蟲映日懸。古鼎香煙時裊裊，小池墨水復涓涓。綸巾羽扇閒居服，獨對南薰理《太玄》。

禁中觀雨

天連仙掌曙光分，龍氣遥瞻五色文。山勢浄依金殿轉，簷聲清報玉堂聞。似知佳節催農事，願比甘霖奉聖君。昔日侍臣憐宋玉，空將麗藻賦行雲。

下陵

仙堦瑶砌雨如膏，大饗初成月正高。夜静溪聲傳水樂，山空天籟奏松濤。參差燈燭趨群從，次第官僚備列曹。更許乘驄向歸路，一宵清境不知勞。

月下有懷王存約都諫倪本端祠部二首

歲晚相思雪滿庭，也知祠部亦冰廳。心期許我俱頭白，雲路何人獨眼青。落盡燈花收夜局，寄來詩草帶春星。長安客舍多如許，每過門時馬自停。

雪後樓臺闕月明，懷人咫尺最關情。心無機事如君少，時有詩篇過我評。琪樹夜寒巢鶴怨，紫簫聲遠彩鸞輕。想應正草回鑾疏，倚遍闌干卧未成。

登翠微恭望長陵形勝有述

春深王氣藹重重，身到中天望轉濃。近接星辰看拱極，遥從江漢識朝宗。風回喬木千章合，時有祥雲五色封。一自鼎湖仙去後，萬年弓劍閟真龍。

八日雪中自海子東過朝天宫習儀

今日自誇銀海過，古來空羨雪谿遊。連天紫氣迷金殿，遶郭青山盡白頭。高處寒多渾可奈，望中人遠不勝愁。一年長至須成慶，重試雞人拜冕旒。

展牲還

月照齋心萬慮空，嚴寒時送北山風。冰蹄入夜天關紫，宵御分行燭影紅。世事浮雲千態出，時秋臺越獄，出入皆檢。頗恐，恐不測。故人點凍一尊同。江南苦憶歸耕地，三匝茅堂一畝宫。

廿四日再出視牲

落日朱衣五色紋，天南清閟鎖祥雲。重來正及春初動，歸去遥憐夜已分。十里瑶壇當地脉，萬年郊祀應乾文。風雲喜爲傳消息，翠輦黄麾度漢汾。

郊壇還贈同行余德重副郎

貝闕珠宫上帝居，月華夜氣鬬清虚。西來步出天門迥，東望春隨斗柄初。粉署仙郎時並馬，禁城銀鑰尚留魚。御街風色香塵細，吟過南郊十里餘。

初與郊祀分獻風雲雷雨壇

露冕垂紳午夜長，瑶壇灝氣正蒼蒼。靈飈不度松聲細，端拜初來曙色凉。願有風雷悟明主，敢將雲雨賦襄王。時有所諷。圜丘禮樂今皇盛，萬騎千廬簇女墻。時邊軍皆扈從入壇。

候祭

神道如弦春月寒，女城西畔第三壇。樓臺始信中天起，星斗翻從下界看。五色龍蛇摇羽蓋，九重煙霧藹椒蘭。君王合在清齋殿，共聽鐘聲夜向闌。

孤悶中有懷途次兒女

細雨斜風隔市塵，重門深巷怕逢人。春隨久病難爲客，老覺虚名苦累身。何處桃花流水漫，一宵魂夢鬢毛新。天涯兒女癡心在，寄語家貧未是貧。

秋懷

曲徑孤亭盡日幽，砧聲又動一年秋。詩因才減頻留草，老爲情多易得愁。天上風雲金鼓迥，江南鴻雁稻粱稠。陰晴却恐隨朝暮，半月鄉書十度修。

秋病

病裏逢秋愁轉多，隔窗風雨滿庭柯。寒衣欲授催砧杵，鄉夢初成遶薜蘿。天上樓臺真是好，人間岐路竟如何。山東兵氣看雲變，何日王師奏凱歌。

奉和石齋少師對菊

封後文書紫閣閒，對花身在五雲間。松筠歲晚偏知己，桃李春歸空厚顔。自許託根依鳳闕，誰從落帽宴龍山。多情未忍輕歸去，莫待金蓮輟送還。

哭㭒兒六首

生兒辛苦擬傳家，摇落秋風感歲華。過客虚煩奇跨竈，行窗留取亂塗鴉。旅魂欲返疑無路，淚眼頻揮似有花。强起憑高望南國，斷雲流水遶天涯。

經行無處不傷神，新剪羅衫四尺匀。病母五更能送藥，阼階三揖解迎賓。渾疑死别還生别，莫問前身與後身。我已白頭聊哭汝，高堂更有白頭人。

半生苦愛説忘情，翻覺情多遣未成。夢後青燈風不定，搔來白髮鏡偏明。家書自寫疑還信，世路誰憑住與行。悲怨短長吾豈敢，空令身外有虚名。

琴書辨得爲消憂，獨抱琴書可自由。歸計未能隨北雁，年華無奈逐東流。廢來詩草誰收拾，驗後醫方自檢求。賓客不通門巷寂，幾番寒日下西樓。

更闌愛聽短歌聲，倦倚藤床趁畫屏。幾處遠書還詫友，最憐同學尚尋兄。鬢從此地雙蓬短，人過中年萬念輕。後夜客居聊復爾，淚痕偏映月華明。

客舍并州背苑墻，獨縲愁緒鬢絲蒼。三千里外抛中産，四十年餘哭下殤。院静風簾隨日動，城高霜角共更長。可能會得探環事，來續衰翁未斷腸。

五七哭桴次吴朝言御史韻二首

坐依塵榻起循墻，一月情懷兩鬢蒼。生死最憐俱作客，歲華翻恨未成殤。何愁異日居人後，空想他時共我長。見説食荼腸易苦，極知荼苦不如腸。

六齡攜汝即辭家，能變南音語帶華。時向西雍觀振鷺，遥從北闕認朝鴉。乾坤有恨容啼鳥，風雨何心妒落花。莫向故園傳此曲，年年寒食海西涯。

次韻温菊莊大参

浣花溪上草堂閒，多在青松白石間。不與風雲重入夢，每逢山水一開顔。慕陶興寄霜前菊，和杜詩成雨後山。聞道年來倍强健，溪藤高拄看雲還。

寄懷

獨上滄江百尺臺，夕陽無數鳥飛回。寒暄氣候隨時變，翻覆人情衹自猜。白髮有期和我長，黄花着意爲誰開。壁間團扇尋常事，空復班娘最有才。

元年除夕試筆二首

歲寒冉冉夜將除，景物依依繞故廬。大禹三江俱到海，春王五始合教書。山中日月從閒積，天上風雲入望餘。何用青銅看勳業，自應愁鬢已蕭疏。

蠟炬含風夜不寒，得從兒女簇杯盤。龘知萬里歸猶暮，老覺多情遣更難。期與青春酬寸草，羞將白髮付彈冠。百年塵世同官曆，今夕明朝取次看。

二日陰

江天不斷海雲生，誰遣陰晴總未成。苔片漸隨閒徑積，梅花欲傍小橋横。占年法向山農問，種樹書從老圃評。幽興最關新節候，莫教風雨妒春明。

次韻王欽佩寄秦元甫

賦就《停雲》第幾篇，江湖渺渺轉堪憐。更隨驥尾知何地，同抱龍髯憶往年。惆悵又逢三月暮，夢魂多在五更前。金陵城裏山如畫，城外誰營二頃田。

山居和答鄒山人

城上樓臺隔暮霞，敢誇泉石自成家。空煩妙句追風雅，自許閒人領物華。岸柳歲深高擁日，潮田水落半侵沙。倚闌正見三江口，剪却吴淞共試茶。

儼山文集卷十一

七言律詩三五十首

寒食展墓

細雨東風曉未晴，養花天氣近清明。人間桃李俱生色，望裏松楸獨繫情。龍劍上騰星漢闊，奎章遥映錦雲横。傷春不道春如許，芳草年年滿路生。

初夏四首

桔槔聲裏送春歸，乳燕遷鶯接隊飛。入硯柳花還礙筆，撲簾槐雨欲霑衣。月茶初碾金文餅，團扇新裁白練機。小閣正宜清潤候，晝長消得往來稀。

銀塘新水鴨頭紋，載酒浮花動午薰。老圃養成三徑竹，野人耕破一溪雲。廉纖雨脚晴不斷，怯恰鶯啼遠更聞。爲惜琴書妨溽暑，自鋤苔砌辨香芸。

穹林迢遞緑生煙，漠漠澄空映水田。喚雨喚晴鳩不住，能高能下燕頻穿。春暉東去元無恙，風力南來漸有權。起坐江樓自清曉，游魚吹浪碧荷圓。

緑陰庭院晝初長，藥碾丹爐按古方。病後精神渾愛惜，閒來文字費商量。自攜藜榻安風背，新作茅堂向水陽。子鰲正肥斑竹笋，欲將身世老江鄉。

夏日山居三首

柳煙槐雨帶斜陽，極浦遥山入渺茫。溪水通潮魚作隊，梅風催夏稻成行。奇書到手添交直，往事驚心免校量。縹緲有聲來别院，小兒新課《甫田》章。

小卜山居背郭開，江流面面繞亭臺。樹猶若此誰堪待，少不如人老漸來。一曲緩歌聞《白苧》，滿天涼雨過黄梅。野情轉覺閒方稱，願與君王乞草萊。

緑陰樹樹水田田，坐愛牛羊散遠天。風送潮聲來别浦，雲收雨脚過平川。幾村茅屋青山外，無數漁舟白鳥邊。不信桃源是何處，每將文字萬人傳。

初秋夜

隨身枕簟綺窗虛，映水樓臺晚浴初。夢裏已無投筆事，閒來如有絶交書。看低北斗知宵永，驚早西風是病餘。家在吴淞江上住，底須天際憶鱸魚。

秋興三首

茂苑長洲東復東，江天淼淼夜含風。誰家吹笛關山裏，幾處征衣擣練中。雁字未成雲又合，魚書欲寄路難通。不知宋玉才多少，只賦悲秋已自工。

搖落年光急暮笳，得開懷處是還家。新凉門巷堪羅雀，舊業園田學種瓜。南浦風波看白鳥，東籬消息探黄花。疏慵莫道渾無事，袖手猶能領物華。

半空凉籟撼千軍，滿地秋光錦繡紋。近水芙蓉先帶露，故園楊柳欲欺雲。憑高萬里從今見，行樂三秋自古聞。堪歎揚雄甘寂寞，一生空老《太玄》文。

秋懷十二首

景物逢秋老更成，峽猿何必斷腸聲。習家池上歌如沸，庾亮樓頭月正明。萬里山川催木葉，五更鐘鼓動江城。當年與賜金莖露，夢斷空瞻白玉京。

天闊風高秋意多，青山如削水層波。知歸玄鳥遥憐汝，向晚黄花獨奈何。故國笙歌遺玉樹，前朝荆棘有銅駝。興亡亦是浮雲事，古往今來鬢自皤。

碧草幽花滿故園，南山卧對久忘言。年來行李書千卷，老去生涯水一村。已辨弓蛇還石虎，毋煩怨鶴與驚猿。秋光更比春光好，蜂蝶紛紛不到門。

青燈挑雨不成眠，愛聽芭蕉夜似年。去日苦多無計欵，浮生如寄定誰賢。成功白髮馮唐老，好事青山謝客偏。他日向平粗畢願，懶雲秋水護沙田。

斗帳香消病骨輕，少年憶得賦秋聲。青藜火煖西風勁，白玉堂深晝漏清。上帝雲霄陪絳節，仙人星漢濕金莖。高山流水空瞻遡，祇恐涓埃報未成。

閒堦積雨長莓苔，藥裹詩籤手自裁。潦水正須愁八月，浮雲常與望三台。長沙卑暑偏饒病，嶺表風波是有才。茅屋若爲容我老，文章一洗舊悲哀。

六代三吴業已荒，英雄遺恨水茫茫。試量秋與愁多少，始信年隨鬢短長。江上野梟争得食，山中叢桂早含霜。長門本爲黄金賦，賦就長門却自傷。

一翻風雨報園林，岸柳汀蒲半不禁。兔魄漸隨華月滿，鳳棲應戀碧梧陰。清商律應笙歌細，白苧功多篋笥深。起向推移占物候，爲誰先有歲寒心。

潮聲江上唤登臨，日日東流故故深。十尺蓴絲風蕩颺，一天魚信雨侵淫。鴟夷去後猶堪恨，禹蹟南來不可尋。一曲吴娃雙畫槳，蛟龍堆裏晝陰陰。

總爲秋光滿葛巾，未應偏怪白頭新。明珠本自能疑我，沙鳥何心却避人。一片雲輕終過眼，百年論定不隨身。草堂舊在三江上，聽水聽風知幾巡。

團扇情多咏未休，井梧何事强知秋。霜華先上雙蓬鬢，壯氣空餘獨倚樓。誰復常何工薦士，徒聞李廣不封侯。千尋鐵鎖如堪借，借與人間鎖斷愁。

病回門巷晝長扃，留滯周南改歲星。滿目秋容頻看鏡，十年舊帶屢移釘。高梧急雨聞金井，柞火新涼照素屏。深夜不眠緣底事，自攜鉛槧校丹經。

自八月二日至六日皆大潮成巨浸頗得奇觀

愛看秋水坐斜曛，汗漫東來昔未聞。風送潮頭噴積雪，波連天際貼層雲。高聲疑有蛟龍怒，遠影空迷鸛鶴群。安得此心無一事，《南華經》裏老遺文。

山堂晚晴觀楫兒作字

論文説劍更争棋，五十年來兩鬢絲。無事可爲甘袖手，有山如畫且題詩。望中禾黍秋風粒，夢後芭蕉夜雨枝。小几映窗承落日，雙鈎古帖坐教兒。

元宵

橫笛短簫催暮筵，星橋火樹共參天。人於年穀占先兆，老向煙花正有緣。霄漢無聲風力定，山河留影月華圓。他鄉頻歲冰霜裏，故國今宵殿閣邊。時余寓樓，在邑庠禮殿經閣之後。

渡江

桂楫蘭橈江水生，前麾小隊渡江行。人生幾度東風面，花信一番春雨晴。初日出林光欲動，豐泥逐馬滯猶輕。少年游釣難忘處，莫怪丘園太有情。

次韻王子升侍御登姑蘇玉峰二首

牙旗分隊捲芳埃，獨上姑蘇百尺臺。南斗下臨東海近，青山多在白雲隈。謾勞此地興亡恨，共仰中朝將相才。合是長城應萬里，野人林壑卧蒼苔。

目極長亭更短亭，觀風使者節初停。潮頭東去和雲白，山勢西來繞郭青。艷冶鶯花春入望，太平門户晝長扃。闔閭最愛干將劍，化鶴歸來尚姓丁。

舊墓

夕陽一片好山光，啼鳥啼猿總斷腸。有客已成風木恨，何人爲廢《蓼莪》章。年年芳草催寒食，隱隱青山似洛陽。流水橋東頻立馬，一杯時復奠椒漿。

七月四日與姚時望放舟過南浦

早秋煙水帶雲山，江上扁舟信往還。潮力漸隨青草短，野心元共白鷗閒。愛談舊事消殘暑，賴有青尊破老慳。四十年前釣游地，歸來雙鬢已成斑。

五日夜坐見新月

中庭秋影又經年，節序驚傳巧夕前。一井西風梧葉信，滿谿涼露稻花天。多情宋玉偏工賦，曉事揚雄晚尚玄。江上小堂蕉石裏，不妨燈火抱書眠。

元日渡江二首

殘雪樓臺媚遠天，清寒先覺鬢毛偏。多情桑梓依江郭，過眼煙花改歲年。龍氣常占雲五色，蓬山只隔路三千。東風似解知人意，吹向梅邊復柳邊。

潮回沙際識春回，遠見帆檣映雪開。向晚中流空日月，倚天隔岸有樓臺。波濤東下元相逐，鷗鷺群飛莫浪猜。一望海雲俱不極，令人遥憶濟川才。

懷江東山居

知非知命復知還，不負青青屋後山。無數好花臨水浄，幾群嬌鳥弄春蠻。子雲辭賦終成悔，摩詰圖書早占閒。愛殺江樓無一事，重簾長護白雲間。

元宵風雨

風雨無端妒早春，上元燈火寂遊塵。此身天地誰非幻，何物陰晴解弄人。臺殿下方空悵望，星娥高處自精神。强扶殘病酬佳節，絳蠟銀屏照座新。

十八夜雨

細雨斜風轉寂寥，鬧春燈火第三宵。姮娥愛影收鸞鏡，歌吹生寒濕鳳簫。此夜金吾還不禁，多情銀燭更高燒。陰晴本自關天意，恩怨人間總未消。

雨中樓居

惜春心緒雨連宵，作陣颸空勢轉驕。晚向梅花愁爛熳，草從桑土念飄摇。行人泥滑三汊路，漁子潮平獨樹橋。别有好懷高閣裏，捲簾香霧倚雲霄。

出西郊書感

花香草色遍天涯，團蓋風多旭日遲。負郭人家田陌陌，送春心緒柳絲絲。未應華髮偏憐我，試問流年苦爲誰。路繞溪迴無限好，何人不起釣游思。

七夕與客夜坐

花外闌干雨乍稀，早秋風候報羅幃。億千萬劫俱遭遍，四十九年都是非。白石清泉初已遂，高山流水願多違。誰云白髮三千丈，信手梳來不過衣。

和徐鶴谿宜興道中喜雨韻

谿上山青更水青，樓船摇動櫂歌聲。先嘗陽羨龍團細，不羨楊州鶴背輕。鐵甕潮聲還寂寞，銅棺秋色倍分明。仙郎才調元如錦，白雪新篇擊楫成。

簰山曉發經行福泉過青龍

畫船春盡水雲和，曉夢中間十里過。山色擁螺澄海霧，溪流如帶綰江波。逢人每問三三徑，對酒遥聞欸欸歌。最愛凌空凭雁塔，何妨此地着漁蓑。

青龍南寺與時望輩步過北寺觀三亭橋冒雨乘肩輿還

漠漠谿田半草萊，曾聞此地起樓臺。黄金歌舞有時盡，赤縣軒墀何日開。高閣俯闌鷩鸖鵲，古碑看字剔莓苔。軟輿十里乘春雨，花柳情多喜客來。

詠鶴

予畜二鶴於山居，標格異凡，寔華亭種云。修吭高足，鳳臆龜文，鳴聲清亮，真仙人之騏驥也。往歲爲僧夫傷其一，孤雄匹處，若怨若慕，益深孤潔之趣。每加眷恤，日益馴擾。是鶴時望見予，輒鳴舞不已，若迎若導，予益憐之。丁亥之秋，予渡自水東，爲旬月之留。是鶴忽飛止寓樓之外，人共異之。文學姚時望，即日賦詩，比於道義，至謂士君子反面者爲薄，蓋有刺焉。予覽之，梗概於中，援筆和焉。

翩翩一鶴下雲中，正倚高樓落日東。憶得羽毛如昨夢，不教心力破長空。呼童護足防秋雨，看汝梳翎颺晚風。赤壁青田是何處，忘機聊與海鷗同。

王昭君

昭君出塞，自是漢人禦戎失策，却與尋常婦人失身不同。斬毛延壽，正是淫其色耳，殊不成誅賞。昭君既去，亦不見有思漢思歸之意。後來受彼淫烝，已化其俗矣。古今詩人咏昭君，多是題蔡琰耳，與文姬事頗不同，此亦史傳疑義。因華泉有作，次韻。

却抱琵琶別漢宫，長城萬里戍樓空。一身遠嫁從明主，半面新妝付畫工。雲外不殊青瑣月，塞前初緊黑山風。異鄉景物新相識，無限悲歡曉角中。

題南莊號

背倚青山面水田，草堂修竹向陽天。夜深南斗當窗見，雨後薰風掠燕翩。牧笛農歌俱負郭，西成東作總豐年。主人愛打蒲團坐，一卷莊生《秋水》篇。

題松泉號

藤杖芒鞋白疊巾，松泉隨處是知音。半空素練懸秋色，十里青山蕩午陰。坐愛團圞當偃蓋，卧聽嗚咽替彈琴。道人緣業休相問，聲色中間未了心。

題漁樂圖

平沙坦路有風濤，便欲移家傍此曹。鼓櫂鳴榔自成趣，賣魚沽酒不辭勞。拖藍檻水春雲膩，破白船窗夜月高。收網一燈山下泊，緑簑衣底讀《離騷》。

贈别鄭廉

新作相逢别更新，雨中心緒病中身。空勞魂夢遊千里，又負鶯花過一春。江上水深芳草合，尊前人遠尺書頻。歸舟若度嚴陵瀨，此夜燈花定有神。

儼山文集卷十二

七言律詩四五十首

八月十六夜渡江

天上金波影未闌，人間已作隔宵看。千家香霧籠銀兔，一派天風吹紫鸞。夜色分秋當二八，桂華作意讓團欒。不知高處還誰忌，倚徧幽人十二闌。

玉舜十八首

嘉靖乙酉八月晦日予卧痾山堂木槿一株白花千葉移植盆中與表弟顧世安文學姚時望孫則夫把酒賞之爲賦近體一首

曾聞鄭女詠同車，更愛丰標淡有華。欲傍苔莓横野渡，似將鉛粉鬬朝霞。品題從此添高價，物色仍煩築短沙。漫道春來李能白，秋風一種玉無瑕。

時望渡江去與世安坐對疊韻

冰肌素質雪翻車，摇動秋光歲有華。映水盈盈弄雲日，隔谿澹澹鎖煙霞。野人酷愛編青鄣，老圃先教擁白沙。聞道瓊花最奇絶，揚州望幸却微瑕。

九月朔晨起盆中再着數花適錢國輔自松城至爲予作儼山玉舜圖邑中數客繼集而世安具扁舟西去矣即席再疊

月下風前宜小車，令傳白帝歛繁華。漫揮詞手填青玉，欲酹花神澆紫霞。佳節正逢黄菊信，高情分占白鷗沙。相如自保完歸去，趙璧從來本不瑕。

按：《毛詩疏》：『舜華，木槿也。』本以色取朝榮夕瘁，還以寓色衰愛渝之戒，此詩人之志也。予東吴薄海，壤沃宜槿。每當臘月，條而樹之，無不活。至來歲，即暢茂作花，紅紫甚富。往往村落人家，以編籬障，不甚貴重也。白色者，予近始得之。葉似菊而榦類竹，扶疏隱映，頗有風韻。若幽人貞士，混迹於樵童牧豎之間，履素而逸群，荒煙野草，閴然有不願人知之意，予甚愛之。昔《離騷》，草木多以自況，芳臭勁脆，靈均蓋三致志云。百世而下，覽其物者，未嘗不爲屈子增悲焉。何則？物因勢殊，情隨事感，古今同然，此人心也。予爲賦《玉舜》詩，將以傳之好事君子。兹花儻因予而見重，是未可知也。諺曰：『女無正色，物無定形，顧其遭逢何如爾。』斯言豈不信哉，豈不信哉。

時望一和得五首再疊一首爲答

羨汝胸中書五車，登高還共賦瑶華。幾家籬落多秋意，一樹冰霜帶暮霞。不是託根通閬苑，即疑傳種自流沙。最憐未識東風面，一見東風定有瑕。

再疊答諸賢和章

日日詩筒走傳車，山中草樹有光華。花神讓雪三分白，文氣成龍五色霞。肺病夜窗和玉露，美人秋水隔江沙。無由報得風騷手，白玉明珠總未瑕。

秋日鶴溪明府過山居見和玉舜七首再疊三首爲答

門外頻勞長者車，山中風物過繁華。未成雪卧袁高士，已見仙才蔡少霞。一任登臨留勝概，虚煩拂拭到泥沙。欲將花比河陽縣，花似潘郎恨有瑕。

羊裘曾起赴安車，恨殺當年寵麗華。木槿籬間好風露，芙蓉江上共煙霞。移將一樹渾如玉，老去閒居却枕沙。陶令閒情空有賦，從來白璧忌微瑕。

緣江路僻不容車，開過芙蕖又舜華。澹泊看花宜待月，風雲映水盡爲霞。正堪結社三江口，何似封侯萬里沙。試把一杯重酹汝，不須自獻玉無瑕。

西津沈方伯屢和至十八首未已再疊二首爲答

班輸妙具九攻車，何似休文句最華。曉日芙蓉出溪水，暮雲楊柳隔江霞。曾聞南國《甘棠》詠，須築長安宰相沙。劫火自驚山石烈，不知白璧本無瑕。

每向花前望小車，詩來一一歎才華。須煩妙手題黄絹，絶勝當筵賦落霞。一任江天狎鷗鳥，十年邊塞長風沙。晏嬰猶惜封書社，衛國何勞怨子瑕。

陳仲魯玉舜諸作予讀之悲其志焉再疊一首慰之

凌波仙子下雲車，想見銖衣濕露華。萬種閒情偏隔水，一天佳氣半成霞。緒風寒勒花間蝶，落日晴銜江上沙。辦得素心終不改，有人抵死保無瑕。

再疊得七首

伐檀江上未成車，獨立西風殿歲華。誰復賞心同素月，自憐春殿隔紅霞。前身合住瓊花觀，託迹遥連杜若沙。不是風雲終少氣，翻緣玉石共無瑕。

疑是星精謫五車，不隨紅紫領韶華。疏籬野水誰成伴，淡雨微雲欲變霞。爲客緇衣驚歲月，倩人團扇掩風沙。閒情脉脉秋江上，玉面啼痕錯認瑕。

顔如穠李不同車，千古詩人詠德華。涼信預教秋作伴，孤芳無藉錦爲霞。夢迴歲月梨花院，望斷西風白鷺沙。攜向玉闌干畔種，青蠅不放點成瑕。

風雨無端懶税車，坐當秋水閲南華。花開一樹臨重九，人倚高城望少霞。顔色不隨游女豔，心情常近狎鷗沙。絶憐何用頻攜酒，霑醉姿容玉帶瑕。

繞簷鐵馬驟鳴車，花有清陰月有華。江上水天同一色，望中臺殿隔西霞。風隨秋遠聞香露，潮識谿寒閣淺沙。無計可留摇落盡，共梅開處鬭無瑕。

水雲深處挽羊車，尋樂尋芳濕露華。花徑五風還十雨，江天孤鶩伴飛霞。霜前已露全身白，風外遥憐半面沙。愛殺臨流晴照影，青銅如拭浄無瑕。

看花每枉故人車，花亦迎人帶露華。是處倚闌憐夜月，幾迴攜酒泛春霞。銀瓶手插新添水，玉樹情親細碾沙。欲寄報章重閣筆，墨痕翻惜藕光瑕。

晚飲張虞卿舍西江汎月還舟

南鄰歸去夜如何，鼓吹無風櫂有歌。兩岸碧波潮力定，一身清露月明多。天空星斗中流動，家近舟航一水過。千古勝遊誰得似，前須太白後東坡。

九日

滿目雲山氣轉豪，一年佳節又登高。天連澤國西風遠，書寄秋懷北雁勞。三徑素盟頻問菊，六經遺事且題糕。授衣時敍偏驚眼，篋裹猶餘舊賜袍。

九月望初寒獨坐

風迴野渡水雲空，猶是江南九月中。病後歲寒偏覺早，眼前心賞更誰同。蕭蕭竹院詩初就，曲曲山居畫未工。賴有夕陽西浦上，殷勤留送半窗紅。

十月朔與客汎舟遊静安寺

蘆子東西野渡邊，前朝宫殿赤烏年。夕陽逗林鐘磬響，湧泉墮地珠璣圓。蕭然冠服豈傲吏，偶爾賓從如登仙。三江禹蹟不可問，一舸鴟夷非昔賢。

十一月朔江門觀漲

渺渺煙波連海門，長風吹浪晝爲昏。磯頭錦樹隨船出，天上銀河倒地喧。便欲乘槎貫牛斗，却愁斷梗失山村。新寒十月登樓望，岸草汀花半不存。

七寶鎮擬訪黄天章憲副寒甚不果

乘興何妨似剡溪，故人只隔市橋西。心情聊復同雲水，踪迹真憐在雪泥。白下館前時繫馬，黄金臺下共聞雞。扁舟定有重來約，來上春風細柳堤。

遊東石山園

度壑穿巖窅窱通，好山多在夕陽東。望窮碧海龍宫近，踏破蒼苔鳥篆工。花塢四時常帶雨，洞門終日細含風。仙蹤法界如堪擬，不是蓬壺即華嵩。

乙酉歲除

細雨催春歲又除，縣城燈火接郊墟。百年到我强過半，萬事於人總不如。弊齒病深拋酒醆，安心法在卜山居。東風若問新消息，多上蒲團少著書。

丙戌元宵

上元燈火鬭嬋娟，滿月輕風夜可憐。人踏六鰲看海市，天連萬炬候星躔。樓臺影裏疑無地，歌吹聲中合有緣。管取一春多樂事，試從今夕卜豐年。

次韻楊伯立春興

江南地僻晝如年，春與閒人别有緣。滿徑落花風陣陣，一犂新雨水田田。池塘草長詩成夢，簾幕寒輕酒擅權。四壁已空諸業盡，囊中剛剩買山錢。

春雪

少年端策覲君王，記得春陰賦玉堂。今日閉門風雪裏，五更孤枕夢魂長。薄田已就資生計，省事初營却老方。尚有圖書拋未得，教兒多種翠芸香。

三月三日

一年一度春最好，三月三日煙雨中。花外小車停過客，山陰禊事想遺風。高樓正繞長江去，舊壘新看乳燕通。桃李成蹊總相似，行人莫問午橋東。

清明出行阡丘

病來廿日始勝冠，花柳清明滿畫闌。二月光陰半晴雨，百年塵世幾悲歡。王孫芳草連天碧，燕子東風作陣寒。萬事山頭一抔土〔一〕，麒麟留得後人看。

【校記】

〔一〕抔：原作『杯』，據四庫全書本改。

清明後一朝見桃花有感因誦楊孟載『也無人折休相妒，才有鶯啼更可憐』之句

玄都觀裏到應遲，前度劉郎鬢已絲。燕語鶯啼有何意，石橋流水至今疑。一枝帶雨比顏色，千樹蒸霞勞夢思。莫遣漁郎重問路，此中元少外人知。

和郁潮州

欲從東海望蓬萊，試上江頭百尺臺。春色送將拚獨醉，好懷留取爲君開。詩成滿砌翻紅藥，客去閒門長緑苔。寄語桃花休折盡，劉郎應是不重來。

五十生朝自壽

年行五十鬢猶青，浪許前身是歲星。三刖尚存和氏璧，一區初築子雲亭。予是歲始有居。人間好景中秋月，世上浮名五夜螢。偏愛江山圍故國，欲將非是問蒼冥。

十四日晚渡

團圓寶月漾空明，東去疑從不夜城。風送潮頭回別浦，水兼涼氣弄新晴。鵲填銀漢橋初就，雁布瑶空陣乍成。一櫂中流雙擊楫，隔江時度紫簫聲。

餞顧東江宗伯於禮塔滙留題

千年地勝湖山繞，十月江寒樹葉稀。人向別時身是客，舟從行處岸如飛。舊家池館誰還念，落日風帆我自歸。天北天南俱逆旅，莫將去住與心違。

山中歲暮得旨召還翰林兼許春坊供職志感一首

玉堂金馬是重來，新詔青坊許並開。豈有涓埃報明主，虚煩聲價築高臺。千年禮樂還周典，一代宸奎陋漢才。直北長安天咫尺，紅雲無數繞三台。

平望阻風期友人不值

渺渺碧波連白雲，期君不見重思君。妒花信急春如許，折柳情多日又曛。山色水光餘此地，酒懷詩興憶離群。楊侯若借東風便，燈火樓船坐論文。

嘉禾道中

畫旗摇曳午風多，金鼓聲繁水漫波。春色二分看正好，國恩千載報如何。江天路接心逾遠，花柳村深氣尚和。童冠相隨單裕具〔一〕，康衢時聽隔林歌。

【校記】

〔一〕裕：原誤作『袷』，據四庫全書本改。

陳東祠堂

郵籤初下雲陽驛，國士有懷陳少陽。人世自應餘感慨，東風元不管興亡。誰無一死寧須晚，事到千年更有光。當日上書多輟報，至今遺恨説汪、黄。

維揚懷古

輦道蕪煙江水流，遊魂不載舊龍舟。花開綵樹春光永，火煖沈香瑞氣浮。絶域衣冠朝萬國，拂雲宫闕遞千秋。可憐惟有東征役，星散旌旗戰骨哀。

三月晦登羊山望下邳

一年春色此登臨，入望遥山紫翠深。二水帆檣風獵獵，半空樓閣晝陰陰。何當開鑿留形勝，不盡烟花自古今。直北風雲最高處，極天關塞築黄金。

東昌懷古

旌旗簫鼓畫船過，風送長河渺渺波。水報郵籤朱夏晚，岸縈官柳緑雲和。聊城不下遺書在，泰岱乾封往事多。七十二君空有錄，莫因秦漢問如何。

端午自天津發舟入潞河與夏公謹給事晚坐

雲際高城萬國通，端陽佳節旅行中。蒹葭碧映潮頭月，楊柳陰依水面風。天近北辰龍有氣，地偏東海望無窮。蒲尊箬黍依然在，楚調吴歌一笑同。

七月七日以公事出城同林介立遊廣恩寺

年年七夕是秋期，殘暑猶存感歲時。未對天邊新月偃，先貪林下午陰遲。城鴉殿鵲紅雲繞，宿鳥鳴蟬碧樹移。兩月都門塵撲面，偶同心賞一題詩。

與顧未齋遊西山過海子橋有作

新水平疇逐馬蹄，白鷗黄鳥瀼東西。風雲天上身仍健，雞犬淮南路欲迷。倒影樓臺含旭日，送春蒲柳拍長堤。美人期我城陰曲，已有風花入品題。

和未齋韻寄徽州鄭珏山人

別後風煙去幾重，思君多在鶴歸松。椷中尺素雙雙鯉，門外黄山六六峰。花發春深行對酒，地偏日晚坐聞鐘。遥知十畝棲賢宅，却比丹青韻更濃。

十七夜待月

紫閣黄扉切九霄，中秋待月第三宵。天高易識龍文動，海近偏憐蜃氣消。十幅秋光障雲母，一簾涼影弄冰綃。欲憑絃管吹雲散，忽有雲間起鳳簫。

再出郊壇視牲王正十日早於華蓋殿復命

九天風物麗春陽，來自南郊夜未央。龍馭遥傳香裊裊，鵷行時送珮鏘鏘。步依玉砌雕闌邃，立近珠簾繡帶長。華蓋極天懸法象，此身真到白雲鄉。

儼山文集卷十三

七言律詩五五十首

賦得禁中早春

重重臺殿護雕闌，欲動春聲鶯尚寒。旗影漸隨風力軟，凍痕初映日華乾。雲依紫蓋和香度，龍抱黄金帶雨盤。世道正同陽道長，午門朝下雜千官。

南郊雪後齋宫候朝

雪片煙綃積漸和，紫壇瑶殿接星河。風行法駕塵飋盡，雲護真龍雨意多。萬乘旌旗環御蹕，千官綵繡濕恩波。揚雄老獻《河東賦》，何似明堂《九德歌》。

禮成下壇時天宇朗霽

星橋閣道倚層霄，一徑天關紫翠遥。合殿椒蘭含瑞氣，九重煙霧鎖春宵。萬年天子調元化，四海諸侯奉大朝。天意直教明主識，風雲盡捲雪全消。

重登子陵客星亭望釣臺二首

萬古江山復此亭，天邊自有少微星。人生俯仰成今昔，客裏悲歡付醉醒。誰爲漢家延國祚，欲從嚴瀨問山靈。浮雲逝水秋風闊，極目遥空環翠屏。

煙霞冉冉去還迷，紫翠重重高復低。雙柱插天擎日月，一溪流水隔東西。騷人道路頻回首，客子光陰覓舊題。悵望高風千仞外，敢將容易事攀躋。

蘭谿易舟愈小而北望愈遠

山峰疊疊水潭潭，欲斷還開去始諳。浄照波光深見石，遠分秋色半成嵐。夢魂總不離天上，身世虚憐是斗南。買得溪船如一葉，茶煙頻颺酒微酣。

自懷玉驛復行舟

行盡山程復水程，水南山徑更須行。攀高漸識浮雲薄，度險頻驚怪石輕。到處一身真逆旅，傳來滿耳總虛名。陰晴未定秋將半，忽聽松聲是雨聲。

鵝湖曉發

稻田迤邐水潺湲，不待黄粱已度關。去路每看青嶂合，穿林時攬白雲還。秋風午日炎涼裏，牧笛樵歌楚粤間。惆悵平生最奇絶，未應向晚過千山。

遊武夷二首

武夷宫前九曲谿，好峰多在夕陽西。仙人飛度無行徑，過客躋攀有杖藜。草樹陰陰連碧落，風煙裊裊引丹梯。相傳亦是秦人隱，何必桃源路始迷。

日日溪頭風日清，櫂歌聲裏鏡中行。千巖萬壑不知處，芳草幽花苦問名。照影碧潭憐我老，分秋華月向誰明。山川如畫人如玉，望闕懷鄉無限情。

九月朔餞別過水南

年年席上看圖畫，秋日人從畫裏行。夾道古松飛蓋迴，漫灘奇石綵船輕。依山別館雲封户，入市流泉竹遶城。回首夕陽無限好，紫青如繡五雲明。

十月十日雨

南州雨意萬山深，毒霧蠻煙半月陰。細草公庭秋淅淅，隔花宫漏夜沈沈。溪流破白添新漲，雲岫拖青失舊林。静倚客窗聽不厭，乾坤隨處望爲霖。

雨中發玉山

歲晚煙雲釀薄寒，好山正向雨中看。斷橋流水横漁艇，要路豐泥没馬鞍。初向玉山迎敕使，時初接敕。繼從閩嶺望長安。北來南去年光裏，却恐盧生夢未闌。

過草萍

山作重圍天共低，一灘分水浙東西。雲邊野菜挑冬筍，客裏行厨趂午雞。鶴背還霑瀑布雨，馬蹄偏戀錦障泥。勝遊若許開晴照，爲借仙人一杖藜。

桐江

北風瑟瑟灘悠悠，行盡桐江興轉幽。水西半天墮紅日，溪南諸峰偶白頭。嚴陵自是高隱地，錢塘從古帝王州。海雲不斷三山近，時有青紅起蜃樓。

和汪有之園亭之作

一區猶愧子雲才，薄有茅堂傍水開。遠信經秋憑雁到，問奇長日有人來。好花隔岸飛紅雨，新筍穿籬迸緑苔。同上玉堂俱出牧，却從湖海望蓬萊。

春日有懷王天宇嘉定

美人衹隔淞江水，不待秋風首重回。今日吴公居第一，少年賈傅最多才。遥憐細雨催春到，忽憶桃花對酒開。病骨幾時堪束帶，紫扉青瑣共金臺。

清明前一日過毘陵

老去逢春春更妍，杏花開爛柳含煙。風旂金鼓頻過寺，石岸樓臺遠接天。潮信有期通大海，賞心如昨換流年。禁煙時節江南路，畫裏山川行畫船。

庚寅三月三日渡江

明歲行年五十五，今晨渡江三月三。鷗盟鷺渚他無恙，鵬海龍沙我所諳。北固山前帆欲滿，東風陣裏酒微酣。樓船簫鼓旌旗繞，黄紙功名老尚堪。

宿州道中

水郭山村不計程，淮陽春晚更多情。靈風常傍征旂遶，宿雨新添野潦明。麥葉青青初覆雉，柳條落落未藏鶯。風雩亦是尋常事，陌上沙頭盡日行。

憩驛亭晝夢

蕉鹿何心得失間，如何連夜夢家山。藥欄定爲游人遍，水閣唯應送客關。春日欲晴常帶雨，客途雖好不如還。少年最愛河東問，抽筆渾慚鬢已斑。

睢陽禮月

金鼓聲繁夜向闌，叩天無計路漫漫。埋將桂樹三千丈，失却姮娥十二闌。后羿彎弧空躩鑠，玉川流涕正汍瀾。由來天上成虧事，付與人間仔細看。

行經隋堤有感

端委猶堪致太平，龍舟錦纜竟何成。空餘細水緣堤曲，別有垂楊帶晚晴。社燕歸來如有恨，閒花開遍不知名。行人誰管興亡事，但説揚州接汴京。

自清華西行村落間殊勝平疇流水果園竹徑驟作鄉思

燕麥青青柿葉肥，江南回首正依依。千竿新竹消蒼雪，一帶遥山深翠微。閒任野禽啼樾隝，細分流水繞柴扉。那知身是乘驄客，疑向花前跨鶴歸。

淨果寺晚眺

權店驛前山晚晴，天留高賞待西征。北來形勝重關紫，春去鶯花幾樹明。風物未緣懷故土，文章終恐是虛名。迂從一徑過僧寺，紅藥翻堦憶五城。

曉發權店行兩山間流泉耕牧漸觸見聞

山花紅映石泉流，初見牛羊散古丘。秦晉河山俱重鎮，唐虞風土此中州。彫殘極目知生計，慷慨何能與國謀。頭白官僚半文字，東風又上皂貂裘。

四月晦日盂縣試諸生

圍棘森森翠幄重，清和時候日高春。魚龍隊裏波濤闊，桃李陰中雨露濃。未爲驪黄妨駿馬，先從拱把養長松。風傳筆陣春蠶細，繞郭青山鎖萬峰。

自盂縣度石梯嶺

絶塞風多四望寬，始知天上不勝寒。依稀步入羊群化，次第行隨鳥背盤。撲面榆錢迎棧閣，染衣山黛落征鞍。關門去雁無消息，滿紙書成欲寄難。

忻州試院雨中閲卷

江南五月黄梅雨，帶雨滋花向晉陽〔一〕。映空游絲濕欲墮，赴壑細渠流未長。重簷淅淅雜午漏，晝寢冉冉凝清香。須女爲霖佐明主，莫將小技賦襄王。

【校記】

〔一〕雨：原作『與』，據四庫全書本改。

五月十八日代州籌邊堂同陳憲副汝正大閲諸生因贈汝正

白馬翩翩綵鷁開，牙旗行帳逶層臺。一時得共關山勝，他日須收將相才。鳳閣龍樓俱咫尺，瘴煙蠻雨乍歸來。君侯亦是三湘客，莫漫淩雲賦楚哀。

繁峙率文武諸生較射

沙融草淺繞青山，冠序童年各就班。參合地承魚麗陣，崔嵬天險雁門關。遥聞白羽鳴風調，時向烏號抱月彎。金馬雲臺俱不薄，文章功業古人間。

南峪雨後取道上五臺

六月蕭然似晚秋，登高重整木綿裘。即看滿澗泉初出，知是前巖雨乍收。碧嶂旋隨孤鳥没，白雲常傍古松留。幽芳一路無人采，何處三山更十洲。

入五臺

山水情多不自由，白頭終作五臺游。萬重雲樹高低出，千里滹沱背面流。絶頂只疑天北極，朝陽初見海東頭。共傳此是清涼地，爲洗煩心盡日留。

遊五臺

五雲常覆五臺端，天近清都特地寒。澗道千年冰未化，林梢一夜雨初乾。黄河紫塞依依見，碧殿朱樓面面看。萬壑千巖青未了，更從高處望長安。

宿顯通寺

一榻空齋卧白雲，青燈微雨夜初分。無緣十日慚凡骨，有夢三台繞聖君。别院雞催山月吐，迴廊魚咽澗風聞。青山亦是人間世，自覺悠然隔世紛。

竹林寺避雨

十里肩輿石磴深，禪房瀟灑亂峰陰。巖花笑裏饒佳色，山鳥倦餘懷好音。下界風雷喧衆壑，上方鐘鼓出長林。蒼生正有爲霖望，慚愧西來冒雨心。

竹林擬宿

未爲長歌行路難，青山最愛雨中看。圖書暫許淹塵榻，蔬蕨先教具午飡。碧樹洗空千澗出，白雲封滿萬松寒。天留再宿清涼境，明日溪南十八盤。

清涼石石長一丈六尺餘，闊僅及丈云。坐五七百人，以此見異

炙手熏心事已多，曉涼來撫石盤陀。不争可受千人坐，無事應須百遍過。初日射林光歷亂，嬾雲將雨濕嵯峨。夜深或有騎牛到，堪和南山扣角歌。

七月十一日雨後東巡過鳴謙驛

客居何似隱居閒，城裏不如城外山。澗水獨澄吟骨瘦，秋風又上鬢毛斑。黄花信早高低路，白雁霜前紫翠關。愛殺無心雲一片，隨風飛去復飛還。

廿日發晉定

秋風七月度榆關，秋色千巖雨後閒。不向此中添白髮，只疑無地着青山。補天人遠留遺事，女媧煉石竈在東浮山。背水功成合早還。多少高懷付長嘯，興亡元自落人間。

九月將望始對菊

遥憐佳節過重陽，疊疊青山近短墻。忽見黄花和我瘦，不知白日爲誰忙。買栽自嘆居無地，欲插先憐鬢有霜。攜向小齋風露背，捲簾邀日伴秋光。

分司院前植蓼雨後着花嫣然感秋懷土

我家本住江湖上，獨客遠憐山谷中。忽見庭花紅帶雨，恍疑浦樹碧含風。此身去住渾無賴，隨地寒暄自不同。試問桑榆能幾許，長途南北又西東。

十二月重渡江東歸用前三字韻

江頭十二月十二，憶昨開帆三月三。山川南北俱經遍，氣候寒暄已飽諳。月色下澄江更遠，潮聲驚破夢初酣。君恩難報親廬近，國事鄉心總未堪。

辛卯三月三日再疊前韻三首

百年過半五十五，一春最好三月三。茂林修竹事可續，隨柳傍花予素諳。暖愛遊蜂銜正放，晴看行蟻戰方酣。士師何止三宜黜，中散虛傳七不堪。

陶令閒居愛重九，故園今日是重三。一觴一咏風猶在，江外江頭路總諳。地僻仙家無歲曆，花開國色帶朝酣。黄鸝紫燕渾相識，舊壘新枝事事堪。

江天十日晴無一，花市殘時月過三。賣困送窮方不驗，品茶鬭草事多諳。新資恰有詩千首，舊恨惟憑酒半酣。不是廣平心似鐵，粉匀香沁更誰堪。

八月九日月夜泊舟鳳凰橋

鳳凰山下鳳凰橋，與客移舟自海潮。中半秋光明月小，參差山勢碧波遥。四時得意真行樂，一榻高眠慰久要。爲問向陽多少地，種梧栽竹老清朝。

過北簳觀舊題自西嶺步歸

南山初下北山湄，慚愧山靈舊有移。看種松篁如昨日，來驚霜露已多時。漫遊最好逢僧寺，閲世無過與客棋。兩腋天風送歸袖，野花開遍棘成籬。

舟去速遂罷入寺從塔院西畔泛青龍故江

落日遥牽錦纜齊，青龍江水故通西。采藍斸藥多成市，颺網投竿盡繞堤。一曲吴歌猶欸乃，千年禹蹟半萋迷。勝遊回首驚秋鬢，怕向紗籠覓舊題。

登鳳凰山絶頂

南山佳氣鬱嵯峨，特地扁舟百里過。緩步暗扶筋力倦，高登偏覺海天多。閨中素練衣初具，天上風雲氣向和。却立許時慚大手，磨崖欲寫中興歌。

儼山文集卷十四

七言律詩六五十首

晨登庫公山

山形橫如軸，正當鳳喙。地理家謂之『丹鳳銜書』。

丹鳳銜書下九霄，分明形勝見山椒。先秋古樹蒼黄出，映日高峰紫翠揺。税地澆花人未老，買船載酒路非遥。經行更愛清溪曲，若箇淮南苦見招。

宿布金寺

五年荏苒重過寺，一夜空明獨倚樓。水亦何緣俱到海，心如無礙總忘鷗。細尋往事和頭白，多感新涼與病瘳。安用遠公要靖節，蹔隨蝴蝶化莊周。

將抵關橋迎漲泊舟北岸待月

簇簇江雲妒月明，悠悠沙岸海潮生。漁歸别浦風無力，人語孤村夜有聲。頗費推移爲去住，尚勞恩怨是陰晴。兹遊逐水留三宿，别近翻多戀别情。

連夜月色甚佳浦上尤勝西渡有作

昨宵對月思東渡，今夕月明西渡江。紅燈照漁隱數點，白鳥傍人驚一雙。恍疑混沌太古色，忽聞欸乃俚人腔。一天星斗浸上下，時有波影揺船窗。

渡江

本有江南水竹情，謬持華藻謁承明。四年五向金焦渡，戊子北渡，己丑南渡，庚寅兩渡，辛卯西渡。萬里重爲晉冀行。臣罪每蒙明主貰，吏文先爲故人驚。風前又聽滄浪起，兩鬢霜寒一棹輕。

維揚哭蔡石岡侍郎

魚鳥猶疑水上軍，河州重到不堪聞。才名滿世誰當忌，膏馥宜人祇自焚。已向蓋棺須定論，聊從破虜覓遺文。西門總是傷心地，淚迸羊曇濕暮雲。

懷寄喬白巖太宰

吴山楚水謝行舟，望入榆關路轉悠。聊向歲寒占緯候，旋看春色動林丘。相逢先問尚書履，願見渾勝萬户侯。憶昨過江勞物色，是誰同載上揚州。

宿遷曉發

重裘絮帽北行裝，地炕煤爐候曉光。十里雞聲常帶月，五更蝶夢半還鄉。關河遠近俱蕭索，岐路東西各渺茫。不怕孤危緣歷慣，太行山脊更羊腸。

雪後登平潭驛樓

面面峰巒一水通，危樓正倚夕陽東。自將短髮明殘雪，閒看孤雲送斷鴻。北斗地高天更遠，巴人心苦調逾工。南冠歲晚催歸客，合讓元龍卧此中。

除日平潭道中

陽和藹藹度郊墟，鳳曆拈來歲又除。萬事可齊終有盡，一生能幾苦求餘。茆茨人静雞聲早，關塞天高雁影疏。欲寄封書東海上，藥闌花塢近何如。

吕左丞書院

穹林古寺有殘僧，指點前朝吕左丞。石洞歲深苔黯黯，礪墻春早雪層層。舊藏萬卷龍常護，欲寄雙緘雁可憑。星斗夜闌雲霧裏，州人遥見讀書燈。

孫傑太守高嶺書院

石梯隨步與雲升，又是青山第幾層。望到只疑天更近，興來唯有斗堪凭。嶺頭日月開昏曉，洞口詩書感廢興。一自文翁歸蜀後，手扶風教有誰能。

孫太守兄弟陪遊郄家瀑

水簾瀑布見應多，疊嶂層巒奈此何。春向雪中翻玉乳，人從天上挽銀河。久蒙郄姓宜攀桂，未必王家勝浴鵝。好事主人金玉侶，遠攜名酒沸清歌。

南里楊用之憲副朝回遂歸共遊城南嘉山

二月二日榆關春，流杯猶在蹟俱陳。豁風撲面知新候，野老傳名愛古人。山外有山青不斷，客中逢客意偏親。桑田滄海尋常事，共惜尊前萬里身。

嘉山次韻郄文淵知州

尋山問水約同行，嫩柳初匀花欲明。正及人間修禊節，更堪林外踏歌聲。病嚴酒戒三分量，清愛茶烟一縷縈。韋杜去天元尺五，不辭歸路暮雲平。

次韻再答郄文淵

久客寧忘地主賢，每勞移步出花前。川圍風日春難老，山抱樓臺月又圓。燕子暖泥低掠水，王孫芳草遠連天。行藏未定頻看鏡，獨羨君歸及壯年。

送王賓峰赴陝西太僕少卿

初從白豸换金緋，遥拜彤墀達紫微。外省中臺無别署，求才買駿本同機。秦關百二沙場迴，渭苑三千塞草肥。龍種不緣常在野，雲車留取待驂騑。

贈高如齋少參巡雲中

北門鎖鑰紫薇廳，新轉官階舊典刑。鼓角令嚴邊月曉，旌旗春暖塞雲青。臺懸駿骨千金重，身作長城萬里寧。會見極天歌帝力，聊將風力掃王庭。

柏井

東下重關紫翠深，好山如戟送歸心。瑶空日月雙行蟻，夏木園林一變禽。旗畫半銷嵐氣濕，邊烽高結陣雲陰。前身或是乘槎客，碧漢銀河取次尋。

度井陘

石谿磊磊水環隄，唤起雞聲更馬蹄。三晉山川分左右，一陘塵土逐高低。樾陰逗日連村動，麥秀含風掠地齊。近北韶華終覺晚，尚攜春服事攀躋。

題兩江號

長江西來雙白龍，接天波浪春溶溶。群鷗弄影舞欲下，獨鶴轉翅鳴相從。雨後鶯花看不盡，煙中舟楫望猶重。主人不是鴟夷子，一曲滄浪十二峰。

五月廿七日雨後過山居觀屏間所留橘實更豐肥而色回蔥蒨詰旦南鄰致白菊一本三花燦然皆異也賦詩紀之

菊花開早橘收遲，碩果幽芳又一時。未用千頭當萬户，只愁無酒負新詩。薰風五月黄金顆，畏日南鄰白雪籬。欲起三家問書法，春秋何例合修辭。

雨後

雨送微涼月向圓，江樓獨倚早秋天。梧桐自解知時令，牛女何心識歲年。近水夜雲常結綺，含風海氣半爲煙。倦來欲展南窗卧，宋玉悲哀是偶然。

和張贊卿喜雪

雪滿琳居小洞天，陽春一曲爲誰傳。雲低百尺闌干外，寒在半空樓閣邊。柳絮梨花俱不俗，瑶臺玉署本通仙。洞庭新水東風裏，會送江湖萬斛船。

癸巳春日崔東洲蔣東曉陸體齋諸同寅作湖山之行

早春風日未全和，十里湖隄小隊過。歌舞樓臺聊復爾，興亡今日竟如何。三竿日影山中寺，千樹梅花水上坡。面面紫青看不厭，好峰偏向夕陽多。

寄鄭思齋侍御罷官

百年何處無風雨，試問行人歸未歸。畫裏山川看亦險，人間岐路事多違。海門有影龍方戰，桑土何心鳥倦飛。最好中流千尺浪，不曾摇折釣魚磯。

德清谿南山水

從乾元絶頂東樓午餉。是日晴朗，一望極目，但不能把酒。復自元峰觀北折。山家玉蘭一樹，高可三丈餘，兩虬株盛開，香風遠襲，亦一奇境也。

連朝積雨喜新晴，渡水登山取次行。南斗星辰奠吴越，東風煙浪接蓬瀛。半生酒醆元無分，二月花枝太有情。回首好山千萬疊，青雲長傍澗松明。

嵊縣早發沿涉新昌道中

沙明水淺映疏星，十里春寒護短亭。地僻稀聞行客早，日高初見遠山青。羊腸鳥背尋常事，問竹看花次第經。一任午風吹不斷，薄羅衣袂近蒼溟。

經天姥

天姥峰頭雲日開，欲臨東海望蓬萊。不辭謝客登山屐，遠愧孫郎作賦才。秀色南來連五嶺，星文高處接三台。何人更有凌空手，爲築黄金萬里臺。

天台東入寧海

侵晨起踏天台路，雨意微蒸海上霞。巖衛共傳天使節，艶深疑到地仙家。千盤雲外羊腸坂，幾樹山頭謝豹花。欲問當年劉阮事，人間紅日又西斜。

寧海北歸

海城風物送歸程，一段春遊畫不成。山色有無分近遠，嶺雲濃淡識陰晴。青浮島嶼鯨波立，緑暗松杉鳥道横。欲采柔芳寄相憶，好花開遍不知名。

桐江舟行沿月

錦帆明月舵樓風，逝水澄鮮復映空。萬里鶴歸迷近遠，一谿人語隔西東。廣寒金粟秋香動，碧落銀槎海氣通。漫向桐江論往事，客星元是釣魚翁。

瑞虹

江湖住傍青山好，舟檝來驚白浪多。兩岸菰蒲迴鸛鶴，中流風雨長蛟鼉。書隨驛使心先寄，秋逐年光鬢已皤。一曲滄浪多少意，況堪重聽楚聲歌。

白鹿洞遊眺

亭臺高下恣登臨，泉石松篁處處尋。一徑莓苔無俗轍，四時弦誦有清音。人逢勝境功名薄，山到斜陽紫翠深。五老不隨雲雨變，卜鄰初見古人心。

伏日自南康郡城登觀瀾閣

匡廬彭蠡氣争雄，一段閒雲萬頃風。五老地高俱拱北，九江天遠總朝東。秋期先逐鄉心到，眼界聊隨野望空。更向青霄問明月，畫闌人在水晶宫。

十二月朔雪夜宿宣風館次壁間韻

歲晚溪流凍有痕，嶺頭雲日瘴猶渾。向來萍實千年事，一去梅花第幾村。高鳥過林驚積雪，長亭催客易黄昏。深慚未遂還吴計，獨譜《離騷》招楚魂〔一〕。

【校記】

〔一〕招：原作『調』，據四庫全書本改。

二月廿二日冒雨發天長斷橋亂水經涉甚險

軟輿籠雨破春寒，煙水江淮路百盤。橋斷正憐羸馬度，雲深疑有老龍蟠。行邊白髮和愁長，望裏青山帶濕看。爲問陰晴成底事，鷦鷯終羨一枝安。

虹縣曉發是日清明

拂曙星河擁使旌，隋堤花柳報清明。人家煙火寒猶禁，客子衣裳暖漸輕。夾岸露華添細水，浮空春色抱孤城。東風滿地皆芳草，一爲多情盡日行。

南陵王望雲樓

五色雲中本帝州，梁園更起望雲樓。太行西去天逾近，華表歸來鶴蹔留。貝闕珠宫元渺渺，白衣蒼狗自悠悠。憑將一掬思親淚，灑向朱闌最上頭。

洛陽書懷

河山天地此中州，千古風雲擁上游。王氣不消天正遠，元功猶在水常流。幾時荆棘銅駝巷，何處隋唐五鳳樓。六十頭顱身萬里，香山洛社愧前修。

登華山至青坪

群玉峰頭鐵鎖寒，周秦遺事共漫漫。山從拔地五千仞，路向穿雲十八盤。上界樓臺懸日月，下方風雨長波瀾。乾坤不博蒙頭睡，一借神仙蜕骨看。

棧道寄康德涵修撰

當年館閣重離群，渭北過逢正暮雲。鬚鬢共驚俱長大，寒暄無處不慇懃。人皆欲殺偏憐我，老更何求敢負君。一上陳倉雲路永，蜀川歌調況堪聞。

利路紀雨

欹枕無眠萬里心，濟時須仗傅巖霖。三更忽送千山雨，五月難逢半日陰。禾黍壠頭新水漲，芭蕉聲裏大江深。起來欲着簑衣舞，細聽窗前斷續音。

八月一日出郊秋色佳甚

遠山流水曉雲和，松有盤陀竹有坡。兩月簿書堆積滿，千重巖壑夢魂多。蓴絲漸逐秋心長，雁信憑將旅恨過。一出郊闗風景别，桃源未敢問如何。

十月六日曉登大安門樓望雪山

歲晚天空旭日晴，雪山當面始分明。登臨到我元無約，風景於人似有情。樓閣欲從千里見，雲烟誰借一朝清。不知地位高多少，瑶樹琪花近五城。

詰朝侵曉再出西城門

曙色喧闐滿市樓，穿雲十里度林丘。漢家事業三分國，《禹貢》山川九等州。村落人煙風不散，園田生計歲應收。茂林修竹渾如許，安得蘭亭擅昔遊。

微雨出城赴南泉憲長草堂之招偶述

衝雲重作草堂遊，庭樹青黄濕未收。子美有靈終戀蜀，孔明無計爲安劉。何須往事千年恨，自愛長江萬里流。老去諸緣看漸盡，每逢知己勝封侯。

仲冬望東郊送鄒和峰侍御

冉冉山雲壓樹低，村村茅屋帶沙谿。征旗滿路風初勁，尊酒長亭日又西。柏府獨傳烏夜曲，花驄偏戀錦障泥。隔林好鳥知人意，更向離筵盡力啼。

至後四日偕鄭少參謁孔明祠

丞相祠堂特地過，仲冬風日更柔和。時隨運去終應爾，事與心違獨奈何。庭樹不凋棲燕雀，江流有恨泣蛟鼉。唐碑漢署青山下，過客留題積漸多。

過萬里橋

愁聞萬里橋南路，回首關河萬里多。入望煖雲山破白，長年臘月水層波。石闌且逐行行度，蜀道時聽欸欸歌。此去應知東到海，欲憑雙鯉問如何。

儼山文集卷十五

七言律詩七四十五首

謁諸葛廟

武侯祠廟已千年，過客何心盡可憐。百里營留鳴鼓後，兩函表上出師前。江流不轉餘灘石，峽鎖猶聞哭杜鵑。自信英雄終有氣，風雲常護舊山川。

送客過昭覺寺

霜日江雲杳靄間，聊憑酒力駐頹顔。一冬天氣常嫌熱，幾度郊行蹔借閒。世上無情惟白髮，人間有福是青山。山僧更住青山裏，翻罷《楞嚴》獨閉關。

暇日謁潛溪宋先生祠

華國文章報國身，青山萬疊未歸人。高皇最愛才無敵，學士應誇酒有神。不向東方戀桑梓，至今南斗避星辰。揚雄杜甫俱鄰傍，落日祠堂采澗蘋。

少宰學士温託齋赴召成都邵守作三詩送之予覽其辭甚麗和韻一首

玉堂金馬退朝回，常憶班行一字開。東閣共推蕭相入，西川獨數子雲才。瞻雲已識親幃近，捧日頻勞御札催。六月扶摇真一息，十年魂夢繞三台。

將過新都秋曉同衛涇川東行

昭覺鐘聲隔幔聞，筍輿十里度秋雲。山家歲計占農事，客子年光付吏文。岐路軟紅隨馬去，遠山晴翠過江分。聯珠倚玉多佳致，此日同行賴有君。

錦江

浪花如織遠黏天，濯錦溪邊勝可憐。五色文章初日裏，一川綺縠午風前。東流到海通蓬島，南浦逢春送酒船。若問乘槎霄漢事，支機抱得已多年。

冬日同溼川過范浣溪

曲徑疏籬路欲迷，草堂歲晚浣花溪。槐柯倒影醒殘夢，竹汗留青滿舊題。暇日偶從南郭隱，好山多在小窗西。高人未用逃名迹，江上天空北斗低。

發新津風日甚佳有述

江山偏覺此行多，愛聽巴音入櫂歌。錦樹微茫連岸脚，畫船掀舞出盤渦。山雲欲起常迎日，水鳥驚飛不離波。爲客十年勞勝賞，朝天萬里又經過。

與余方池草池兄弟遊三巖

山下三巖逐二難，春風初試杏花寒。人情倦去方驚老，江面東來漸覺寬。一代交遊論出處，百年身世雜悲歡。浮雲本是山中事，欲爲蒼生起謝安。

留題淩雲

淩雲殿閣倚江開，三面江流抱石臺。遠浪貼天成綺縠，舊題多日長莓苔。下臨風雨空三蜀，高處星辰接上台。一爲賞心留勝概，還看秀色産奇才。

兑陽書樓

面山花竹背山樓，合着元龍最上頭。雲氣陰晴常不定，江聲回合正東流。九關清夢通霄漢，八月仙槎貫斗牛。欲賦兑陽形勝裏，山川元是漢嘉州。

二月五日發長壽

隻隻樓船面面山，磯頭石齒鬭彎環。灘聲忽送蛟龍窟，雲氣常封虎豹關。南去雜花渾爛熳，西來晴雪正潺湲。櫂歌風起旌旗動，時有漁歌互往還。

春雨遊岑公祠

石門泉竇境尤奇，紫暈蒼痕雨更宜。信有神仙住人世，何妨遊宦向天涯。盤崖一綫通銀漢，滴乳千年長玉芝。流水高山俱望眼，柳條花蕚繫春思。

廿六日雪後赴金太常南郊觀禮有述

三級圜環八柱擎，碧青浮動日華明。萬年禮樂歸真主，一代彝章見大成。天壓周廬元咫尺，雪消弛道轉澄清。微臣將事依龍衮，試向瑶臺最上行。

仲冬晦過海印寺有述

萬歲山陰海子橋，十年重到笑勞勞。舊時風景依稀在，歲晚冰霜積漸高。鐘鼓連天涵日月，樓臺倒影蘸波濤。千重王氣盤龍虎，常有紅雲覆赭袍。

立春後一日午門宴罷有述

金殿彤樓白玉臺，芳春風日暖初回。千官簇擁雕盤細，萬國趨陪綵仗開。黄道正中當御座，碧空遥映入仙杯。兩階拜舞俱霑醉，已有歡聲動蟄雷。

丁酉除夜

十年除夕總天涯，帝里今宵鬢已華。歷盡苦心難報國，撥殘新火倍思家。鳳樓縹緲回銀漢，宫漏迢遥隔紫霞。閒倚畫屏清不寐，獨將春信問梅花。

歲暮旅館燈花異常有作

雪封虚館燭開花，乍吐紅英暈紫霞。四壁圖書看照影，一行兒女念還家。金蓮恩重身難稱，白玉堂高鬢有華。應是明朝當獻納，坐深宫漏隔窗紗。

介谿宗伯榮賜麟袍和甬川少宰韻

白玉闌前紫獸鋪，黄金臺下古燕都。千年典禮開綸閣，萬里風雲護帝圖。藜影木天時戰蟻，鐘聲長樂曉聽鳧。由來此地文章海，杯視三江與五湖。

送沈大華下第還

舊業《長楊》滿篋閒，春風燕市買驢還。輕塵烏背頻揮麈，曙月雞聲欲度關。世味旋嘗隨路酒，鄉心遥慰隔州山。憐君無計能留住，草草詩成空厚顔。

黿峰晚興

度壑穿巖興未遒，更從燈火數奇遊。風高八月寒先到，地僻千年事轉幽。碧澗每逢春漲合，丹崖疑共暮雲稠。平臨北斗長安近，身在天南重倚樓。

次韻白雁

波澄照影度瀟湘，回雁峰高近帝鄉。星陣望窮雲半没，雪翎風急字斜行。蘆花深處驚遥火，木葉催時護曉霜。記得上林棲宿處，每因彤矢識君王。

登太白樓

夜郎一去幾千秋，尚有任城太白樓。身後功名空自好，眼前汶泗只交流。當年狂客心偏戀，近代風人誰與儔。拍碎闌干呼不起，月明風細憶神遊。

贈别鄭宜簡

扁舟五月大江東，鮑管千年見古風。天北天南三十載，聽風聽雨幾宵同。閒來只愛青山好，老去方知白髮公。我已倦游君作别，相思多在月明中。

和介谿賞蓮

雨氣自天香冉冉，風光臨水碧颸颸。移來玉井仙人掌，開傍金波太液池。本爲憐芳衙散早，翻因解語酒行遲。新歡舊賞年華裏，倚徧闌干有所思。

送張懋勉之赴新建縣丞

雲間文獻舊名家，藝苑馳聲幾歲華。新捧除書辭赤陛，滿斟别酒對黄花。東湖古廟餘塵榻，南浦疏簾捲落霞。少府勝遊還勝地，好將清譽徧天涯。

送崔都尉奉使顯陵

雪中送客重徘徊，白馬銀鞍畫角哀。雲繞鼎湖龍卧起，月明遼海鶴歸來。金符玉節山陵使，戚畹侯封將相才。萬里皇圖元咫尺，東風回首鳳凰臺。

内丘大風塵

沙曲風塵冉冉高，行行偏念聖躬勞。九天日月懸平野，萬乘旌旗捲怒濤。山勢遠隨馴象輦，春光正滿袞龍袍。侍臣亦有揚雄賦，欲奏河東愧二毛。

送黄甥標東歸

黄甥良式，博文好學，予雅愛之。相從南北二十餘年，患難之日多，而安樂之日少。予既不能無愧，而亦不能無望焉。兹行也，悵戚殊甚，賦此爲別，以期明年之會。

送汝黄金臺下路，西風多少渭陽情。愁看世態如雲變，須遣鄉關似月評。海内勝遊吾欲倦，江東好事若爲成。過家上冢俱如禮，來趂鵬摶九萬程。

送魏僉都伯深鎮汴

中丞玉節下承明，風動中州數十程。喬嶽一時瞻氣象，長河萬里爲澄清。旌旗號令新開府，籓省官僚古帝京。若向周公舊臺下，六符先候泰階平。

五月十三日下灣始入舟居

淡雲微雨帶青山，細柳新蒲水一灣。人世百年真夢裏，聖恩今日是生還。來看海鶴迎風舞，坐愛江鷗盡日閒。京國風塵能化白，臨流偏詫鬢毛斑。

和答陶南川兵侍

曉開畫鷁帶遥山，夜泊溪漁細柳灣。鴻雁逢時知北嚮，蓴鱸有約待南還。虚傳海外千年藥，且向人間一日閒。寄語隔船陶士雅，故園新笋鹿胎斑。

後樂堂家宴守歲

歌管聲喧餞歲除，大江東下抱閒居。夜筵椒酒元隨量，春帖桃符手自書。老去何妨鬒鶴髮，歸來猶及饌鱸魚。十年萬里風和雨，此夕團圞畫不如。

客從海上餽杜鵑花甚佳薄暮移燈照之有作

穠緑深紅照夜明，自從西蜀識佳名。年芳不隔關山道，勝事新添洛社盟。高閣捲簾看不足，一春啼鳥恨難平。闌干六曲催花信，芳草王孫空復情。

壬寅中秋夜同姜明叔王元寀翫月

蓬瀛東望月華圓，咫尺煙霄萬里天。屏翳驅雲憐浩蕩，銖衣和露鬭嬋娟。良宵嘉會俱難得，天上人間各有緣。十二闌干須遍倚，莫論風雨是何年。

自潭山取道過玄墓

盡日湖山不厭多，畫船初泊綵輿過。路從鳥道銜黄葉，浪打漁磯濕緑簑。閒處風光巖壑占，望中天氣水雲和。相逢莫問鴟夷事，愛聽滄浪隔樹歌。

雨後對花和答沈叔明

三逕歸來春水生，送春初覺病魂輕。名花舊種渾無恙，攜酒頻過倍有情。十尺闌干圍紫豔，一番風雨妒紅英。殷勤寄語憐芳客，尚保丹心向日傾。

中秋後二夜與姜蓉塘諸友登樓

月到中秋分外清，共登江閣俯空明。參差漁火遥通海，縹緲鸞笙欲近城。滿目星辰分上下，百年塵世半陰晴。一尊且盡今宵醉，鄉國賓朋倍有情。

東軒春興

笙歌院落養花天，六十年踰七十前。坐隱尚餘經國手，卧遊無藉買山錢。江流東下饒鮭菜，風信南來有雁箋。雙鬢不嫌搔更短，老人心事愛隨緣。

初夏移舟天馬山過嘉樹林聽僧道淨彈琴

城陰水木夏初臨，十里來過嘉樹林。乘興不妨靈運屐，賞心先到穎師琴。望中海日依微見，物外煙霞次第尋。欲上前山最高處，扁舟應向五湖深。

史涇西發

西去青山入望多，楝花風信水雲和。田家秧馬黄梅雨，谷口漁榔白苧歌。星館宛如天上列，畫船疑向鏡中過。人生合住江南老，何處滄浪與碧波。

喜雨次答鄭文峰正郎

使君本意爲澄清，先遣仁聲作雨聲。百里望餘青障合，三農舞破緑蓑輕。貪看穲稏行來濕，愛聽芭蕉坐到明。無數鄉心與時事，每吟佳句候秋成。

築堤

海門東啓護長堤，小築江沙舊屋西。十里蘆花依岸轉，一川月色向人低。儘從鷗鳥忘機下，或有龍孫挾雨啼。便擬種爲桃李巷，春風無語自成蹊。

甲辰元宵後二夜觀市燈效白樂天

好懷佳節是鄉園，歌舞樓臺鬧上元。萬里團圞春正月，千家燈火水西村。太平有象瞻天闕，老大何心倚市門。但願年年同此夕，田蠶花竹長兒孫。

有草類藜而幹生其本多緑葉至末始敷爲紅紫經霜更絢爛可愛一名雁來紅俗呼老少年山居小閣前倚闌一株尤茂密高可丈餘病起過宿相對甚適偶成一律

老去誰能更少年，此來相對亦欣然。人間白日無繩繫，爐裏金丹有訣傳。秋水蘆花三畝宅，西風鶴唳五更天。曉來霜重紅於染，伴我梅花紙帳眠。

五言絶句 三十首

初夏五首

野曠孤亭迥，晝長花影遲。蒹葭飛白鳥，楊柳囀黄鸝。

二

芍藥花初謝，芭蕉葉已斜。窗前一夜雨，浮緑漲文紗。

三

林日不到地，溪風常滿船。雨餘黄犢健，天際白鷗眠。

四

初日浮空動，微風剗地涼。苧衣人尚怯，看竹過横塘。

五

細草緣層砌，幽禽語畫梁。好風排户入，吹散午時香。

和安鴻漸登樓曲四首

登樓覽春暉，春暉可憐晚。所思在天涯，欲往道里遠。

二

日夕倚樓望，行人歸未歸。斷魂與殘夢，相逐雁南飛。

三

雪後樓偏好，青山破白看。客衣無奈薄，高處許多寒。

四

樓頭紅粉妝，樓下紫騮馬。兩處總相思，無言淚成把。

與周適齋潮州過張龍山樊柳圃納涼

明月谷陽水，長橋卧綵虹。緑楊風不動，人在鏡光中。

我有江南屋

我有江南屋，春深草映門。湘簾低不捲，寶鼎夜常温。

西巖為劉都閫

我愛西巖好，桑乾繞帝城。黄金臺下駿，細柳月中營。

西湖

夜氣消殘暑，天光浸曉星。草青藏白鳥，波緑泛紅菱。

成晉驛庭槐繁陰戲爲一絶

雨意將雲白，山光隱樹青。總看行蟻夢，何日報雞醒。

暮至清源

積雪千峰白，層冰十尺强。吴兒渾不解，只道爲炎凉。

疑冢

疑冢七十二，冢冢渾相似。春風草又青，斜日牛羊裏。

辛丑歸途中絶句八首

高鳥依依没，長河淼淼流。風塵隨短鬢，去住任扁舟。

二

弱柳風前轉，新凉水際浮。蓴鱸如有待，歸日正逢秋。

三

村村喜麥黄，南風散初暑。古岸緑陰中，行人自來去。

四

日落山煙紫，林深暝色寒。殷勤問前路，今夜宿新安。

五

曉行不知程，夢醒聞細浪。曙月逐雞聲，櫂歌來枕上。

六

水色拖蒼玉，槐陰墮緑雲。會心詩半屬，得意酒微醺。

七

目力耽書短，歸心引路長。深林喧鳥雀，斜日下牛羊。

八

海月和潮上，風帆接畫船。故鄉連夕夢，景物正依然。

碧雲寺

鳥道千盤迴，羊腸一徑斜。年年二三月，紅杏碧桃花。

過叢臺

青山不改色，緑樹有新姿。昔人歌舞地，今見草離離。

白槿

尋常紅與紫，不及淡梳妝。木槿籬邊過，冰肌照拒霜。

題小景二首

箬葉舟能大，桃花水正新。了知魚有樂，袖手捲絲綸。

二

自愛看秋水，鷗閒我更閒。蓼花洲渚裏，隨意弄潺湲。

偶成

蓬萊波浪淺，汀洲杜若新。暖雲不作雨，閒殺釣鼇人。

六言絶句 一首

過淮陰

故堞初驚雨歇，古祠高枕江流。一抹霏微輕靄，片帆歸去清秋。

儼山文集卷十六

七言絶句一 七十三首

館中

天上文章白玉堂，日華浮動鬱金香。詞頭封罷渾無事，獨步花磚繞畫廊。

春陰送客即事

洞口桃花帶女蘿，不知春色幾分過。長驅白日紅塵净，無數青山細雨多。

和俞生暮春閨怨二首

落花庭院草萋萋，雨鸛晴鳩各自啼。倦繡一春長閉閤，忽將清夢過遼西。

魚書欲寄轉多情，錦字回文織不成。落盡桃花飛燕子，一番風雨又清明。

雨窗春興四首

芳草王孫濕未歸，江南憑望轉霏微。疏疏密密俱成陣，留住楊花不肯飛。
聽風聽雨隔窗紗，愛弄潺湲試早茶。更喜園丁報新事，魚苗隨水上平沙。
東風吹雨帶龍腥，散作春聲繞畫屏。人倚碧窗初避濕，芸香翻盡《太玄經》。
水心亭館午風多，别有長條許客過。無數落花紅作陣，一篙新雨緑生波。

漫興六首

東風成陣落紅稀，日日溪頭坐釣磯。傳語白鷗休避我，此心雖在已忘機。
好山多在夕陽西，十曲清溪護石隄。臨水草堂春事晚，罏香驚墮燕銜泥。
麥秀風行宿雨乾，苧羅衣袂薄生寒。行藏欲問吾何似，盡日花間獨倚闌。
一卧林居獨下幃，斬新時物换春衣。絲絲細柳灣灣水，步到前村看雁飛。
細柳新蒲已滿谿，獨尋春過小橋西。奚囊佩得詩多少，欲寄相思手自題。
滿簑風雨楚江天，釣得鱸魚不賣錢。十里溪橋趂歸路，酒壚茅屋背花眠。

書扇寄黄竹泉

溪堂山館帶江城，睡起催花雨正晴。聞説閒人多樂事，臂鷹調馬過清明。

初夏即事二首

水亭山館緑陰肥，漸覺心情與世違。午睡覺來香未燼，一群新燕學交飛。
雲日陰陰水氣涼，園林梅子半青黄。農歌野唱元無譜，和合滄浪意自長。

四月一日與客登松梅亭

隔籬修竹隔溪花，淺映深圍整復斜。風外數聲啼布穀，桔槔隨處野人家。

野航

身世元同不繫舟，落花時節雨初收。束書一枕江湖夢，流過江南杜若洲。

泛舟

乾坤湖海總浮漚，風月圖書共一舟。向晚酒闌何處宿，蘆花千頃近沙鷗。

題畫贈唐雲東

扁舟只隔五湖東，紅樹青山萬里通。回首白雲間似我，却疑人在水晶宮。

黄葵

碧紗高捲不勝情，曉夢初回半宿酲。獨有丹心待高日，小闌干外雨新晴。

芙蓉

輕紅淺緑殿芳晨，野水凌寒避軟塵。一曲《楚辭》漁子去，隔江愁殺采花人。

登樓

小樓西下小西湖，淼淼烟波望轉孤。連日南風吹不歇，自添新水浸菖蒲。

題蒲泉

移得通靈上品苗，雲根新水暗通潮。曉來絶勝金莖露，多少明珠濕未消。

秋興二首

春光不比秋光好，料理精神只自知。三月花時常卧病，晚涼日日有新詩。

翠竹高梧一徑斜，草堂開占白鷗沙。秋來幾陣催寒雨，報道芙蓉又着花。

中秋節後黄葵作花滿園甚富病起坐對二首

滿院晚葵秋日清，裹頭强起坐前楹。誰云欠却看花福，病裏看花别有情。

翠節亭亭摇翠雲，淡鵝黄剪薄羅紋。向陽心事依然在，不共南風早策勳。

秋江釣舟圖

西風吹滿荻蘆花，釀作霜寒啼亂鴉。買得釣船如屋裏，只將《秋水》老《南華》。

芙蓉

柳外風前生晚烟，一江秋水碧於天。吴娃越女相思調，只愛銀塘歌《采蓮》。

偶成

黄花翠竹動秋容，白日滄江有卧龍。不是扁舟歸去急，隔溪相約采芙蓉。

重陽試筆

積水澄鮮雲日涼，花芳開過木犀黄。一年又是重陽節，閒倚西樓看雁行。

漫興五首

花枝壓雨粉牆偏，淡白輕紅盡可憐。獨立曉風無限意，爲誰零落爲誰妍。

月明吹徹紫鸞簫，火宿沉檀暖未消。風送海潮來别浦，賣魚人過竹西橋。

溪亭山館隔花分，更起江樓和水雲。八月木犀風雨信，徧紬緗帙散香芸〔一〕。

蕭蕭涼雨報秋衣，雲影嵐光鎖翠微。人在竹窗初睡起，坐看蛛網織危機。

水芳無數長溪毛，秀色遥連翠浪高。欲寄佳人無處所，漫依楚調注《離騷》。

【校記】

〔一〕紬：四庫全書本作『抽』。

重陽後六日登鏡光閣

下方僧梵雜鳴鐘，身上危闌復幾重。微看太液波光浄，更接蓬萊雨氣濃。

西軒鑿壁作南窗打炕其下以供夜坐

地爐煤火夜如年，旋作南窗映月眠。誰種庭中數竿竹，一時弄影到窗前。

丙子除夕

一枝銀燭坐更闌，小几攤書只自看。家在江南四千里，有人今夜説長安。

二月望晨起

修竹深溪帶淺沙，隔籬初見小桃花。東風最是無情物，却與人間管歲華。

曉起

雨洗春容淡有姿，柳絲花霧共參差。人家住在青山曲，無事朝來睡起遲。

園居雜咏三首

迴廊曲曲面青山，身世悠悠蝶夢間。半郭半村秋色裏，聽風聽雨夜深還。

竹闌干外石方塘，映月含風貯早凉。乞得名花周匝種，爲誰着意最憐芳。

芙蓉洞口石坡陀，橘刺藤梢帶女蘿。一夜好風吹雨過，曉來添起碧嵯峨。

春日雜興二十七首

緑楊如線草如茵，紫竹肩輿白疊巾。不是爲春禁不得，老來心緒最憐春。

山中春色二分强，次第開花到海棠。風日一簾初病起，斜攤黄素寫官方。

臨池草閣背山堂，乳燕泥融補畫梁。按却《茶經》試江水，自開陽羨閲旗槍。

種成修竹倚雲看，新築方塘漾翠寒。一夜落花風信急，隔溪吹折釣魚竿。

隔江樓閣鬱岧嶢，掩映繁花更柳條。紅日半窗春睡足，獨攜藤杖過溪橋。

上臨風雨下塵氛，一上層臺思不群。更愛草深成小坐，摩挲雙眼看江雲。

重重簾幕護餘寒，搨得《蘭亭》映日看。頗覺近來諸念盡，偏於筆硯遺猶難。

久忘把鏡照容姿，風動屏開見鬢絲。巖背好花渾未發，莫將春色怨遲遲。

土作坡陀石作巖，曉乘甘雨種松杉。門前日日春潮到，定有雙魚寄一緘。

細雨庭除濕未勻，小山毛骨長精神。呼兒半捲湘簾坐，滿澗飛花苦戀春。

春深山館日如年，品石嘗泉各有緣。好客遠從雲外至，自移塵榻向花前。

湘簾面面擁孤亭，雨弄春晴草更青。山靜日長無一事，倚闌閒看鶴梳翎。

高槐細柳儼成行，遠水遥山護草堂。一片浮雲颺空碧，半分寒氣釀春光。

侍兒日日報花開，白白紅紅盡手栽。我自白頭春自好，莫教風雨便相催。

江上高樓隔晚霞，蒲團静結倚窗紗。暗香一道隨風力，知是前村枳橘花。

寂寂春陰江閣閒，緑浮新雨漲潺湲。隔花一犬足高卧，門外借書人未還。

花傍高樓半掩扉，河豚風起釣魚磯。沙鷗似解閒人意，時向蒹葭深處飛。

春江一曲遶孤村，鶴有雙雛行有孫。愛聽滄浪臨水坐，背人新月弄黄昏。

遥聞大藥駐衰顔，我付行藏與鬢斑。多事一春眠白日，無言十里對青山。

漠漠楊花鬧曉晴，穿簾入幕太多情。如何無力遮春住，點破滄浪萬里清。

一溪一曲大江東，細柳新蒲窈窕通。寒食樓臺三日雨，捲簾庭院百花風。
花木陰陰午漏長，遷鶯啼近讀書堂。誰能料理春多少，閒寫新詩上粉墻。
紙帳蒲茵白板床，祇將春睡答春光。夢中幾曲溪南路，水浴風行總未忘。
鶯啼燕語各分明，最愛春聲自物情。風送夕陽賓客退，一簾香霧浪紋生。
連宵草色雨中池，拂地垂楊壓水枝。倦倚闌干檢官曆，忽驚春到已多時。
古意蒼顔積漸肥，座中山色有餘輝。岸回細柳生緑暗，風送飛花深翠微。
楊柳蒹葭一色匀，江門日日弄絲綸。夜來新水强三尺，釣得龍灣六六鱗。

儼山文集卷十七

七言絶句二一五十六首

南窗試筆硯二首

紫閣花深吏散衙，肘懸金印浄胡沙。山中亦有閒勳業，搨得《蘭亭》上白麻。

減却塵緣六十餘，背山花木面山居。爐烟茗椀春風裏，龍尾鸜睛自著書。

即景

江門日日弄扁舟，雨雨風風得自由。昨夜桃花新水漲，鯊魚多在碧莎洲。

水涯

一里二里過頭樹，三株兩株着眼花。東風一片閒心力，送緑添紅到水涯。

中歲

中歲山林頗有情，柳條花蕚弄春晴。日長無事江門外，獨立斜陽看水生。

書扇寄楊朝敬

一夜江門春水生，東風吹浪海雲輕。從來不識王侯面，兩兩漁舟盡日横。

和顧未齋韻寄鄭山人二首

暑雨初開江閣空，水芳揺動楝花風。新裁白苧明於雪，閒倚闌干送斷鴻。

蕭蕭竹院午風微，曲曲花籬宿雨稀。人向此時初睡起，海潮正上白鷗磯。

山間雜花

雜花冥冥嶺雲低，紫豔紅芳各自奇。最愛午風吹作陣，杜鵑枝颺海棠絲。

三月三日與客一絶

城外青山翠可飱，欲酧心約怕春寒。美人肯伴雲中宿，爲買青驄白玉鞍。

至昌平與客月下看主人後園梨花

最愛梨花傍晚看，月光如水漾輕寒。爲憐明日知何處，試借春風暫倚闌。

書扇贈棋士褚子高

陣馬衝車次第行，觸蠻蝸角總功名。山中盡日無人到，卧聽松間落子聲。

寄題張氏南莊

鶴坡南望水如天，亦有人家似輞川。蓴菜鱸魚無恙否，幾時來泛季鷹船。

瑞應堂留别所知二首

世間好事一百一，春日麗辰三月三。此地故人還故國，他時江北望江南。

四面有山皆入座，一年無日不看花。此予山居春聯。如何又踏朝天路，春水樓船漾淺沙。

南旺湖二首

愛此長隄夾樹行，北來鄉土倍關情。青山白水渾相似，只欠提壺布穀聲。

遠水貼天霜破曉，微風無力摇枯草。青蠅不點爛銀盤，湖上無山湖更好。

題扇

秋滿江亭生紫煙，綸竿穩泛木蘭船。多情只愛芙蓉水，便得鱸魚不賣錢。

滿林風雨圖

山林何處無風雨，不似人情翻覆間。我有一區江上宅，幾回簑笠夜深還。

和趙類庵題畫魚

天池咫尺候龍飛，荇帶荷錢出水肥。神物自應多變化，長竿空傍釣魚磯。

絶句

送陸生歸

十年憂國鬢如絲，一路看山到武夷。信宿故園無限意，人情莫怪去遲遲。

龜湖

天上青雲白玉堂，子雲辭藻擅長楊。因君併羡南歸雁，海月江雲入夢長。

壽陽察院壁間次韻

湖遶青山候客歸，暖風堪着芰荷衣。水中鷗鳥今無數，知傍閒人不肯飛。

入晉南關

無心隨處夢魂安，古柏臺深五月寒。自笑青山老居士，松窗閒殺舊蒲團。

丹崖倒浸一溪影，碧葉抽花十里香。最是閩中留客處，不知春盡度遼陽。

松隱爲弋陽王

冒雪擎寒氣轉豪，偏身鱗甲五雲高。自從不受秦封後，風雨年年長翠濤。

草萍道中

老懷病目向秋風，江水西來湘水東。可是青山知好客，淡雲疏雨翠微中。

龍窟二首

江南澤國水風秋，彭蠡西來是上游。百尺樓船簫鼓發，和雲衝過百花洲。
白鳥斜飛水拍天，隔湖樹色見風船。煙波只許漁郎慣，一任簑衣枕月眠。

偶成

曲曲筠闌雨乍乾，拍湖風釀海棠寒。不知鄉思添多少，寬盡黄金舊帶鞶。

官署紅梅着花便傷於雪憮然有述因贈提學張静峰僉憲謫廣東提舉

臙脂的的照疏林，蝶冷蜂寒春未深。一夜無端風雨横，朝來多少惜花心。

劉都閫送菖蒲

虎鬚戢戢映窗紗，勁氣孤標露有華。見説仙靈通九節，夜深清夢伴梅花。

病愈

細煮參苓擁弊裘，滿城風雪送春愁。下幃强作還家夢，蝴蝶衝寒不過樓。

病起獨坐東堂

斜倚繩床落照東，一簾秋意捲西風。金丹换骨誰曾見，欲起衰顔借酒紅。

有數燕遞營一窠若人之伴工然者偶成

湖上雲開水漫波，緑陰庭院晝清和。梁間燕子如呼侶，相伴銜泥壘舊窠。

乘月行定州道中有懷表弟顧世安

絶愛丰標玉有煙，故園分袂已多年。如何今夜春宵月，辜負金臺共被眠。

黄河南岸見梨花二首

烟消露濕鬭輕盈，梨花枝枝如有情。分付東風莫吹盡，道旁留照夜深行。

粉痕香暈雨初乾，惆悵芳心怯曉寒。憶向小樓吹鐵笛，湘簾十二捲朱闌。

新野道中

隆中迢遰漢江濱，輦路風吹陣陣春。二十四翻今第幾，莫將花信寄閒人。

山居八首

十旬高卧畫樓東，曲曲闌干面面通。遠瞑欲成梅子雨，晚涼初動楝花風。

人間何處無風雨，老去才情減十分。半月不曾梳白髮，薰籠添火暖香芸。

水雲烟月市橋西，菱角荷錢已滿溪。讀罷《黄庭》三百首，人家茅屋午時雞。

倚空樓閣枕西郊，新築方塘漾柳梢。忽有山童報奇事，一雙孫子鶴成巢。
背山亭館跨山橋，楊柳風多當舞腰。一榻夜涼人不寐，隔窗疏雨滴芭蕉。
一樓風雨獨離群，藥裏詩囊酒半醺。漁浦一篙翻白雪，麥田千頃濕黄雲。
熟梅天氣晝陰陰，簾捲湘筠一逕深。十二闌干閒倚遍，晚來多少水雲心。
望中城郭故依依，喬木千章水合圍。風動海門聞鶴唳，鱸魚正美客南歸。

西園四首

緑陰紅雨大江頭，遠有三山近十洲。花外晝輪蓮葉櫂，夜深燈火上西樓。
新篁高過粉墻西，野水通池欲滿溪。坐久不知香穗燼，隔窗幽鳥盡情啼。
三宿青山傍此君，農歌時向雨餘聞。牡丹芍藥俱開過，滿地槐陰湧緑雲。
竹作闌干樹作軒，菜畦正傍槿編門。白雲滿地留春住，只對青山無一言。

六月十三日夜雨作寒

人間六月火龍蟠，衹道牀頭瀑布寒。底事江南連夜雨，五更欹枕怯衣單。

送汪思雲還徽州

秋風秋雨滿歸舟，明發錢塘古渡頭。西望石灘三百六，倚天雲樹是徽州。

京口別黄甥良式

千里相隨論古今，河橋風雨夜沈沈。不知此日江頭路，何似當年渭水深。

留題董子元紫岡別業

江流南下第三岡，曲徑迴闌繞畫廊。最是杏花春色裏，縠紋浮動木蘭堂。

贈楊雲時望

揚雄與世漸無緣，誰作侯巴守《太玄》。今上好文先帝武，白頭空自感流年。

儼山文集卷十八

五言排律六首

江湖覽勝

芳草天涯路，乘潮舴艋輕。三生今世業，萬里一鷗盟。山送杯中影，灘縈枕上聲。微風采石渚，圓月岳陽城。賦就漁燈讀，詩成旅雁驚。滄浪甘世味，瀺灂足浮名。波静安三峽，雲開見兩京。逍遥湖海外，吾獨羨吾生。

挽王復庵錦

文藻王褒手，年華賈誼才。秘書天禄閣，驄馬繡衣臺。自許溟鯤化，終成市虎猜。節旄頻奉使，松菊早歸來。門雀無勞問，巴猿益可哀。大江流浩蕩，勾曲聳崔嵬。秦嶺重逢雪，揚州更詠梅。性靈陶萬象，魂夢繞三台。鵩鳥悲斜日，昆池起劫灰。平生山嶽動，身後簡編開。駿骨千金價，天章五色裁。長拋綠野地，高卧白雲隈。掛劍人終到，生芻首重回。傳家今有子，他日兆三槐。

追挽王愚庵

儀像風雲杳，衣冠草樹稠。行人收涕泗，立馬拜山丘。古有隆中操，今從地下遊。空傳楊子宅，尚憶李膺舟。地亦三槐古，門惟五柳秋。著書深擬《易》，作賦過《登樓》。鴻鵠雲霄闊，龍蛇歲月遒。山川還正氣，風雨泣中州。俎豆千年祀，碑銘萬古留。欲將椒桂酒，一爲酹眠牛。

廿五日夜漏既嚴抵安德水驛有僕自北來遇之得家書

已附還家信，應知去國心。一身還我有，雙鬢爲誰侵。松藥如無恙，琴尊或可尋。删經存《相鶴》，臨帖課《來禽》。小閣開蘆渚，枯棋閟橘林。遠山春雨静，新水夜潮深。乘興客移棹，素心朋盍簪。野情偏浩蕩，秋意正蕭森。自覺忘人我，何勞問昨今。沙田緣海稔，無藉雨爲霖。

春野

緲緲蕪烟緑，依依柳日明。好山圍畫幛，細水咽琴聲。心遠江湖適，身閒虆晃輕。鞲鷹回夜獵，攜鶴看晨耕。藉草遥憐色，愛花時問名。韶光偏屬我，節序總關情。蜜足蜂群倦，泥融燕陣争。臨風一杯酒，相與了浮生。

詠雪禁體

虚館都門裏，遥空雨雪時。雲同山受鎖，霰集地承篩。初對無還有，徐看正復差。霏霏旋布密，陳陳漸成奇。入瓦猶飛溜，披墻故累基。蒼皇忙宿旅，鼓舞走群兒。氣襲裘功劣，光摇眼力衰。撲階登陛級，打户閣扊扅。勢倍初昏會，威伸入夜期。空林愁鳥雀，曠野失狐狸。古屋深藏脊，危城正没陴。窗腰明敝紙，字脚飽殘碑。山勢勾肥瘠，潮聲帶嘯悲。贅疣瘡竹節，擁腫病松枝。池沼甘居下，郊原苦厭卑。當庭昏有影，卧地險成夷。田犬思馳逐，鞲鷹欲奮追。四簷迷一色，獨榻下重幃。風過梅苞瘦，陽回麥壠宜。墨池乾更掬，茶鼎渴旋滋。真足臨書卷，應堪弄酒巵。樓臺誇富貴，歌調競嗢咿。座擁嬌娥鬢，杯分俠士髭。生憐江上客，困憶隴頭師。帆濕橈迎凍，兜膠馬礙馳。豐年昭國瑞，聊復一題詩。

七言排律三首

發谷亭

曉乘江漲下徐州，秋氣侵人著眼浮。小棹載青蓮子摘，甫田摇緑豆花收。林蟬泣露鳴無節，江雁和雲去不留。時物每驚覊旅改，江山未愜壯心遊。乘槎欲奉張騫節，作賦思登王粲樓。薪火千年湘水哭，干戈滿地浣溪愁。良辰勝境難兼得，久客窮途易併憂。桂槳蘭橈輕日費，筆床茶竈遠風流。吕梁山勢危奔馬，邵伯波光蕩没鷗。雨蝕龍蛇殘石裹，徐州州治唐碑并子由《黄樓賦》刻。月明簫管夜橋頭。山連天闕遥通海，帆細風花故滿舟。此日懸知真有助，當年自分總無求。夢魂偏向家山入，習氣難除書卷抽。寄語篙師休汗漫，倚廬人老不禁秋。

壽西安楊節推七十爲其子孟鸞上舍賦

蚤歲青雲曾得雋，中流緑髪已懸車。眼看甲子年將亥，戒守庚申夜是除。楚國江山空犴狴，壺天日月付樵漁。白雲獻罷千年賦，青鳥銜將咫尺書。舊曆漸抛身未死，新陽纔復景初舒。雲霄有子堪傳鉢，滄海他年擬結廬。鼎錬芙蓉丹已熟，門填蘭桂慶方餘。朝來七十遥稱頌，此是先生一度初。

曲江歌送趙天挺歸省

曲江風日竟如何，碧樹紅雲傍海多。春暖瑶堦留舞鶴，吟成白雪雜鳴鼉。高堂會見重生齒，舞袖新裁舊賜羅。石氏里門應却騎，秦朝源水更通波。天邊曉日牙緋近，浦上靈風彩鷁過。真有神仙居陸地，願將勳業帶黄河。遥持寶鎩臨桑梓，重拜鸞封照薜蘿。綺席味甘羅海錯，軟輿春暖擁琱戈。還憑鼎養供期耄，不負庭趨費琢磨。我亦有親歸未得，因君聊賦《曲江歌》。

五言聯句一首

席上限韻送沈仁甫憲副陝右

鸞坡新拜命，柏府更乘驄繼孟。别路風煙隔，離筵臭味同縉。關河迴遠使，冰蘖奏膚公深。大華群峰削，昆明一鑑空孟春。長城韓、范在，麗藻古今通繼孟。共羡恩袍紫，何憂塞火紅縉。朱輪常帶雨，玉節徧觀風深。威動三邊士，名傳五尺童孟春。往年資砥礪，今日見英雄繼孟。聖主方虚席，王臣仗匪躬縉。

七言聯句十五首

雨中同嚴介谿張碧溪懷宋西溪地官

今雨懷人一水遥深〔一〕，小堂深竹坐蕭蕭。江間去棹憐仍駐，臺裏緘書枉見招嵩。剪燭無由聯夜榻，裁詩還憶共春瓢。公餘漫有《皇華》咏鈇，爲寄相思趂落潮深。

【校記】

〔一〕雨：原作『與』，據四庫全書本改。

與石門介谿聯句二首

坐愛書聲起隔鄰嵩，隨風和雨伴吟身。杯深翻恨春宵短深，交好誰論白髮新。匹馬衝泥歸路遠鑾，隻雞高會故情真。詞林舊侶今南北嵩，百遍相過莫厭頻鑾。

載酒遥臨楊子居深，寂寥春夜滿床書。即看詞客非常調鑾，賴有高篇是起予。細雨緑深庭下草嵩，短檠清照席間蔬。十年無限綈袍意深，猶喜同登白玉除鑾。

餞別聯句三首

稽山白璧産來雙喬，親向瀛洲泝玉淙宇。家近蘭亭秋正好韋，夢回薇省醉初降永。佛燈深照離筵菊俊，詩句頻催永夜釭傑。江雁有書還寄否天和，寂寥慰我客邊窗深。

樓船南下乞靈風深，白露横江水接空縉。夢繞紅雲雙闕迴宗，心隨碧漢一槎通宇。離觴照蠟情偏切韋，授簡催詩句未工永。佳會良宵須記取天和，不妨寫入畫圖中傑。

離筵高啓遠公堂傑，漏盡何辭更舉觴天和。光彩可憐雙白璧深，文章絶妙幾青箱縉。飄飄仙躅丹霄下宗，渺渺鄉心碧海傍宇。明日星軺當曉發永，淡雲應護雁天霜深。

丁丑六月二日與東江石潭未齋介谿餞別閒齋司業於受公房聯句二首

十年蕭寺此重遊清，一酌還同惜別留。聚散無端庭樹長俊，陰晴未定海雲浮。宦情莫問僧炊飯鼎臣，詩興惟憑客倚樓。天末相望重相憶深，欲攀江柳繫蘭舟嵩。

芳樹移尊坐夕陰嵩，清風爲我濯煩襟。天邊爲別難今日佃，海内論交見此心。池草夢回涼夜雨嵩，江雲望遠碧山岑。謝家兄弟多才俊清，共沐恩波玉署深深。

道院夜酌聯句三首

月色虛窗逗客燈深，坐疑身是玉壺冰。仙源幾曲塵蹤隔孟春，雲路千重浩氣凌。小鶴立庭渾似約繼孟，清風入座鎮相仍。何當漏下催歸騎恩，離合其如重友朋縉。

深深簾幕晚風清縉，滿座衣冠四海情。宫漏隔花仙掌近深，月華如水帝畿平。皋比有道憐張子孟春，宣室多才愛賈生。紅燭燒殘詩興遠繼孟，賞心誰復謂難并恩。

月光剛照蕊珠宫恩，對酒論文興正濃。楚水昨憐何遜至縉，吴宗遠愧陸機同。天連鄉國俱爲客深，地借山家幸有公。花雨坐深雲洞閟孟春，共看彩鳳下梧桐繼孟。

與介谿聯句

長安東陌復西城深，十載并州客舍情。寄迹不妨旋馬地嵩，歸心如負狎鷗盟。遥山晴送城頭色深，好鳥時聞禁裏聲。金馬由來方朔隱嵩，日長門巷似冰清深。

緑雨樓賞月聯句二首

淡雲疏雨弄清光艾，尊酒南樓共晚涼。燈影照窗人語静嵩，烏飛遶樹漏聲長。陰晴誰謂關離合元，圓闕情知是抑揚。此夜萬金難買得深，歸程休促馬蹄忙艾。緑雨樓前月色明承仁，雨餘良夜似秋清。市喧不到人初定深，鄰火新分漏有聲。翠蔭滿庭鶩霧下承仁，黄花一樹隱蟬鳴。誰家喬木今傳我深，莫遣三槐獨擅名承仁。

願豐堂後隙地疊石作小山與張碧溪聯句

旋分泉石作溪山深，圓嶠方壺在此間。一柱擎天高卓立鈇，四時含雨細潺湲。常疑虎豹穿群去深，更覺猿猱費力扳。斜彈却如垂舞袖鈇，娉婷復似綰雲鬟。幽懷乍對簾頻捲深，佳興堪乘屐未還。安石東山非久計鈇，子綦南郭偶偷閒。敢言夙有山林骨深，自分久違鵷鷺班。人事化工相勝負鈇，酒尊詩卷日躋攀深。

集句二首

舟中集杜句寄顧九和諭德二首

愛汝玉山草堂静，更有澄江消客愁。竹葉於人既無分，微軀此外復何求。穿花蛺蝶深深見，長夏江村事事幽。安得仙人九節杖，獨立縹緲之飛樓。

爾家最近魁三象，童穉情親四十年。避地何時免愁苦，斷腸分手各風煙。謝安不倦登臨費，蘇晉長齋繡佛前。李杜齊名真忝竊，封書寄與淚潺湲。

再集一首寄徐子容侍讀

更爲後會知何地，想見歸懷尚百憂。念我能書數字至，似君須向古人求。三年奔走空皮骨，萬里風煙接素秋。寂寞江天雲霧裏，鵜鴣飛急到沙頭。

儼山文集卷十九

詩雜體十五首

和昌穀蓉菊圖五七言

誰傳徐熙趙昌手，寫此秋一幅。黄花得意香，芙蓉映江緑。誰云摇落將滿林，豔陽紅紫錦成村。但令顔色不薄惡，春雨秋風總是恩。

題曲江春杏圖五七言

北地春偏早，長安二月中。杏花凡幾樹，金水玉河東。緑羅衣袂寒猶重，九陌香多漾軟紅。何用内園催羯豉，一枝驚破喝聲雄。

病起清河阻風因删次俚語五七言

十日灘頭坐，一日過九灘。去者得順風，來者生怨歎。人心險不測，對面九疑山。一言悟主三冬熱，半句傷人六月寒。

芳樹篇求友也三四五六七言

瞻芳樹，渺何許。本在海濱，發育時雨。秋風不可期，流光日夜馳。歎息復歎息，爲樂當及時。若有美人江湄，贈我瑶草一束。臨流不度徘徊，遥望紅顔如玉。人生聚散那有常，白日苦短夜何長。明月可以代秉燭，清風可以薦素觴。丈夫四海皆兄弟，何況對面同肝腸。咄嗟胡爲乎東復西，君不見青松女蘿自相依。

後篇

登泰山，望滄海。俯視九州，一何慷慨。仙人王子喬，飄然遇雲端。手把十尺芙蓉，灝氣六月生寒。嗟彼下土何啁啾，昨日緑髮今白頭。胡不服食求大道，永與元氣相爲仇。海風蕭蕭吹海雨，海若揚旗，靈鼉擊鼓。仙人一去，冉冉兮不可攀，遺我一粒之金丹。

雜言贈别李獻吉三四五六七言

爾丈夫，志四海。出門驅車，半路莫改。長歌雖激烈，短歌亦徘徊。登高南望舊鄉，山川一何纍纍。别日苦短會日長，兩心對面不能當。古來結交惟管鮑，去之千載，尚覺流芳香。我有瓊樹枝，能令饑渴忘。

南樓對鏡見白髮長短句

得一日，過一日，鬢邊白髮參參出。有個知音教我染，有個知音教我摘。摘染有何益？世間多少少年郎，要白不得白。

風木圖爲長沙施可大題長短句

母生兒，兒啼饑。母乳兒，兒未知。兒今有知母何之，悲號形影覓不得，却寫風木憑嶮巇。畫圖意有盡，孝子心無涯。時復一轉輾，聊以慰所思。山頭風微日抱珥，栖烏無聲待哺子。落葉深深井逕埋，萱花魂銷招不起。高臺鸞去秋復春，寒食新煙蝶飛紙。孝子引領情内傷，辛勤只望揚姓氏。鄉書甲榜次第來，提攜此圖悲不止。生綃半是血淚痕，不是丹青點山水。

難言長短句

清流注燈望照耀，鉛刀裁玉成圭璋。捧土欲塞黄河決，隻手障盡日月光。未若不相知，對面隔絶萬里長。

易言長短句

狂風驚葉柔條落，順流一葦建瓴下。束薪灌脂益火揚，彈指決機助矢舍。未若同心人，片言相要即盟社。

李白對月圖長短句

老白愛月不愛身，酒闌捉月秋江濱。平生見月即舉醆，自道對影成三人。采石深不測，青天高無垠。騎鯨一去忽千載，月與老白俱精神。

鸚鵡洲長短句

鸚鵡洲邊水，東南日夜流。空傳《鸚鵡賦》，千載使人愁。榮枯生死遭逢耳，不在多言在知己。汝衡既漫刺，安用鞴阿祖。老瞞志在傾漢室，一時輔佐皆名士。公爾繇，卿爾歆，富貴壽考俱絶倫。豈但作人語，區區耀毛羽。君不見庖中雁，不能鳴，亦能死。

行路難長短句

行路難，江南道，何況十八灘。江南何所難，我試言。請君聽之，勿復驚歎。東南風吹船舻信，五湖白浪排銀山。欲度不能前，欲住不遑安。有力不得出，帆檣空好看。船中轆轤轉，船尾撥刺翻。淺虞豺虎多，深恐蛟螭蟠。昏黄復月黑，四顧何漫漫。乘風巨艦快如馬，相呼相喚不可攀。茫茫家何處，萬里在寸端。我言尚未竟，君淚揮潺湲。嗚呼，行路之難只如此，仕路之難難未已。

夢椿爲冒廷和長短句

落葉不可復，離離滿前除。云是漆園樹，嚴霜化枯株。孝子安忍問何如，空堂清夜雙淚珠。雙淚珠，迸如霰。靈椿枝，夢中見。

春日書事用十二生肖體

磔鼠真慚獄吏詞，飯牛甘結主人知。已無虎頭食肉相，聊從兔穎策勳遲。春風欲動神龍蟄，酒影藏蛇不復疑。失馬有時還是福，亡羊自古笑多岐。沐猴竟誤韓生辨，函谷聞雞事頗危。莫爲侯封歎烹狗，牧猪奴戲儘堪爲。

儼山文集卷二十

樂府一 四十一首

豫章臺 送程太守時昭

豫章臺，使君來，銅符五馬春風回。春風先傍誰門户，破屋蕭蕭四邊土。吹開陰沍見陽和，散盡呻吟到歌舞。洪都風土古不薄，唐宋雄藩漢名落。南州猶存徐孺祠，西山遥映滕王閣。豫章臺前秋日晴，豫章臺下秋水清。年年歲歲送人去，送君今去獨含情。

潼關會

曹操與韓遂、馬超會語潼關。超負其多力，陰欲突前捉曹公。曹公左右將許褚瞋目眄之，超乃不敢動。

單馬潼關會，阿瞞來送虜。不恨事無成，但恨事不武。馬將軍，人中虎。力能捉曹公，眼當空許褚。英雄成敗常有幸，舞陽殺人十四五。

舍東桑

昭烈少孤，舍東南角籬上有桑樹生，高五丈餘，遥望見童童如小車蓋，或謂當出貴人。昭烈兒時於樹下戲言：『吾必當乘此羽葆車。』

東籬桑樹五丈餘，童童結成羽葆車。下有大耳奇男兒，耳大志亦大，擊劍走馬聊讀書。左龍右鳳西南飛，來銜桑土補舊居。采桑桑有葉，鑽桑桑有火。桑葉成文章，桑火不照中原土。

昌門别

孫策命太史慈往撫劉繇士衆於豫章，左右皆曰：『慈必北去。』慈去約六十日，果還。

把臂昌門别，還期兩月中。不負孔北海，寧負孫江東。英雄託身非無地，但恨相逢少知己。臣念檻車恩，君忘射鉤恥。滿篋當歸空復爾。

望夫石車盤驛題

望夫處，近青天。天高高，山連連。妾身化爲石，夫歸是何年。夫不歸，妾誰憐。夫歸，石能前。夫有父與母，高堂意雙懸。妾不能前，誰炊爨煙。

右石在鉛山車盤嶺之最高處，僅以形似名。傳稱此石處處有之，自唐人『山頭風雨』之句，而騷壇遂爲一大題目，藻製甚富。予少亦有擬作，今過其地，爲補古樂府一篇。要止於義理焉，以示同行姚時望。土人告予，謂此石頗著靈異。每遷謫之人過其下，必多風雨，不亦有雲霧羃其頂。若夫賢人君子與顯達者之往來，雖陰晦，必爲之開霽，恒視以爲占驗。予是晚宿驛亭，適有微雨飄灑。明晨就道，行經其下，碧天如洗，紫翠萬狀，一望可數百里也。予視時望，爲之一笑。

楊白花擬賦

楊白花，隨風起，春風吹江隔江水。楊花飛度江水東，綺房繡闥珠簾櫳。不恨花無主，但恨花無力，一夜風來留不得。

堂山高

堂山高，風木何蕭騷。中有壯士骨，英英不能銷。昔日陳太丘，於今見其曹。天台六邑地，淳風轉漓澆。墓門多遺淚，過客思奠椒。越山南趨，勢如萬蛟。左蟠右結，匯爲土膏。煌煌靈芝秀其苗，千古萬古堂山高。

莫老虎

王師平僞吴，其將莫天祐，號老虎者，尚團土城以拒，命錫山儒士縋城説降。今其故墟名新安云。

平江夜縛張九四，吴波不動吴山膩。齊雲樓前半死灰，殺氣陰陰北門至。當年部將號老虎，血戰區區一抔土〔一〕。計誠左，心獨苦。城頭夜納儒士語，可憐黄金買辭賦。礮震聲中散如雨，姑蘇臺麋鹿麌麌。

【校記】

〔一〕抔：原作『杯』，據四庫全書本改。

畏虎

招友也。時政虐虎暴。

君畏浦，我畏虎，兩情慊慊各不武。浦有舟航，虎不可主。叢牙雪白舌有火，利爪中人如捋土。東村西落豚犬空，山前老嫠淚如雨。浦頭潮落水不波，浦兒五歲能摇櫓。白蘋芳芷鴻雁高，樓船横濟鳴簫鼓。我歌君莫嗔，君還聽我語。未聞虎渡河，但見君渡浦。

見竹篇

慰孝子也。孝子見物而思親。

昔見竹，真不俗。今見竹，今痛哭。竹色自來無改移，昔日何樂今何悲。森森遶屋秋更緑，盡是先人手栽玉。竹未化，人當還，舉頭見竹猶承懽。直節空九霄，清風尚千古。徘徊竹間路，照影月當午。好奇有客頻到門，何況人間父子恩。君不見孟生筍，湘娥痕。

摶狼篇

狼來村煙黑，狼去村煙紫。迢迢青川路，雞豚豈堪此。雞豚尚可，殺我稚子。使者從東來，耰鋤借閭里。走馬競風雹，脱轡及日晷。常年四境愁，此夕一擊死。姬公驅猛，志在安民。留侯揮椎，匪爲一身。河清海晏，物阜風淳。歌我摶狼，以告臣鄰。

野葛篇

野葛不入口，生噉一尺長。一尺長，何如一寸良。我不毒人，人誰毒我。毒我我有命，毒人其又可。於乎唉葛郎，空使葛掛腸，圖身不死心則亡。

東石篇爲談舜耕

東有石，一段雲，卧起虧蔽如舞裙。苔痕蘚暈土花繡，中有玉質黄金紋。東海更東下，龍氣何氤氲。空聞叩牛角，旋見叱羊群。高山深林天地隔，蓬壺方丈仙凡分。明堂韶磬不作貢，清廟柱礎殊無聞。嗟爾東石徒紛紛，我欲攜之障百川，策奇勳。不能煉成五色文，補天妙手古所云。補天手，東石君。

新釘篇

有新取進士者，不欲名。其健僕譁于國子先生之門，曰『汝舊釘也，我新釘也。新釘使得應，舊釘使不應』云云。予聞之，爲賦《新釘篇》。

曾聞新人不如故，今見舊釘不如新。沙沈苔卧土花澀，鑽刺無功愁殺人。嗟爾釘，同一鐵。先穎脱，遂鳩拙。不見赤日中，炙手或可熱。天道每如此，人事安足説。噫嚱嘘，少婦利口，可以出走。彊奴制家，閉目摇手。國乏老成，典刑誰守。歲寒之姿，松柏是有。願汝且弗嗔，勸汝一杯酒。可憐舊釘曾爲新，那愁新釘不爲舊。

元日詩丁卯歲

太陽蝕，太白赤，三辰多失職。願我皇帝建極，群寮旰食。上天孔神，下監無忒，先民有言攸好德。微臣作詩，以戒元日。

守歲詞

垂垂絳蠟銀檠滿，烏薪盤獸金鑪煖。宫井迢迢玉漏聲，參移斗轉欲三更。小臣賤妾團圞守，皇帝陛下增萬壽。

閔雨詞

炎空一碧金烏走，白龍蟠泥黑沈藪。農人望雨如望珠，一點一顆勝一斗。清晨染土按五方，黄冠烹蛇巫酹酒。天門九重空爾爲，五月作尾六月首。君不見隨車雨，賢太守。

雨雪曲

雨雪天山夜，征夫閱壯丁。將軍猶轉戰，屬國盡來庭。試比臨關月，還同隕石星。借問寄衣使，何時過五陵。

妾薄命

百年未畢願，中道有攜心。團扇秋風早，長門晝漏深。行雲頻入夢，流水罷彈琴。所嗟妾薄命，未效《白頭吟》。

行路難

勸子一杯酒，聽歌行路難。日落豺狼滿，山深風雨寒。出關雞作使，度嶺鳥同盤。兵後人家少，蓐食帶冰湌。

望夫石

望夫何日歸，空閨鎖夕暉。石從心内化，人到眼中稀。海月上妝鏡，山荔長春衣。巫山雲雨夢，空伴楚王飛。

唐夫人五解

夫人，都庫部穆祖姑也。

生長吴門下，恩情結髮初。猶疑是生别，無處覓雙魚。

二

遺孤悲六尺，今才三尺餘。黄昏燈火裏，聯坐教詩書。

三

雜珮當年贈，時時問起居。隔窗聞侍婢，相送下前除。

四

細草催寒食，孤墳對闔廬。年年城下路，雙鬢已蕭疏。

五

論心茶更苦，全歸玉不如。鬱蔥佳氣裏，椒桂欲將予。

龍鳳洲 四解

朱節婦氏胡，今河南按察副使尚節概之大母，故豐城杭橋朱公富之配也。節婦不夭時才二十有八，逮其全歸，年六十有七矣。應令格當旌門，然非節婦志。有贊之鬻田以賄者，節婦厲聲拒之，曰：『吾豈以苞苴易名節也？』鬻田不可，故至今乏表揚之者，又若干年矣。深蚤歲與尚節並遊南雍，高節婦之風誼舊矣。昨叅江藩守南昌，有風化之寄焉，方圖事事，而遷部去矣。往來章江之上，陟覽劍閣，沿洄龍鳳間，未嘗不三垂涕焉。爲賦《龍鳳洲》詞，以寄尚節，使刻諸墓門。

章江南來龍鳳洲，如鳳飛舞如龍游。鍾毓士女皆名流，中有朱胡成好仇。
胡家女嫁朱家婦，復向朱家作賢母。婦貞母慈兩無負，冰玉飛聲荼茹口。
旌門亦是聖朝恩，孤遠何由達至尊。錢可通神勿復言，留田教子還教孫。
嗟予亦是觀風使，藜閣木天聞史事。詩成或有蛟龍淚，風雨江頭寒食至。

楊白花擬賦

江上風多楊白花，隨風飛去落誰家。惜花戀花渾無賴，攪亂春風空自嗟。

陽春曲十首寄縣侯徐德新

輕雲微雨淨風沙，門掩春寒颭碧紗。縹緲鳳簫催羯鼓，前村實有預開花。

春風欲動碧波平，妙手行春遍海城。九十光陰盡韶麗，兩輪日月最分明。

街衢巷陌人如蟻，簫鼓絃歌晝似年。着意挽回和氣早，地偏東海得春先。

走閣行樓錦繡空，簇花條柳水雲東。萬家古縣笙歌裏，十里遊人笑語中。

山歌水調唱豐年，漁鼓荷衣舞列仙。紅抹額騎殨料馬，錦襜褕簇采蓮船。

陽和元屬種桃人，禮樂從頭取次新。滿路清平歌調起，今年春勝百年春。

五風十雨卜時年，萬户千門列綺筵。不捲朱簾樓閣裏，堆盤生菜酒如泉。

繁絲咽管九霄聲，面具腰裝百態生。請看一年春富貴，儘拚歌舞答昇平。

綵幡花勝參差動，竹馬泥牛次第排。要看芒神新結束，短裙高履踏翻街。

市井門攤盡點名，當行本色總教呈。架上大書沽酒價，檐頭先試賣花聲。

儼山文集卷二十一

樂府二二十八首

聖駕臨雍詞八首

太平天子重斯文，龍氣南來五色雲。遥望雲中雙鳳下，須臾春在辟雍芹。
南下旌旗曉日明，廟門東畔百官迎。亭亭繡蓋隨風轉，萬乘君王却輦行。
松柏陰陰御幄高，尚衣跪進絳紗袍。龍行虎步臨黄道，瑞氣祥雲捧節旄。
聖道中天日月高，不辭再拜聖躬勞。侍臣獨有詞林重，盡許庭陪冠百寮。
庭覆紅雲午日晴，藍袍次第列諸生。六龍不在煙霄外，馳道中間板輴行。
寶座龍紋遶赭黄，經筵相向列前堂。《尚書》講罷天顔喜，又進西階《大易》章。
公孤殊寵出千官，偏得君王座上看。階下太官承旨罷，一杯分賜小龍團。
覆堦黄土接長安，白馬朱纓金縷鞍。輦出橋門直西去，滿城士女看回鑾。

經筵詞二十首

經筵開自祖宗朝，按月逢旬第二朝。今上春秋偏好學，三千年後見神堯。

國初，經筵無定日。至英廟初朝，始著爲儀。今用每月初二、十二、二十二日。寒暑及有故，奉旨暫免。多以春二月、秋八月舉行。今歲實以七月二十二日，上之勤學也。

編排御覽效精誠，白本高頭手寫成。句讀分明圈點罷，隔宵豫進講官名。

凡進講，先從内閣點題票示，講官分撰講章，送閣下詳定，敕房官用高頭白手本寫成二通。講官預進東閣，用象管朱印成句讀科發，隔日進呈。其一在御案展覽，其一在講案供講。

絲鞭聲肅退朝官，名在經筵各整冠。一字班行先出隊，中臣扶輦下金鑾。

凡經筵，例用勳臣一人知經筵事，内閣或知或同知經筵事。九卿之長及學士、祭酒等官侍班。翰林、兩坊及國子祭酒，每二員爲講官。詹事府詹事等官、各部侍郎，出由翰林者，仍爲講官。翰林、春坊，每二員爲展書官。給事中、御史各二員侍儀。鴻臚寺、錦衣衛堂上官各一員供事鳴贊，一員贊禮序班，四員舉案。侯伯一人領將軍入直。制敕房官書寫講章，通謂之經筵官，皆得入銜。每當鳴鞭退朝，上將赴經筵，則各從本班略整衣冠，以次先出，分隊作一字行，隨駕而南。

金水河頭白玉橋，上公寶帶侍中貂。逡巡小立瞻龍氣，左順門高御幄飄。

駕過金水中橋，迤邐轉東。各官俱候橋北，南面小立，望駕升至左順中門進入，然後度橋循行。每望見御幄迎風映日，或時見小傘蓋擎蔽朝陽。

文華東啓奉天東，滴翠浮青映碧空。講藝談經頻設仗，太平天子坐當中。

文華殿，在今奉天門之東，比諸殿制稍減，而特精雅，用綠色琉璃瓦，左右爲兩春坊，上之便殿，所常御者也。今用爲經筵之所。中設御座，龍屏南向，又設御案於御座之東稍南，設講案於御案之南稍東。入殿中門，當檻下白石一方，純潔可丈許。擡講案官置案，當其北二三尺地，始稱講官拜起也。

百官朝下殿門前，仗馬雙牽七寶鞭。黄道正中移步輦，侍臣班從赴經筵。

上御奉天門，朝罷，百官皆北面拱立。中使齊牽仗馬過東。上興下御座，乘板轎〔一〕，由丹陛南下，赴文華。經筵官、執事官皆從。

龍池鳳掖藹朝暾，板轎初回轉角門。聽唱官人來進入，講章默默又重温。

各執事官於左順門之南門西，以次相向序立定，時上已御文華，闔中門。各官東行下坡，則板轎已回。出向西，循河過小橋北，入角門矣。適啓文華中門，内侍唱『官人每進來』，外門傳唱畢，各官始北行，將由兩門以入。是時，輪講官各默誦所講之章，敬慎之至也。
殿陛森排劍戟重，金貂玉蟒護真龍。司儀起案雙雙過，御榻前頭取次供。
今駙馬都尉游泰帶刀入直，立東近壁。諸將軍以次侍立，各執金爪。西亦如之。諸內侍稍北，東西分雁翅以次，亦執爪侍立。諸司禮太監分東西班，近御案。鴻臚贊曰『起案』，序班二員舉御案置御前，二員舉講案置御案之南正中。講案衣裙用純黄綺。
横經几子赭羅裙，小對團龍簇繡雲。擡向御前安穩定，黄金鎮紙兩邊分。
御案面衣青緑團花錦，圍裙赭黄金龍小團花。序班舉案將至御前，司禮二太監自東西來，接舉至御前。近座上有金尺二條，用以鎮壓講章。
第三廳協兩坊官，長跪拈書漚手攤。幸對天顔剛咫尺，禮嚴不敢舉頭看。
第三廳，史官廳也，又曰槐廳，即今翰林院正廳之西偏，史官所居是也。兩坊，左右春坊也。展書官悉從内閣題定，兼用坊院。近時多以修撰、編修、檢討爲之。今廖中允道南、張贊善治，仍供展書，新遷故也。每講四書，展書官從東班出。每講經史，展書官從西班出。進詣御案前跪，出手展講章。二太監接手攤滿，以金尺鎮定，然後起。至此則天顔真咫尺矣。屏息以從事，蓋人臣榮近之極，而敬慎亦於此極矣。漚手，香名，太醫院每歲製此香，以分餽各官。

行出班東面照西，臚聲高颺叩頭齊。參差進講並平肩立，輪着《周書》《孟子》題。

鴻臚贊進講畢，講官一員從東班出，一員從西班出，俱詣講案前稍南，北向並立。鴻臚贊鞠躬扣頭畢，展書官進詣展書畢，起立，則東講官一員，進至講案前，立奏講某書畢，稍退，展書官復詣展書畢，則西講官一員，進至講案前，立奏講某經史畢，稍退，仍並立。鴻臚贊鞠躬叩頭禮畢。故進講每至參差，而拜起必用比並。故事，先四書而後經史，四書東而經史西也。

兩行冠珮列金緋，供奉諸臣盡繡衣。步入殿門同磬折，諫官端拱靠南扉。

經筵官分東西侍立，各以職事服大紅袍。講官雖品級不齊，亦能服之。展書而下官，各服青綠錦繡。惟給事中、御史與兩侍儀官，傍南楹作一行，東西各三人，俱北面立，備觀察也。

師保公孤儘上行，元勳立近衮龍傍。紅雲不動爐煙細，聽講《虞書》第幾章。

時武定侯郭勛以太保知經筵事，立東班首，西班則内閣一人首立，最近御座。餘序次立，再立一行居後。

金鶴飄香瑞靄濃，寶鑪籠火擁蟠龍。未曾蹔免經傳旨，不怕嚴寒報仲冬。

殿中金鶴一雙，東西相向立盤中，下有趺架，飾以金朱，以口銜香。香黑色，如細燭狀，外國所貢也。其下則以三山小銅屏風障金銅炭鑪，兩展書官各立其下，每冬則設。是歲十月置閏節，届仲冬，尚未傳免。上之好學，可謂無間寒暑，真聖德也。

緑琉璃殿洞重門，黼扆中陳擁至尊。傳與太官供酒飯，兩班文武盡承恩。

鴻臚出班中跪贊禮畢，兩班官俱轉身，北向拱伺玉音。官人每喫酒飯，各皆跪承旨。

白玉闌干與案齊，一行殽核盡朝西。珍羞良醖俱名品，指點開囊囑小奚。

光禄寺設宴于左順門之北，蓋奉天門之東廡也。依品級序坐作一行，俱面西。珍羞良醖，二署名賜宴，惟經筵最精腆。例得帶從官、堂吏及家僮輩，攜囊榼以收餕餘。

姿容霑醉總仙桃，黄閣三公共六曹。步出順門俱北面，瞻天拜舞不知勞。

宴畢出至順門之南，分班北向，叩頭謝恩而退。

隔宿薰衣問夜闌，齋心轉覺副心難。不知言語功多少，到得君身保治安。

凡進講，衣冠帶履俱薰香，退即以别篋貯之，示不敢褻也。必齋戒，必沐浴，演習講章，以祈感動。一念之誠，殆未易以言語盡也。

齋辰服次聖躬勞，淺淡垂衣寶座高。昨日御批傳帖下，龍紋重整赭黄袍。

上好學彌篤，每當忌服輟朝之日，即以變服御經筵。諸執事官俱烏紗淡服以從，惟帶或用角，或照品臨期取旨。今閏月廿又一日，悼靈皇后發引，傳帖經筵官照舊服大紅，其餘青緑錦繡，皆如制。是日始覩上赭袍矣。

朱衣司禮下東班，風細傳言縹緲間。暫倚木天西面望，聖皇親饗兩宮還。

是日將下奉天門，忽司禮一人下東班向内閣，若有宣示者，始知上將西朝兩宮矣。各執事官俱暫入史館候駕，東還行禮。

【校記】

〔一〕 轎：原作『橋』，據四庫全書本改。

儼山文集卷二十二

樂府三一百三首

大賀詞八首乙丑

青宫潛德通元氣，先帝深仁釀太和。文武兩階初拜舞，應知寶曆萬年多。

鹵簿前陳法駕高，司晨燎火雜蘭膏。千官瞻仰新天子，五色雲中覆赭袍。

巍巍帝德足光前，寶曆中天第七傳。聽得臣民私慶語，不須明日更勞箋。

洞門法禁夜方中，燈火煌煌動鼓鐘。閣道淡陰連御幄，祥雲應解識真龍。時有淡雲曈曨斗月。

奔趨萬國歸新主，次第千行列舊臣。正值一陽初動後，時登極正子時。和風甘雨遍青春。

鴻臚聲肅漢官儀，環珮珊珊滿玉墀。黄道重開新氣象，齊歌天保答恩私。

星星寶炬列高樓，恩詔泥封在上頭。忽聽半空宣讀罷，嵩呼聲裏玉闌浮。

字字親將惠澤頒，十分湔洗到愚頑。先皇多少心中事，丹鳳銜來一紙間。

丙寅元旦待漏

參横斗轉曉相將，迢遞宫門漏水長。不見滿朝環珮響，坐彈冰淚憶先皇。

接駕

曉日曈曈劍戟森，五雲宫殿鎖深沈。侍臣候立頻回首，傳道鑾輿幸上林。

素履齋

新裁紙帳木綿衾，曲几圍屏事事幽。明月射窗殘雪霽，夜深人在水晶樓。

隋宫詞二首

螺黛朝朝吏散來，妝殘猶展鏡奩開。門前報道宫車過，不似輕塵拂面回。

金鎖黄昏知幾重，夢回疏影月簾櫳。笙歌别殿承恩寵，半露春衫蜥蜴紅。

端午詞二首

碧青艾葉倚門斜，寂寞深宮有底邪。幾度思量背同伴，暗分鹹水引羊車。
石青蜥蜴泥金虎，五色綵絲長命繩。白髮宮監催拜賜，含嬌時許未能勝。

江東竹枝詞四首

黄浦灣灣東轉頭，吴淞江下碧如油。不用并州剪刀快，水晶簾下上西樓。
二月春風滿地鋪，茅針蘆筍一齊麤。海門東來春潮上，春水連潮漫白塗。
濱口航船一字幫，櫂歌和起自成腔。潮來上南潮落北，南到湖南北到江。
明月垂楊獨樹橋，橋西熟酒好良宵。紅香細剥鶯哥嘴，嫩白鮮羹玉麪條。

步虚詞四首

晴日暖風吹紫霞，西巖開遍碧桃花。仙家只住巖西畔，水水山山遮又遮。
風露滿山深翠微，暗塵不上芰荷衣。夜來拄杖成龍去，斜倚枯藤送落暉。
芙蓉花下石闌干，茅屋空山生早寒。養得一雙朱頂鶴，有時騎向碧雲端。

谿後谿前路百盤，白雲常護禮星壇。麻姑使者傳書到，一派簫聲雙紫鸞。

鼇峰草堂歌十首

閩山南去是鼇峰，鼇峰草堂多臥龍。春隨花路八千里，天鎖煙霞十萬重。

谷口子真歸計成，少陵老人歌北征。五月南風吹海雨，碧山無數荔枝明。

御堤楊柳春日遲，折盡長條更短枝。天上初抛祠部禄，山中誰送草堂貲。

平生最愛方思道，方外更交孫太初。作吏隱居非我意，南巡新上萬言書。

早年慕道世情疏，乞得青山背郭居。不爲登樓賦王粲，文園真有病相如。

北來京國住三年，南去青山得似前。試問孤猿與孤鶴，爲誰消瘦爲誰憐。

新裁道服緑羅寒，別有烏霞製作冠。後夜相思長瑣月，酒徒詩伴滿長安。

山公啓事執當前，宣室求才誰少年。一路桃花春水漲，皂旗唯送得歸船。

群策先皇一網收，虎頭高選重龍頭。相知賴有倪寬在，與汝一時成去留。

莫倚高歌莫著書，秋風病骨夜窗虛。海門近傍鼇峰起，錦字封題候鯉魚。

元旦試筆二首和柴德美

天門次第列中官，御幄含風春尚寒。拜罷兩班文共武，相逢屈指計迎鑾。

帝德唯天仰日新，聖經書法重王春。青陽應律方東令，翠輦臨邊正北巡。

書扇

露下瑶空雁有期，高樓凝望已多時。隔江一片芙蓉樹，欲采紅芳寄所思。

寄江都舊友

平山堂外蜀岡長，十里樓臺隱夕陽。更愛緣谿茅屋好，與君相約住維揚。

節婦吟

深閨獨抱舊分銅，淚逐黄昏怨曉風。惟有五更孤枕夢，尚將膏沐到飛蓬。

閨詞四首

背人憔悴轉迴廊，試折花枝比淡妝。不忍問春深幾許，芭蕉新緑過東墻。
水閣看花怕到遲，白羅團扇手忘持。多情更向侍兒説，庭院深深稱賭碁。
晚妝重整翠花鈿，滿指蘭膏試碧泉。欲向姮娥訴恩怨，人間天上共孤眠。
薰籠百和曉妝殘，起探陰晴遶石闌。折得梅花無寄處，自憐纖指怨深寒。

又閨詞四首

庭鏁繁花晝景長，繡針刻晷記春光。行天嫌殺金烏嬾，到得黄昏怯上床。
池館殘妝坐晚凉，自將金彈打鴛鴦。打得鴛鴦各飛去，白蓮花度並頭香。
簾下風來月影過，蕭蕭梧葉下庭柯。起看鳳曆論時令，夜刻如今未當多。
嬌娥自晝曉鴉蟠，獨對梅花拄頰看。直到夜深眠不得，衾籠芸火鬭嚴寒。

縣齋春宴

蓬萊方丈像三山，舞象馴獅效百蠻。人自東郊向南郭，春從天上到人間。

清河東渡

乳鴨苗魚促刺稠，紫茸翠帶弄輕柔。渡船人語回風細，疑是江南小埠頭。

王兵憲于澤以二力士送予遣還二首

雕弓羽箭爛銀盤，白馬朱纓錯繡鞍。踏雪護行三百里，一行騎射萬人看。
紅袍白面好兒郎，燕趙豪華獨擅場。贈汝長纓三百尺，樓蘭西去縛名王。

臨城道中

寒雅成陣掠疏林，晴雪峰頭弄夕陰。憶向小窗茶竈下，李成一幅論千金。

逢方仲敏侍御二首

花驄高載璽書行，憶在華亭政有聲。塵土相逢渾不識，聊從陌上各通名。
依依把袂逐多情，爲問何時下玉京。報道聖躬添萬壽，南郊大禮慶初成。

沛縣二首

人言捧土塞黄河，丞相開河怨亦多。曉日卧龍岡上望，白沙如練湧層波。

山東列郡盡王臣，漢室公卿俱負薪。侍臣欲獻河清頌，天運中興屬聖人。

南旺湖

南旺湖中水接天，南旺湖上多漁船。榔聲刮地風聲急，赤鯉烏魚不論錢。

邃庵挽歌二首

出當紫塞入黄扉，重去重來復蹔歸。今日竟從何處去，長江空遶萬山圍。

金書鐵券是何時，空復人傳翰墨師。唯有銘旌題道號，更無一字上豐碑。

扈蹕詞三十二首

保定候駕四首

翼善衝天白玉絛，團龍鞶繡赭黄袍。山陵南去三千里，紫氣紅塵一騎高。

乘鸞跨鳳貫魚隨，日射行宫近午時。密密柱頭黄幄豎，重重軒蓋繡簾垂。

師保公侯列署分，敕書先下兩將軍。清塵雨歇祥風動，抱日常瞻五色雲。

畫衣楚楚間青黄，僉點民間俊秀郎。未到御前先教習，遞分班次列成行。

吕堰道中

四際天垂夜氣凝，平坡十里萬枝燈。風迴遠戍三更漏，問訊行宫膳未曾。

博望道中

天際紅雲捧節旄，襄陽大堤三丈高。宿雨平添漢江水，軍門傳向裕州朝。

奉旨三品乘轎

車行歷碌騎行徐，早晚誰來問起居。聖旨分明優老大，特教三品用肩輿。

南陽

金字黄旗隊隊過，雲霓偏傍六龍多。星聯火炬南陽道，不到黄昏渡白河。

鄭州道中二首

宿雨豐泥燕子飛，客心迢遞送春歸。江河嵩少俱從幸，麥浪翻空柿葉肥。

節物驚心去日多，功名無奈白頭何。中興天子思豐沛，一月官程兩渡河。

候駕渡河二首

豹旛雉尾午風和，萬乘時巡南渡河。千尺樓船龍出峽，櫂聲齊和太平歌。

三月一日春水波，縠紋苔滑送黄河。六龍自有風雲翼，飛度中流一睫過。

駕渡河二首

積雨新晴河水平，龍舟鳳舸午風輕。周王八駿空馳騄，大禹三門正告成。

水闊風恬曉露濃，半空雲氣盡成龍。萬方無事君王聖，河伯陽侯次第從。

恭和聖製渡河餘字二首

渺渺長河萬里餘，昔年清澈見游魚。太平天子南巡日，穩渡龍舟似板輿。

天皇樓船百尺餘，波神送喜湧蜚魚。省方問俗勤王政，白叟黄童捧帝輿。

曉過御茶房

扎下行厨按四方，嫩黄幃幕小金床。太陽出海高三丈，照見流蘇五色光。

保安道中大風

漢王豐沛壯心多，今上襄樊特地過。花柳盡迎紅日近，山雲重起《大風歌》。

博望道中小雨

驛路風塵去轉輕，楚天雲雨近清明。碧油衫袂三分濕，金縷旌旗一半晴。

從幸顯陵三首

春深南國半陰晴，輦路無塵御蓋輕。旋著賜袍忙上馬，中官傳道駕先行。

板轎樓輿渡碧山，澗花巖樹影龍顔。雲中別有通陵路，趲過前驅插大班。

純德山前氣脉長，太平天子盛還鄉。從官文武拖犀玉，靠著青松列兩行。

駕還

朝門南上紫坡陀，燈火叢中玉輦過。内侍雙吹金篳篥，教坊齊唱御鑾歌。

迴鑾歌四首

雨餘江漢長波瀾，日照山峰起鳳鸞。九鼎已成勞駐蹕，萬方歡喜頌回鑾。

謁廟辭陵不盡情，從官有旨許先行。獻皇開國分南楚，成祖遷都奠北京。

御筆分程意最深，相兼七日到河陰。凡情亦有思鄉急，何況君王社稷心。

舊路重經不厭多，龍舟銜尾俟黄河。天心却與人心合，若比來時氣更和。

泊黄河二首

元帥旌旗護六飛，河南河北盡光輝。追趨侍從聯舟發，歡喜都人大駕歸。

兼程通夕雨還風，却望行宫信未通。文武先行遵詔旨，好浮新霽鏡光中。

趙州聞柏鄉駐蹕

迴鑾分日第郵程，御輦常兼四站行。聖旨特憐人馬乏，柏鄉駐蹕道欒城。

良鄉行宫候駕

青山疊疊遶行宫，萬騎千官四面風。綵繡趨蹌燈影下，旂常摇曳月明中。

發良鄉

紅日西飛白馬東，錦袍織帶從官同。親知相見如相問，日有新詩紀聖功。

桂洲夜宴出青州山查薦茗色味佳絶

巖背山椒一萬株，青州糖毬天下無。火龍行雨歸東海，抛却紅明頷下珠。

張家灣櫂歌四首

當年海運數朱張，灣泊帆檣正渺茫。幫着櫂船愁水澀，隔艙相唤剥南糧。
轉灣脱塹水生衣，惆悵輕船載月歸。約略寄居三百石，盡拈香紙禮天妃。
百年漕運最稱能，今歲河洪見未曾。司馬中丞新領敕，聖神天子坐中興。
張灣水出北山頭，十里洪身九里洲。惟有老漁知進退，深灘撒網淺灘拏。

天津櫂歌六首

擘除軍餉顧長夫，北上南來愁直沽。十隻畫船如屋大，火忙飛票報前途。
垂楊覆水晚湖平，篛笠蓑衣一櫂輕。何處官船初解纜，抄關給廩唱花名。
滿船簫鼓載春歸，燕子銜泥掠岸飛。楊柳風多黄鳥健，桃花水漲白魚肥。
拍拍襟懷潑潑身，南來北去盡通津。何如平地千層浪，無影無形愁殺人。

船頭青雀碧紗幃，檣上黄旗獵獵飛。中貴少年紆蟒玉，南京差遣進龍衣。

一溝黑馬百泉東，萬里黄河五月終。南運未離淮海岸，北船難上吕梁洪。

送鶴池出鎮貴陽擬鐃歌二首

將軍開閫向西南，文淵孔明今成三。草緑轅門春晝永，磊落兵談如手談。

漢武開邊到渥洼，張騫奉使上星槎。何如將軍今日去，蹀躞龍駒爛五花。

儼山文集卷二十三

樂章六十二首

恭擬太祖高皇帝孝慈高皇后上册樂章迎神

惟皇高祖，英靈在天。神功大化，裕後光前。寢廟儼若，音容僾然。竭我孝思，以格于重玄。雲車龍馭，髣髴盤旋。與乾元同運，何萬斯年。肅以跂予，若有見焉。永佑予小子，對越虔虔。

初獻

俎豆既陳，酒醴維清。既戒既慄，明德允升。孝孫始奠，庶展精誠。鴻稱徽號，聽于無聲。昭假可冀，綏我思成。

亞獻

載酌載獻，惟聖顧歆。庭陳萬舞，樂備八音。端冕有恪，以表予一心。靈風習習，祇拜欽欽。大禮斯舉，有壬有林。

終獻

神降伊邇，終秩有嚴。三爵既右，百禮具瞻。惠我多福，以讓以謙。罔極難報，感懼載兼。洋洋皇祖，如見兮厭厭。

徹饌

奠獻既備，敬徹不遲。亦有餘休，默鑒在兹。肅雍顯相，益秉孝思。我祖我妣，惠我恩慈。仰德無替，終事有儀。

還宫

祀事孔明，神休滋錫。孝孫有慶，法宫云適。心虔體和，禮嚴境寂。景雲祥風，荏苒翬翟。撫此瑶圖，永膺寶曆。於萬斯年，過廟必惕。

戊戌秋明堂禮成慶成宴樂章七首

萬歲樂

風調雨順秋光好，啓明堂，吾皇有道。尊親饗，帝多仁孝。際昌期，成大報。

朝天子

宫懸繡簾，黼座黄金殿。雕龍彩鳳簇瓊筵，湛露初霑宴。堯舜重逢，唐虞再見。五雲天，御鑪煙，遥瞻聖顔。雉尾開宫扇。

水龍吟

五色祥雲擁六龍，開禁殿，列臣工。主恩皇澤，禮樂象成功。文華物采，極天風動，萬國來朝貢。

一奏開明堂之曲

大禮候昌朝，崇孝敬，正宗祧。鈞天聲裏韻簫韶，金殿凌雲切紫霄。聖君萬壽，臣節百僚。願上華封謡，仰祝唐堯。

四邊静

國祚萬年，禮樂重光一統天。玳瑁筵，麒麟殿。瑞靄祥煙，聖主開恩燕。

鳳鸞吟

時文聖，明運中興，道太清。業敷天功，扶世治，化昇平。和神人，靖邊境。敍彝倫，協咸英。一德秉精誠，璇衡齊七政。享明堂，大典斯成。奠玉帛，潔粢盛。妥神靈，兆休應。報深恩，罔極難名。

萬歲樂

鵷聯鷺序臣拜舞，荷醲恩，躬逢聖主。配天勳業高千古，同聲祝，文共武。

戊戌冬至南郊禮成慶成宴樂章四十九首

萬歲樂

五百昌期嘉慶會，啓聖皇龍飛天位。九州四海重華日，大明朝萬萬世。

朝天子

滿前瑞煙，香繞蓬萊殿。風回韶律鼓淵淵，列陛旌旗絢。日至朱躔，陽生赤甸。氣融和，徹上玄，歷年萬千。長慶天宫宴。

水龍吟

寶殿金鑪瑞靄浮，陳玉案，列珍羞。天花炫彩，照耀翠雲裘。鸞歌鳳舞，虞廷樂奏，萬歲君王壽。

一奏上萬壽之曲

聖主垂衣裳，興禮樂，邁虞唐。簫韶九成儀鳳凰，日月中天照八荒。民安物阜，時和歲康。上奉萬年觴，胤祚無疆。

四邊静

天啓嘉祥，聖主中興正紀綱。頌洋洋，功蕩蕩。國運隆昌，萬載皇圖壯。

鳳鸞吟

維皇上，天佑聖明，景命宣。五雲輝，三台潤，七緯光懸。協氣生，嘉祥見，正萬民，用群賢。垂衮御經筵，宵衣勤政殿。禮圜丘，大祀精虔。明水潔，蒼璧圓。秉周文，承殷薦。眷皇家，億萬年。

二奏仰天恩之曲

皇穹啓，聖神欽，乾運祇郊禋。一陽初動靄先春，萬福來同仰至仁。祥開日月，瑞見星辰。禮樂協神人，宇宙咸新。

水龍吟

春滿雕盤獻玉桃，葭管動，日輪高。熹微霽色，遥映衮龍袍。千官舞蹈，鈞韶迭奏，曲度昇平調。

水龍吟

紫禁瓊筵煖應冬，驂八螭，乘六龍。玉巵瓊斝，黻座獻重瞳。堯天廣運，舜雲飛動，喜聽賡歌頌。

太清歌

長至日，開黄道。喜乾坤佳氣，陽長陰消奏鈞韶。音調鳳軫，律協鸞簫。仰龍顔，天日表，如舜如堯。金鑪煙煖御香飄，玉墀晴霽祥光繞。宫梅苑柳迎春好，燕樂蓬萊島。

上清歌

雲捧宸居，五星光映三台麗。仰日月，層霄霽。日月層霄霽。中興重見唐虞際。太和元氣自陽回，兆姓歡愉。

開天門

九重霄，日轉皇州繞。燕天家，共歌魚藻，龍鱗雉尾彩雲高。祝聖壽，慶清朝。

御鑾歌

雅奏樂昇平。瞻絳闕，集瑶京。黄童白叟喜氣盈，謳歌鼓舞四海寧。金芝結秀，玉樹含英。聽康衢擊壤聲，帝力難名。

賀聖朝

華夷一統，萬國來同。獻方物，修庭貢。遠慕皇風，自南自北，自西自東。望天宫，佳氣鬱重重。四靈畢至，麟鳳龜龍。

殿前歡

瑞雲晴靄浮宫殿，一脉陽和轉。禮成交泰開周宴，鳳笙調，龍幄展。天心感格人歡忭，四海謳歌遍。

慶豐年

賴皇天，錫豐年。勤禹稼，力舜田，喜慰三農願。嘉禾秀，瑞麥鮮。賦九州，貢八埏。神倉御廩咸充滿，養民以養賢。

新水令

聖德精禋格昊穹，一大統，四夷來貢。玉帛捧，文軌同。世際昌隆，共聽輿人頌。

太平令

誕明禋，天監元后。光四表，惠澤周流。來四裔，趨前擁後。獻萬寳，克庭盈囿。稽首頓首，天高地厚。祝聖人多男福壽。

三奏感昊德之曲

昊德運光明，一陽動，萬物生。升中大報蒼璧陳，禮崇樂暢歆太清。星懸紫極，日麗璇庭。乾坤瑞氣盈，海宇安寧。

新水令

五雲深護九重城，感洪恩，一人有慶。陽初長，禮方行。帝德文明，表率家邦正。

水仙子

萬方安堵樂康寧，九域同仁荷聖明。千年撫運承天命。露垂甘，河獻清。見雙岐秀麥連莖，喜雪隨冬應。覩祥雲拂曙生，神與化並運同行。

四奏民樂生之曲

大報禮初成，象乾德，運皇誠。神州赤縣永清寧，靈雨和風樂太平。陰陽交暢，品物咸亨。元化自流行，允殖群生。

水龍吟

五色祥雲捧玉皇，開閶闔，坐明光。鈞天樂奏，冬日御筵張。文恬武熙，太平氣象，人在唐虞上。

水龍吟

玉律陽回景運新，燕鎬京，藹皇仁。光昭雲漢，一氣沸韶英。錦瑟和聲，瑶琴清韻，瞻仰天顔近。

太清歌

萬方民，樂時雍，鼓舞荷天工。雷行風動。喜今逢，南蠻北貊，東夷西戎，來朝貢。大明宫，星羅斗拱。九重天上六飛龍，五色雲間雙彩鳳。普天率土效華封，允協河清頌。

慶太平

惟天眷我聖明，禮圜丘至德精誠。乾元永清，洪膺景命。休徵應，泰階平。

千秋歲

聖主乘龍御萬邦，慶雲翔化日重光。群臣拜舞稱壽觴，載歌《天保》章。

滚繡毬

五雲車度九重，利見飛龍。耀衮章，火藻華蟲。擊虎敔，考鼉鐘，鼉鼓逢逢。八珍列，九鼎豐隆。堯眉揚彩舜重瞳，萬國咸熙四海雍。齊歌頌，聖德神功。

殿前歡

萬年禮樂中興日，大化覿重熙。河清海晏臻祥瑞，五行順，七政齊。超三邁五貞元會，既醉頌鳧鷖。

天下樂

萬靈朝拱接清都，享南郊欽天法祖。願聖人承乾納祜。中和位育，龜範馬陳圖。

醉太平

醉樂萬年規，謳歌四海熙。衣冠蹈舞九龍墀，麗正仰南離。紫雲高捧唐虞帝，垂衣天下文明治。鎬烏岐鳳呈嘉瑞，真箇是人在成周世。

五奏感皇恩之曲

雙闕五星光，霓旌樹，紫蓋張。璇臺玉曆轉新陽，鈞天廣樂諧宫商。恩深露湛，喜溢霞觴。日月焕龍章，地久天長。

六奏慶豐年之曲

聖主懋承乾，綏萬邦，屢豐年。神倉御廩登大田，明粢鬱鬯祀孔虔。輿情咸豫，協氣用宣。萬古帝圖傳，璧合珠聯。

七奏集禎應之曲

天保泰階平，寶露降，渾河清。嘉禾秀麥集休禎，遐陬絶域喜氣盈。一人有慶，百度惟貞。萬國頌咸寧，麗正重明。

八奏永皇圖之曲

鎬燕集天京，頌《魚藻》，歌《鹿鳴》。邊陲安堵萬邦寧，重譯來庭四海清。咸池日曙，昧谷雲征。帝座仰前星，豫大豐亨。

九奏樂太平之曲

皇極永登祥，乾符啓，泰運昌。玉管回春動一陽，金鑾錫宴歌九章。虞廷獸舞，岐山鳳翔。日麗衮龍裳，主聖臣良。

水龍吟

香霧氤氳紫閣重，仰天德，瞻帝容。星輝海潤，甘雨閒和風。樂比鳶魚，瑞呈麟鳳，永獻《卷阿》頌。

水龍吟

萬户千門啓建章，台階峻，帝座張。三垣九道，北斗玉衡光。元氣調和，雅韻鏗鏘，昭代慶明良。

太清歌

萬方國，盡來庭，稽首歌帝仁。仰荷生成。振乾綱，陰陽順，序民物，樂生逢明聖。萬年春，永膺休命。華夷蠻獠咸歸正，蒼生至老不知兵。鼓腹含哺誦太平〔一〕，九有享清寧。

萬歲樂

太平天子興隆日，履初長陽回元吉。醴泉芝草休徵集。曾聞道，五星聚室。

賀聖朝

一人元良，百度惟新。握赤符，凝玄應，享太清。大禮方行，祀事孔明。感天心，億載恒承慶。明王慎德，四夷咸賓。

醉太平

星華紫殿高，雲氣彤樓繞。九夷重譯梯航到，皇圖光八表。玉宇無塵明月皎，銀河自轉扶桑曉。平平蕩蕩歸王道，百獸舞鳳鳴簫韶。

看花會

普天下，都賴吾皇至聖。看玉關頻欵，天山已定，四夷效順歸王命。《天保》歌，群黎百姓。

天下樂

九重樂奏萬化開，望龍樓，雲蒸霧藹。仰天工，雍熙帝載，臣民歡戴。溥仁恩，遍九垓。

清江引

黄鍾既奏陽和長，德感天心貺。人文日月明，國勢山河壯，衢室民謡頻《擊壤》。

清江引

鈞天畢奏日方中，既醉歡聲動。雲章傍衮龍，飈勢翔威鳳，萬方安樂興嘉頌。

千秋歲

上下交歡燕禮成，一陽奮，萬彙咸亨。風雲會合開明運，紫極轉璇衡。

朝天子

文班武班，歡動承明殿。禮成樂備頌聲喧，真咫尺仰天顔。日照龍顔，風回雉扇，翠蕤旋，奉仙鑾。雲間斗間，五色奎章燦。

萬歲樂

天回北極雲成瑞，望層霄，重華日麗。九垓八極樂雍熙，祝聖壽，萬萬歲。

【校記】

〔一〕誦：原作『囿』，據四庫全書本改。

儼山文集卷二十四

詩餘三十二闋

念奴嬌疊韻壽桂洲

天下奇才，算蛟龍、終不是池中物。妙小文章驚海内，秀氣降生東璧。八柱擎天，三長冠世，節操逾冰雪。神仙宰相，元來同是人傑。　同朝瑞靄蘢葱，蓬萊閬苑，青鳥翩翩發。報道桑田還變海，銅狄要看磨滅。赤暑全消，金風初動，進賢冠上髮。況堪心事，一片長安秋月。

念奴嬌同費鍾石宗伯再和桂洲扈駕南巡

六飛南下，大河上、多少禎祥雲物。紫氣平明浮水面，向晚更穿奎壁〔一〕。畫舫盤龍，樓船綵鳳，兩岸沙如雪。開頭捩柂〔二〕，長年也是人傑。　休誇碧漢銀潢，天上人間，一派靈源發。界斷華夷奔大海，島嶼煙波明滅。一曲一千，三門三級，驚起冠中髮。聖人康濟，太史大書年月。

【校記】

〔一〕奎壁：原作『奎璧』，據文意改。

〔二〕梔：原作『拖』，據四庫全書本改。

念奴嬌與甬川鐘石同宿楊園再次前腔

半途微雨，爲灑净、滚滚風塵中物。一帶青山如畫裏，咫尺層巒疊壁。吏部副卿，南宫少伯，清映如冰雪。白頭老我，三十年前争傑。　而今扈駕朝陵，白馬銀鞍，紫陌聯翩發。尋得山莊勞下榻，共剪燭花明滅。香霧撲簾，茶煙隔座，相對頻搔髮。同胞異姓，真個渾忘歲月。

念奴嬌秋日懷鄉

大江東去，是吾家、一段畫笥中物。襟帶五湖吞百瀆，説甚黄州赤壁。兩岸蘆汀，一灣柳浪，海湧潮頭雪。蒼浪聲裏，漁翁也是豪傑。　明年准擬歸來，輕舟短櫂，兩腋清風發。春水穩如天上坐，閒看浮漚興滅。黄歇穿沙，袁崧築壘，到處堪晞髮。鱸魚蓴菜，一任江天歲月。

念奴嬌秋日懷鄉再和介翁

秋風客裏，消不盡、胸中許多長物。瘦骨稜層才一把，與病戰成堅壁。欲造河車，旋營丹竈，贏得頭如雪。尋山辟穀，算來他是豪傑。　一生四海交遊，浮沈聚散，長嘯從風發。惟有鈐山嚴少保，不共世情磨滅。藜閣相輝，木天同上，當日俱青髮。綈袍戀戀，多應念我寒月。

念奴嬌和錢文通公小赤壁

江天闌入，想安排、真箇有那神物。誰遣是非泥印定，天際一般赤壁。馬援懷珠，燕人抱石，此意憑誰雪。曹、劉成敗，旁觀輸與豪傑。　謾説吴國山川，陸家池館，征雁和雲發。紫岫丹崖高百尺，落日淡煙明滅。二俊才名，長公英邁，一夜俱華髮。天公堪訴，照人惟有圓月。

風入松和桂洲内閣賞芍藥用虞文靖公韻

絶勝國色帶朝酣，偏稱膽瓶簪。清嚴開向絲綸閣，容誰駐、墻外遊驂。笑靨露匀臙粉，衣裳霞想羅衫。　黄金屋角繡雲藍，乳燕學呢喃。試把一杯黄票酒，倚闌封罷紫泥椷。一段太平氣象，分明冀北燕南。

風入松再填前腔送桂洲

離筵高興付餘酣，暫得解朝簪。路出齊封三宿晝，未須鞭、快着征驂。兩岸山横畫障，一川水膩羅衫。　終朝不采滿筐藍，話别語喃喃。一把相思無處着，欲憑雁足寄雙緘。自是煙霄有待，怕飛不到江南。

風入松再和桂洲

緑窗午枕睡初酣，夢喜脱朝簪。覺來猶是長安客，垂楊裏、空繫歸驂。戀主心依曉闕，思親淚濕春衫。　玉河流水碧於藍，花外燕呢喃。新詞譜就憑誰和，重封罷、親手題緘。欲待天邊鳴雁，秋風寄與江南。

木蘭花令二闋初夏即事

清明時候催花雨，又早是紅英辭樹。愔愔情思碧紗厨，睡起槐陰最深處。　衷腸没箇人堪語，屈指流年暗中數。無奈雕梁紫燕兒，春社飛來秋社去。

二

緑油湧蓋張槐雨，繁英簇絳燒榴樹。無限幽懷午夢餘，憶在江南水風處。家書題後教傳語，新種魚苗正堪數。荷錢竹粉更關心，戀着君恩未歸去。

減字木蘭花 新居雨後

疏窗小閣，銀燭摇紅簾影薄。院宇深沈，雨送新涼抵萬金。休休驀驀，一任那知身是客。茗椀爐薰，雲裏更籌次第聞。

醜奴兒四闋 咏閣前芍藥

紅芳開向絲綸閣，裊裊停停。人比花清。倚檻揮毫九制成。不枉芳名呼近侍，遶殿流鶯。槐蟻初醒。傍砌頻經敕使行。

二

白玉闌干紅芍藥，黄閣前軒。一朵嬋娟。封罷詞頭仔細看。幾番過了風和雨，避却塵喧。紅紫將闌。開向鈞天倚蓋圜。

三

黄扉紅藥翻堦好，要賞娉婷。日暖風清。幾闋新詞按譜成。　莫道春光留不住，尚賴啼鶯。半醉半醒。起向花前緩步行。

四

問花底事花無語，倚偏南軒。香沁瑶娟。手撚高枝着眼看。　養花天氣陰晴半，雲翳風喧。默默凭闌。彈指年光作轉圜。

天仙子 咏雪

鬧夜冰花輕不定，撲上窗兒如寄信。灞橋橋外望青山，高一陣，低一陣，霎時白了詩人鬢。　是則是，遠近都難認，路入藍關人嬾進。青簾斜壓酒壚空，描不盡，題不盡，平沙留取飛鴻印。

蝶戀花 和道州周希旦

長安回首香塵杳，紅日迢遥，偏愛無情惱。病鶻高風看去鳥，欲奮雲霄無利爪。　柳暗溪頭荷葉小，淑景方濃，燕子雕梁遶。彈鋏計程何日了，萋萋官路王孫草。

點絳唇 冬日懷鄉

千尺京塵，斜陽没處西風弄。小樓夜永，鐵馬丁當動。襯貼愁懷，那更寒籌送。淚痕凍。天涯不了，遮斷還鄉夢。

點絳唇 送縣侯張八峰行取赴京

縣遶清江，桃花紅處春波緑。畫欄曲曲，風動簾紋蹙。鎮日鳴琴，有个人如玉。煩推轂。鶴書高薦，選入黄金屋。

浪淘沙 寒夜齋居

寒漏夜遲遲，緊閉柴扉，破窗風透暗絲絲。半滅瓦燈書滿案，獨自支頤。惆悵少年時，没箇人知。紙屏剛有影追隨，滴滴淚痕彈不了，一把相思。

青杏兒 寒夜齋居

爐燼更拈香，小窗裏、百結柔腸。天涯踏遍塵千里，仲宣樓遠，正平刺没，薄行襄王。默默護新妝，堪憐處、花老釀蜂忙。萬事轉頭供一笑，蕭蕭紙帳，圓圓燈暈，短短藤床。

謁金門 送縣侯曹孟輝行取赴京

秋正好，一路西風吹早。柳條折盡青山小，咫尺長安道。此去蓬萊三島，袖裏常懷諫草。要看風神驚八表，動摇山嶽倒。

踏莎行 二孫殤

半捲湘簾，落花時候，六幅畫屏圍永晝。天關目斷是江南，家書一紙開封後。只恁蘭香，堪憐玉秀，一番愁絶愁還又。居人已鑄鐵心腸，聽來却怕行人瘦。

浣溪沙 都下思家

緑送蛟冰出御溝，黄回鶺柳覆朱樓。一場春睡替春愁。踪迹似鴻渾未定，歲華如水只東流。家住青山碧海頭。

長相思二闋 次韻

山悠悠，水悠悠，山水中間一段秋。扁舟古渡頭。　過芳洲，又芳洲，更好登臨散遠愁。誰家竹裏樓。

又

日悠悠，月悠悠，光景驅人春復秋。驚看白了頭。　憶沙洲，夢沙洲，無數鄉心無數愁。天邊王粲樓。

南鄉子四闋 馮延巳

細雨濕流光。芳草年年與恨長。煙瑣鳳樓無限事，茫茫。鸞鏡鴛衾兩斷腸。　魂夢轉悠揚。睡起楊花滿繡床。薄倖不來門半掩，斜陽。負你殘生淚幾行。

二　擬

細雨濕黄梅。深院閒堦處處苔。抱得錮箏防浥損，慵開。爲誰搊取早歸來。有路到天台。欲寄封書没個媒。窗外芭蕉聲作陣，可猜。那有相如奏賦才。

三　擬

細雨濕秋風。金鳳花殘滿地紅。閒蹙黛眉慵不語，情濃。舊恨新愁知幾重。飛雁過瑶空。歲月如流只向東。簾捲曲房誰共醉，匆匆。惆悵秦樓恁日逢。

四　擬

細雨濕同雲。繡倦鴛鴦五色紋。凝望天涯音信杳，微曛。打窗風雪不堪聞。倚徧舊籠薰。淚痕空沁石榴裙。自捻腰圍牢約準，東君。莫比今宵減幾分。

南唐馮延巳『細雨濕流光』詞，余蚤歲極愛之，因按腔賡爲四首，蓋四十年前之作也。癸卯梅月，偶於小樓敝書中翻出，才情減退，老病侵尋，爲之憮然者久之。

風入松山居冬曉和胡頤庵祭酒韻

溪山如畫客初歸，年近古來稀。疏籬曲徑霜天曉，江梅早已放南枝。近日過從絶少，連朝卧起偏遲。

風從竹裏弄漣漪，宿鳥恰驚飛。人生得意須行樂，思往事、幾墮危機。花外小車隱隱，林間高閣依依。

儼山文集卷二十五

詩話三十二則

袁御史海叟能詩，國朝以來未見其比，有《海叟集》。予爲編修時，嘗與李獻吉夢陽、何仲默景明校選爲集，孫世祺繼芳刻在湖廣。獻吉謂海叟諸詩，《白燕》最下最傳，故新集遂刪之。嘗聞故老云，會稽楊維禎廉夫以詩豪東南，賦《白燕》，其警句云『朱簾十二中間捲，玉剪一雙高下飛』。時海叟在座，意若不滿，遂賦一首云：『故國飄零事已非，舊時王謝見應稀。月明漢水初無影，雪滿梁園尚未歸。柳絮池塘香入夢，梨花庭院冷侵衣。趙家姊妹多相忌，莫向昭陽殿裏飛。』廉夫擊節歎賞，遂廢己作，手書數紙，盡散座客。一時聲名振起，人稱爲『袁白燕』。姜南明叔云『朱簾』『玉剪』乃常熟時大本之作，其全篇云『春社年年帶雪歸，海棠庭院月争輝。珠簾十二中間捲，玉剪一雙高下飛。天下公侯誇紫頷，國中儔侣尚烏衣。江湖多少閒鷗鷺，宜與同盟伴釣磯』，謂爲尤工。但所記海叟首句，不如『故國飄零事已非』爲勝。明叔又記顧文昱《白雁》云：『萬里西風吹羽儀，獨傳霜翰向南飛。蘆花映月迷清影，江水涵秋點素輝。錦瑟夜調冰作柱，玉關曉度雪霑衣。天涯兄弟離群久，皓首江湖猶未歸。』明叔謂三詩可相頡頏。大抵咏物詩體，不免要粘帶，頗累氣格，三詩必有能辨之者。文煜〔一〕，字光遠，姑蘇人。

陳思王《七步詩》，世所傳誦，云：『煮豆燃豆萁，豆在釜中泣。本是同根生，相煎何太急。』《世説》所載微殊，又餘二言，云：『煮豆時作糜，漉豉以爲汁。萁在釜中燃，豆在釜中泣。本是同根生，相煎何太急。』《世説》撰於宋臨川王劉義慶時，去魏未遠，當覈，未知何是本詩，但『萁在釜中燃』，於理差礙爾。

晉人工造語，如潘安仁詩敍表兄弟云『子親伊姑，我父惟舅』，直是雅暢。若在唐以下諸公口，須『汝親我姑，我父汝舅』成文耳。

古名手詩，有絶類如蹈襲者。鮑明遠『客行有苦樂，但問客何行』，與嵇叔夜『從軍有苦樂，但問所從誰』〔二〕；陶靖節『雞鳴桑樹顛，狗吠深巷中』，與古曲『雞鳴高樹顛，狗吠深宫中』，詞旨何異？及李太白《白苧》與明遠本詞，才有移易顛倒耳。他不能盡記，豈古人重相擬與？

古人詩，語有不可解者。如劉越石『宣尼悲獲麟，西狩泣孔丘』，二句重複如此。

歐陽公『杜彬琵琶皮作弦』，曾虎臣《能改齋漫録》載一説云『彈琵琶，妙在指撥硬。杜彬琵琶如彈皮弦然，若絲弦，則斷矣，所以喻其妙也。即「四弦一聲如裂帛」之意』，頗爲造理。段成式《酉陽雜俎》載段師能彈琵琶，用皮弦，賀懷智撥彈之，不能成聲，則似真有皮弦矣。或謂古琵琶用鵾雞筋作弦。元楊瑀又記畏吾兒人閭閭世習銅弦，曰『余親見聞之』。漫書于此。

世傳曹景宗『競、病』韻詩，爲沈約輩所驚歎。《南史》所載『我昔在鄉里，騎快馬如龍，與年少輩數十騎，拓弓弦作霹靂聲，箭如餓鴟叫。平澤中逐麞，數肋射之，渴飲其血，饑食其胃，甜如甘露漿，覺耳後生風，鼻頭出火。此樂使人忘死，不知老之將至。今來揚州作貴人，動轉不得。路行開車幔，小人輒言不可，閉置車中，如三日新婦。此悒悒使人氣盡』，此段文亦豪宕。

《陳思王集》惟《洛神賦》爲最。沈約《答陸厥書》云：『以《洛神》比陳思他賦，有似異手之作。』當時論已如此。近抄陸内史《士衡集》，亦惟《文賦》爲最，他皆不及。乃知人不數篇而傳之遠者，必文也。

《漢書・蒯通贊》自『春秋以來，禍敗多矣』而下，減去一『昔』字、兩『而』字，皆七字成文，分明是一篇詩，特少叶韻耳。其簡質若此。贊東方朔，則有韻矣：『首陽爲拙，柱下爲工。飽食安步，以仕易農。依隱玩世，詭時不逢。』此與銘詩何異？

退之詩於敘事處，特有筆力。如『兒童見稱說，祝身得如斯。儕輩妒且慚，喘如竹筒吹。老婦願嫁女，約不論財貲。老翁不量力，累月笞其兒。攬攬争附託，無人角雄雌』，數句曲盡登科時人情物態，千載如新。但此格本自《木蘭》《焦仲卿》來，下此則俚俗元、白之流派，有韻之文章是已。學者博取之可也。

《贈張籍詠雪》一篇，歐陽公不以『隨車翻縞帶，逐馬撒銀杯』爲工，而以『坳中初蓋底，垤處遂成堆』爲勝。但此亦未盡體物之妙。蓋雪之初下，必雜霰而輕細，是凹處易於攢聚，高處正難粘綴耳。至於『松篁遭挫抑，糞壤獲饒培』，有激昂憤厲之氣。若『隱匿瑕疵盡，包羅委瑣該』，則所感者深矣。

『一瞬即七里，箭馳猶是難。檣邊走嵐翠，枕底失風湍。但訝猿鳥定，不知霜月寒。前賢竟何益，此地誤垂竿。』此謝靈運《七里瀨》詩也，其格律與唐人何辨？乃知濫觴已遠，沈、宋猶是後塵爾。

宋思陵有《中秋夜月》詩，作擘窠行草，甚奇偉。嘗見其石刻，落句全用東坡《看潮》『寄語重門休上鑰，夜潮留向月中看』，只換三字云『分付九門休上鑰』，便是帝王口氣矣。

詩句有相似而非相襲者，然亦各有工拙。杜甫云：『江清歌扇底，野曠舞衣前。』儲光羲云：『竹吹留歌扇，蓮香入舞衣。』李義山云：『鏤月爲歌扇，裁雲作舞衣。』劉希夷云：『池月憐歌扇，山雲愛舞衣。』老杜格高，但歌舞於清江曠野之中，固不若竹下荷邊之韻。『池月』『山雲』之句，風情興致，藹藹政自可人。

王摩詰『渭城朝雨』之詩，謂之《陽關三疊》，相傳已久，而歌疊不傳。或曰凡三歌之，恐或不然。或曰首歌全句，次歌五字，又次歌尾三字，句凡三歌，謂之三疊，亦未必其果然否也。

《折楊柳》，古曲名，多用以詠笛。李太白《洛城聞笛》：『此夜曲中聞折柳，何人不起故園情。』杜工部《聞笛》：『故園楊柳今摇落，何得愁中却盡生。』吾鄉袁御史景文亦有《聞笛》，落句云：『天邊楊柳雖無數，短葉長條非故園。』景文工詩，師法少陵。其詩有集，而笛詩俱用楊柳故園事，興致各不同，與世之撏撦者異矣，識者能自辨之。故園事，當本於桓伊。

東坡嘗欲删去柳子厚《漁父詞》後兩句，予亦欲取李太白《關山月》節却後四句，不知古今人所見同耶否？

《文選》所載漢蘇、李詩，蘇東坡以爲齊、梁間小兒所擬，非真當時詩也。《古文苑》又載蘇、李詩七首，《文苑》後出，尤可致疑。杜子美云『李陵蘇武是吾師』，然世必有真蘇、李詩，當是何等？又曰『五言起於蘇、李』，豈作始者固不傳耶？

圍棋，世稱爲手談，又曰坐隱，二字蓋晉人語也，可入詩。

三代以後，君臣間隔，近時尤甚，獨講筵一時，真所謂天顔咫尺也。正德間，上聽講希闊。七年四月十二日，上御文華殿，時講官石祭酒珤字邦彦、吴學士一鵬字南夫。邦彦講《論語》『大哉堯之爲君』章，南夫講《尚書》『天秩有禮』章。深時初爲展書官，班於殿西南隅，因憶比爲庶吉士時，内閣試經筵，宴罷，有述詩曰：『御廊宴罷侍經還，轉覺微忱報稱難。輪直每陳香案拜，隔宵先進講章看。但祈聖聽頻傾注，祗託遺經保治安。《論語》《尚書》俱次第，《春秋》還擬進螭端。』是日適講《論語》《尚書》，豈非預定所謂詩讖者耶？但《春秋》之義，未知如何耳。

同年劉寓生字奇進，石首人，在同館中最年少，疏宕有美質。試《聞雁》詩，奇進立就曰：『秋至人間增客思，況聞秋雁過皇都。數聲到枕渾如舊，幾隻穿雲不受呼。自惜短翎驚歲月，可憐寒影遍江湖。海天愁鬢那堪汝，故國音書得到無？』衆皆歎賞。檢討汪器之偉閲其卷，謂之曰：『詩甚佳，須作御史耳。寒影遍於江湖，非御史何官也。』後竟授御史，出貴州，爲權姦所誣，幸不死。

國初，越僧曇噩字夢堂，能詩。一日，聞劉孟熙績、唐處敬肅諸詩人遊集曹娥祠，乃微服求載船尾，衆見而惡之。方分韻即景賦詩，噩忽作禮曰：『若有剩韻，願布施一箇。』衆異而拈『蕉』字與之。噩應聲吟曰：『平明飯罷促篙梢，纜解五雲門外橋。去越王城三十里，到曹娥渡八分潮。白飄春雪柳花舞，緑弄晚風蒲葉摇。西北陰雲天欲雨，恐驚篷頂學芭蕉。』一座盡驚，曰：『子得非噩夢堂乎？』遂與之共遊。

餘姚楊軾字軾同，嘗寓寧波延慶寺，時僧房雞冠花盛開，賦『魚』字韻詩云：『絳幘昂藏錦不如，臨風欲鬬又躊躇。若教夜半能三唱，驚起山僧打木魚。』軾，宣、正間人，卒於天順中。

于肅愍公謙以才器有社稷功〔三〕。觀其題太行近體詩，亦足以冠冕時輩，漫録于此：『信馬行行過太行，一川野色近蒼茫。雲蒸雨氣千峰暗，樹帶溪聲五月涼。世事無端成蝶夢，畏途隨處轉羊腸。解鞍盤礴星軺驛，却上高樓望故鄉。』『茫茫遠樹隔煙霏，獵獵西風振客衣。山雨未晴嵐氣濕，溪流欲盡水聲微。回車廟古丹青老，碗子城荒草木稀。珍重狄公千載意，馬頭重見白雲飛。』

丁酉出蜀，自西陵北上，遇一郡守，亦是相識人。送予郭外，致辭曰：『本欲遣一官相送。老先生是朝廷大臣，誰不奉承？』予笑而謝之。坐輿中自惟曰：『斯言可以自了，不足以了人。』復吃吃笑不休。因閱高達夫《别董大》一絶云：『十里黄雲白日曛，北風吹雁雪紛紛。莫愁前路無知己，天下誰人不識君。』乃知唐人已有此。

丙寅歲，與李員外夢陽夜坐，以『芳樹』爲題，作一字至七字詩，蓋唐已有此體矣。張南史《詠草》云：『草，草。折宜，看好。滿地生，催人老。金殿玉堦，荒城古道。青青千里遥，悵悵三春早。每逢南北别離，乍逐東西傾倒。一身本是山中人，聊與王孫慰懷抱。』

霍渭涯謂三字亦可成體，是在《詩經》與《琴操》、古樂府已具，《天馬歌》通篇用三字。鮑照《春日行》云：『獻歲發，吾將行。春山茂，春日明。園中鳥，多嘉聲。梅始發，桃始青。汎舟艫，齊櫂驚。奏《采菱》，歌《鹿鳴》。風微起，波微生。絃亦發，酒亦傾。入蓮池，折桂枝。芳神動，芬葉披。兩相思，兩不知。』深謂三字語既短簡，聲易促澀，貴在和婉，有餘韻，令嫋嫋耳，如此詩落句是也。

鄉前輩朱岐鳳，名應祥，敏於辭翰，爲一時所驚服。嘗有一絶句云：『江面微風瀉浪開，鳥聲啼過釣魚臺。熨雲欲作桃花雨，一片陰從柳外來。』

予作一小閣，在方丈池上。當春夏之交，小雨時至，池面無風，倚闌佇目，歌簡齋『平池受細雨』之句，殊爲幽絶。日華初動，和風徐來，則『吹皺一池春水』之詞，愈見有工。詩貴實境如是。

宋中書舍人朱翌新仲有《詠摺疊扇》一詞云：『宫紗蜂趕梅，寶扇鸞開翅。數摺聚清風，一捻生秋意。摇摇雲母輕，裊裊瓊枝細。莫解玉連環，怕作飛花墜。』然則北宋時已有之矣。古詩并畫中所見，團扇、羽扇耳，不知摺疊扇起於何時，而今遂盛用之耶。

登山涉水之間，專事賦詩，則反礙真樂。葉石林記陳后山每登覽，得句即急歸，卧一榻，以被蒙首。家人知之，即猫犬皆逐去，嬰兒稚子亦皆抱持寄鄰家，徐待其起，就筆硯，即詩已成，乃敢復常，大是爲詩所苦。大抵江山既勝，風日又佳，從以良朋韻士，便當極躋攀眺望之興。罷從燈下，或月夕，追憶所遇，歷歷在目，然後發之詩文，庶幾各極其愜而無累矣。

趙松雪有墨竹在崇德士人家，吾鄉華亭衛富益先生題一絶句其上云〔四〕：『漢家日暮龍沙遠，南國春深水殿寒。留得一枝煙雨裏，又隨人去報平安。』其子仲穆善畫蘭，勾曲張伯雨題之曰：『滋蘭九畹空多種，何似墨池三兩花。近日國香零落盡，王孫芳草遍天涯。』二詩婉潤頗相當。聞仲穆曾見之，遂絶筆於蘭，而松雪惜不見竹詩也。

【校記】

〔一〕文煜：前文作『文昱』，有關記載多作『文昱』，也有作『文煜』者，當作『文昱』。

〔二〕『從軍有苦樂』二句：當爲王粲《從軍行》詩句。嵇叔夜：四庫全書本作『嵇叔夏』。

〔三〕于：原作『余』，據四庫全書本改。

〔四〕衛富益：原作『衛益富』，據清道光刻本《宋元學案》卷八十二改。

儼山文集卷二十六

册

應制擬撰皇天上帝册文

伏以浩蕩難名，萬物被生成之德；高明在上，一人嚴昭事之誠。蓋神莫尊於天，而乾實稱爲父。遹伸曠典，適當眇躬。恭惟昊天上帝，一氣感通，四時成歲，佑人家國。每形仁愛之心，福我邦圻；益致聰明之助，左右列聖。陰騭下民，迨于沖人；特隆大庇，爰自宗藩。入繼臨御，十有八年。迄今眷命維新，坐受四夷萬國。全付以君師之任，宛同乎父子之傳。每荷元慈，深慚克肖。陽爲賞，陰爲罰，懋成亭毒之功；日重輝，月重輪，廣運中和之德。勉國報稱，莫罄名言。惟是尊崇，載揚大美。彼清虛一大之説，已涉不經；況郊禘六天之文，僅成巫史。慨自周家制作之後，沿於漢儒傅會之餘。魏晉傷繁，隋唐過濫。自兹以降，曾何足云。欲章無二之尊，願洗千古之陋。惟我祖考，若未暇於一朝；顧此典彝，如有待於今日。是用請之九聖，告于百神。恭上寶册曰『皇天上帝』。庶明主宰之大義，用極尊親之至情。裕後光前，郁郁之文斯在；居高聽下，恢恢之量維容。伏願穹顥居歆，群黎徧德。精誠仰達，永承黍稷之馨香；明照俯臨，尚冀牛羊之右享。敢昭鴻號，敬藉休光。

表

賀景雲表

恭遇嘉靖十七年九月十九日景雲見者，臣等誠懽誠忭，頓首頓首。稱賀上言：伏以太平有象，雲呈五色之奇；聖壽無疆，雷動千官之祝。惟皇天景垂霄漢，由聖人德至；山陵事罕前聞，人争快覩。兹蓋伏遇皇帝陛下，道通玄極，德合神明。奉三無私，永爲民物之主宰；應五百運，達觀禮樂之會通。嘗謂敬莫大於享天，乃若孝宜先於嚴父。爰求典則，用究精微。四郊九廟之鼎新，二祖七宗之對越。崇禋太室，肇啓明堂。配享之禮將行，感應之機先動。時維季秋之月，日臨己丑之辰。有雲自天，浮空抱日。非煙非霧，氤氳璀璨以爲章；如囷如輪，舒卷悠揚而有氣。適當丙巳，漸向明離。戢干戈於四夷，如飈露布；兆子孫於千億，蓋取雲仍。矧王相悉合於土行，迺休滋方進於水德。列詩書而無愧，寫琰琬以增輝。天亦何言，人皆有目。雖傾海嶽，難既揄揚。皇上方且謙讓於未遑，惟祈默報；禮官遂竭精誠而固請，浹月始從。此大聖人之所作爲，而古帝王之所未有者也。臣等徒深踴躍，莫效涓埃。感覆冒生成之恩，焉知帝力；仰流通契合之妙，粗識天心。堯望方隆，企昭回於紛郁；舜歌載續，揚爛縵於風聲。瞻丹陛以蟻旋，下彤庭之虎拜。自天有命，紀至瑞於百僚；望氣成文，護真龍於九五。臣等無任瞻天仰聖欣躍之至，謹奉表稱賀以聞。

聖駕巡幸承天恭視顯陵禮成賀表

伏以大孝統天，旋轉法乾坤之運；至仁御世，晶華合日月之明。禮重山陵，恩覃梓里。茲蓋伏遇皇帝陛下，聖由天縱，性本生知。視四海爲一家，運天下於掌上。循憂勤惕勵之道，居不遑寧；妙鼓舞作興之機，身先率物。德純不已，文王之所以爲文；善取諸人，大舜於是乎爲大。有典有則，無怠無荒。永懷豐鎬之故都，夙軫園陵之大事。禮詳法制，義取巡行。誕告多方，爰攄獨斷。下九天之僊蹕，肅萬騎於雲屯。士氣騰懽，人心望幸。旌旗聯駱，總列宿於北辰；輦輅迢遥，薄大江於南紀。先驅響應，屬車景從。故以三千里之郵程，僅供兩旬日之足力。萬靈擁衛，一德感通。風伯雨師，前清塵而後灑道；嶽神川后，高降福而卑效靈。少駐帝鄉，載瞻王氣。望鼎湖之龍已遠，悵華表之鶴方還。堂隧來同，橋山啓秘。躬親卜兆，何閔、曾之孝足云；

兼試省方，舉舜、禹之隆以續。可謂一舉而大備，是誠千載之希逢者也。臣等叨扈聖輿，仰承彝典。漢高之過沛上，惟侈歌詞；光武之入南陽，徒私親貴。孰有盛於明時。慶協天人，光增海寓。利見龍飛於舊邸，何啻衣錦鄉之榮；式貽燕翼於名藩，佇聞湯沐邑之賚。陽春白雪，和簫韶於九成；郢樹荆門，震嵩呼之萬歲。益勤贊頌，奚罄名言。伏願帝治垂衣，百代永金甌之固；皇圖磐石，萬年延寶祚之長。臣等無任瞻天仰聖欣躍感戴之至，謹上表稱賀以聞。

大駕迴鑾賀表

伏以六飛告至，大慰都人就日之心；三台既平，式符太史占天之法。禮隆仁孝，功蓋乾坤。兹蓋伏遇皇帝陛下，天與人歸，聖文神武。紹二祖七宗之統，得三王五帝之傳。鴻烈駿厖，懋樹無前之績；蘿圖寶籙，方開有道之長。臨御十有八年，邁德三千餘載。父天母地，尊祖敬宗。握天子之權，以行天子之事；居聖人之位，而得聖人之時。誠大有爲，真不世出。四郊並建，總條貫於百王；九廟鼎新，焕文章於三代。主鬯得託，分茅有人。比承慈闈之上昇，軫念顯陵之中隔。躬行展謁，親事卜征。汛掃松楸，敬恭桑梓。光賁飛龍之邸，某水某丘；詩陳『鳴雁』之篇，一遊一豫。蓋王度極於無外，而天子必也有親。爰自啓行，旋及竣事。惜寸陰之隙，粤有萬幾；推一孝之端，可徧四海。迺彰渙汗，誕告迴鑾。惟聖人以天下爲家，然明主必宅中圖大。寢園載肅，輿輅既匡。號令速於風行，歡聲鼓爲雷動。會諸侯於方嶽，寔嚴後至之誅；禮百神於行朝，益妙先天之用。暨敷恩澤，載沛德音。復賦蠲租，每自近以達遠；睦宗綏族，蓋由親以及疏。舉千古之曠儀，無非事者；成一王之典禮，有足徵焉。馳道三千，還期兩月。念宗廟社稷之重，雨夜兼程；忘舟車鞍馬之勞，星霜並戴。蜂屯蟻附，緣途見喜色之欣欣；虎步龍行，遠道瞻聖容之穆穆。揮毫落紙，時有賡歌；授几開筵，常霑寵宴。鄙周王之歷塊，八駿奚爲；陋漢武之横汾，三疊安取。未有人君之盛節，乃若今日之大成者也。臣等夙荷恩慈，仰叨涵育。扈從多幸，恭承帝賚之駢蕃；居守何功，欣覲天顔於咫尺。妥靈宗祏，額手臣工。虎豹九關，儼高居之上帝；雲龍千載，慶嘉會於一時。伏願艮福咸和，乾剛廣運。無逸乃逸，用收位育之功；日新又新，以保雍熙之治。臣等無任瞻天仰聖欣戴踴躍之至，謹上表稱賀以聞。

應制擬撰請慈表

伏以昊天罔極，難名鞠育之恩；日月不居，永抱幽明之恨。屬嘉平之四日，憶昇舉之初年。情若茹荼，叩地號天之靡及；事同逝水，瞻雲愛日以何從。今則倏届大祥，再移寒序。園陵迢遞，悵迷漢水之風煙；几殿悲涼，愴履玉階之霜露。雖禮有盡於先王之制，而哀難窮於孝子之心。欽惟皇妣慈孝貞順仁敬誠一安天誕聖獻皇后聖靈，慈儉性成，睿明天賦。昔佐先帝，德昭彤管之音；肆佑眇躬，運啓蘿圖之祚。俔天作合，流淑化于二南；儷極居尊，正母儀于四國。詎意曜輪匿景，月殿淪輝。六宫莫覩於風儀，萬姓盡同於雨泣。白雲千載，仙遊之歲月何長；玄序三冬，人世之光陰易邁。以今特假昇玄之醮，用伸追遠之誠。恭陳鳳座於玄堂，肅迓虬軒于丹陛。伏願白蜺青駟，並嚴駕以遥臨；蘭殿椒房，覽故宫而延竚。咫尺儼如存之日，清虚登極樂之天。瑶饌瓊羞，少設崑丘之宴；寶燈華燭，暫爲絳闕之留。鑒沖子之至誠，洋洋乎如臨其上；眷諸孫之在鞠，煦煦然若寘于懷。遺庥誕集於宫闈，景福永綏於廟祏。無任激切瞻仰之至，謹具表祈請以聞。

儼山文集卷二十七

奏疏一

擬論取回都督僉事許泰軍中家人狀

臣近見取回許泰家人某等十幾人。某等皆勇悍武夫，止堪殺賊之用，泰託爲父子，同以生死，已非一日矣。今朝廷方用泰，泰方用此輩，不識陛下何爲而取之。厮養下材，過蒙特召，祖宗以來並無事例。況此輩姓名，遠在行伍，不識陛下又何由而知之。訪得近日盜賊肆行無忌，所畏者獨許泰一軍耳。泰所以能使賊畏者，不過敢死當先而已。此輩正許泰敢死當先腹心之士，若其攻堅陷陣，皆能以一當十，其於許泰若左右手，不可一時離明矣。臣料陛下不過聞其便捷騎射，欲取而試之耳。而道路流言洶洶可懼，或謂有人欲忌許泰之成功，或謂姦人陰主此策，以剪許泰之爪牙，而欲以泰委賊者。此其無稽，萬不出此。儻相傳播，未必不生賊間諜之計也。況泰亦武人，未知義命。一旦奪其所恃，蹤迹孤危，加以流言，必懷疑豫，志日分而氣日索矣。

欲望其如前日之敢死當先，勢必不能。此其關係，實非小小。臣愚以爲陛下於某人等到京之日，姑試其能，即爲犒賞，或薄加名目，或面賜奬言，即還之於泰，以終其所事。則天下皆謂陛下神聖，不惟深知許泰之功，而併與許泰之爪牙心腹皆悉知之。庶幾邊將知所激勸，而賊滅有日矣。臣不勝私憂過計，冒昧以聞。

擬處置鹽法事宜狀

臣近日伏見兩淮、長蘆之間，商賈嗷嗷，怨聲載道，問之，皆云勢要奪其利故也。臣謹按：鹽課一事，本因海澤自然之利，以充邊方緩急之儲，於國計甚便。然使朝廷壅實惠而不下，商賈畏空名而不來，則蠹亦甚矣。祖宗時設立各處轉運提舉等司，僉竈以辦稅，置倉以收鹽，建官以莅政，設法以開中，其要在於通商而已。大抵商益通則利益厚，此立法之本意也。且窮邊絶塞、輸轉極難之地，而能使商賈挾貨負重以往，隨令而足。比至户部給引派場，涉歷萬里，動踰歲年。又況守支存積，徒冒虚名，仍復買補，魚貫聽掣，其辛苦如此。勢要之人妄干恩典，動以百萬往參其間，憑陵假借，支則盡支，掣則便掣。所經官司曲爲奉承，雖憲臣亦將有投鼠忌器之嫌，彼將何憚而不爲乎？小人營利之心，寧有厭足。大率彼通一分則此塞一分，自然之數也。夫能得商賈力，以利驅之耳。彼既以有利而來，亦必以無利而去，又自然之勢也。矧以彼之辛苦對此之徼倖，交易之間又相懸絶，坐使自然之利，上不歸於朝廷，中不在於商賈，下不藏於民間，雖天地亦將厭棄之，臣實懼焉。仰惟皇上軫念立法之本意，靳惜恩澤，不妄施與，然後其他條畫次第可舉行矣。

臣又按：今天下搉鹽之地，兩淮爲上，兩浙次之，而弊端亦於二處爲多。然尤大壞鹽法之端有二焉，其一則竈丁苦於兼并，其一則今日勢要之侵利是也。然於兩浙，又微不同。大抵壞兩淮之鹽法者多勢要，壞兩浙之鹽法者多私販，而竈丁之苦則一而已矣。蓋淮、浙之鹽出於人力，非若河東天造地設，不勞之利也。其法在於曬土爲鹵，煑鹵成鹽，以鹽納官。然而逋負多而國課損者，何也？夫欲曬土，必有攤場；欲煑鹵，必有草蕩。今之場、蕩，悉爲總催者所并，而鹽課又爲總催所欺，竈丁不過總催家一傭工而已。煎煑之法，名存實亡。而總催者，下欺竈力，上負國課，百計遷延以覬一赦而已。伊欲處之，在於盡復竈丁之場、蕩，而盡懲總催之姦欺，則其弊可息矣。浙中私販之徒，以拒捕爲常，以殺人爲戲，驟不可剪，則比之勢要，差爲易處。苟使出鹽之地，捕其買者之市家，行鹽之地，捕其賣者之市行，而悉置於法，則其黨可空矣。非若勢要之家，蛇蟠卵翼，不可一旦去也。今日得侵兩淮、長蘆之鹽利者，雖曰朝廷業已許之，然終非法意。臣以爲與其壞天下之大法，寧傷數人之私恩，必使小人之姦無所容而後已。夫上之支中盡歸於商賈，下之場、蕩盡歸於竈丁，則商通課足而鹽法不行者，未之有也。謀利之事，君子所羞。臣恐利未興而害作，故得備而論之，謹狀伏候進止。

稽古禮以崇祀典事

臣聞禮可以義起，事待人而行。竊照本監文廟春秋二祭，累朝列聖制遣元臣主行，群僚陪列。迨我皇上紹統，克懋前修，益弘敬理，可謂情文兼備，無所間然者矣。顧秋丁一祭，正當伏暑之餘。況今歲十月置閏，炎蒸猶存，誠恐浹辰之間，陳設犧牲不無變動，殊非馨香潔清之義。臣心思之，至久至熟，義有未安。謹按《周禮》『祭祀共冰鑑』，説者謂『以禦温氣』。《記》又有之曰『伐冰之家』，傳者謂『卿大夫以上，祭祀用冰』。夫秋暑何止於温氣，文廟難同於世家，況於天子之所饗者乎？臣又按凌人冰政，經見《禮》《詩》。實聖人燮理之方，而祭祀之用爲急；知神明感通之妙，而備物之意當求。見今京師藏冰至多，尤宜致用。兹云義起，蓋有待行。伏惟皇上天縱聖明，動求古義，是誠千載一時也。伏乞淵衷少賜裁度，急修冰鑑之儀，以爲復古之兆。仍下所司，永爲遵守，庶幾神明饗而和氣應矣。

乞恩認罪以全大體事

臣於嘉靖八年三月初二日經筵，輪該臣講《孟子》書。隔夜借宿於工部廠中，温習諷誦間，心有未安，誠恐於感格之道未切，故於講畢叩頭之後，謬爲面奏。當蒙慰旨，正在臚唱『平身』未畢之際，委的有紊禮儀，是臣知而故犯也，合當萬死。臣念經筵奏事，百年所無之典也；陛下臨御，千古所無之聖也。臣戇愚，起自山野，感荷千古所無之聖，而欲舉此百年所無之典。心迹牽礙，遂至犯禮，伏望聖明矜宥，臣不勝隕越待罪之至。

陳愚見以裨聖學事

臣遭際聖明，備員講讀。昨因講章未安，特於文華面奏。臣之爲此者，恃有陛下堯舜之主耳。果蒙温旨，非臣捐軀所能報也。彼時威嚴之下未盡愚衷，先行犯禮，故退而待罪。方將具論所以，不意又蒙慰旨，是陛下既宥之辜而復誘之使盡言，是誠千載一時也。臣請盡言之，伏惟聖明采擇焉。

臣謹按：經筵一事，關係匪輕。輔養君德，尤爲首務。因以策勵臣節者，亦不少也。何則？君父在前，威顔咫尺，爲之臣子者，儼然拜起，布義陳詞，説孝説忠，説仁説義，説廉説耻，説禮説讓，若使反之於身而一無所有，鮮不至於愧汗，而聽者誰則信之。故必勉加修踐之功，而後可收感孚之效。是以講章必出講官之手者，其意蓋在於此，非徒以便誦説爲也。然須有温潤之氣，以具告君之體。此非輔臣，鮮克舉之，所以必送内閣改定者，誠欲略去麤疏鄙野之狀，以養夫親近儒臣之心。其意又在於此，非徒以美文辭爲也。臣竊思之熟矣。臣豈敢不顧舊規，直行己志。若以此勸講，果未誠也，何益聖學？當時面奏講章，義理多未浹洽，所包甚廣，意不止於文辭已也。伏讀聖諭，益增戰兢，是臣之愚，倉卒未能上達爾。且今内閣無所不統，舊規俱帶知經筵事，又皆老於文學之臣，講説更改，宜有精義者，此特小節耳。第使講章盡出内閣之意，而講官不過口宣之，此於義理深有未安，而交孚相感之道遠矣，此臣之所爲諍也。伏望俯察愚誠，特諭内閣，只將講章一節，優容臣等各陳所見，而内閣因得以考觀臣等之淺深。至於義理往復，藻潤迭加，何所不可，豈止於閲看而已。臣愚意欲請自訓詁衍繹之外，於凡天下大政事、大利弊，皆得依經比義，條列類陳。庶幾九卿、百司有行之而不能盡，給事中、御史有知之而不敢言，司、府、州、縣有負之而不能達者，皆得以次上聞，則主勢日尊，聖學日邃，而臣等亦得附之以進修矣。區區一得之愚如此，此臣之心也。臣少而顓愚，晚年悔過，荷蒙陛下特達之知，每欲因事納忠以佐維新之化，特患無路耳。若復不知服善，希變舊章，則死有餘辜矣，更何面目復望清光乎？伏惟聖明垂察，則臣之效忠者，方自此始耳。

貪酷官員枉法人命重傷憲體等事

嘉靖九年九月十五日，據山西太原府陽曲縣儒學附學生員劉鏜家人劉鉞抱告：本年七月內，蒙本縣將劉鏜叔父劉文宗僉作社副，比時文宗因買賣不在，被積害老人王良却將鏜父劉文寬朦朧呈縣。不料知縣某當將鏜父用大板痛打三十，監禁至九月初五日釋放，擡回重傷，至本月初九日身死等因。隨據陽曲縣知縣某申稱，本縣建立社倉，僉報正副。據原委老人王良呈稱，西關都社首楊奉、社正副劉文宗，各抗拒不服拘喚，隨拘楊奉、劉文宗到縣問擬不應杖罪，不知因何病故。劉鏜倚恃生員，節赴各衙門妄稟等情。各詞到臣，俱經案候外。臣先於本月初九日晚，與按察使潘鑑一同回司，忽見門外跪一生員，叫聲有父被某知縣三十打死。時將昏黑，臣與潘鑑言，或是膚受之愬，諭使且去。至十二日，臣在提學道復見前生投狀，臣已識認，問曰：『汝父果死否？』答言已死三四日矣。臣始惻然，曰：『此狀該赴察院按察司告，如有寃枉，方與伸理。』本生當去訖。至十四日，臣同三司進入察院作揖。出至門外，知縣某慌忙跪告曰：『有一生員父親，是知縣三十打死。今糾合生員四五十人要行報復，情願抵命。』衆未發言，是臣職掌，即令聽事吏探看，隨同三司出門，止見劉鏜一人衣巾裹頭在外，餘無所見。至司，臣與潘鑑言昨日赴道告訴亦是至情，憲長該與准理。潘鑑是臣同年舉人，委曲對臣説：『我昨日曾見此告。但前日是察院放告日子，彼既不受，我不好受他。』臣曰：『此非憲體。』須臾，吏人來報，察院將劉鏜褫去衣巾，送陽曲縣上庫，責打二十，釘上手鈕，發太原府監了，其人垂命矣。臣愕然曰：『何得有此？方纔與潘鑑説，昨日憲長若與准理，辯其曲直，豈有今日？不曾見世上人父親被人打死，察院去告，不准，按察司又告，不准，本道又不能准，又遭非法刑打，如此是甚道理？且衣巾是祖宗制服，必須結罪退黜，仍與本道知會，方可施行，無乃侵奪職掌乎？凡徒罪以上，方上手刑。今罪狀未白，遽施此酷，無乃有乖憲體乎？』只得一面令人分付太原府，囑其且顧性命而已。潘鑑向臣說：『不妨。當進察院討出。』臣曰：『不好。若討不出，後無着矣。』至明旦月望，該臣詣文廟行香。畢，見一老婦持狀號哭，諸生環告寃苦，臣亦爲之墮淚，慰令各散。復進察院作揖，窺伺淺深，延至後堂三司旁坐，茶話已畢，出至前堂，候立間並無言説。有左布政使楊叔通、按察使潘鑑上前，北面稟説此事，臣與都司馬縉東面却立以俟。但見監察御史某微笑説：『昨日劉鎧，是某知縣來稟，故將刑責，亦是他父子之情。上手鈕，頗重了，我心不安。既然，送按察司罷。』共揖而出。臣對三司曰：『父子之情，刑具之過，幸大巡已知之，此人心之所以不死也。我輩可以忘言矣。』至十六日，復進作揖，亦至後堂旁坐如故。此時御史某先受讚言，豫作怒色，厲聲曰：『如何秀才們糾合四五十人扛打知縣，是何體面？便是知縣打死一人，豈可便提知縣對理？況某知縣是箇好官，衆秀才們却去太府、都府告狀。』色微在臣。臣乃獨起立，從容辯解曰：『秀才即不曾聚衆，三司共見。若是知縣賢否，自有耳目。昨來父子至情、刑法已過，先生大人兩言甚明，我輩亦甚服之。只此可了，不須張皇，釀作大事。』方始笑頷曰：『是我聽之過矣。』却向潘鑑又説：『知縣余昇，問贓一百三十兩。也中一場進士來，可與減免些。』潘鑑起曰：『此贓該給主。』某又笑曰：『若是給主，可補虚領子罷。』潘鑑欠伸承命而起，不知向後作何處置。

臣本書生，初叨藩臬，日逐聞見如此，爲之驚駭。且父子天下之至情也，父死非命，竟無控訴之地，止餘一子排入陷坑。察院、按察司，天子之耳目也，全不奉法，惟任一己之私，敢於庇姦，有同淵藪，此非聖世所宜有也。仰惟皇上好生之仁，同符堯舜，而山西之地，密邇京畿，豈容賣弄威福、顛倒是非一至於此。臣今忝法官，不得不爲陛下言之。參照知縣某兇虐之姿、貪饕之性，一方士民怨入骨髓，所犯實迹，逐一開陳。此特據臣之所知耳。臣之所不能知者，尚多也。但其憑仗錢神，巧爲因糧假道之計，合無照依朝覲考察事例，先行罷黜，特敕法司差官根究。再照監察御史某不諳大體，動違憲綱，知善不舉，見惡不拿，巡按一方，委的失職。此特據臣之所見耳。臣之所不及見者，尚多也。但恐别有所長，似非堂下之人能辯。合無候其巡按已滿回道之日，特敕都察院嚴加考察，庶幾國法正而治功明矣。

衰病不職乞恩致仕事

竊照臣年五十四歲，係直隸松江府上海縣人。由弘治十八年進士，欽授翰林院編修，歷陞國子監祭酒，充經筵講官，嘉靖八年三月内於文華殿面奏。繼又不合言事周章，奉旨降調福建延平府同知，領憑赴任訖。本年九月内，蒙陞今職，依期於今年四月十一日前到山西管理學政不闕外，念臣賦性迂愚，叨塵任使。頃以庶僚敢搖内閣，玆膺方面，復忤監臨。本欲自結明主之知，而不知先已陷身於衆怒群猜之地。外難展布，内蓄憂疑。有臣如此，陛下將焉用之？況臣係南人，不服山西水土，舊患痰火麻痺等證不時舉發，虚炎上攻，兩目昏眊，陰濁下泄，便溺頻繁，其於校閲關防殊覺廢力。見今奉行沙汰，來歲又屬開科，度非臣之精力所能辦也。伏乞查照見行事例，將臣罷黜，以爲罷軟不職之戒。如蒙聖慈尚存記憶，特敕該部容臣致仕，以爲儒臣進退之榮，是陛下始終保全之恩，當圖死生銜結之報。臣無任望闕待命惓惓。

儼山文集卷二十八

奏疏二

正名祛弊以光治體事

近該臣參奏巡按監察御史某不職，某亦行舉劾臣過失，均蒙敕下都察院看詳，公論有歸，臣不敢辯。續該臣自劾求退，未蒙允俞。伏地瞻天，復有所獻，仰惟聖明納察焉。

臣聞人存則政舉，名正而言順。夫所謂名者，自君臣父子之大，以至官僚稱呼之間，皆名也，亦皆政也。名必有義，義必有稽，稽而後正，故曰『政者，正也』。無稽則無義，無義則言不順而事不成，故曰『政息，甚可懼也』。今某之言可謂無稽矣，姑據其一二，請以大義裁之。

夫御史之與按察使、副使、僉事等均爲風憲，俱名察官，體分中外，固也。至於交際之間，尤關國體。伏覩憲綱所載，送迎坐次之儀得相主賓，而非統攝。故臣嘗謂御史與按察之官，兩長可以相形，兩短不可以相示。何則？按察見御史之長，則當尊而敬之曰：『此天子之按臣得體也。』御史見按察之長，則當旌而薦之曰：『此一方之人才可用也。』是之謂兩長相形。御史見按察之短，則當隨事舉劾。按察見御史之短，則當指實奏聞。是之謂兩短相示。凡此皆出於天理之至公，而不容一毫喜怒愛憎之情與於其間。夫是之謂王道而貞肅之本意，初不外此。臣等所宜自靖自獻，以爲執法執中，皆職分内事也。某不及此而喜作威福，每列三司於兩旁，悉欲鞠躬磬折於前，惟其言而莫違，然後謂之無異議。不知所議者何事也，其於憲體何如，而臣等三司盡皆何如人也。弊政亂名，莫甚於此。某本小器而又不學，徒懷疑忌之心，不知義理所在，惟有血氣，違犯實多。一旦聞臣參奏，手足無措，漫爲失體不經之詞，意在挾制孤危，遂成欺罔聰聽，臣甚惜之。若謂體統各別，猶有可諉，至謂督率司官，則又無稽之甚者。臣請復爲陛下分疏之。

我朝祖宗損益三代，以位置百僚，内設五府、六部，外建都、布、按三司，實有臂指相使之勢。品資等級，殆猶鱗砌。故府、部謂之大臣，三司謂之方面，皆附麗天子，以制名者也。三司自五品以上，吏部舉用，具名雙請，與兩京堂上體例一同。若六部之諸司，則謂之司官。郎中、員外郎等官之於尚書、侍郎，則謂之堂官。臣等三司視各府、州、縣等官，則謂之屬官。此司、屬之所由分，亦名分之所攸寓，是或有督率之義存焉。至如臣者，備員提學，欽奉制敕，内有『提督表率』字樣，方敢名爲督率，止於師生進退、賞罰，得以一面奉行。鏜今妄認方面爲司官，而欲一概督率之，不知是明旨乎，是舊例乎？第恐天下後世，有謂我朝方面官曾受御史之督率，實自臣始。竊謂此名不可不正也。且御史積有資望，方得推陞僉事，而副使之陞，則御史之極選。由此以上，則謂之超遷不次矣。若果如鏜所言，則尚書、侍郎亦將遞遷爲郎中、員外郎乎？其爲寡陋疏率若此，不知將何以副陛下之任使哉。又如劾臣不行呈稟撫、按。照得提學職事，原與撫、按不甚交涉。貪酷害人，許受訴詞。此係奉行敕書，臣固不敢以一人之私忿，而遽爲之前却。

恭惟皇上正名定分之志，又在修正《會典》之時。臣感戀舊恩，每思報效，於此豈敢循默而自取嫌避哉？推求弊端，皆由臣等不才，三司諂佞阿附，要求保薦以爲進身之階，所以養成驫傲之御史，敗壞陛下之紀綱。竊謂此弊不可不祛也。非臣身親目擊，誰肯言及此哉。伏惟聖明，將臣所言，特下該司會議。凡有舉劾，當視巡按者之賢否以爲黜陟。凡爲巡按，當考舉劾者之當否以爲殿最。凡遇接管巡按之際，再加精擇。貫魚行雁之選，宜一洗而更張之。著爲憲章，載之令式，咸使遵守，庶幾内臺不至挾權以相陵，外僚不敢希求以獻諂。名義既正，弊端自清，言順事成，而禮樂可興也。此誠大聖人之所作爲，所謂有是君則有是政矣。天下幸甚，世道幸甚。臣雖誅竄，猶爲有光，況於毁譽進退之間哉。臣不勝忠懇之至。

乞恩分罪以全大體事擬上

先該巡按山西監察御史趙鏜劾臣違慢不法等事，蒙差刑科給事中董進第會同巡按山西監察御史王道勘報，續該都察院題覆。奉聖旨，趙鏜、劉儲秀已用旨調用，并革職了，陸深、范箕等着巡按御史提問，欽此欽遵。臣星夜前來，伏罪如律。竊念臣孤危之蹤，曾叨侍從，疏戇之性，動致悔尤。俯蒙皇上每賜優容，非臣捐軀所能報稱也。仰惟聖製《敬一箴》及『五箴』，釋義皆千聖傳心要法，天下臣民當心惟口誦，參前倚衡，況劉儲秀與臣俱有提學之責者哉？申明建置，因循欠闕，儲秀既失之於前，臣復失之於後，死亦何辭。但招尤啓釁，實本於臣，波及儲秀，得罪反重。臣之一身，外雖受恩，中實如刺，敢昧死爲陛下陳之。臣聞先儒有曰：『與人同功，人用而己舍，君子不敢言勞。與人同罪，人免而己窮，君子不敢逃責。非能異夫人也，理固如是也。不然，則爲無恥。』臣每誦之，以爲名言。今儲秀與臣同罪，儲秀重而臣反輕，若不早爲伸理，則臣何止無恥而已。如蒙擴同仁之念，准照陳某遷官免究事例，一體推恩，惟復特敕吏部復還職事，以示使過之仁。況儲秀年富才敏，過臣遠甚，必能效忠補益，以無負再造之恩。若以爲情罪各有所當，則臣與儲秀同官同事，亦願與之同罪，庶幾少附寅協之義，以佐陛下彝倫之化。世道幸甚，名教幸甚。

紀天瑞以頌聖德事

臣伏覩近日景雲見者，寔當皇上明堂饗帝之期，天意昭然，一時臣民之所共喻也。顧惟萬世，亦宜有聞焉。臣謹按：有虞之世，嘗見卿雲，大舜作『爛縵之歌』，公卿屬和，至于今傳之。唐宋事由，播諸表狀。逮我成祖永樂間，卿雲發祥，一時廷臣咸有賦咏，尚可考知。由是觀之，則雲物之化難常，而風聲所被者甚遠也。臣愚過不自量，勉爲《景雲頌》一篇，引以小序，凡數百言，用紀一時盛事。雖不敢以方駕古人，竊自謂之實録，謹用繕寫，上塵乙覽，庶幾春鳥秋蛩報答和氣云爾。一得之愚，罔知忌諱，無任隕越待罪之至。儻蒙寬假，頒付史館，少備典禮采擇，臣愚幸甚，萬古幸甚。

謝恩事

昨十九日吉辰，恭遇皇上祭告玄極寶殿暨奉先殿。臣叨以職事獲與陪拜，勉竭精誠，以仰贊聖德，無任悚惶。旋蒙欽賜脯醢酒果品物到臣寓舍，當即叩頭祗領訖。仰惟皇上格天饗祖，納佑膺祥。荷生成涵育之功，深懷帝德；被馨香豐潔之賜，悉出神餘。酌湛露以知恩，歌既醉而捧腹。圖報無地，瞻聖有嚴。臣不勝感戴天恩之至。

奉慰事

本月二十九日，皇上駕發衛輝行宫，偶爾被火，有軫聖心，臣等無任驚惶。仰惟皇上特加寬慰，以副臣等瞻戀之私。臣等下情不勝惓惓，爲此具本奉慰以聞。

謝賜川扇

伏蒙聖恩，賜臣等講官川扇九握者。伏以蜀扇新頒，用贊南薰之解阜；經幃特賜，光生東觀之披揚。日近天顔，時行火令。感遭逢之有自，愧啓沃以無能。義重五明，報稱萬壽。臣等初塵講席，遽拜緘封。名具三臣，風分九握。屑金璀璨，昭回星斗之光；漆箭斕斑，宛轉輻輪之輳。惟聖人能開物以成務，故微臣得因事而效忠。暑去塵清，敢不佐下風於萬里；手持身佩，益當重上賜於千鈞。臣等無任欣戴感激之至。

紀瑞雪以頌聖德事

兹者恭遇元旦靈雪浹辰，仰見皇上積誠夙禱，天降奇瑞，非尋常雨澤可方，無任欣忭。臣敬賦頌一篇，引以小序，雖不足以揄揚聖德之萬一，亦方春禽鳥之和鳴也。仰祈聖明俯垂乙覽，幸甚幸甚。臣不勝惶惶懇悃之至，謹用繕寫，隨本上進以聞。

乞恩追贈前母事擬上

嘉靖十七年十一月二十一日，恭遇皇上郊廟禮成，涣頒詔旨，内一欵『兩京文職并在外五品以上、方面有司四品官在任未及三年考滿者，俱與應得誥敕。欽此。欽遵』外，續該吏部題准，追贈臣祖父璿、臣父平，皆如臣官，臣祖母尤氏、臣母吴氏，皆爲淑人。臣不勝感激，即詣闕謝恩訖。臣本出自寒微，叨塵侍從，資歷猶輕，恩蒙三代，此臣子之奇遇，而亦臣子之至榮也。惟有勉竭忠誠，圖報萬一，豈敢復有陳乞，以要逾分之福哉？第念臣有前母瞿氏，是臣父結髮夫妻，不幸早世，瘞在淺土。臣父受封翰林院編修，壽終之日，臣回籍守制，躬親治葬，與臣母吴氏合爲一穴，前母在左，臣母在右。今臣母自孺人加贈爲淑人，綸綍之光下賁泉壤，而前母未有顯稱。臣父有靈，亦望恩及。況歲時祭掃告謁之次未盡兼隆，亦無以仰承皇上尊親之化。此臣之心深有未安，雖臣母之心，恐亦未安也。臣查得先年臣僚如侍郎曹鼐、參政葉盛，俱曾贈及前母。近年侍講學士蔡昂亦曾乞恩准贈，與臣情事體例相同。臣聞惟聖人有一視之仁，而治世多曲成之典。仰惟皇上以仁孝理天下，曠世之典既行，曠蕩之恩徧及，凡在幽明，無欲不遂。區區孝誠，不容但已者。此又臣子之至情也。如蒙聖慈俯垂矜鑒，特賜允俞，敕下該部查照前例，將臣前母瞿氏一體追贈，臣無任感戴天恩之至。

乞恩比例改給誥命追贈前母事

臣由弘治十八年進士，欽授翰林院編修，歷陞太常寺卿兼翰林院侍讀學士。嘉靖十八年二月初四日，恭遇皇上郊廟禮成，渙頒詔旨，内一款：『兩京文職三品以上官未及三年考滿者，俱與應得誥敕，仍廕一子入監讀書。欽此。欽遵。』續該吏部題准，追贈臣祖父璿、加贈臣父平俱太常寺卿兼翰林院侍讀學士，臣祖母尤氏、臣母吴氏、臣妻梅氏皆爲淑人，臣子楫行取入監。前項誥命，未經關給。復於本月十五日，又蒙聖恩，改臣詹事府詹事兼翰林院學士。旬日之間，兩遭殊典。而宫僚高選，尤爲奇逢。清銜美秩，又人子思以薦之祖考而不可得者也。況臣有前母瞿氏，係臣父結髮夫婦，未及霑榮，有恩可乞。仰惟皇上仁聖，必能曲成，故敢冒昧請之。查得品級相同，改給誥命者，則有吏部右侍郎唐龍事例。顧名思義，追贈前母者，則有禮部右侍郎蔡昂事例。近該刑部尚書周期雍陳乞，則改給追贈，又蒙一併得之，又與臣事體相同。如蒙聖慈一視同仁，以遂微臣一念私情，則天高地厚之恩，雖粉身碎骨，不足以言報矣。臣不勝惶懼祈懇之至。

乞恩養病事

臣原籍直隸松江府上海縣人，由進士任前職。於正德十五年□月□日聞父喪，備關本監送吏部稽勳清吏司，給領孝字勘合。回還守制間，臣不意染患痰火病證，一向自行訪請明醫調治未愈。今臣喪服扣至今年六月□日服闋，理應赴京奉繳孝字勘合。不料臣之疾，原係氣體虛弱，卒難醫療，日甚一日，不能動履，難以起程，恐違期限。臣竊伏望皇上憐憫，照例准令養病，痊可之日，仍來供職。臣不勝感戴天恩之至。

衰病乞休事擬上

臣由進士任翰林院編修，歷陞光禄寺卿。蒙聖恩，陞臣太常寺卿兼翰林院侍讀學士，一同吏部左侍郎兼學士張邦奇纂修玉牒。臣當謝恩訖，旋即到任，開館供事外。臣本迂疏，粗通章句，語言過直，憎怨實多。仰荷皇上天高地厚之恩，不容終棄。召自外藩，付以内署，再蒙拔擢，超出常資。處之清密之司，委以文翰之事。登瀛妙選，古今至榮。臣非草木，豈不知感恩思奮，以圖補報於萬一哉。奈何福過災生，力微任重。忽於今四月二十九日夜，舊患痰氣作厥，一時醫治少甦。目今濕毒下注於腰，虚火上蒸於目，遂致步履艱難，瞻視茫昧，勉欲省事服藥，希望平復，庶幾少效犬馬之誠，以畢盡忠於陛下之職業也。顧臣今年六十有二歲矣，但恐桑榆之日，無復再中。況禁秘典文，亦非羸弱之所能辨也，萬一因病誤事，死不足贖。如蒙聖恩，別選賢能，當兹重寄，將臣放歸田間，以終餘年，臣當銜環結草，以報陛下曲成之恩。臣無任恐懼激切之至。

自陳不職乞賜罷黜以彰聖政事

臣係直隸松江府上海縣人，見年六十三歲。由弘治十八年進士，改翰林院庶吉士，授編修，歷陞今職。竊伏自念臣出自草茅，龘通章句，偶忝科名，叨塵侍從。幸逢皇上中天而興，大敷菁莪棫樸之化。雖以小材，亦叨任使。昨歲蒙恩召自外藩，旋蒙改秩，俾以文翰供職。曾無寸補，又被宫僚之選。官隨年進，恩與日隆。是雖捐軀糜骨，不足以圖報於萬一也。自顧臣學識疏淺，氣質迂愚。犬馬之誠，徒切於念慮，而涓埃之報，何益於高深。尸素之譏，實恐難逭。況當六年考察之期，正惟大明黜陟之際。如臣衰朽，尤宜先罷。伏望皇上將臣放歸田里，别選賢能，以副輔導之重任，庶幾典制昭明，才能進用，斯亦區區報國之微忠也。臣無任惶悚祈懇之至。

自陳不識乞恩罷黜以消災變事

准吏部考功清吏司手本，近該翊國公郭勛奏爲災異陳言，策免大臣，以清朝政，以勵群僚，以安黎庶事。奉聖旨：『卿説的是。災變策免大臣，係祖宗舊典。着九卿堂上各衙門四品以上官，都自陳來，仍着科道拾遺糾劾。欽此。欽遵。』臣本一介之微，叨塵三品之秩，出入中外三十餘年。伏蒙聖恩眷注，超處清華，玉牒大典，俾與纂修。比者皇儲建立，天下歸心，選置宫僚，特在首列。經筵日講，悉叨任使。天高地厚之恩，正臣致身效用之日也。顧臣才識綿薄，展布未能，徒饗厚恩，每懷慚愧。若論尸素之人，惟臣爲甚。災異之來，豈不由臣。徒以感戀聖明，未即陳乞，殊昧止足之義。物理典憲，俱屬有妨。況臣行年六十四歲，氣血兩衰，痰火間作，報效之心雖在，而驅策實不能前。首宜罷免，無過於臣。仰惟皇上寬斧鉞之誅，開天地之量，將臣放歸田里，別選賢能，以致和氣，則未盡之年，皆陛下之所賜也。儻醫藥少間，尚當咏歌太平，以贊中興之盛，教子育孫，使世世不忘大造之恩也。臣不勝拳拳冀望之至。

自陳不職乞賜罷黜以弭災變事

近日九廟被火，聖諭屢頒，感動中外。臣仰覩皇上焦勞，躬親祭告郊廟社稷，晝夜靡寧。臣身心戰惕，不知仰承之方，惟增隕越。該言官建言修省事宜，復奉聖旨：『是。宗廟災變，朕心震驚。所宜痛加修省，以實事天。兩京文武大臣，都著自陳時政闕失，著各衙門條奏，務切民瘼國體，不許虛應故事，泛濫彌文。該衙門知道。欽此。欽遵。』臣聞殷憂啓聖，變不虛生。大抵天心仁愛人君，必出災異，以譴告之。仁愛愈深，則譴告愈重。近日之災，亦前代之所未有也。仰惟皇上聖敬大孝，感格帝天，蓋有素矣。而災變如此，豈非臣等奉職無狀所致耶？罪不容逭，事當有因。如臣一介草茅，叨塵侍從，食禄有年，曾無寸補。尸素之愆，尤皇天所宜震怒者也。

而重貽君父之憂乃爾，將何以爲自安之地耶？如蒙聖恩天高地厚，不加斧鉞之誅，將臣放歸田里，别選忠勤，以爲皇上格天之助，則和氣可回，災異可弭，列聖在天之靈可慰，而於聖孝至仁益有光矣。天下幸甚。

儼山文集卷二十九

青詞一首

應制擬撰追薦皇妣獻皇后青詞

伏以慈陵厭代，載逢諱日之臨；寒序凝冬，彌切履霜之感。念劬勞之莫報，顧愴惻以何伸。世隔仙凡，目極蓬山之路；寢留風木，淚添楚水之波。嘗聞仙籙一壇，可資冥福；天門九陛，徑達帝聰。以今肅啓皇壇，恭陳醮事。伏願上帝垂仁，群真敷鑒。詞通悃愊，開函於玉扆之前；恩布祥光，弭節於金庭之内。蕊珠夜誦，侍飈御以同遊；青雀西飛，導慈輿而遠至。慶流胤祚，介麟趾千億之祥；福被家邦，鞏金湯萬年之固。無任瞻天仰聖激切祈請之至。

讚頌五首

應制擬撰追薦皇妣獻皇后讚頌五首

伏以慈闈誕育，萬年開帝世之勳；仙馭遐征，永日灑天家之淚。驚歲華之易邁，期屆大祥；念母德之難酬，恩垂罔極。庸假熏修之典，用資昇薦之因。欽惟皇妣慈孝獻皇后懿靈，嗣妊姒之徽，陰教夙成於宮壼；翊昌閎之運，聖功覃被於寰區。受祉介祺，正享彤闈之養；乘雲厭代，竟爲蓬島之遊。叩天地，呼神明，嗟何及矣；在羹墻，入夢寐，如或見之。以今迓聖玄都，敷筵紫禁。供十華之道果，有飶其芬；酌九醞之霞觴，維醽且旨。伏願洋洋肸蠁，穆穆居歆。紫鳳臨軒，羅梵氣於散花林表；蒼虬翼駕，現真容於五燭光中。仙吹停音，雲篇奏偈。偈曰：

太皇雲駕去昇天，霜霰玄冬已二年。賴有聖真垂接引，慈儀來駐法筵前。祥節逢初臘，弘開欵聖筵。慈馭引群仙，香霧裏感華年。

伏以圓景駿奔，仰星回于碧漢；浮光焱激，躔日會于玄枵。憐歲序之將遒，矧祥辰之甫及。終身永慕，明發有懷。感與時來，莫報三年之抱；禮因義起，聊伸一日之誠。擬罄丹衷，敬資黃籙。欽惟皇妣獻皇后懿靈，孝慈成性，恭儉宜家。荷眷命於三靈，祥開華渚；正儀刑於四國，化始汝墳。懿範徽音允矣，女中堯舜；鴻名美號至哉，天下尊榮。豈期遽棄人間，自是僊游物外。悵音容之莫覩，路隔西池；賴精意之能通，筵開北極。伏願徐引靈班，暫違温席。鳳輦逶迤，霞裾容與，出洞府以來臨；雙成後擁，玉女前驅，望瑶壇而戾止。酌水獻花，延羽衛於極樂世界；考鐘擊鼓，接懽娱於清凈人天。恭上明香，併陳法部。偈曰：

髣髴慈輿度碧空，瑞煙初裊上陽宫。身居貝闕龍天上，心在兒孫社稷中。慈皇徂二載，霜露切悲傷。寶座薦，瓊觴來，肸蠁格洋洋。

伏以寒威奄至，益增風木之悲；日月其除，長廢蓼莪之咏。禮服以中月而禫，仰報無階；道範歷萬劫爲宗，皈依有在。爰伸孝感，仰借真詮。欽惟皇妣獻皇后懿靈，端一誠莊，德配坤貞之厚；安和恭儉，道扶乾健之亨。發《螽斯》《麟趾》之祥，昭《卷耳》《葛覃》之化。介之繁祉，方永承千歲之歡；乘彼白雲，豈料棄萬邦之養。以今恭修玄典，罄瀝丹衷。飛雲章，奏玉檢，請命帝庭；薦時食，陳裳衣，奉安靈瑣。伏願霞光燭地，恍瞻華翟之儀；月曜臨軒，快覩鳴鑾之駕。鑒兹孝享，回朗照以降洪恩；賚我思成，樂逍遥而登霄漢。偈曰：

飒飒風煙傍禁城，遲遲更漏轉寒更。龍帷玉几三年淚，碧海青天萬古情。碧落歌空洞，鯨音動泬寥，待曙想鸞鑣。思昔日，寢門朝。

伏以駟隙馳光，塵世俄驚乎一瞥；桂輪隱曜，玉容莫覩於二周。禮制有終，曷罄子心之報；孝思無已，難忘母德之隆。欽惟皇妣獻皇后懿靈，積德興邦，啓萬年之景祚；施仁翊化，揚四海之徽音。休徵應堯母之門，淑惠協舜妃之譽。今則仙遊閬苑，侍玉案以周旋；駕返遥天，騰綵雲而陟降。霜寒寶樹，慈烏徹終夜之悲；月滿遼城，化鶴引千年之恨。渺龍湖而不見，睠象服以猶存。攀號莫罄於宸衷，昇薦特資夫道力。伏願霞冠雲履，暫離蕭欝之宫；紫蓋緋輪，少駐凝華之闕。脯八麟而腊九鳳，籩豆静嘉；酌桂醑而奠椒漿，韶鈞合奏。右享惟傾乎致敬，來歆庶慰於遐思。載振琳琅，式宣寶詠。偈曰：

螭驂鶴駕降靈關，瑶樹琪花得暫攀。禮罷上真哀更切，分明玉几見慈顔。風吹和雲裊，天香合殿飄，瓊館斷塵囂。停法駕，謾逍遥。

伏以遡白雲於天際，莫返真遊；灑甘露於筵中，式陳殷薦。禮虚皇而披寶籙，潔珍饌而啓雲厨。對揚罔懈于誠，將享必由其敬。欽惟皇妣獻皇后懿靈，言容莊敬，性道希夷。貽寶訓於宫中，紘綖是則；正母儀于天下，褘翟攸尊。方娱至樂於含飴，俄結深悲於陟屺。今者黑帝歸寒，蒼冥司令。日晼晚而忽落，夜綿邈以何晨。撫景嬰懷，歎坤儀之益遠；感時濺淚，嗟慈矩之長違。以今恭按玄科，肅陳浄供。伏願鑒觀伊邇，陟降有靈。宴玉樓瓊室之天，式遊以息；泛黄竹青尊之薦，來格而歆。讚誦宣揚，宫商合奏。偈曰：

蓬萊宫裏是天家，青鳥書傳路未賒。猶似當年稱壽日，鳳笙龍管醉流霞。飛霰嚴冬候，哀親思轉重，遥睇紫霞峰。疑髣髴，見慈容。

右讚頌五首，倶嘉靖十九年十一月進。

讚饌文偈四首

擬中元節追薦皇考皇妣讚饌文偈四首

伏以節届中秋，灝氣應星樞之運；天垂普度，孝誠感霜露之期。覩大火以西流，萬寶將隆而圖報；儼英靈之如在，一心有象以思成。謹運真香，虔誠上啓。欽惟睿宗獻皇帝，與天爲體，陟降恒妙乎帝旁；隔世如生，音容每瞻乎法座。章聖獻皇后，厚德承乾，懿闈存萬年之鑒；聖慈裕後，祥光延百代之長。伏願雲馭同臨，鑒孝子蘋蘩之薦；法音並聽，享玄都花果之誠。靈風倏倏於逍遥，餘澤尚資於解脱。仰瀝丹忱，用宣寶偈。

龍髯天上不能攀，鶴駕雲間未擬還。玉几金爐香縹緲，秋光滿目儼容顔。

伏以玄都寶蓋，人天共秋氣之澄鮮；秘殿瓊筵，水陸備時新之芳馥。聊表仁人孝子之至意，肅肅遥將；爰酬父天母地之深恩，洋洋如在。敬運真香，虔誠上啓。恭惟獻皇帝，至德無名，仙馭已升於天上；玄通有感，神游尚接乎人間。再惟獻皇后，誕育神堯，過曆已占天定；同符太姒，端闈式著母儀。伏願頃刻來臨，瞻霄漢龍鸞之駕；精誠上饗，聞風雲環珮之聲。陰功普濟於塵寰，仙路超遥於物表。雙靈共慰，萬法齊飈。

碧天如洗動秋光，寶月初圓助晚凉。金殿玉筵將孝享，雲衢仙路共微茫。

伏以曆府授時，七月已過其半；仙官校籍，三元適會其中。慨光陰之冉冉，牲鼎無期；荷功德之綿綿，椿萱有恨。謹運真香，虔誠上啓。恭惟獻皇帝，曆數已歸，遜大美於南服；天心彌眷，鍾餘慶於眇躬。再惟獻皇后，作則坤儀，聿修内教。儉勤行江漢之化，慈寧覃寰宇之恩。伏願龍旂鳳輦，少回雲表之遊；玉振金聲，暫聽人間之樂。孝誠勉竭於涓埃，精爽潛乎於天地。法侶宣音，和聲敬獻。

信有神仙白玉京，芝軿羽翣彩雲輕。遥瞻二聖雙旌引，無恨人間孝子情。

伏以閶闔風生，又變炎涼之候；盂蘭會啓，式陳水陸之珍。劍履猶存，悵音容之漸遠；羹墻如見，奈謦咳之難聞。俯竭孝誠，仰祈神鑒。恭惟獻皇帝，聰明睿知之兼全，每懷玉韞；雷電風雲之際會，惟事龍潛。再惟獻皇后，育聖鍾神，久啓貫月繞星之瑞；辭煩厭代，暫遊瑶池閬苑之都。伏願並駕下臨於法座，鑒明德之維馨；九天暫駐乎仙軀，饗孝思之如見。徹幽明而感格，瞻雲物之徘徊。敬發瓊音，恭呈玉饌。

玉几香凝綺席張，金莖露下碧空長。珍羞寶饌依然具，且薦天厨一味涼。

右讚饌文偈四首，俱嘉靖十八年七月十五日。

儼山文集卷三十

頌二首

景雲頌

惟我皇明，傳世九葉。今天子嗣大寶之十有七年，龍集戊戌九月己丑，景雲見於巳位，五色畢具，爛然成文。冠日而興，若華蓋之狀，有目者之所共覩也。于時天子方修明堂，講配位，著兆既協，詢謨僉同，將以吉辰有事于奠獻。天意若曰，文德至矣，有如此雲。萬口喧讙，以爲希世之奇瑞也。聖德感格，如影隨形。而天子方退然不居，特下明詔，歸於默報，甚無以慰臣民仰望之本心也。臣聞之古記云：『天子孝，則景雲出游。』伏惟聖上重新九廟，尊上徽稱，追宗獻考，奉養慈幃，本根終始之禮，質文交盡，可謂孝之至矣。又聞之：『德至山陵，則景雲出。』伏惟聖上春秋霜露，親謁諸陵，江南泗上，葺飭備舉，下至草木鳥獸之微，生成咸若，可謂德至山陵矣。又按，天樞得則景雲出。夫天樞者，北辰也，居其所而衆星拱之，斯得矣。伏惟聖上剏製圜丘，密邇宸極，禮樂修明，效法圜運，屹然有居中馭外之尊，萬世永賴，則天樞亦云得矣。遒是衆美，而眷祉方新。有焕天章，悉以類應。豈一德一行，偶以希合致哉。而歌頌不作，後世無聞，臣甚恧焉。臣深無似，待罪詞林，獲以文墨事聖天子，輒敢忘其孏陋，撰成頌篇，雖不足以揄揚盛美之萬一，庶以明臣區區之職分也。頌曰：

兩儀奠位，惟皇繼天。山川出雲，有開必先。明明我皇，履方體圓。毓靈江漢，比德蒼玄。誕膺寶籙，龍耀百川。殷邦靖嘉，義畫契傳。撫世御宇，何德弗全。堯文舜孝，禹烈湯虔。郊廟儼若，山陵惕然。尊親饗帝，禮樂經權。文成有焕，蹟邁無前。祥由善致，氣以理宣。歲舍戊戌，土德允堅。時維秋季，離巽星躔。太陽麗正，風候暄妍。有雲五色，若抱若懸。爲章霄漢，非霧非煙。綵纈晃曜，縹緲聯翩。至和攸萃，積慶綿連。萬目快覩，衆口垂涎。額手蹈足，裾袂蹁躚。惟皇聖德，克配彼天。子孫千億，麟趾闐駢。皇風清穆，九有八埏。詎曰昭鑒，符瑞稱賢。小臣作頌，以告萬年。

瑞雪頌

嘉靖庚子，歲行將除，皇帝禱雪於西内，重民命也。天意若曰，數有適符、物以期致者，非所以彰靈貺而答至精也。乃明年辛丑正月元日戊子之辰，誕降瑞雪，颺空覆地，爛若銀海。明日己丑，再降，幾盈一尺。于時萬國來朝，四夷畢至，被冒掀舞於大庭之上，稽首百拜，咸稱萬歲。都城士女，喜忭奔走於六街九衢之中，歎未嘗有。遠而望之，皜皜無際，灼然豐穰之兆矣。《易》有之：『陰陽不測之謂神。』斯其神化也乎。是宜頒瑞四方而頌聲作焉。臣謹按：雪者，五穀之精也，尤宜三麥。夫穀晚成而麥早，早晚咸宜，民命厚矣。其瑞爲大。臣又按：庚者，更也。辛者，新也。是雪之降，若更其舊而維新之從。天貺昭彰，我皇上必且盡釋舊恙，而迓續新休矣。斯所爲瑞，抑又大焉。臣忝文墨之司，敬獻《瑞雪頌》。頌曰：

后惟玄聖，道通于天。風雨霜露，無感不然。爰念粒食，惟兹素雪。協候應期，以屆嚴節。皇穹蓋高，其聽則卑。我后明德，響應是隨。帝曰不遲，三陽五始。乃召滕六，乃呼巽二。重雲密霰，玉潔珠輝。來牟之慶，徧于九圍。優渥霑足，黍稷穜稑。遺蝗載驅，愆陽盡伏。我后明明，既安且寧。玉樓瑶砌，垂拱穆清。增高益一，踰尺盈丈。與化俱融，何物不養。瞻彼流泉，聿成江河。皇澤斯沛，與潤孰多。普天薄海，以遂俯仰。一人凝和，參三贊兩。凡此雪瑞，函自后衷。小臣作頌，以表膚功。

贊十八首

御史張公遺像贊

是爲御史張公之像。前輩人物，典刑猶存。後生欲起爲之執鞭，何況升其堂而及其門。一生忠義，丹青炳然。畫史徒能工於着筆，豈盡得其似而肖其全。惟我聖明，文皇入繼。風嚴度貞，公寔遭際。侃侃中臺，鳳鳴鶚逝。萬言密馳，重瞳屢霽。一當其難，衆疑太鋭。公曰遠違，左右我帝。青驄繡衣，凜凜百世。再拜述言，用告來裔。

按察使林公像贊

此莆陽順齋先生林公總憲蜀司時小像也。前史官陸深爲作贊曰：

即之也温，而有萬仞壁立之風。退然若避，而負四海蒼生之望。蓋才全者左右皆宜，而内蘊者形神俱王。此將來宰輔之儲，乃方今執法之象。是豈贊揚之所能宣，亦恐丹青之難爲狀也。

朱允升像贊

紅日赤雲，碧山如畫。梧竹交加，衣冠古雅。殆居士逍遥於鳳崗之下耶？欲覽德輝，方歎龍馬。文彩聯翩，風神瀟灑。豈居士校六書於既暇耶？外矅中腴，調高和寡。圖書在行，辭翰滿把。乃居士歸自東海之野。聽金薤琳瑯，出其土苴。鈞天虞庭，以遂傾寫。方將求居士於古之有道者也。

壽松贊

誰栽喬松，是爲真龍。曾充禹貢，不汙秦封。棟梁斯具，冰雪攸從。育苓化珀，萬世之功。有萬世功，與天地同。

黄静庵像贊

髯鬢若沐，咳吐成文。儼然起敬，卓爾不群。謙沖自持，而量包湖海之大；籯金萬計，而家以詩禮相聞。置之廊廟，旂常與勳。如當折衝，可奪三軍。豈動中之静，常有得於典墳。抑亦人中之仙，聊寄迹於塵氛耶。

方棠陵豪像贊

斯人也，其名豪，其氣豪，其文豪，其骨亦豪。所謂譽望翕若，丹青炳若者耶？今之世，孰爲相若，而深之所畏若者也。

羅太宰整庵先生像贊

一代醇儒，當朝大老。内重外輕，量大心小。淵源聖賢之傳，異同必析；雍容廟堂之上，模範不少。文明國華，平格天壽。竹素傳芳，麟鳳在藪。門墻既入，然後知宗廟百官；瞻望每勤，豈惟東山北斗。此葢一時之趨鏘，方當百官之領袖也。

李百朋秀才像贊

前十年得子於文章之會，後十年索子於丹青之外。禍福無端，愛憎叵奈。服求厥衷，道不下帶。噫，吾將與子浮沈於百年之内，以静觀天地之大。

夏桂洲像贊

此公大宗伯時耶？年幾耳順，睿作心思。伊周雁序，夔龍鳳池。歷試底績，一節何疑。玉攻金冶，彫範愈奇。角麟在藪，海鶴同姿。古稱骨鯁，兹表風儀。天子若曰，此朕之五臣，士大夫望以百世之師。

嚴介谿像贊四首

身居廊廟之上，心存山水之間。任當宰輔之權，享有神仙之樂。衣冠儼然，若在林壑。退自南宫，朝回東閣。人言介谿之風景，或兼平泉之經營。我覽黔岡之川原，實帶歐陽之鄉落。天上飛龍，九皋鳴鶴。物色無邊，丹青可託。

又

龍章鳳姿，巖廊在上。高才古調，清廟餘響。猗與休哉，大宗伯像。此文章禮樂之司，而霖雨鹽梅之望也。

又

望之甚癯，其中則腴。即之也温，而多禮讓。龍章鳳姿，超遥埃溘之中。正笏垂紳，雍容廊廟之上。真金馬玉堂之列仙，抑胄監虎幃之退講。經筵沃心，木天藜杖。不然將典禮之敷陳，與啓事之籤飏。彼擅丹青者，徒有得於影響。而工物色者，方殷霖雨天下之望。猗與休哉，此介谿尚書嚴公之像也。

又

此公扈從南巡時耶？恩袍晃耀，雜佩陸離。公孤雅望，文武兼資。天子神聖，省方以時。公在左右，如取如期。六飛晨渡，單騎夕馳。奔走先後，詎一匪宜。雙瞳炯然，四時備之。一身攸繫，八表是儀。望之者曰，此神僊中人。以予度之，乃當代之名臣也耶。

東方朔像贊

人中隱，吏中仙。多聞博識，所全者天。吐故納新，聊用引年。微露鞭貝之齒，驚倒一世之賢。

胡大參像贊

此公大參時耶？芝山之麓，竹亭之上。余以使事過饒，適及拜焉。敬作贊曰：
湖山所鍾，朝野之望。邈矣獨持，卓哉自諒。今之牧伯，古則輔相。爵位遞升，丹青成像。乃有爵位之所未酬者，經綸之才；亦有丹青之所難盡者，高雅之量。

友梅李錦衣像贊

此何遜之東閣乎？豈林逋之孤山也。彼美君子，心迹雙閒。身依日月之上，人在吏隱之間。交結歲寒之契，座挹春風之還。是其不恃金吾之貴，而常有玉樹之顔。當夫破輕煙於耿耿，恍乎麗壽星之斑斑者耶。

林母王氏貞節贊

夫閨門之際，可以觀化。林母感憑箕之事，堅柏舟之節，斯非所謂化與？離形器，超死生，异哉乎。其子文纘，以秋官顯致封敕，并輝旌典，天之報施於是乎在。乃作贊曰：
夫死君事，婦死夫志。事雖弗終，志則靡愧。有憑者箕，孰俾罔迷。陟降一致，馭風騎箕。

道既粹矣，風斯引矣。子子孫孫，涕惟隕矣。有旌在門，封典斯存。惟家之範，惟國之恩，以慶于後昆。

怡順汪翁孝義贊

捐生寧母，未必即死。争死愛弟，與弟俱理。母心愛子，豈間彼此。兩利雙完，天寔鑒眎。惟孝與義，儉哉兼美。世豈乏賢，乃見汪氏。怡順之軒，名垂千祀。激昂高風，贊者太史。

儼山文集卷三十一

詩微一

大序

詩者，志之所之也。在心爲志，發言爲詩。○情動於中而形於言。言之不足，故嗟歎之；嗟歎之不足，故永歌之；永歌之不足，不知手之舞之、足之蹈之也。○情發於聲，聲成文，謂之音。治世之音安以樂，其政和；亂世之音怨以怒，其政乖；亡國之音哀以思，其民困。故正得失，動天地，感鬼神，莫近乎詩。○先王以是經夫婦，成孝敬，厚人倫，美教化，移風俗。○故詩有六義焉：一曰風，二曰賦，三曰比，四曰興，五曰雅，六曰頌。○上以風化下，下以風刺上。主文而譎諫，言之者無罪，聞之者足以戒，故曰風。○至于王道衰，禮義廢，政教失，國異政，家殊俗，而變風、變雅作矣。○國史明乎得失之迹，傷人倫之變，哀刑政之苛，吟詠情性，以風其上，達於事變而懷其舊俗者也。○故變風發乎情，止乎禮義。發乎情，民之性也；止乎禮義，先王之澤也。○是以一國之事，繫一人之本，謂之風。言天下之事，形四方之風，謂之雅。雅者，正也，言王政之所由廢興也。政有小大，故有小雅焉，有大雅焉。頌者，美盛德之形容，以其成功告於神明者也。是謂四始，詩之至也。

右《詩・大序》，或以爲孔子作，或以爲子夏，或以爲國史，或以爲衛宏，皆無定據。考其文義，蓋先秦古書云。顧有錯簡，而窮經之士未之或知，不免傅會牽合，以成破碎決裂之弊。竊敢正之如左，亦思以還之於舊也。

今校定大序

詩者，志之所之也。在心爲志，發言爲詩。先王以是經夫婦，成孝敬，厚人倫，美教化，移風俗。故正得失，動天地，感鬼神，莫近乎詩。故詩有六義焉：一曰風，二曰賦，三曰比，四曰興，五曰雅，六曰頌。是以一國之事，繫一人之本，謂之風。風，風也，教也。風以動之，教以化之。已上十三字，舊誤入《小序》。言天下之事，形四方之風，謂之雅。雅者，正也，言王政之所由廢興也。政有小大，故有小雅焉，有大雅焉。頌者，美盛德之形容，以其成功告於神明者也。是謂四始，詩之至也。情動於中而形於言。言之不足，故嗟歎之；嗟歎之不足，故永歌之；永歌之不足，不知手之舞之、足之蹈之也。情發於聲，聲成文，謂之音。治世之音安以樂，其政和；亂世之音怨以怒，其政乖；亡國之音哀以思，其民困。上以風化下，下以風刺上。主文而譎諫，言之者無罪，聞之者足以戒，故曰變疑闕一字。風。故變風發乎情，止乎禮義。發乎情，民之性也；止乎禮義，先王之澤也。至於王道衰，禮義廢，政教失，國異政，家殊俗，而變風、疑衍二字。變雅作矣。國史明乎得失之迹，傷人倫之變，哀刑政之苛，吟詠情性，以風其上，達於事變而懷其舊俗者也。

按：古文皆漆書竹簡而韋編之，韋易絶而竹易紊，是故古文傳世錯繆實多。如此序者，窺豹一斑爾，安敢自信。間有闕誤，亦復擬而存之，以備一説，且以求正於君子云。

國風一 國十五。國風，四詩之一體也，亦樂名。一説牝牡相誘曰風，多出於男女之言情也。

朱子曰：『如物因風之動以有聲，而其聲又足以動物也。』又曰：『閭巷風土，男女情思之詞。』

又曰：『風、雅、頌者，聲樂部分之名也。』

臨川王氏曰：『風之於物，方其鼓舞揺蕩，所謂動之也。及其因形移易，使榮者枯，甲者坼[一]，乃所謂化之也。』

《周南》一之一 周，代名。南，樂名。

《關雎》，后妃之德也，風之始也。

右《關雎》之詩，至爲深遠，蓋成樂也。若『咸、韺、韶、濩』之作，隨所用而有感焉，所謂洋洋盈耳者是已。至於三月忘味，亦是物也。文詞訓詁之間，恐未足以盡之，抑亦所感者淺矣。如以詩論，孔子嘗曰：『《關雎》樂而不淫，哀而不傷。』夫哀、樂，情也。哀而不傷，樂而不淫，所以爲性情之正也。夫性情之正，萬化基焉。此后妃之德也，而文王家齊國治之化，於是乎足徵，此《關雎》所以爲詩首也。今斷以宫中之人美其始至之作，必指淑女爲太姒，則所謂『寤寐』、所謂『琴瑟』、所謂『鐘鼓』者，皆宫人之性情爾，於文王后妃乎何與？風化所自，不幾於誣乎。又按：孔子曰『多識於禽獸草木之名』，夫託物稱名，以寄吾不容盡言之情，此詩人之旨也。雎鳩性鷙而物莫敢狎，河洲幽遠而物莫能近，因以比太姒之莊正而静深，使人望之而善念興焉。凡人情，冶容則誨淫，下流必招侮，是《關雎》之義也，而即所謂興也。彼王雎，淫鳥爾，狀似鴛鴦，其取類者遠矣。夫后妃既具莊敬之德，又居邃嚴之地，然無妒忌之心，能求淑女以事君子，因率之以薦羞烹飪之務，與共内政焉。而有事於柔順潔芳之物，以致吾左右采擇之誠。是以未得而憂，既得而樂。初無情慾宴昵之私，而常有好賢求才之志。情性之正，莫大於此。其贊佐文王者深矣。所謂『憂在進賢，不淫其色。哀窈窕，思賢才，而無傷善之心』，則《序》説顧爲得之。夫然後《二南》可爲也。其餘則朱《傳》備之矣。

按：鄭康成誤以雎鳩爲王雎，故以『鷙』爲『摯』，又以『摯』爲『至』。古字或相通也，但『鷙』則有別，『至』不可以言別也。字書『别』從『冎』從『刀』，蓋決而離之也。《列女傳》所謂『未嘗乘居而匹處』是已。四曰乘，兩曰匹。『至』之言到也，或曰周至也，皆親近浹洽之意。王雎之交頸相和則有之。故雎鳩不可以言『至』，王雎不可以言『鷙』，蓋二物云。

《葛覃》，后妃之本也。

右《葛覃》之詩。朱《傳》得之。此庸德之行，所謂動容中禮者。因治葛而見耳，非容心於葛也。至於景物暄妍，意氣和暢，以遂一時賦咏之志，真樂形焉。《序》曰『化天下以婦道』，鑿矣。

《卷耳》，后妃之志也。

右《卷耳》之詩，詞危意迫，必爲羑里而作也。后妃采卷耳備酒漿，以行飲至之禮，而文王方就拘幽，返還未期，酒將安所用之，故不復終事而棄之道傍。事端如此，初無審官進賢之志。其下三章，皆欲往從而未能之意。張衡《四愁》，實源於此，顧翻空之作，靡麗不典，爲非類爾。『金罍』『兕觥』，蓋感酒而及，與『馬瘏』『僕痡』，皆託言也。《卷耳》非託言也，其命意摛詞，千古如見，尤非後世工文之士所能及。簡淡淵永之味，使人咀嚼而忘厭，況被之筦弦乎。此夫子所以删述而爲經也。夫居而相離則思，以婦思夫而至於乘馬、飲酒，可謂傷矣。然在憂患之中，則相關尤切，此所謂性情之正也。《序》説疏矣。

《樛木》，后妃逮下也。

按：文公不信《小序》，千載一人而已。至《樛木》之詩，乃取其誤説以爲《傳》，不可不辨。天下未有嫉妒之人而能逮下，亦未有不能逮下而無嫉妒之心者也。夫木曲下垂以引乎葛藟，以興后妃下逮以惠乎衆妾，此興之取義者。至於葛藟必附乎樛木，猶福禄必降乎君子，是則比也。故一章言『綏』，二章言『將』，三章言『成』，感應也。《傳》謂『樂德稱願』，乃懷報之情，其體又進乎頌矣。

《螽斯》，后妃子孫衆多也。

右《螽斯》之詩，與《樛木》三章，皆后妃之德也。詞氣和平，文義回互，初無激昂豐縟之費。反覆而吟咏之，則深淳醲郁之化，自溢於音響節奏之餘。以聲詩言之，三疊之類也；以聲樂言之，三闋之類也。而古調從可識矣。《桃夭》《兔罝》《芣苢》《麟趾》之作，雖微有辨，而體製皆同，此所謂一倡三歎者耶。

《桃夭》，后妃之所致也。

右《桃夭》之詩。説者以爲因婚姻而知女子之賢，因女子而知室家之好，亦可謂善矣。然桃夭之善，善時也。大抵女子之失身，由於失時。一失其身，則淫蕩猜貳之情有終其身而不自宜者矣，況能宜其室家乎？后妃内助文王以成齊家治國之化，既無强暴侵陵以奪其守，又無凶荒扎厲以奪其時。雖中人之性，皆可跂及於善道也。故因桃夭起興，而所感者深矣。謂非后妃之所致，不可。嵊縣清風嶺有王節婦嚙血題詩云『君王無道妾當災，萬騎千軍逐馬來』，深合風人之旨。

按：桃，木久實微，故貴夭夭而實。實而蕡，夏之仲季之候也。時和物阜，有萬物各得其所之象。男女室家，其中一物耳。此文王后妃之化，而《周南》之所以爲盛也。

又按：此詩亦疑有錯簡。凡桃華而後葉，葉而後實，故華稱『灼』，葉稱『蓁』，實稱『蕡』。其序宜然，不應先實而後葉也。其序于歸也亦然。始言室家，總指門閥，猶云巨室大家也。次言家人，指夫也，婦人内夫家，亦夫婦互稱之詞。次言家室，合族而言。由家入室，宜之至也，具有積漸廣狹之勢，非但變文叶韻而已。於體宜屬賦。如以興，則華興色，葉興歸，實興子，非一時之事也。今姑從舊説。

《兔罝》，賢人衆多也。

右《兔罝》之詩。以《序》之終言合於朱《傳》，見文王作人之盛也。『兔罝』，賤役也；『干城』『好仇』『腹心』，皆重任也。蓋成才不器，精粗一致也。夫自武夫野處，以迄于治朝之五位，所謂比屋可封矣。

《芣苢》，后妃之美也。和平，則婦人樂有子矣。

右《芣苢》之詩。《序》曰『后妃之美也』。『和平』，疑文有闕誤。朱子以『化行俗美，室家和平』足之，其旨焕然矣。按：此詩凡三章，章四句，句四言，總之爲四十八字。内用『采采』字凡十三，『芣苢』字凡十二，『薄言』字凡十二。除爲語助者，才餘五字爾。而敍情委曲，從事始終，與夫經行道途、招邀儔侶以相容與之意，藹然可掬。天下之至文也，即此亦可以見和平矣。始言『采』者，乃相約之詞；繼言『有』者，有芣苢也；『掇』先於『捋』，『袺』先於『襭』，條理自然，文化至矣。

《漢廣》，德廣所及也。文王之道被于南國，美化行乎江、漢之域，無思犯禮，求而不可得也。

右《漢廣》之詩，道江、漢之人能變舊汙以沐新化，女知守節，男知好德，風之所被者廣矣，故曰『漢廣』。按：《周南》詩以木興者二篇，《喬木》取其仰也，《樛木》取其俯也。仰則物不敢干，俯則物易以附，皆女德也。樛木，性之也；喬木，化之也。雖然，樛木居上宜俯，喬木處下宜仰，此又性情之正也。故曰：『君子之德風，小人之德草。』『秣馬』，猶言願爲執鞭之意，致敬也。『秣駒』，與『秣馬』同變文以叶韻爾。人言『休息』，『息』字當作『思』，蓋『思』『息』字相近，而傳寫之訛也。讀者風咏尋繹，其義自見，此不難曉。

《汝墳》，道化行也。文王之化行乎汝墳之國，婦人能閔其君子，猶勉之以正也。

右《汝墳》之詩，次於《漢廣》之後，以地言之，所謂南也。《漢廣》猶舊民也，《汝墳》猶舊君也，穢濁之餘烈尚存耶？此《周南》之詩，孔子所以列之於國風也。按：汝水出汝州天息山，今之汝寧是也。汝旁之國，昔之虞、芮皆是也。文王之化被之雖遠，紂都朝歌者，尚無恙也。豈應遽以文王爲父母而遂不知有紂耶？《傳》稱三分有二，以服事殷。文王無心於二分之服，而惟知有臣節之共，此文王之德所以爲盛也。説者謂『率商之叛國以事紂』，此猶謂桓、文之舉可也。謂『汝墳之人猶以文王之命供紂之役』，則一時之人知有文王而不知有紂矣，而文王姑命之以爲紂役，此則曹、馬之事，恐非所以論文王也。考之當時，紂至不道，而爲商者有人，不但夷、齊之高節已也。至於三監之叛，武庚既誅，而洛邑之頑民猶在，則天理民彝，豈容澌滅而無餘哉？故劉辰翁謂父母爲行役之父母，蓋謂婦人不堪如燬之虐，既以爲夫憂，相見之餘，得邇父母，因以爲夫慰。則家室團圞之情，忠孝惻怛之意，益以見風化之美。而文王德澤之所及，雖文王亦有不可得而知者矣，豈非王道哉？朱子復取一説於後，尤得經意。愚謂劉説亦不可廢。

《麟趾》，《關雎》之應也。

右《麟趾》之詩。《序》以爲『衰世之公子』，周之盛，固商之衰耶？周雖盛，商之國也，故《周南》以《麟趾》終焉。聖人删述之旨深矣。

《序》曰：然則《關雎》《麟趾》之化，王者之風，故繫之周公。南，言化自北而南也。《鵲巢》《騶虞》之德，諸侯之風也，先王之所以教，故繫之召公。

按：此本《大序》之文，蓋統論『二南』之體也。今錯在《關雎》序中，恐亦有誤。夫周公之功固大矣，今以《周南》諸詩考之，皆文王之事，所謂王者之風也。周公無王而曰『繫之周公』，何耶？要而言之，周公，麟趾之一爾，是時或未爲政於國中也。若《召南》，則召公之所治，而《甘棠》《行露》之詩已有明據矣，故曰『繫之召公』是也。疑周公之『公』，因下文召公之『公』連類而誤耳。周公之『公』當作『南』，故重而解之曰『南，言化自北而南也』。召公則無庸解矣，或衍一『公』字，亦通。讀者詳之。又按：《召南》云『先王之所以教』，先王指文王，則二伯分治，非文王時事明矣。

《召南》一之二召，地名，公奭采邑。（按：召南之召，當屬之分陝，不當屬之食邑。）

《鵲巢》，夫人之德也。

右《鵲巢》之詩。鳩居鵲巢，興女入男室，興之取義者。

《采蘩》，夫人不失職也。

右《采蘩》之詩。夫人共祭也。禮莫大於祭，而主婦主薦，豆祭盡禮，則夫人之職盡矣。凡蠶桑中饋之事，無不盡者。『去事有儀』，恐非婦人之禮。《傳》曰『婦人無儀』。祁祁，從夫以歸也。

《草蟲》，大夫妻能以禮自防也。

右《草蟲》之詩，室家之至情，所謂風也。

《采蘋》，大夫妻能循法度也。

右《采蘋》之詩。音節、體格盡同《采蘩》。特以宗室之奠，知爲大夫之妻。而敍事頗有簡密，是貴賤之别也。《傳》曰：『位彌高者事彌略。』季女，叶韻。

《甘棠》，美召伯也。

右《甘棠》之詩。夫見甘棠而思奭，覩河、洛則思禹，皆聖人之風也。

《行露》，召伯聽訟也。

右《行露》之詩。蓋謂聽斷明則習俗變，本末具舉也，是之謂周官之法度。鼠牙、雀角，所謂無情之辭也。

《羔羊》，《鵲巢》之功致也。

右《羔羊》之詩，因服以知德，由外以知中，被化深矣。

《殷其靁》，勸以義也。

右《殷其靁》之詩。婦人聞雷起興，以思其夫。本有不安之象，而尚冀安全以旋歸也，猶今云草露風霜。然情之真切，而亦不失其正者矣。

《摽有梅》，男女及時也。

右《摽有梅》之詩。女子之情事，如此其急也。然急於成禮，以幸於免辱，與情慾之感者異矣。

《江有汜》，美媵也。

右《江有汜》之詩，次於《小星》之後。《小星》取其下之能安也，《江汜》取其上之能悔也。人無不可改之過，世無不可化之人，而其本始皆起於家人，是二詩之義也。

《野有死麕》，惡無禮也。

右《野有死麕》之詩，亂風也。亂極思治，必先見於男女之情。是詩女貞於男，化有先後也。夫天下之治亂，實始於男女之邪正。大抵男之從淫，女成之也。若淫風流行，世雖治必亂；女節守貞，雖亂必向於治。此陳詩觀風所以爲王政之大也。

《何彼穠矣》，美王姬也。

右《何彼穠矣》之詩，與《麟趾》相表裏。公子男德也，王姬女德也，皆后妃之化也。

《騶虞》，《鵲巢》之應也。

右《騶虞》之詩。《序》《傳》所説，咸有未安，而謂爲『蒐田以時』『春田之際』者，則同是也。先儒不取《小序》，惟取首句，其下則皆經師所講説，故有得有不得，理或當然。此詩之説，正恐於《序》首讀之，或過也。《序》曰：『《騶虞》，《鵲巢》之應也』；『《麟趾》，《關雎》之應也』。蓋謂《關雎》以《麟趾》爲終，《鵲巢》以《騶虞》爲終，特指『二南』篇帙云耳。猶曰『《關雎》之亂』也，孔子删《詩》，盡爲樂章，肄在樂官者首尾有相應之理，故曰『應』。嚴粲讀爲『效應』之『應』，非也。何以言之？夫《麟趾》，文王之子孫也，感后妃之德化，固宜應之。至於《鵲巢》，則諸侯之妻也，當時之諸侯，顧何以爲之應哉？其説有相背馳者矣。是以晦庵朱子之説曰：『文王之化，始於《關雎》而至於《麟趾》，則其化之入人者深矣。形於《鵲巢》而及於《騶虞》，則其澤之及物者廣矣。』南軒張子之説曰：『《麟趾》言公子仁厚，則在内者無不孚；《騶虞》言國君「蒐田以時」，則在外者無不孚』；『《鵲巢》之化，《關雎》之達也』。其義精矣，皆未免於讀《序》之或過也。愚於此詩，嘗欲爲之説曰：『彼茁者葭』，草淺也。『壹發五豝』，獸多也。『于嗟』，歎美詞。『騶』者，文王之囿名。『虞』者，囿之司獸也。按：『騶虞』自毛公始以爲獸，古皆官也，若六騶、七騶、山虞、澤虞是已。彼有白虎黑文者，是名騶牙，其説具見於華谷嚴粲《詩輯》中。『發』，發矢也，即天子發、諸侯發、士大夫發之『發』。豕牝曰豝，豕一歲曰豵，乃牧養之物，非野田之獸，正所謂『虞人翼以待射』者。翼，驅也。故《易》著三驅之象，《周禮》有山虞致獸之文，唐補闕崔向上疏引《小雅》之詩『悉率左右，以燕天子』，解之曰『悉驅禽，順有左右之宜，以安待天子射』，蓋古禮也。中必疊雙，巧射也，亦後世窮兵黷武者之所爲，非三代之禮射也。禮射，禁毒矢，仁道也。五豝、五豵，所謂禽獸之多者得之，或虞人翼之以成列也。此詩之旨，大抵詠文王蒐田之事。蓋謂方春氣和、草淺獸肥之時，以射行禮，而蕃育禽獸者得人，因以致歎於虞官。此可見文王之化而人材之盛，雖小官皆舉其職，與《兔罝》之詩相表裏。若孔子之乘田、百里奚之飯牛，皆是物也，此所謂王道之成也。

按：『二南』，孔子之所整齊也。其篇章次第，厥有意義。如《關雎》《麟趾》《鵲巢》《騶虞》，經旨明白，其他篇名未必皆有配合之意，要在使人虚心易氣，諷咏而得之耳。《傳》曰：『樂出虚。』詩，樂章也，湿虚宣隱，無迹可尋，至於興象所寄，尤有不容窮詰之妙。是故六籍大義各有指歸，惟《詩》多傅會穿鑿之病，亦易爲地也。如以《采蘩》配《葛覃》，而以親蠶證之，失之固矣。又按：孔子曰：『人而不爲《周南》《召南》，其猶正墻面而立也與？』夫面墻，言道窮也，窮必變，變必通，《詩》之所以爲教也。紂之惡至深矣，《周南》有以變化之；《周南》之化未廣矣，召伯有以推行之。皆由近以及遠，自身家而至國與天下，猶運之掌，豈有窮乎？此『二南』之用也。

【校記】

〔一〕 拆：原作『拆』，據文意改。

儼山文集卷三十二

詩微二

《邶》一之三邶、鄘、衛，三國名。

按：邶、鄘，皆衛也，而《衛風》名篇，冠以《邶》《鄘》，朱子以爲不可曉，而諸儒亦無定論。程子以爲衛首并邶、鄘之地，故爲變風之首；華谷嚴粲以爲存邶、鄘之名，不與衛之滅國也；安成劉瑾以爲係名邶、鄘，欲寓興滅繼絶之心，而引昭公九年陳災以爲證：皆不足據。蓋邶、鄘莫能詳其始封，而亦未必如陳爲大聖之後，而衛之滅國亦不經見。況《詩》之編次本爲正樂，美、刺已落二義，又安有賞罰之權耶？獨程子以爲得於衛地者爲《衛》，得於邶、鄘者爲《邶》《鄘》，爲近之。蓋以其風土所成，若後世甘州、伊州、梁州之類是也。按《周禮》，太師掌六詩，自『二南』後，即繼以《邶》《鄘》《衛》，見於季札之所觀者，皆舊序也。孔子因之。至於進《秦》退《豳》，少寓微意，亦非盡用《春秋》之法也。又按地里，自紂城之北謂之邶，南謂之鄘，東謂之衛，伐紂已後始以其地封康叔，而衛始大，於是南盡懷衛，北至澶濮矣。所謂邶、鄘，蓋在康叔之前已有其名，豈畿内之采與？附庸之邑，而未必皆封國也。今序《詩》自《柏舟》以下十九篇爲《邶》，自《柏舟》以下九篇爲《鄘》，自《淇澳》以下十篇爲《衛》。《緑衣》《燕燕》《日月》《終風》《碩人》，皆莊姜詩。《雄雉》《匏有苦葉》《新臺》《二子乘舟》《鶉之奔奔》《氓》，皆宣公詩。一人之詩，散在三編，故孔氏疏謂《新臺》國人惡之而作，《碩人》國人憂之而作，則程子之言益爲有據云。

《柏舟》，言仁而不遇也。

右《柏舟》之詩。舊説以此下十二國爲變風，説者又以《衛》居變風之首。衛之禍始衽席，取義於『二南』，以爲訓爾。夫以善惡治亂謂之正變者，固也。然孔子删《詩》，被之筦弦，則既謂之樂矣。朱子嘗曰『風、雅、頌者，聲樂部分之名』，則所謂正變者，是又當以樂論矣。若正宫、變宫之類，抑恐不盡係於善惡治亂也。朱子又曰，變是變用他腔調耳。若荆軻《易水之歌》，歌在一時者，不必更詞，而感召各異，以聲調也。此豈古之遺響耶？意者正、變所指，蓋在於聲樂之作一正一變，以極始終條理之妙，亦猶兵法所謂奇正相生者也。《記》曰『窮本知變，樂之情也』，朱子亦謂『相生相長，其變無窮』者是已。故風、雅有正、變，而頌無正、變。蓋燕饗之樂主和樂，故有變；宗廟之樂主嚴敬，故不變。如以義求，則魯不宜頌，亦謂之變頌，可乎？若是詩者，篇章聲調已異『二南』，自不得不謂之變，不但事變而已。又按：此詩《序》以爲仁人不遇，朱子則據《列女傳》，以爲婦人之詩。嘗試玩之。如云飲酒、遨遊與『威儀棣棣』，皆非婦人所宜。有『匪鑒』『匪石』『匪席』等詞，引物連類，如出文人之手。『群小』亦似男子之稱。既曰『覯閔』，又曰『受侮』，與夫『寤辟有摽』之狀，其爲悲壯頓挫甚矣，殊非閨房婉孌之態。所謂『卑順柔弱』者，不知果何所指也。終篇託興於日月，或有陰陽嫡庶之喻，至於『不能奮飛』之言，尤有飛揚奮厲之意。朱子必欲以爲婦人之詩，自當有見。愚謂如《序》言，則人臣不得於君，託言婦人不得於夫以見志，尤爲委曲。漢魏詩人多有此體，蓋君臣、夫婦，其道一而已矣，而人之情古今所同也。於所天者而爲怨慕悽切之聲，可以寫諸金石，正所謂『發乎情，止乎禮義』。以善處人倫之變，而風亦於是乎變矣。於此尤見聖人作經之意，而温柔敦厚之旨不待他求而可識也。若夫世代人名，固學詩者之所不廢，而亦國史之任也。未敢謂然，姑附於此。

《緑衣》，衛莊姜傷己也。

右《緑衣》之詩，并上篇《柏舟》，《傳》皆以爲莊姜作。按：是詩以色之間正爲服之貴賤，比嫡庶之尊卑，曲盡體物，而傳義明備。三章緑方爲絲而治之，則正色之成材無用矣。治絲，女功也。『絺』『綌』，因衣裳而類及，其意則忠厚之至者也，與《柏舟》有間矣。

《燕燕》，衛莊姜送歸妾也。

右《燕燕》之詩。《序》《傳》皆合而旨事明白，故他説不敢采。後倣此。

按：大歸之禮無所考。毛氏以爲歸宗，《公羊註》以爲廢棄。夫妾有廢棄，是名曰出。婦人之條有七去，未聞夫死子弑而復出也。《春秋》『紀侯大去其國』，大者，不反之詞。

《擊鼓》，怨州吁也。

按：《左傳》隱公五年夏，衛伐鄭，圍其東門五日，九月而州吁被殺。當時從軍之士不但怨深，而死亡兆矣。《史記》稱鄭段亡而州吁求與之友，吁得志而伐鄭，爲段也。是其身負不義而又黨惡以助紂，此詩之録鑒戒大焉。至於人心之公形諸聲氣者，亦可以風矣。

《雄雉》。

右《雄雉》之詩。《序》以爲刺，漢儒好言刺，雖《關雎》不免此。則刺，詩之首也。考其文義，殊未然，但指爲宣公之詩，則不可知。按：衛自康叔始封，傳世十餘，皆有令美。至武公，謂之睿聖，又列國之所無也。再傳莊公，兆禍衽席，而文武之澤熄。至於宣公，不道甚矣。《序》謂『軍旅數起，大夫久役』，事或當然。然衛自莊公稟延之役，又明年東門之役，至宣公入郕之役，迄于懿公滅亡之日，兵禍不解，男女怨曠，無歲無之，特未知的爲何公之世。謂爲宣公者，鄭譜也。但以爲國人之作，則非矣。末章所賦，尤足以驗先王之澤猶存。其曰『百爾』，不特爲其夫，蓋通上下而言。若國君，能『不忮不求』，亦豈有無名之師耶？《衛》詩兩『百爾』，皆通言之。

《匏有苦葉》，刺衛宣公也。

右《匏有苦葉》之詩。《序》以爲刺宣公，《傳》以爲刺淫亂之人。衛之宣公，淫亂之尤者也。均之刺也。微而人之可也，出之而歸之人不可也。朱子嘗謂『詩之文意事類可以思而得，其時世名氏則不可以强而推』，斯言當矣。愚謂義無窮而迹有限。可思而得者，義也，難以世拘；不可强而推者，迹也，當從其近。彼序《詩》者，淺深固不可知，而於時世爲近。若於相近之時而指爲某人，已不足信，則自數千載之後而斷爲非某人，將誰信之。按：此詩指爲宣公，當是築臺於河，國人惡之而作。何以明之？夫以匏葉比興，而及於濟渡，其臨流即事之端，千載如見。若概刺淫亂之人，顧何取於河水以爲義耶？其言爲無謂，而事爲不情，去詩人之旨遠矣。詩之『淺』『深』『厲』『揭』『濡軌』『求牡』，蓋喻不度配偶而犯禮以相求，正指宣公、宣姜而言。雁鳴冰泮，以士禮責宣公；招度待友，以昏禮責宣姜。詩人委曲之情，不敢顯言其上。此詩之有美有刺，所以爲關於風教政治也。若常事而聖人猶録之，豈所謂存什一於百千乎。謂宣夫人者，非是。

《谷風》，刺夫婦失道也。

右《谷風》之詩。《序》《傳》略同，棄婦之作也。以今文義考之，又列在《匏葉》之次，疑即宣公之詩爾。按：宣公初立，愛夫人夷姜而烝之，生伋子，又爲伋娶，奪宣姜而嬖之，夷姜失寵而縊。是詩必宣姜始至，而夷姜之作也。按：詩中『毋逝我梁，毋發我笱』，蓋有自悔誨人之意，與夷姜、宣姜事合。及稱方舟泳游、匍匐救喪之務，類非凡庶之家。觀夫『既生既育』與『念昔』『禦窮』之詞，知爲夷姜亡疑矣。然恐涉於懸臆也，姑存其説。

《式微》，黎侯寓于衛，其臣勸以歸也。

《旄丘》，責衛伯也。

右《式微》《旄丘》，皆黎詩也，而謂之衛，寓於衛也。寓衛而謂之邶詩，而邶也，存黎於邶，睦鄰恤災之義，衛之爲政可觀已。

《簡兮》，刺不用賢也。

右《簡兮》之詩。嗚呼，以《兔罝》之野人，可以敵體於公侯；以《簡兮》之賢者，使之不酬其願望，蓋有世變焉。不特爲《風》之變，《詩》之變而已也。

《泉水》，衛女思歸也。

右《泉水》之詩。《衛風》以女禍，而亦有女德焉。《緑衣》，夫人之賢也；《燕燕》，妾媵之賢也。《雄雉》之知德，《泉水》之守禮，性情之本善也。詩可以興如是。

《静女》，刺時也。

右《静女》之詩。《序》以爲刺，《傳》以爲淫。謂淫爲静，反詞也，反詞有刺矣。

按：彤管，赤筆也，古者女史之任。再言『彤管有煒』，又表其色以實之，非漫舉一物也。恐淫奔無此物以相貽。然託物以致諷，詩人之旨也，於衛必有所指，疑當從《序》。

《二子乘舟》，思伋、壽也。衛宣公之二子争相爲死，國人傷而思之，作是詩也。

右《二子乘舟》之詩。傳記所書本末如此。按：衛宣之立因乎州吁之亂，故《春秋》書曰『衛人立晉』，實魯隱公之四年十有二月也。是歲爲壬戌，明年改元。歷辛巳，爲桓公十有二年，冬十有一月而宣公告終，故《春秋》書曰『丙戌，衛侯晉卒』。始終在衛凡十九年。其烝夷姜也而生伋，當在二三年間；其爲伋娶也，當在十六七年間；其淫宣姜也而生壽，又生朔，非三四年不可，則十九年已無餘日矣。又況兄弟争死，竊旌設祖，斷非童穉之壽可辦。事難推考，豈策書故有誤耶，將《詩序》、左史俱不可據與？又按：夷姜初爲夫人，注家謂爲宣之庶母，則是莊之衆妾矣，何以稱夫人耶？莊之世，戴嬀子貴稱娣，州吁有母稱嬖，凡以莊姜故也，此何以稱夫人耶？夫莊公狂惑，容或有之，亦當有寵有年矣。莊公卒而桓公立，立十六年而被弒，則所謂夷姜者，既已色衰矣，而首蒙宣愛，與之連有子，似非人理。

或者夷姜，桓夫人之類與？桓，兄也，宣，弟也，固宜曰『烝』。洪容齋嘗疑此事，而於夷姜，亦未深考。顧詩人之旨，必有當也。

先公《詩徵》成，攜入京師，爲朝士借録亡去，僅存『二南』、《邶風》耳。餘俟訪獲，當別梓成書以傳。

儼山文集卷三十三

經筵講章

嘉靖七年九月十二日經筵

明王慎德，四夷咸賓。無有遠邇，畢獻方物，惟服食器用。王乃昭德之致于異姓之邦，無替厥服；分寶玉于伯叔之國，時庸展親。人不易物，惟德其物。

這是《周書·旅獒篇》召公戒武王的説話。『明王』是明哲的君。『慎』，解做謹。『四夷』是東夷、西戎、南蠻、北狄。『賓』是臣服的意思。『方物』，方土所生之物。『昭』，示也。『展親』是益厚其親的意思。『不易物』，不敢輕易其物也。昔周之武王既克商，適西旅獻獒，召公猶以爲非所當受，故作此一篇書。説道：那明哲之王能慎其德，故凡一取一與、一喜一好，無不致謹。所以四方夷人聞之，皆來賓服。雖遠在萬里之遥，近在封疆之外，各以其方土所生的物來獻，無一處不到。然其所獻者，乃是可爲衣服、可以飯食、可供器用的，並無奇玩異物。若是那奇玩異物，便能喪志，所以不許他充獻。獻，亦不受他的。此之謂明王慎德也。明王既得貢獻，乃昭示其德之所致，頒賜于異姓之諸侯，使之無廢其服，亦效職貢。寶玉重器，則分賜于同姓之諸侯，使之益厚其親親之道。如此，則是明王以德爲物，而不以物爲物，所以受之者但見其德，而不見其物矣。故説道『人不易物，惟德其物』。臣竊觀此章之旨要，在『慎德』一言。蓋言人君於此貢賜一事，有德則謂之受方作福，無德則謂之瀆貨斂財。有德則人皆感恩圖報，無德則人亦不懷其惠矣。恭惟皇上敬一慎修，勤民寡欲。自臨御以來，不寶異物，不畜珍玩，四方賦入，惟充經費，鷹犬狗馬之署，盡行罷遣。其慎德之至，同符周武，嘉靖殷邦，二三師保時進召公之訓戒，誠千載一時也。方且睦親柔遠。諸藩賜予，則有寶册冠服之儀，皆萬金爲貺，持節之使踵接于途。諸夷朝賀，則有綵帛金楮之賚，皆滿載而歸，欵附之來歲無虚日。所以同姓異姓，飽德感恩，可謂一芥重於九鼎矣。雖然，天子以天下之財公天下之用，要有深仁厚澤，以爲祈天永命之道。且如車服以命有德，弓旌以禮遺才，賑發以活窮困，爵土以待武功，皆所謂德物也。伏惟聖明加惠。

嘉靖七年十月初二日經筵

儲子曰：『王使人瞯夫子，果有以異於人乎？』孟子曰：『何以異於人哉？堯舜與人同耳。』

這是《離婁篇》記孟子與儲子問答之言，以見人性皆同的意思。儲子是齊人。『瞯』，竊視也。儲子一日告於孟子説道：『齊王素知夫子之道德，而未能測識其淺深。故使人私竊窺視，以爲容貌、辭氣、動静、作止之間，果有異於常人否乎？』孟子遂答他説道：『我猶人也，不過同得天地之理以爲性，同稟天地之氣以成形，豈有以異於人哉？非惟我與人同，雖古之聖人，亦莫不與人同。且如唐之帝堯，贊其聖則曰「惟天爲大，惟堯則之」。虞之帝舜，論其德則曰「明於庶物，察於人倫」。然即而觀之，氣體形色亦猶人耳，何嘗異於人哉？』孟子之言，平易切近如此，齊王聞之，亦可以自諭矣。臣竊觀此章所記，一以見齊王之於孟子，蓋有尊敬之心，特無真切之見；一以見孟子之在當時，嘗懷行道之心，不爲過高之論。至於『堯舜與人同』之一言，尤見心學之要。他日嘗曰『人皆可以爲堯舜』，至論之曰『服堯之服，誦堯之言，行堯之行，是堯而已矣』。夫同具口體，同有言服，而其所以爲堯舜者，乃在於此。恭惟皇上真堯舜之主，法言法服，莫不尊親。邇者制雲龍之劄諭，創忠靖之衣冠，其所以禮遇臣鄰者，真有感乎契合之妙，而無窺矙覘視之勞。區區臣愚目見而躬逢者，過於孟軻遠矣，豈勝榮願。

嘉靖八年三月初二日經筵

萬章問曰：『人有言，「伊尹以割烹要湯」，有諸？』孟子曰：『否，不然。伊尹耕於有莘之野，而樂堯舜之道焉。非其義也，非其道也，禄之以天下，弗顧也；繫馬千駟，弗視也。非其義也，非其道也，一介不以與人，一介不以取諸人。』

這是孟子與萬章之徒辨論聖賢出處去就的道理。『割烹』，今之庖厨是也。『要』是求。『否』，不然之詞。『有莘』，國名。『駟』是四匹。『介』與『草芥』之『芥』同，言甚少也。萬章問於孟子説道：『世人皆言伊尹身親宰割烹調之役，以干求於湯，而後得政。此事果有之乎？』孟子答他説道：『否，不然。』言無此事。既曰否，又曰不然者，深著彼説之非也。孟子既非世人之言，乃遂言伊尹之道。伊尹當夏之末造，商之未興，退而耕於有莘之野，以樂堯舜之道。堯舜之道何如？以精一執中之傳致雍熙太和之治，咏於《詩》、載於《書》者，伊尹皆有以歆慕而愛樂之矣。自得若此，外慕必輕。故凡非其義也，非其道也，雖與之以天下之禄，不肯一看；雖繫之以千駟之馬也，不肯一看。其大者如此。非其義也，非其道也，雖是一介不肯與人，雖是一介也不肯取於人。其小者又如此。夫伊尹之道，嚴於辭受取與之間，無大無小，一以道義。而不苟如此，豈肯以割烹要湯爲哉？臣按《史記》所書，伊尹負鼎一事，實出於戰國之流言，此是司馬遷不學之過耳。蓋戰國之人，溺志於功名游説之間，以捷出於富貴利達之境，故爲此論，不過蠱惑一時之聽，以求便一己之私耳。殊不知聖賢道義之方，其待身也甚重，其取人也以身。考之《書》曰：『惟尹躬暨湯，咸有一德，克享天心，受天明命。』由是觀之，湯之得尹，尹之遇湯，夫豈偶然之故哉。恭惟皇上不邇聲色，旁求俊彦，懋昭大德，蓋已視成湯爲無愧矣。至於任相之道，進賢之方，皆取諸身，則又等成湯而上之。故自臨馭以來，風動化行，士大夫之間取與甚辨，道義日重而爵禄爲輕矣。一德享天之效，端有望於今日。

已上《講章》三首，先公爲祭酒輪講時撰，進内閣副本，輔臣以例詳定。首《尚書》一章，出少師楊文襄公一清。次《孟子》二篇，出少師張文忠公孚敬及少保桂文襄公萼。獨援《史記》論伊尹負鼎一説，如所謂『戰國之人，溺志於功名游説之間，以捷出於富貴利達之境』，至『湯之得尹，尹之遇湯，夫豈偶然之故』一段，桂文襄公悉抹去。先公以爲不慊本旨，遂於講畢面奏，語載公《年譜》中。今詳定真稿俱藏於家，而登集則依原撰，以示子孫。男楫頓首謹記。

國學講章

是故君子動而世爲天下道，行而世爲天下法，言而世爲天下則。遠之則有望，近之則不厭。

這是《中庸》第二十九章，亦言人道，以終上章居上不驕之説。『君子』是指那王天下者而言，既居天子之位，又有聖人之德，故凡動作，必能盡善盡美，世世天下皆以爲法則而不能違，所謂『聲爲律，身爲度』者是已。措諸躬行，是爲法行，天下後世便以爲法度，如規矩之爲方圓也。形諸言論，是爲法言，天下後世便以爲準則，如準繩之爲平直也。遠近以地言。若要荒之外，四海之際，這是遠者，仰其制作之善，皆有企想親就之意，特以無階而可達，孰不有望乎？所謂戴之爲元后者是已。若其近在輦轂之下，畿甸之間，親承制作之善，鼓舞涵育之餘，皆唯日而不足，孰敢有厭乎？所謂親之如父母者是已。夫君子之所以臻此者，由其尊德性以極道體之大，道問學以盡道體之細，故能率天命之性，以爲修道之教耳。豈有所襲取，强爲於其間哉？雖然，君天下者尚賴於學如此，況其下者乎？爾諸生來遊太學，沐浴至教，當天下一統之時，際列聖作人之效，果能從事於存心致知之學而有得焉，他日列有職位，陟居人上，庶幾不驕，以至寡過，豈非同文之化哉？尚相與勉之。

策問

國學策問五首

問：明體所以適用，故曰體用一源。或者倡爲有體無用之説。果然，與夫學術所以立體，功業所以致用，又似不同與？三代而下，惟宋室人才最盛。韓、范、富、歐並有功業，周、程、張、朱俱稱學術，無容議矣。豈有功業者或未究於學術，而有學術者功業顧未盡耶？請究體用之説。

問：天下安，注意相；天下危，注意將。信斯言也，則安危之勢既殊，而將相之任亦異。不知身兼將相者又何人與？試論將相之所以異同。諸生異日或有當其寄者乎？不知以古之何人爲法。願毋讓。

問：賞善罰惡，天子事也。孔子作《春秋》，借其權以行事，論者謂徒託之空言。不知空言果何補而至今存也。迨宋朱子之作《綱目》，論者謂以繼《春秋》之絶筆。然於漢書『莽大夫揚雄死』，於晉書『徵士陶潛卒』，固賞罰之事與？不知於《春秋》之旨同乎，異乎？請著于篇，用觀所藴。

問：學術之正，莫有過于濂、洛、關、閩四家者，果有次第與？抑因其時之先後而爲言爾？先儒推程氏之學直繼孟子，豈濂溪不得與於斯耶？關中學者特尊横渠，及夫東見二程，乃有皋比之徹。至於《西銘》之作，孟子以後未見，豈洛學未之或先也？惟我文公倡道考亭以繼諸子，説者乃謂『周東遷而夫子出，宋南渡而文公生』，則又踰孟子而上之，將所謂集大成者，非耶？其淺深之間，正諸士據依之地，明以告我。

山西策問八首

問：古稱備胡三策，謂周得中策，漢得下策，秦無策焉。不知上策者何代得之，其策果何如也。試舉而論之，并論周、秦、漢之所以優劣者。今之京師逼近胡虜，烽火告警，無歲無之。不知古之策有可通於今，抑今之制禦或不可盡泥於古。諸生抑亦有自得者，竊願聞焉。

壽陽

問：文武一道，古也。後世分而爲二，何耶？三代而下稱漢唐，文武全才可指而數與？唐之太宗，亦可謂文武之主矣，興自晉陽，其流風猶有存者與？説者謂『唐文三變』『唐兵三變』，又何其多岐也。有變而之善，有變而之不善，何與？諸生試著于篇。

盂縣

問：盜賊之興，皆有所由。自古弭盜之道，不過曰撫曰勦二端而已。一於撫與，將至於廢法；一於勦與，或至於傷恩。然則如何而後可？昔人固有『帶牛佩犢』之勸，亦有『綵線縫裙』之機，不知果有得於撫勦之法與？近者盂縣小警，由於盜鑛。然山澤之利與民共之，帝王之盛德也。不有封禁，則天地之氣或泄，而招致之禍可虞。於此何道以處之？諸生盂人也，願以告我。

忻州

問：郭子儀之將功，寇平仲之相業，亦唐宋之冠冕也。試相與評騭之，可乎？夫謙沖不伐，善處魚、李之間，其道不優於相業與？器量鎮定，決策澶淵之役，固亦長於將略也。豈全才者，自優於用耶？人皆議其窮奢極欲，又何與將務？大者固不矜細也。夫僭奢敗度，小人處富貴者之所爲，而謂二公爲之乎？至今有藉爲口實以濟其私者，作俑之禍，君子所痛也。諸生盍論之，以觀自待。

崞縣

問：董仲舒、揚雄、王通、韓愈四人，皆後代之大儒也。其學術之優劣，先儒亦既有定論矣。

試舉而評之。願因舊聞以驗新得，毋泛毋略。

代州

問：昔賈誼『三表五餌』之説，議者謂之爲疏，後來和親、歲幣往往祖其術而用之。郭欽、江統徙戎之論，當時誰復見信，既而五胡亂華，其言無一不驗。豈慮始者固難耶？方今真、保之間安插降人，歲久漸蕃，不必豪黠如劉元海者而後可以嘯呼也。密邇京邑，能不爲之過慮？西北二邊，歲被虜患，朝廷以天下之力爲備，邇者卒伍單弱，餉饋空虚，萬一大舉深入，抑亦可爲寒心。雁門、雲中介乎兩間，有志之士經心久矣，必有善終之策，願聞之。

繁峙

問：曾點浴沂風雩，與明道吟風弄月，茂叔庭草不除，與子厚驢鳴自適，皆有道者之事。諸生試形容之。

五臺

問：儒先有言，科目不足以得人，果然否與？其謂明經止於一藝，不足深探聖人之旨。然則聖人之旨，舍經安求哉？其謂賢良止於對策，非有直言極諫之實。然則直言極諫者，豈有外文字耶？我朝設科、貢兩途以取士，諸生必由此出。今日之所學、他日之所用者安在，盍各言之？

定襄

問：催科無善政，賑饑無奇策，信斯言也。固將坐視其弊與？不知黄紙所蠲如何，而民受實惠。青州之政，今亦可舉而行與？山西災荒極矣。予行忻、代間數百里，愀然在目。伊欲免賦與？則禄米日增，邊關歲費尤爲告急。伊欲賑濟與？則倉廩空虚，謀斷互異，徒事彌文，於民何如也。漢室半租之賜，宋儒社倉之法，抑不知可復舉乎否也。諸生其昌言之，將以聞于當道。

儼山文集卷三十四

議

薛文清公從祀孔廟議

臣謹按：祭祀之義，本以報功，而孔廟祀典，實爲傳道。夫聖人之道，大矣遠矣。今六經所載，皆聖人之道也。有能以六經之道，藴之身心，是曰立德；發揮六經之理，見之政治，是曰立功；講明六經之文，形於著述，是曰立言。夫德以建極也，功以撫世也，言以垂訓也。凡有一於此，皆應法施於民之義。故祭則福焉，類則歆焉，靈則妥焉，神斯享矣。此孔廟祠祀之所緣起，非徒以彌文爲也。顧世儒之論從祀者，每多責備於著述之文，而於道德之實，若在所後。蓋有見於祭法報功之説，亦以孔子删述之功居多，而祀典皆在教學之地故爾。臣則以爲聖人之道，本末一貫，謨訓功烈，以時而出，初無意必於其間也。其在後儒，不得不與時而爲升降，此祀典之所以品節也。

自今論之，孔門七十二賢，親炙聖化，相與講明，有翊道之功，故宜祀。秦火之烈，典章焚棄，故二十二經師口授秘藏，有傳道之功，宜祀。魏晉之際，佛老並興，故排斥異端者，有衛道之功，宜祀。隋唐以後，聖學蓁蕪，故專門訓釋者，有明道之功，宜祀。自程朱以來，聖學大明，學者漸趨於章句口耳之末，故躬行實踐者，有體道之功，亦宜祀。此皆出於人心之同然，而無事於一毫之假借。故曰『禮以義起』，又曰『天序』『天秩』，此之謂也。

欽惟我朝列聖純以道化天下，表章六經，不遺餘力。名臣輩出，足配古人。然知以理學爲宗者，實自瑄始。考其平生，出處進退，言論風旨，其不合於聖人之道者鮮矣。況生當程朱之後，素尊程朱之學，而反躬實踐，復性存誠。所以立其德者，亦足以救末世支離之弊習。其於世教，似爲有功，揆之祭法，亦應有合。但先年亦嘗建議從祀。先臣劉定之議以爲瑄實名臣，勤學好問，歸潔其身，無愧文清之美謚。至以較量朱子之門人高弟，微寓不滿，故斷以瑄祀可無施行。蓋其愛護祀典之嚴也如此。後來公論，有曰本朝理學一人，有曰今之真儒，當入孔廟；有曰比元大儒，當入從祀；有曰潛心理學，當入廟庭；有曰有功名教，侑食無忝。蓋其推崇尊慕之至也如此。雖然，是非必久而後定，禮樂待人而後行。今聖明在上，議禮考文，正其會也。臣又按古人制祭祀之禮，雖曰報功，其意又在風勵後來，蓋欲引長其道以爲世教計也。是故孔子之祀通於萬世，則孔子之道行於萬世。豈徒以籩豆祼獻云乎哉？若使今之爲士者，皆能如瑄之爲學，則言行功業，必有可觀。於世道何如也。所謂法施於民者，莫大於此。仰惟皇上中興，德冠千古，行聖人之道，得聖人之統，主張斯文，蓋亦有年。如瑄者，河津有特祀矣，太原有專祀矣。必欲鋪張一王之大典，以表章理學之有人，羽翊聖門，風勵來學，則從祀之選，非瑄不可。謹議。

辯

崧宅辯

名名實實，以彰道也，作《崧宅辯》。辯曰：崧宅，非崧宅也。記地者蓋疑之，疑之而未綜於實也，曷從信哉？予嘗遊焉。九峰聯絡其前，吳淞橫亘其北，襟以横泖，帶以大盈，地窪而土洳，實松江之下流。蓋一澤也，有阜隆然。相傳爲晉袁崧宅，遂以名。予退而讀《晉史》，史無崧傳，附見於《袁瓌傳》中，題曰山松云，果即崧與？則此非崧宅也。崧家世非吳，兹何以有宅？按：晉隆安四年，崧以吳國内史來築滬瀆壘，明年孫恩陷扈瀆，崧遇害。史亦云然。借曰有宅，又將弗暇矣。或曰崧死國事，吳人賢之，因其所經比之甘棠云。是尤非也。夫崧之死，憐之可也，人未必賢之也，吳之人尤未必賢之也。何則？崧受專城之寄，不能爲國禦災捍患，以有功德兹土，頃焉知勇俱困，受戮賊手。計當時因崧而死者，非一人也，人將無望之乎？故《晉史》不列之死事之傳，蓋諱之也。且二其名，以識史家之深意。不然，豈山松者，又一人耶？或曰崧之後就居于此，故名。夫晉、宋六代，避諱特甚，焉有子孫居其地而敢以祖父名之乎？是又非也。故凡言松者，若崧子里之類，皆因松以名，非附名於崧也。然則機、雲以名山者，亦盡非與？曰是殆其鄉人之志，而非陸氏後人之所爲也。夫機、雲之死，並非正命。文章名世，實惟鄉榮。況陸氏於吴，累世將相，功德甚深。惜才懷惠之人，眷眷於山川桑梓者，情也，亦實也。若崧者，上豈得與諸陸伍，下豈得與二俊班耶？故曰：崧宅，非崧宅也。舊本名松澤爾，故今其地水先爲災，文襄周公嘗欲經理之。予蓋聞諸故老云。

立心辯

君子之學，始於爲己，終於成己，非有待於外也。有待于外，非君子之學也。君子之心，亦以爲吾何待於外哉？自我學之，自我成之，自我得之而已矣。故見於外也寧闇然，而毋慕於的然。其立心以爲不若是，是則外矣。由外至者，何與於吾之損益哉？誠使一鄉之人是之，一州之人是之，而天下之人舉是之，吾之學其弗然與？吾之心其能安乎？一鄉之人非之，一州之人非之，而天下之人舉非之，吾之學其然與？吾之心其有安乎？君子之心，求於安而已矣，豈有待於外耶？心之安，吾遂之，以成吾之安也。心之不安，吾去之，亦以成吾之安也。夫知吾之安之也而遂之，内以自信，外以自堅，誠之立也。知吾之不安之也而不去之，内以欺己，外以欺人，僞之趨也。誠則聖人矣，僞將不爲小人乎？是皆原於立心之間也，果有待於外哉？夫自學者至於聖人，其上不知凡幾等矣。自聖人至於小人，其下亦不知凡幾等矣。一誠一僞之間，若是之懸絶，吁可怪也。蓋行吾之誠則日進，由信而美，由美而大，其至聖人也，何遠之有？由吾之詐則日退，蓋於此者，恐其露於彼也；飾於暫者，恐其彰於久也。反覆轉輾，此心喪焉，不自知其入於小人之域矣。嗚呼，成己者，聖人也；喪己者，小人也。曷爲成己？始乎爲己也。曷爲喪己？終乎爲人也。是故聖人之於小人，誠僞辯之也。欲去乎小人以即乎聖人者，在辯乎誠僞而已矣。孰曰尚有待於外哉？

解

來雁軒解

雁，陽鳥也，大夫之贄也。軒，大夫之居也。凡鳥之陽屬者衆矣，知時而識序焉惟雁。世之居室，軒豁而爽朗者，通謂之軒。中書舍人顧君汝嘉，長安之居有軒，大司徒蒲汀李公，爲題之曰『來雁』，蓋紀瑞也。瑞何以紀？識不忘也。所不忘者何？君恩也。君恩何可忘，而又何取於雁哉？凡動物皆有靈，有靈斯有感，有感斯有通，有通斯有應，應斯徵，徵斯驗矣。雁能通夢於人，而適與君恩會。若先告者，瑞孰大焉。此來雁軒之所以識也。惟我皇上中興，以禮樂文章飾治功，凡才能畢録，而奇特之士，尤所眷任。若汝嘉，其一也。嘉靖壬辰冬十月，顯陵告成。當有金石之製，大書深刻，以垂示永永。於是少保禮部尚書夏公奉敕撰文，特命汝嘉書篆，蓋異數也。於是汝嘉奉命惟謹，窮日之力未辨，乃宿顯靈之宫以畢命。是夕四鼓，汝嘉夢縞衣者至卧側，拱手語云『方以類聚，物以群分』。覺而異之。適家僮至，報云：夜四鼓，有雁一自天下，止于中庭，飲啄自如。汝嘉益異之。時江御史占之曰：『是汝嘉題名之兆，而異日名位之所至，品服所象也。』已而御筆親書汝嘉之名於碑，且繫以新銜云。夫六夢有占，載在《周禮》。而熊羆爲男子之祥，魚旐爲豐登之瑞，著於《詩》舊矣。大抵天人一氣也。顧其精誠之所會合者，金石可開，魚蟲爲應，而况於夢寐之間，神明集焉。《易》曰『何思何慮』，此之謂也。若夫遲疾隱顯，乃有數爾。汝嘉勤於職事，爲今上所信任，一時交游，皆文墨典雅之士。與其弟汝誠，對居長安，聯鑣並轡，雍雍後先。斯於名軒之義，皆有取焉。汝嘉，淳誠人也，天之所與必矣。予特爲《解》，以祛世之惑，且以俟雁服之至，汝嘉尚懋之哉。

儼山文集卷三十五

銘二十五首

白石硯銘

予假寓三義道院，得白石破硯。命工改小製，陷之雕匣中。銘曰：

毋謂玉毁，寧止瓦完。吾方有取於使過，爾尚自新之勿難。

疊碎石作小山具有澗坡巖壑之勝刻銘其崖

萬仞雖巍，一簣攸始。咫尺之間，乃有千里。叢桂招隱，淮南邈矣。漱石枕流，子荆可起。卓哉静壽，爲仁不已。我銘斯徵，兹道甚邇。

緑雨樓銘

客有出安福巷者，見岑樓突起，有槐覆于北簷。問曰：『此誰氏之居也？』應者曰：『松江陸子。』客乃紆轡訪焉。及門，主人肅客而升。隙光出入，溶溶洩洩，猥若積翡。回薄衿佩，涼爽霑溽，若霡若霂，望之可掇，即之無物。客曰：『美哉，此槐之精也。有似緑雨，盍名其樓？』主人起謝曰：『善。願揮厥旨。』客曰：『夫本滋者末茂，蓄豐者施廣。昔人擇甘厚之壤，蒔尺寸之萌，孰不欲資其身，詒厥子孫。然非十年不用，非百年不成，亦難矣。槐吾不知更若干主栽培灌溉之力，不知閱若干歲，至于子之身而有之，庸非天定乎？且緑，蒼勝黄之間去聲。色，木土之中氣。雨，天之澤而氣之和也。君子顧名思義，以華國普施，不亦可乎？夫舍子其誰？』主人避席曰：『若是，則吾豈敢。然亦不敢不勗，以塞子之望。』客曰：『夫木值秋則零，非逆性也。君子深藏若愚，非貶行也。草木榮枯以順令，君子行藏以正命。』主人於是憮然若失，瞿去聲。然若獲，請客識之于壁。客既敍其事，復繫之銘。銘曰：

嘉樹嶷嶷，安福之里。有樓言言，與厥樹峙。誰其有之，雲間陸氏。古有哲士，一衡一龍。聯英闈芭，光于家邦。奕葉承之，載構載堂。歸哉斯樓，層城爲屏。西有玉泉，山名。東有觀星。臺名。仰瞻帝閽，庶司在下。屋瓦鱗次，廣陌膴膴。葺其上區，以藏以修。潛室素軒，皆在斯樓。

名綠雨者，厥掇其奇。勿謂固弗培，勿謂崇弗治。平聲。汝茂汝施，我言如蓍。

娱永堂銘

進士范君韶，作堂於范光湖之上，軒豁爽塏，抱負陰陽。取歡娱永日之義，命曰『娱永』，將以奉乃翁良沙先生。堂成而翁適壽八十，韶之志遂哉。韶凡七舉進士，有聲南宫，偏交當世名公卿。思得鉅麗偉特之辭，又以爲斯堂永，而樂與之者衆也，韶之志遠哉。按：古之稱孝者二，養志爲大，身養次之，兼之者謂之備物。若夫娱永之堂，游耳目，逸肢體，有足多者。而翁之志也，喜文章，尚禮義，韶復成之。是舉也，不亦備哉。韶於是乎能孝矣。其友陸深爲之銘，以示永永。

粤維先民，觀象徵理。上棟下宇，奠厥攸處。爰有堂構，啓之述之。克諧人紀，是曰孝慈。伊其有作，娱永之堂。實維范氏，濱于范光。范子之考，范翁之居。其中休休，其外舒舒。澤國所滙，天水空洞。歲事維新，日晷有永。志以適遂，年以樂忘。風斯引之，而澤孔長。翁來堂上，櫂歌漁唱。蒲荷鷗鳧，近遠趨向。翁有孫子，亦有詩書。以手提攜，以口吹嘘。纚纚閭里，衣冠杖屨。憲德質疑，周旋堂廡。和明清夷，翁寔備善。乃勤人懷，乃承天眷。春酒登堂，翁則楚楚。風日載陽，景物容與。翁既醉止，朱顔素領。斕斑滿庭，或覲或請。翁則撫之，亦屢顧之。有揚王庭，以樹德基。德基維何，黼黻雨露。棟梁折衝，取焉斯具。孰啓之先，譬彼流泉。翁實決之，以會百川。惟桑與榆，翳翳丘園。駟馬高蓋，以大其門。惟皇霈恩，章服有耀。翁敬承之，乃食厥報。淮海攸鍾，沃野千里。有賁奎文，自天上下。君子之澤，君子之廬。孰敢弗瞻，有踧儼如。惟德垂遠，孝斯永世。銘以介壽，萬有千歲。

井井亭銘

夫利成於人而功配兩儀者，井是也。且霖雨之潤，雖洪或無及於亢夏；江河之浸，雖博或不救於冱寒。井則有恒焉。有恒之道，小而可大，邇而可遠。配厥兩儀，孰曰不宜哉？吴郡之西，天平山之麓，有井焉，派自白雲泉，甘洌紺深，故封編修吴公之所鑿也。復亭其上，以休役者，榜曰『井井』，人實惠之。陸深銘其旁曰：

天平峨峨，靈泉所畜。有亭翼翼，臨於其麓。爰覆厥井，虛體淵光。濟彼二儀，燠寒甘涼。伊其有俶，自吴太史。惟太史公，厥德肖是。澤流生人，實恒實宏。太史莫作，永觀厥成。倦者來休，渴者來飲。注瓶挹罌，滌髓烹飪。朝井而西，暮井而東。衆享其利，莫知其功。功之不知，厥功之崇。我鑱斯銘，庶永兹道。式豐爾源，勿以渫告。

木和氏銘

昔卞和懷璧，獻之楚王，被刖者三，至今人悲之。自和氏廢，而荆山之璞遂爲世大寶。或謂和氏急於求售以速禍，非不幸也。夫和氏知矣，用以自全，顧不易易哉？予重悲之。嘉靖己丑秋八月，謫南劍，道武夷，天日清霽，極登臨之勝。既謁朱祠，釋菜於五曲。明日，任生鍇復要爲九曲之遊。回舟焉，有古木出於沙際。泉噬水齧，幻爲人形，俯首交臂，抱一石當胸，若有所獻然。時從遊者姚雲丘、雲霄、程久中，共諦觀之。予太息曰：『此忠愛之化耶，胡爲乎來哉。』睨其下，一足若蹺，又類刖者，因目之曰『木和氏』。手爲洗剔，以付王羽士文賜，藏之宫中，表異也。復系之銘曰：

和氏懷寶，或謂乃石。三獻而刖，爾厲爾魄。我行遲遲，不索有獲。知遇何難，銘以勸百。

高嶺書院銘

今之高嶺，古冠山也。冠山有書院，高嶺亦有之。冠山以吕左丞思誠著，高嶺則自孫太守朝用作也。前有倡而後和，基構琢鑿，咸於教學有功，不但一州之冠冕已也。於是東海陸深刻銘其巔曰：

穹山峻嶺，以配人文。峨峨冠山，其上干雲。豈曰藏副，羅此典墳。青青衿佩，式歌采芹。孔、顔雖遠，大道日聞。羹墻有見，慰我同群。梵宫琳館，一何紛紜。闢邪崇正，自我孫君。

正齋銘

都諫俞君國昌作正齋，友人陸深爲之銘曰：

渴不飲泉，息而擇木。毋謂小閑，罔敢弗穆。負扆以朝，兩觀斯戮。秉德不回，神明所福。高齋抑抑，惠山之東。於皇先訓，配兹棟隆。過焉必式，君子之功。蟻旋則折，龍德乃中。曲房複閣，以貯歌舞。結綺、臨春，速釁召侮。陋巷稱賢，草廬頌武。端居儼藏，式是千古。《易》云尚象，《書》贊肯堂。卓哉位置，負陰面陽。豈曰室邇，用表萬方。太史勒詞，以銘勿忘。

石涇銘爲陸方伯

夫物之至重者爲石，水之至清者爲涇。惟重也，足以鎮廊廟；惟清也，足以别妍媸。石涇之時義大矣哉。陸深爲製銘曰：

沄沄石涇，大江之東。伊其有俶，華亭啓封。瀠淼演漾，襟喉洞空。民生既奠，人思禹功。有熚偉人，靈淑所鍾。配德比業，循名考同。厲齒可漱，洗耳何工。霖雨津澤，與上天通。江河淮濟，式由地中。千齡永譽，百川攸宗。

白石印池銘

若質維素，爾用則朱。尚毋紫奪，而涅之緇。

鐘硯銘為汪司業器之

確然就礱，鳴以叩從。斯文攸宗，含垢有容。以坦厥中，庸昭帝躬。

筆屏銘

保障萬里，卓立四山。斂而用之，在几案間。

几上廬山銘

予得此石於武寧谿谷中。宛然雙瀑故道也，因題曰『几上廬山』。刻銘其東崖曰：

寰宇孤標，匡廬雙瀑。袖懷東海，不有先淑。小大之分，伊其劖斲。静對一拳，偏游五嶽。

鼓枰銘

未齋宫諭，德成藝游，出新意，製鼓枰。其友陸深爲之銘曰：

員象天，方效地。一動一静，以闡斯義。爾木斲之，爾革張之。無所用心，將鳴而攻之。

洮河緑石硯銘

予得洮河緑石，琢成硯，銘其背曰：

縝乎玉，黯乎緑，用斯郁郁。儼乎君子，若内足而不以汙墨辱。惟不辱，壞不速，幾哉福。

芙蓉洞銘

瞻嵩仰衡，實惟隱映。繄石與丁，詎曰人境。爾之始華，氣澄秋艶。爾之不華，萬古常静。常静常定，以保爾正。匪名之榮，惟爾之命。歲寒乃心，水雲成性。臨高履危，敢不益敬。

硯銘壽鄭啓範

文字之友，毫楮爲耦。獨此最壽，賦質近厚。坦腹而受，以兹故久。知白含垢，君子之守，君子之有。

小康山徑銘

治蘄小康，君子思大。《唐風》無已，詩人示戒。悠悠泉石，夙夜匪懈。臨深履薄，理欲作界。理勝爲樂，從欲斯敗。敢告墨卿，顧諟所届。

大象石銘

江之西，海之東。石爲林，桂成叢。歌小山，咏《大風》。生有涯，樂無窮。

屏石銘二首

雲卧壁立，仁壽爲徒。可久可大，以殿詒圖。

二

完璧歸趙，合劍于淵。慎謀貴始，後定者天。

硯銘

陸氏之硯，三世所珍。用久而益奇，質朴而無文。古人所重者，以德不以形。歲在己未，贊者陸深。

大理石屏銘

遠岫含雲，平林過雨。一屏盈尺，中有萬里。

玉華洞銘

山月如璧，中天無雲。人心朗然，以顯斯文。

醒酒石銘

昔以醒酒，今以醒心。難如蜀道，勝比山陰。

儼山文集卷三十六

引

知命集引

深以嘉靖十有二年春，得江西右參政。明年甲午冬十月，有事浮梁之景德鎮。望後四日，聞陝西右布政之命。又明年二月初旬，爲入關之役，由京口濟江至維揚。舍舟從陸，實廿有一日也。曉徑蜀岡，問之曰：『此維揚也，而謂之蜀，可乎？』有父老答之曰：『自此可以通蜀也。』予識之。前此三日，而四川左布政之命下矣。從泗渡淮，過宿適汴，以三月四日抵大梁。始獲報聞，追數徵先，爲之歎息。旋被部檄，因改蜀裝，遵黄河而西行成皋、滎陽間。入咸陽，問前朝城郭。覩龍門伊闕，三門七津，思大禹之功。度函谷，上潼關，觀中條、太華之奇峻。秦晉宦遊，感念今昔。乃歷長安，略咸陽，道岐、豐，徵文武之遺化。終南、太白，高切雲霞。涉汧、渭，出褒斜，東望漢中，見淮陰拜將之臺。徘徊定軍山下，悲先主之業不終，拜孔明祠堂而去。比入五丁峽，寔五月八日也。山川偉麗之觀，少償夙願，而不知此身之遠邁也，亦云幸矣。因檢漫稿次第之，題曰《知命》。夫一定之謂命，顧知之有蚤有不蚤爾。時年五十九歲，是歲六月朔，書于梓州中江之分司。

朝天詩引

右若干篇，松郡士大夫之詩也。嘉靖元年冬，華亭侯聶君文蔚爲入覲之行。是舉也，蓋古贈言也。文蔚治華亭有善政，故其詩有美有頌，有願有祝，有愛有慕，有情有實有體。夫被其惠則美形焉，質其成則頌形焉，冀其大則願形焉，要其終則祝形焉，思其去則愛形焉，徯其來則慕形焉。發於衷之謂情，核於事之謂實，明於國家之謂體，是詩有焉。邑士沈東聯而什之，以屬序。深受而終誦焉。美哉，渢渢乎其至理之音與。夫上天將開理於世也，必生賢才以擬之，若或待焉。其將寄斯人以理也，必設地望以處之，若或試焉。是故五臣之於唐虞，尹、旦之於殷、周是已。乃若以預擬之才，用之於既試之後者，是天也，非人也。底憂勤之績，以致熙皥之治者，是人也，非天也。天相之人成之，其致於理也必矣。文蔚之華亭，其殆試之乎？今天子繼統，將興唐虞三代之治。華亭之政績，固文蔚之所藉手以自獻者也。由是而致理焉，文蔚其將有不得而辭者乎？故不知天之所爲者，非知也；不盡人之所爲者，非仁也。仁且知，文蔚所以擬之者，蓋亦豫矣。故於序是詩也，復申之。文蔚名豹，永豐舊族，少有重望。舉丁丑進士，精練明敏，才無不宜。治華亭再朞，其廉仁尤足稱云。

海邦快覩詩引

莆田鄭侯令上海之三年，會江南饑，天子用大臣議，發内帑賑上海，以銀萬兩至，侯捧而喜曰：上之賜也，吾民之命也。自吾之領斯縣也，一錢以上，於民也不敢妄費。已乃檢括諸庫，得銀二千六百兩有奇。自吾之社倉法成也，斂散之有嬴。已乃發穀之在濟農者，幾四萬斛，其在唐行者，復得米二千五百斛有奇。已乃集父老於庭，諭之曰：民病矣，吾若父母也，徒有憂焉，不給是懼。惟天子念遠民，惟撫按贊之，惟太守成之。玆則有鏹有米有穀，食費咸具，吾之幸也，抑亦吾之心也。諸父老皆拜舞曰：是我侯之惠也。徐勞之曰：非吾所及。雖然，凡惠在速，其以即日從事，榜於通衢曰：遠近皆集，環縣以聽。又曰：凡惠在均，其以三鄉之民下下者，撮其户三萬四千餘户，授銀三錢。則又曰：物析則寡，其以吾民之强有力者任縻散。則又曰：凡物聚則壅，其以地分處民之至者，布而書之曰：某鄉於此，統以里老。則又曰：凡科擾者、邀奪者，論重罪，整以僚吏。由是焕若星布，密若魚麗。然後鼓以給之，鐸以散之，麾以進退之。由是折若蟻封，次若雁序，終事之頃，幾日昃焉。民欣欣然，各滿所望。探諸懷中，得方函署曰：户某銀三錢。人人無爽。散穀法如之，散米法亦如之。觀者歎息所未有也，皆以手加額曰：斯政也，非侯之仁無以與此；斯仁也，非侯之才無以辦此。

諸生唐敞目覩其事，颺於衆曰：下有急而上弗問者，亂之積也；上有善而下弗知者，薄之趨也。或以養亂，或以導薄，是焉取於理焉。侯之理海也，敦本阜俗，鄉約具焉；訓飭勵戒，課試嚴焉。三年于兹，善多矣。惟是一舉也，而數善集焉。凡我鄉校，其謂之何？紛而止齊，弗可以制軍政乎；博而舉要，弗可以馭萬里乎；濟而守逸，弗可以例後世乎？不疾而速焉，無爲而成焉，古之卓異者耶？而咏歌靡聞，敞等之恥也，奚其可？乃請于諸博士，博士曰：引以長，其比於風矣。復諗于鄉大夫，大夫曰：德惟功，其晉於頌矣。又徵之古作者，作者之意既深且渥，其式於雅之大矣。僉曰可矣，乃帥諸同志共裁爲若干篇，用備觀采。聯而什之，以告於前史官深。深從二三子讀之，曰：稱哉乎情文之間也。夫仁而無術，與忍同宫；惠焉罔終，賈怨一致。是宜傳。遂題之曰『海邦快覩』以引。

石門詩引

晉山深遠，故奇秀不外見，入山之人始知之。若石門，其一也。石門在今平定州之東三十里南轉，山石中斷若門。林深土厚，可耕可薪，郗氏之别業在焉。郗君文淵守壽春時，痞寐兹地，命畫史圖其勝，凡十有六。太宰白巖喬公題之曰『石門村樂』。文淵致壽政還，遂有其樂，而山川之奇秀，於是乎遇所知矣。予再入晉，寓平定久，文淵以是請曰：買田歸老，此先人之志，元深罔敢墜也，願有述。東平公舉進士，官給諫，即以身殉國。文淵一仕州郡，飄然高蹈，皆不事表襮以求人知者，兹山固肖之耶。而石門之山川，於是乎得所託矣。樵歌牧唱，巖花野鳥，與夫四時之變態無窮，人未必盡知；而文淵之孝先早退，世必有能知之。知之者，各抒言於其左。

蓉塘詩話引

詩話，文章家之一體，莫盛於宋賢。經術事本國體，世風兼載，不但論詩而已。下至俚俗歌謡，星曆醫卜，無所不録。至其甚者，雖嘲謔鬼怪、淫穢鄙褻之事皆有。蓋立言者用以諱避陳託，微意所存，又文章之一法也。若乃發幽隱，昭鑒戒，紀歲月，顧有裨於正傳之闕失，蓋史家流也。吾友姜南明叔，方工進士業，餘力及此書。予在京師時，嘗一讀之，卷帙尚多。八峰張國鎮之令海也，捐俸刻之縣齋，頗有詮擇其間。明叔可謂博雅之士哉。古稱文章止於潤身，而學以經世爲大。是集所録經世之端蓋多矣，八峰亟表揚之。與善之心，皆可謂無窮也。書凡若干卷。明叔別號蓉塘，故以名集云。

見月録小引

余性疏，口且多言，與人交輒得罪。弘治甲子秋，獲侍戴君子孝，共載而北。道路幾四千里，始終幾五十日，飲食卧起，未嘗竟時舍去也。而余之疏者不加密，多言者不加默。子孝顧待余驩然若骨肉，時加許可。不知何以得此於子孝耶？將子孝嗜憎之情與人異非邪？明年春，余待罪於朝，子孝去，卒業南雍。别且半載餘，未嘗一日忘吾子孝知己之深也。追憶河橋風雨，殘鐙對坐，怳然夢寐。想吾子孝無異此懷。因録往時與子孝途中鄙作爲一卷，取柳子厚『見月詩』爲名，庶幾後日知己一券云。

思萱詩卷引

凡人之情，託物而后喻者，至情也。昔屈原之作《離騷》也，悲宗國，悼故君，其情可謂至矣。顧其詞之所指，品香草，目佳禽，抑又緩焉。是故其詞愈緩，其引類愈疏，而其情愈至。故不獨當時悲之，千萬世而下，聞其聲，無有不悲者。此思萱之所爲作與？萱草，類不見於《騷》，而見于《詩》。釋之者謂『諼』『萱』同音，故命之以忘憂之草，而後世遂託之於母，其意若有頌禱焉者。或曰婦人佩之宜男，此或有母道云爾。要之，人子愛親之至情，託物而后喻者。新喻易君止恭，六歲失母，長而有知，以思萱名堂，又博求大夫士之能者，咏歌其事，浸成巨卷。語有之曰『覩其物則思其人』，況於不敢思其人而惟物之是思，其情又當何如耶？故推其意，有合於《騷》，而卷中諸作，頓挫抑揚，亦足附於《騷》之餘者。不知讀是詩也，有悲止恭如悲原者乎。姑序以引。

儼山文集卷三十七

序一

送都閫王公北歸序

今天子神聖，御寓逾一紀矣。文恬武嬉，四方無事。在大江以南，東至于海，尤稱晏然。若乃韜略之務，寔無所於用。士大夫之抱負奇偉者，咸無所於自見，輒思引退。若不得，雖以病免可也，天子亦例可之。於是浙江備倭都指揮僉事王公得以北歸。

公盧龍人也，在卑濕柔脆之鄉，常鬱衄無暇展布，果若病然。予來浙，訪公於私門，遂以病見，而奇氣表然於離褷局蹐之間，予甚疑焉。公世受國恩，凡疆埸之事，無論大小險易，一切以身任之。雖其子若孫，尤當以繼志繩武爲大。非若予書生然，起自白屋，苟不得志，則求賢者能者而讓之位，潔身以去，安往不可。公宜難於去也，予疑公固有待哉。未兩月，都閫順庵鄔公、一山李公以公歸期告，且以贈言請。予甚不滿於公之此去，而又以不得如公之得去爲高也。乃爲之言曰：士大夫自一命以上，皆有委質致身之義，進退可易言哉？是故知進而不知退者，非也；知退而不知進者，亦非也。當進而不知進者，弱也；不當退而必於退者，非惰則有所利也，進退可易言哉？雖然，能退者視不能退者，則有間矣。故曰難進而易退者，古之節也。古之人有文武才者不少，而進退之際，略可考見。馬伏波忠勇出於天性，建立焯焯，至於請擊武陵五谿蠻，則據鞍顧眄，以示可用。寇忠愍出將入相，決策澶淵之役，可謂有大功於國矣。卒之皆爲姦人所擠，徒以老不知退爾。公之此行，胡可少哉？雖然，此特禍福之小小者耳，亦非所以論公也。方今天下四夷，惟西北二虜爲甚强，而遼陽外諸部落尤稱黠驁。若近時花當所爲，北虜固嘗要結哄喝，以爲吾中國患。聞今日之醞釀，尤爲可慮。若海西、朵顔等衛，入貢之途必出盧龍。公自少有志於廓清，習知其情狀，且逼邇京邑，公歸，輕裘緩帶，逍遥塞上，以觀其變。萬一有警，則朝驟符而夕登壇矣。區區東南，宜公之所不肯少留也。於是順庵輩舉酒酌觴曰：公之志端在此，請書以爲序。

送都察院右副都御史安齋朱公治河序

我國家定鼎于燕，北塞南河，其事惟大。大抵塞上之事，十七在人。惟河之利害，常有天數，而人謀之事事者不能二三，是故其事尤大。天子每出大僚一人主之，俾司濟上。凡山之東，河之南，兩畿濱河之地，皆得以便宜行事，任至重也，是故常難其人。

嘉靖癸巳，治河之憲臣闕，吏部以浙江左布政使安齋朱公名上。上特陞爲都察院右副都御史，俾莅其任。既而塞上事嚴，吏部復以朱公宜任宣府巡撫之事，特名上請。上若曰：河事非朱某不可，宣府之事可別疏名來上。於是天下皆知朱公受知之深，而相與頌君相之慎於用才也如此。

于時右布政使鈞陽党公請爲贈。深昔調官延平，公適總閩憲，得備觀公文武之才，經綸之具，可以大受者，有不得辭。乃起而贊公之行，以告于衆曰：公舉甲戌進士，選爲監察御史，出知鞏昌；陟爲按察副使于浙江，即轉參政；繼陞福建按察使，復進浙江左布政使：敭歷中外，是可謂善天下之官矣。癸未大覲，吏部旌天下郡守之卓異者才三人，公居最；既而吏科薦天下之賢七人，公以廉介與焉：是可謂永天下之譽矣。初巡河東，釐政大舉；再按齊魯，風裁振揚；備兵溫、處，一道肅靖；及長藩臬，吏畏民懷：是可謂具天下之才矣。公自筮仕，以及今遷，廉潔自持，一介不可以取與；所至庖廚，有終日蔬素者；事必躬親，雖井臼澣濯之微，或至身爲之；嘗曰古人運甓，果何爲哉，而又兢兢恭慎，未嘗有疾言傲色：是可謂有天下之德者矣。夫履歷以練達，聞望以感孚，才以濟事，而德以將才。凡有一於此者，皆足以大受，而況公實兼之乎？其於河事也何有？雖然，河事亦豈易易哉？自河入中國，爲生民利害也久矣。禹蹟之後，與大運低昂，實繫興衰治亂之故。蓋自戰國諸人各圖規利，始以城郭園田宮室井市之侈繁與河争，而水勢始激，爲害至于今未平也。凡治水，工自上流，乃克有濟。今之汴、泗、徐、沛，皆下流也，成功實難。古河入海，悉由東北，順下之勢然也。今日治河，本爲運道，障之使南，似從仰出，故理逆而禍大，此其大較也。苟知讓斯須之利而不與争，凡事講求其本源而不瑣瑣於末流之拘，事得順適之理，而因事以興利。雖公相天下之業，亦不外是，而况於治河乎？聊於是行乎卜也，公其往哉！

送葉白石學諭令邵武序

貴溪葉君淳夫，教上海且六年矣，迺遷爲令，令邵武。司訓伍君汝觀率諸生董繼寶輩來請爲淳夫贈。汝觀之言曰：淳夫剛方磊落，動與道義俱。不設城府，與人交若孤峭。往往緩急之際，氣力爲多。卒然犯之不校，吾賢僚也。諸生之言曰：先生教人多方，尤嚴於義利之辨。生徒貧且病者，至割俸賙之，而束脩之修不修，不問也。其講學，則以致用爲實際，而一掃高虚陵獵之弊。其校藝，則以德行爲首科，而文詞爲下。升堂侍坐之次，能使諸生凜然戒懼，雖聲色不一假借，吾嚴師也。予聞之曰：是則然。雖予亦豈無良友之思哉？予憶少時，往與計偕渡江。道揚州，觀同知葉公之爲政，上下響應，如古循良然。乃心自語曰：他日有官如葉揚州亦足矣，又何必位通顯哉？是時未知同知爲誰也。予既待罪史官，友人空同李公督學江西，以註誤繫獄，大書江西諸生之義，而以貴溪葉生爲冠。是時亦未知生爲誰也，輒扼腕歎曰：安得若人與之相周旋哉？會予自講筵調官，同知延平，便道攜家。時邑中得新學諭，偉如也，即來慰予，不甚作寒温，便語予曰：先生當速就道。予竦然異之，因以論其世，始知學諭爲葉揚州之子，而李空同所與共患難者，即其人也，心益異之。予去延平不滿三月，萬不如葉揚州；督學山西，得罪如李空同。晉陽諸生候問者不少，益思吾淳夫之不可多得也。家食歲餘，與淳夫益相知厚。再起莅浙，稍遷江藩，淳夫之規誨予者日益至。今還自江西，肩藤未弛，而淳夫去矣，予又安得無言哉？

予行江西遠矣。大抵多氣節之士，往往類其山川。而廣信在江西上游，尤爲佳麗，故又多文章政事之才，若吾淳夫其一也。往時少師東湖費公在館閣，每向予道信之丹山碧水。宗伯石潭汪公、少宰閒齋先生昆季，又相與躋攀覽眺，自負爲乾坤奇秘，口縷縷不能休。夫三公皆當世偉人，豈徒詡詫形勝如幽棲之士哉？意必有人當之，有之不在吾淳夫乎？淳夫之氣節著矣，文章名世矣，世所未必見者政事耳。今將試手邵武，吾知淳夫必能發山川之光彩，以經綸宇内，姑自一縣始，無疑也。邵武，延平之右臂。予知其風土朴厚，溪山盤固，昔文信公之所嘗開府也，而與貴溪爲近。以吾淳夫之才爲之，其有不以政事名一世乎？夫以氣節根柢乎文章，以文章緣飾乎吏事，吾見邵武之政日起矣。異時天子有召，考功奏最，爲天下第一，必吾淳夫也。或曰：淳夫才宜大用，邵武非所以大淳夫也。予應之曰：此用人之人之深意，又安知不以淳夫大邵武哉？淳夫往矣。於是汝觀諸君子，僉曰是則然，宜書爲序。

名藩至德詩序

嘉靖十一年十一月十日，皇帝親御奉天門，降制敕一，識以親親之寶。若曰：晉王天性純孝，長而嗜學，及居喪哀慕，有芝草白鸖之祥。撫、按重臣來上其事。茲特遣官褒獎，且以風勵諸王，尚益篤孝行以永終譽，爲宗室之光，成夾輔之美，顧不偉與！欽哉！故諭。於是大行人臣某當陛，躬承馳傳，續食以往，封以芝檢，襲以黄帕，導以文馬，呼傳道途。行者皆俯伏，頓首屏息，以候傳于晉郊〔一〕。黄童白叟，咸歡忻鼓舞，偵伺所由來，舉手加額曰：天子之神明也，我王之賢孝也。及於國門，則設大仗香燈旂亭，官僚具服奉迎，鮮耀登于王宫。晉王衮冕執圭，北面拜受惟謹。士大夫之能言者，咸作爲歌頌，以侈一時之盛美。

于時前按察副使陸深適有事于晉，與觀斯舉。王以左長史馬朋來致命曰：敬哉，汝宜有述。深以罪辭，王再命曰：咈哉，汝舊翰林也，何罪之能辭？深昨任事時，辱殿下知奬慰勞，至于再三。且孝芝之作，已嘗附名諸公後；而翔鸖爲異，則又見於河中王等之奏。特勤璽書，事豈偶然。乃拜手稽首而言曰：《詩》不云乎：『文王孫子，本支百世。』釋之者曰：『本宗百世爲天子，支庶百世爲諸侯。』古之諸侯，今之親藩是已。漢稱諸侯王，今之藩王是已。夫天子、諸侯，天下之大分也。天子有天下，諸侯有封國，天下之通制也。天子親諸侯，諸侯奉天子，天下之定禮也。若夫孝以法祖，敬以修身，天子、諸侯一也，天下之要道也。安天下之大分，遵天下之通制，守天下之定禮，明天下之要道，於是動天地，感神明，致休徵，孚臣庶，昌宗籓，輔治化，耀當今，播來裔，此則晉王殿下之至德也，於歌頌爲宜。深謹序之曰『名籓至德』以傳，且承命也。

【校記】

〔一〕傳：原作『傅』，據四庫全書本改。

虞山奏疏序

今山西按察使虞山先生姓陳氏，深之鄉同年友也。又三十年矣，中外進退，大略相似，而廉介之操，敢言之氣，非深之所敢望也。嘉靖壬辰，深候命于晉，而先生至，首出疏草示之，皆先生爲御史時所上也。乃受而卒業焉。分爲二編，凡論列者曰奏疏，凡條處者曰奏議，大抵使人便於誦法，且以考言行也。

先生爲御史餘二十載。始自南入也，當正德之初年；再召而起也，適武皇之末造；及終制而來也，際今上維新之朝。時方多事，有大舉措，有大典禮。先生居中居外無不言，危辭與婉道並出，施行報罷者間有之。嗚呼，茲一代之時也乎？使先生終卧不起，則有不得言；使先生速化而去，則有不及言。豈天固遺之時耶，將以舒露先生之蓄藏者，而奇文法言往往亦在。語云

『與時高下』，豈不信哉？宋制：入臺有十旬不言事，輒舉辱臺之罰。深竊過之。使時無可言，固將强聒也。故嘗謂臺諫之言事，當論其大小，不當論疏數；當論其緩急，不當論其早暮。則是編也，所謂大小，所謂緩急，所謂疏數，所謂早暮，咸可考見。雖然，先生豈有意於言哉？故又曰先生之告君也，文少而事多，氣平而詞暢，世必有知言君子。

送沈文忠左判德慶州序

予昔官翰林，與有史事。壬申之歲，南封于淮。軺車所過，郡縣以數十計，而以常山爲之界；其所見守令亦以數十計，而以常山爲之難。蓋自京師而達也，放洪逾河，絶淮渡江，汎湖衝潮，亂流上瀨，有舾壩之限，津梁之轄。雖然，陟降止於尋丈，水陸之勞逸未分也。惟至於常山，則舍舟就輿，出塗泥之下，而躋攀雲霄之間。雖西北之塞棧，東南之嶺嶂，有雄且險者于此，此豈非一界限也哉。令常山者，往而送，來而迎，奔走於水涯山巔，或東不及西，西不暇東，往往令人傳呼告至與謝不及。其汎汎然者，猶煩館穀津遣而後已。其地儉，其民習勞而吝，健于訟，簿案繁夥，易緣以姦，令豈不以是難哉？

沈君文忠適令於是，予以鄉里，又有場屋之好，且舊矣，乃得從容延訪以故，且以觀其政。文忠執手板，指顧風生，具於一談之頃。方謀作城鑿池，安養斯民，以丕變其習俗，纚纚然可挈而整齊之不難也。時方有饒源之警，遣大將用兵，百需咸具，將於是途乎出。予既下草萍，趨饒州，竣事，頗得賊中情狀。還至常山，則見文忠具畚鍤，興工徒，塹山疏水，次第略舉行。視其倉庫甚虚，問其策，但口胡盧以對。予心偉其才之敏，而竊憂其成之難，或成之而怨斂也。但告之曰：饒源之釁，賊雖就招，恨撫禦非策。將半載，賊糧且盡，必大作禍，常山其衝乎？屈指計之，臘盡春初，其期也，文忠勉之。既爲薦于同年王御史伯圻，時適按常山云。予既抱病歸卧于家，賊復煽亂，果如余料。自開化直擣常山，以有備而止。既而文忠果以築城，用鹽引税錢，爲當道文致，罷令常山。文忠訴其事於朝，得昭雪之，然猶坐微文，當鐫一秩，於是謫判德慶州。予曰：『此非文忠之罪，盍再訴？』文忠曰：『令與判相去幾何地爾。然吾正當以人重其官，豈復藉官以重人乎？昔人有言，惠州豈在天上也？』予益賢之，與之飲酒而送之，喟然歎曰：天下事之難成也久矣。自全者因陋就簡，以爲國羞；自任者胎禍媒謗，以爲身困，蓋自昔然矣。若文忠者之所遭，果孰爲之哉？而公道卒至於不泯。問之向來鍛鍊文忠者，半在鬼録，而文忠固無恙也，文忠亦足以自恃而自慰矣。安知德慶非文忠游刃之地耶？州守張君汝隆，亦予舊識才士，方自開州得調。文忠往，願相與以有成也。

重刻百官箴序

我中丞新安潘公方塘撫蜀之明年，重録《百官箴》於行臺。深適吏屬，爰覩厥成，公命序之。

按：箴本衣箴，醫人又用之以攻疾，蓋彌縫其闕失而刺之，《詩》曰『因以箴之』是已。百官有箴自漢始，此則宋儒山屋許先生所爲撰次也。山屋名月卿，理宗朝進士及第，家婺源許村，蓋公之鄉人也。深少側聞宋亡時，南士有卧一車中五年不言者，心甚偉之，而未知即山屋也。今讀其遺文，又知講學於鶴山魏文靖公，得朱子之傳。新安爲文公闕里，則山屋固朱子之鄉人也。平生著述甚多，此箴或其集中之一類耳。箴凡四十有九，而名之曰百。其見於自敘者，意義深遠。視昔楊、胡、崔、劉之文，尤爲忠朴。經世大業，悉聚此書。其曰分殊理一，其曰本末源流，又曰閱天下之義理愈熟，處天下之事會愈精，此皆朱子之學也。且人品甚高，往往譏切時宰，故仕不大顯。至於摛文命篇，辨於體裁，雖音韻字畫之間，博考詳據，真朱子之正嫡也，不可亡傳。顧其制盡宋官，言多宋事，特一代之書爾。要之有合于今者，則經筵、翰苑、御史、史臣、尚書、六部、太常、大理、國監、登聞，覽厥名義，殷鑒存焉。京兆，非今之天府乎；守臣，非今之郡縣乎；發運、轉運、提點刑獄，非今之布、按乎；茶馬、市舶、鹽鐵、錢糧，又皆今日之要司。觀會通以概於不可解之心，雖百代傳可也。此公翻刊之微意，豈徒鄉人云乎哉？惟公敭歷中外幾三十年，百年之業無所不具，又況遭時得君，致位九列，既非黍離麥秀之老可望，而格物、致知、誠意、正心之學，自幼得之朱子者尤精，其所到未量也。雖然，以鄉人師鄉人爲近，而深亦山屋之鄉人也，於是乎序。

儼山文集卷三十八

序二

分寧周氏族譜後序

刑部尚書泉坡周公，重修分寧族譜，蓋用歐、蘇二家例，以譜十有三世之可知者。於是分寧之周氏蟬聯葉奕，秩然可考。既成，又手分爲内外二編，内編以詳派系，外編則文獻存焉。公嘗授予讀之，使序諸其後。按，周本以國爲姓，所從來者遠矣。其在于今，則分寧之望族也。昔孟氏有言，所謂故國者，非有喬木之謂也，有世臣之謂也。夫喬木，曆數百年而後成，干雲霄，蔽日月，蔚然百里之望，可謂偉也已。而不足以重故國者，謂其爲物也。然則周氏之所爲分寧重者，寧非所謂有世臣耶？今泉坡公謇諤當朝，有伊、傅之望，敭歷中外幾四十年，位至尚書，典司刑獄，天下倚以無寃。自泉坡公而上，則有來軒先生。其人風猷峻整，文學深醇，屢典籓臬，入佐省臺，贈官易名，屹然一代之碩輔。自來軒公而上，則有南山先生。其人器度閎偉，才識敏達，西邊北鎮，樹大勳績，晚受知於孝廟甚深，歿有僖敏之謚。其他以科第奮庸，德誼稱譽，傳芳踵武，世不乏人。皆兹譜之光也，非一代之世臣耶？其於人國也重矣，故曰有世臣之謂也，豈徒分寧之望已哉？兹譜可傳也。慨自宗法廢而姓氏之學微，自圖譜廢而述作之體雜。是故高者過於文，卑者局於質，文質得中如尚書斯作，雖謂之良史亦可也。此尚書所以有功於續譜，此續譜所以有功於周氏，此周氏之譜所以有功於分寧，此分寧周氏之譜所以有功於世道也。何則？土膏沃者產豐，宗支蕃者積厚，是故有世家而後有世臣，有世臣而後有世德。若斯譜也，抑亦可以觀德也已。於是乎序。

大臣禄養圖序

嘉靖十有八年七月吉，太子賓客吏部左侍郎兼翰林院學士張公邦奇上疏言：臣母沈就養京邸，越兹六年，今八十有八矣。親生之子，惟臣一人。乞送還鄉如例，則臣母子並荷皇上生成之恩，而天下皆覩皇上仁孝之治。辭甚懇切。上意若曰：侍郎學士，予丞弼之儲也。況東朝初建，方有輔導之寄，豈宜暫輟？左右乃出御批，答之曰：大臣禄養壽母，自古治朝則有之。所請不允。命下之日，朝士大夫相與慶之曰：皇上之敬禮大臣而及其親也如此，人臣之孝奉壽母而格其君也如此，固一代之盛事也。於是侍郎入謝，退以復於太夫人，敬宣德音。太夫人起，望謝於庭，肅拜如禮。乃立侍郎於側，舉手加額而語之曰：聖恩厚矣。吾老，偶思鄉耳，幸無他。吾兒身爲大臣，宜視國如家。吾有兒爲大臣，且視客舍亦如家，心甚安焉。於是侍郎下堂謝曰：謹如教。鄞之士大夫復相與慶之曰：賢母之教其子而忘所懷也如此，孝子之奉其親而移爲忠也如此，又吾一鄉盛事也。用繪爲圖，遵聖諭題之曰『大臣禄養』，以告于陸深，請爲太夫人壽。

深視太夫人猶母也。寔與侍郎同年，交垂四十載，聞太夫人之賢舊矣。太夫人出鄞舊族，歸于贈少宰府君，相之道義。至訓誨諸族人之言動，與古聖賢合。其教侍郎之方，尤爲遠大。蓋張氏之師保，當世之女丈夫也。昨歲深親拜太夫人於堂，步履康健，耳目聰明，如壯歲人，未嘗不私爲侍郎慶。然於此重有慶焉，雖慶以天下可也。何則？古之所謂大臣者，必以身繫天下之重，而具有祈天永命之業。古之所謂禄養者，雖畢備鍾鼎之物，而恒享於三從四德之賢。故大臣有之，然知己之主難逢也；禄養有之，然京朝之貴難得也；壽母有之，然賢德之風鮮聞也。今太夫人以順厚之天和，而夙成侍郎之器業，以侍郎之德望，而遇知於今上之聖明，此風教之所由盛，而雍熙之治可致也。則太夫人一日之養，固朝野一日之福；百歲之養，則亦朝野百歲之福也，豈非天下之慶哉？是歲之九月，太夫人既留京師，又膺改封之命，翟冠鳳誥，輝賁高堂。適及稱觴之旦，一時君臣母子之際，敬恭雍穆。《天保》《行葦》之仁，《關雎》《麟趾》之化，無以過此。雖古今同以爲慶亦可也，因併書爲序。

武寧縣志序

武寧爲縣，僻在萬山中，當修江上游，水泉灌漑之利，峰巒岑鬱之美，亦望縣也。其俗朴野，其民力本，穀菽布縷之用流焉，以資生爲裕。其地邊鄰省，自寧州西來，皆衡沙境也。故流移易爲受納，喜於生事，而盜賊因之。其土著之人，又皆負氣吝財。顧其末也，流於文勝，而和厚之風散矣，亦勢也，頗號難治。司民牧者，宜示之以禮節。夫禮必有讓，節則寡求，而武寧之淳實可還也。

昔在癸巳、甲午之歲，予參政江籓，嘗守其地。過焉接見士夫，問縣之故，而以志事爲闕。會予遷去無暇，然每每往來於懷也。唐君世惠來知是縣，禮聘學諭徐麟修成此志，凡若干卷。提綱緝目，焕然可述。雖不入其地者，一展卷間，猶武寧之在目中也，可謂有功於此縣矣。予既歸田，世惠椷來請序。予讀之喜，喜以成吾宿志也。近世郡邑作志甚多，多附麗於史法，而藝文爲工。大抵史以記往，志以開來。記往以存鑒戒，開來者則經綸之業繫焉。雖史家猶以作志爲難，此體例之辨，而名實之際也，致用有間矣。是書簡質不失其故，凡有事於武寧者，可執此以爲政矣。世惠名牧，自鴻臚遷爲國監典簿。予嘗教國子，於世惠有契分，且同鄉也，因爲之序。

兩浙南關志序

南關，今兩浙征権竹木之所，在杭城候潮門外，故曰南關。定制歲命工部主事一人領之，設自成化間，未志也。志之者，主事薛君尚遷也。《志》成，深適來視學而序之。序曰：征権，國計之大，而亦天下之大利也。計大寔煩，利大近膩。士大夫有避而不肯爲，有畏而不敢爲者。事至於不肯爲與不敢爲，其弊可勝言哉？此尚遷之所爲志南關也。志建始則永終之道得矣，志關廠則體統之義明矣，志宦紀則交代之際慎矣，志人役則小大之分辨矣，志事例則綱目之理該矣，志課單則新故之迹詳矣，志淺船則資利之意深矣，志條約則告諭之體嚴矣，志因革則經權之宜審矣，志事宜則變通之方廣矣，志器用則愛養之心博矣，志藝彙則性情之用明矣。以是理煩，以是滌膩，夫何弊之有。凡此皆尚遷之志，而此志之所爲善也。尚遷名僑，潮名家，舉癸未進士。明以體用之學，故雖小事不爲潔已，雖大事不爲私已，若斯《志》可以觀已。

庸玉集序

終南山人王堯卿，與予相得之知甚深，頗恨相從之日猶淺也。歲在辛未、壬申之間，遇於京。當是時，予爲史官，堯卿爲諫官也。堯卿，盩厔人，每謂予之盩厔多異人，於是相約爲物外之遊。又約堯卿當過江南，予當訪堯卿於盩厔，皆漫然語也。不久堯卿棄官去已，而堯卿果渡江，予時在成均。昨歲過盩厔，而堯卿之墓木拱矣。追念今昔，爲之出涕。堯卿才甚高，當時頗疑堯卿少自遜避，蓋有待也。不意堯卿坐交游之累，下詔獄，就逮至南都，甫脱以死，死時事。余聞而悲之，亦天下之人所同悲也。堯卿之弟舜卿，又與予有寮寀之誼，今寓茂州，以此編見寄，將刻梓以傳。嗚呼，使不識堯卿者讀此，亦將一字一涕，況如予與堯卿者乎。復抆涕爲之序，且手書之，以報舜卿。

唐詩絶句序

昔東萊吕成公著《卧遊録》，以適物外之趣。近時都太僕玄敬亦有《玉壺冰》之作，予嘗欲題其書曰《山林經》云。丁酉之歲，赴召出蜀，下三峽，道荆襄而北，河山鉅麗之觀，靡日不有，時歌古詩，以慰羈旅之懷。因裁取若干首，欲爲一編，若輔二書而行者，亦猶經之詩也。予少弱而病，病益弱，故每退焉，思爲葆藏之計，今六十有一年矣。竊念自先人祥禫營域之日，以其餘力剏爲精舍，鑿池種柳，栽花蒔竹，當古淞江之上。漸歷歲年，蔚成林藪。泉石亭館之勝，徒往來于奔走之日爾。萬一聖明憐而賜歸，得有其適，將命童子按聲習之，以娱老景而消長日。是編也，安知非予之鼓吹耶？乃寓歸，刻之儼山堂中。

重刻杜詩序

自遷《史》班《書》而下，杜詩、韓文爲世所流布，宜無限也。近時杜學盛行，而刻杜者亦數家矣。余所蓄《千家註》者，於杜事爲備，間付汪諒氏重翻之，以與學杜者共，誦其詩，讀其書，且以論其世也。昔之君子稱詩人以來未有子美，豈不信哉！雖然，杜詩出而唐祚衰矣。何者？淳龐朴厚之才審於體而知務，弼成人國於肇基開業之會。暨其休養蕃息之已久，然後士無所見，往往悉其長於藝文，而於當務之急顧有所略，積而至於弊且蠹焉。此孔子所爲思先進也。自周之季，蓋已然矣。故曰文盛者實衰，末茂者傷本。知者慎焉。若夫子美沈鬱頓挫之辭，忠義激昂之氣，或因於所遇，而霖雨經綸之思，唐虞稷契之志，至於一飯而不忘。後百世而習之，猶足以追想其沖襟雅韻，願起而從之遊，是其哀樂之所寓，尤爲不遠於情性者。此或詩人之所未講也。工既成，因爲之序，卷帙次第，固無改於舊云。

重刻唐音序

襄城楊伯謙審於聲律，其選唐諸詩，體裁辯而義例嚴，可謂勒成一家矣。惟李、杜二作不在茲選，昔人謂其有深意哉。夫詩主於聲，孔子之於四詩，删其不合於弦歌者猶十九也。宋人宗義理而略性情，其於聲律尤爲末義，故一代之作，每每不盡同於唐人。至於宋晚，而詩之弊遂極矣。伯謙繼其後，乃有斯集，求方員於規矩，概丈石以權衡，可不謂有功者耶？獨於初唐之詩無正音，而所謂正音者，晚唐之詩在焉。又所謂遺響者，則唐一代之詩咸在焉，豈亦有深意哉？旌德汪諒氏既刻杜集，力復舉此。予嘉其勤也，復爲之序。

送右方伯劉南泉赴任山東序

南泉先生劉公，以四川按察使遷爲山東右布政使，憲副沙谿龔公、憲僉震軒蔡公輩，相率屬深爲贈。深方居是官，而無能理於其職，其何以應諸公之求耶？久之，未有以復也。顧南泉一世之才也，無官不宜。蓋自丁丑舉進士，爲户部、兵部兩郎署有聲，出爲河南、開封兩大府又有聲，陟爲參政、憲使，治行皆冠。自此爲卿爲輔可矣。由臬而藩，遷轉一階耳。雖然，吾不爲南泉得是官，而且爲是官得南泉也。

惟我國家稽古建官，一遵《周禮》，而於布政使有左、右之設，蓋寄之以古方伯之任，而若將爲周公、召公之分治者，亦可謂重矣。今布政之職於六官無所不統，而司徒、司空之務爲先；右布政於左布政之職無所不問，而司馬之清理爲專。若兩手然，故曰左右。左右手具而人之一身理矣，左右布政協工而一省理矣，積一省之理而天下理矣，其重有如此者。大抵士君子貴於行道，而轉遷之次實關氣運。諸司之爲理則有大體存焉，左右協恭，體孰有大於是者。而南泉固優爲之，自此以理天下可矣。今之山東，即古齊、魯之郊，而周公、太公之所爲治，孔子、孟氏之教出焉。兹將舉《周官》之法度，以行孔、孟之仁義，而有合於國家之治體，非吾南泉，尚誰望哉？吾故不爲南泉得是官，而且謂是官得南泉也。況山東密邇帝都，據有海岱之雄，北盡遼陽。其物産豐碩，故其人富饒；其土地廣衍，故其人勇悍多知謀；其險塞阻山帶谷，故其人易動而好爲寇盜。詰兵請戎之務，視他省爲尤急。故曰山東之理亂，天下理亂之候也。其關繫有如此者。以南泉之才爲之，又當爲諸省冠必矣。此或當宁用人之深意，而亦諸公寅協之忠告也。深識南泉最早，而知南泉最深，於是乎有言。會代者順齋林公至，乃請郵致之。

送中書舍人潘君致仕序

正德十三年秋八月，國子監監丞臣潘援上言：臣援久司教事，出入内外，承國寵靈，得表觀天下之英才有年矣。顧稟賦素薄，疾疢荐臻，願乞骸骨歸。上下其事吏部，吏部稽援成蹟屢最，議援抱沖退之節，宜當奬拔之科。儻俯從其請，即有故事，超轉官階，以風示天下。國子監風化之源，而丞故重職也，合處以文翰之地致其事。覆奏上，上是之，擢中書舍人以去。深自翰林出教國子，與知其事。時方求賢才與圖共理，欲留之，而勢有所不及也。丞既罷，束書數篋，至不能歸，深目覩其事。時方寒沍，留以俟春，欲助之而力有所不能也。明年二月朔成行。諸嘗與僚者咸作詩送之，而請序于深。

援字匡善，處之景寧人，故鶴琴太守公之從子，今太常少卿南屏先生之族弟，前祭酒侍郎王甌濱先生之同年友也。深聞匡善賢久矣，求其人而不得見，得見矣而不獲與之處，處矣而不得久，以盡其平生之所相與願爲者以爲快，若相避就然。深於匡善，其何以爲情，而又何說之能爲哉？雖然，動静者天之時也，險易者地之理也，勞逸者人之事也，出處者事之爲也，仕止者君子之道也。匡善兹將馭動以静，在險即易，舍勞就逸，既出而處，壯而仕，老而止。仕以行道，止以遂志。久速消息，一與道俱，又焉往而不得哉？身進而志屈，迹遠而徑捷，言合而行違者，不亦甚弊弊矣乎？視匡善何如也？深又聞景寧佳山水，有浮丘仙之遺迹，潘師正之隱居。清泉喬松，靈芝菖蒲，茯苓琥珀，仙草名藥之産，足以引年而已疾者無算。匡善採餌之餘，舊痾盡脱。遊逍遥之谷，坐留鶴之亭，詠諸父招鶴之詞，續甌濱留鶴之賦。北望南屏，從容臺閣之峻，以爲門祚之榮。三復塤篪之雅，寄懷思於風雲霄漢之表。時時峨冠博帶，侈天子超擢之恩、歸來之賜，感宰輔知遇之殊，念同時僚友之樂，覽贈送之言。或有門人弟子遠致起居之敬，而考德問業，邦人晚生者彬彬乎門墻之下，則匡善於世輕重又何如也。深多病早衰，未能歸而敍匡善之歸也，若是以爲諸君引。

儼山文集卷三十九

序三

送馬都諫參政陝西序

璞岡先生之參政陝西，自刑科都給事中出也。諫垣諸君子既喜其才將試於一省，而又惜其人不可一日不在朝廷之上也，相率屬贈言於深。聶君子安若以深爲知璞岡者，深與璞岡同在班行，過從之日不數數，謂之深知，或未能也。璞岡往歲令武進，美政以數十，布在人耳目。深家去武進三百里而近，謂之不知亦不可也。惟今天子在位，仁孝雍睦之治，比隆唐虞。而大小任使，皆斷自淵衷。曁于明作之功，中外一體，若鑑之照物也。比者襄簛有爭襲之釁，當事者咸以分辨爲難，久而未決。上命璞岡以給事中往，至則剸裁若破竹，中外帖然。上特器之，歷轉副長。凡大議擬、大參駁，務持大體，士論翕然以爲當代之名賢也。顧今日仕版分中外，而有親疏。故親民莫如令，親天子者莫如諫官。夫令謂其能善於下也，諫官謂其能善於上也。既善於令，又善於諫官，則天下職任皆其優爲也，而豈以中外論哉？璞岡自此將拾級而升矣。

雖然，陝西古關中也。今籓省惟陝西爲重，何則？九邊要害，其六在焉。六邊之經費，兵戎爲大，天下之勢不得不以陝西爲重也。籓司職總錢穀，一涉虜事，則費出尤大，天下之籓司不得不以陝西爲重也。籓司之官，參政而上，惟有布政，而布政特總大綱。若夫晝守分行，備嘗險劇，參政事也，況今日擘畫之在西北者乎？諸籓之參政又不得不以陝西爲重也。天子用璞岡之意固有在矣。深聞陝西邇年以來，數被虜患，而災荒相繼。夫虜情無厭，若虎狼然。使得志而去，則所傷寔多；使失利而還，則報復伊始。區區一省之民，日夜隄防，不獲生息。而旱蝗又乘之，農工蕪廢，奈之何其不寒且困也。此籓司之責，而在一方者，參政獨任之。將欲節民力與？則邊餉何需；將欲裕邊計乎？則民膏日削。二者璞岡宜有以處之矣。國家治安日久，西北之事凡幾變矣。撫綏創痍，洗剔蠹弊，以復還祖宗之舊，則今日之陝西，又不得不恃璞岡以爲重也。璞岡素以天下爲任，而才識足以辨之，是行也，其有以副明天子之任使必矣。他日入爲卿輔，以其善關中者善廊廟，猶之善武進者善諫垣，中外皆璞岡之相業也。此亦諸君子願望之意，遂書爲贈。

光禄卿洪洋趙公讓廕序

今上皇帝以大孝至仁，統天下十有八載矣。乃二月吉建位儲宮，沛恩宇內，凡廷臣三品以上得廕一子。於時光禄寺卿洪洋趙公信臣上言：臣廷瑞年四十有八，尚未有子，無以仰承恩詔，恐孤陛下盛典。臣有弟廷璋，年及强仕，幼習經書，況臣母所鍾愛，願以恩廕讓。事下吏部，天官卿以爲賢。乃覆之曰：光禄卿移廕，不私其子，而成其弟，乃推恩之至情，寔友于之篤愛。事關風化，於例有據。亟上其事，上特可之。於是信臣入廷謝，而廷璋入胄監以需用。一時士大夫皆多信臣之善讓，而侈聖恩之廣被也。同官少卿東玉高公輩，謂深宜序其事以傳。

深惟父子兄弟，其道一而已矣。自吾身視之一氣也，自祖宗視之一人也，自天下視之一家也。顧其分有萬殊，而仁人孝子之所願，欲與聖君賢相之所經綸者，有遂有不遂，有得有不得，則存乎其遇爾。今公之讓弟，一請而得焉，抑可謂遇矣。是故於君臣有體悉之仁，於父子有繼承之道，於兄弟有遜讓之風。蓋一舉而衆善兼之，可不謂希闊之遇也乎？且自古治平之極，必有美讓之德，風被天下，以爲萬世準則，然恒自近臣始；自古君臣之間，必有孚感之意，相爲流通，以示彝倫法程，然恒自大臣始。今公身爲大臣，而執事常左右天子。意氣之孚感，德化之流通，其所以凝集而啓悟者，獨兹讓弟一事然哉？天下之所屬望於公者，宜如何也。公宏材碩學，抱經綸之器。今上龍飛，首擢甲科。入讀中秘書，文章德譽，崇重一時。既居諫垣，凡三遷而爲都給事。其在刑科，屢進讜議。蹇諤之風，播於夷夏。上特倚重，有超擢之命，遂遷通政。清理内黄，再正太僕之位，召爲光禄，益見親密。由是天下之望，翕然歸公。名位勳烈，自此而愈進矣。其進愈高，其讓愈多，必能濟濟相讓於朝，以媲隆唐虞之化於我皇上中興仁孝之業，勸萬世而光四表者，又將自一家始。是可以傳矣，因書爲序。

海潮集序

古今言潮者，始於王充，而備於盧肇。予生長海上，諦觀潮汐，孰主張之。及聞諸鄉父老言，潮起於南匯嘴，始若湧突，旋分兩派。南派南漲入錢塘江，北派北漲入揚子江。南匯嘴者，海之一曲也，在邑東南百里而近。比讀《海鹽志》，《志》云：海潮東北自金山而來，西南至浙江名上潭；自浙江回歷海寧、茶灣，至澉浦爲下潭。金山在海中，屬華亭，在南匯之東北。又云：葫蘆山，澉浦鎮東南六里海上，出没潮中，如葫蘆云。澉浦屬海鹽，在金山之西南。予嘗過其地，蓋潮源云。因檢古今論潮者類爲集，以存異同之辨。庚子夏四月望。

道南三書序

《論語》皆孔門弟子所記，其篇次並有意義。《孟子》之書七篇，或者以爲出於萬章、公孫丑之徒。秦漢而下，士争以著書名家，而兹義鮮矣。至宋儒者以講學爲事，諸家門人各有語録，據所見聞，而深淺具矣。可以考論，故嘗與成書俱存而互傳也。子朱子作《大學章句》，斷然以經文爲曾子所述，其傳文則曾子之意，而門人記之也。學者信之無疑。

深來佐延平，始至問郡之故，楊先生文靖公時、羅先生文質公從彦、李先生文靖公侗，皆延産也。徧訪其遺文，卒業焉，因次録之爲一編，總之曰《道南三書》。既以附於及門者之爲幸，而又以局於聞見者之爲懼也。併求正於世之君子。

送左長史胡君世傑序

有談者以仕宦不出國門爲樂，從容侍從之優裕，密邇冕旒之清光，信樂矣。然而鄉國桑梓、登堂上冢之念，歲時有不能以釋然，疑此特爲都人士言之也。有談者以足迹不出里門爲高，無奔走負荷之勞，有宗族昆弟之樂，信高矣。然而救時行道、顯揚振大之業，有不能以坐致，疑特爲山林枯槁者言之也。夫人不能恝然於當世，而又欲自便於閭里，惟典鄉郡者兩遂之，然非今日之制也。若胡君世傑，非所謂古今希闊之遇者乎？

世傑本廬陵之族，有戎籍於桂林，遂舉廣西之鄉試，故今爲桂林人，宗族墳墓在焉。自丙辰以來，教安鄉，轉上虞，擢國子，救時行道，出而任負荷奔走之勞者廿餘年矣。中遭家難，三弟連折，烝嘗丘壠之私，未嘗一日不往來於桂林也。乃今正德戊寅秋，靖江府左長史闕，吏部以世傑名薦，上可之。於是自國子學正，列大夫之階，當輔相之任，下天子侍從一等。而冕旒之光，日周旋於殿庭咫尺之間。視古之典鄉郡，其榮光尊重者，且數十倍。而比於昔人衣錦之榮者，不啻過之。而又以遂夫顯揚振大之舉，以遂吾睦族裕後之仁，所謂樂且高者，兼而有之，豈非希闊之遇哉？

雖然，余願有告焉。我朝廣建宗藩，實藉以爲奠安鞏固之具。而天潢玉牒之英，其崇德進學，實於輔相焉賴之，而世傑其首選也。惟靖江奠在南服，我聖祖親建之邦，而於今日所謂故國也。樂善好賢，不有東平之遺轍；而禮樂修舉，則河間之賢未遠也。世傑宜以是爲期。正誼明道，董仲舒之相江都也；忠義慷慨，則賈太傅之於梁可法也。世傑宜以是自待。余於世傑有寮寀之誼，故既羨其私榮，而繼之以公義者，亦職也。諸君子贈送之言，具諸左方。

古詩對聯序

《禹貢》三江故道，惟婁與松可尋。而松江入海處，亦已再易。今吾邑後一水名吴松江，自西南來入黄浦，合流赴海。海口置戍，亦名吴松江，曰江灣、曰舊江者故在。惟東江無復考證。《書》傳稱東南流者爲東江。今震澤東南流者，自嘉興，經長泖，由府治而東北折，則爲黄浦。雖其移易稍有不同，而黄浦決知其爲東江故道無疑。

余家自先曾祖竹居府君卜居於黄浦東涯，已百餘年。而子孫蕃衍，内外族人已及千指。余近買田頃餘，於江上作樓六楹，正當松、東二江之合流。被以蒹葭，帶以楊柳，隔峰樓閣，一望如畫。樓外有土岡數里，隱若城郭，宛轉有情。樹宜木綿，因名之曰木綿坂。期以男耕女織，於此焉老。暇日倚闌極目，風月無邊，乃取古人詩句有默契焉者，書之壁間。每一登臨，輒擊節歌之，以代賦焉。

詩準序

夫詩以三百篇爲經。三百篇，四言詩之祖也。前乎三百篇，有逸出焉；後乎三百篇，有嗣響焉，猶詩也。予每欲因經采録，以爲詩學之準則，顧寡陋未能也。嘉靖乙未入蜀，明年夏，始得蠶叢國詩一篇，繼又獲見石鼓詩全文十篇，乃編爲三卷，各著所由於每篇之下，而詩之源委流別亦略可識云。凡若干篇，總之曰《詩準》。夫民之有心，天下古今之所同也。感而爲情，則不能以不異。故詩也者，緣情而有聲者也。聲比律而成樂，樂足以感物，而聖人録之於經。故詩可經也，而經非盡於詩也，故曰詩之祖也。乃彙而序之，以俟君子。

玉舜編序

堯、舜皆古聖人也，聖至於堯、舜極矣。槿，微物也，而襲上聖之號，奚取焉？夫人性善也，充其善則至於爲聖人。其不爲善也，則至於草木而朽腐。此美惡同辭，《春秋》之旨也。二三子識之曰：然則玉之義何居？『不曰白乎，涅而不緇』，『不曰堅乎，磨而不磷』，此孔子之事也。夫人無堅白之操，則至於違己而害性者衆矣，敢不慎與？二三子曰：敬聞命矣。雖然，玉，成也。舜，聖人之變者也；孔子，聖人之窮者也。舜處其變，孔子處其窮，聖人且弗能違之矣。語曰『庸玉汝於成』，此之謂也。於是聯次爲玉華之什，而以諸和篇附焉，二三子請書爲序。

遥壽萱堂詩序

予獲交天下士，樂觀今世文武之盛，往往高才雄略，多出於西北。意山川之靈使然。稍起涉行長河大嶽之間，磅礴孕誕者，不皆盡是。又意高才雄略之士，必有訓成之績使然。昨厠晉臬，與今都指揮僉事孫公同僚也。公魁梧磊落，誠西北之良哉。予昔待罪史官時，武宗皇帝巡遊西北諸邊以耀兵，同朝諸公苦諫留之不可得。及聞分守居庸關有將官者，固鎖南口，駕扼不得行，意甚壯之，詎知即公耶。乃相與甚驩。予既不合去晉，今歲奉旨至晉，伏辜留繫。僧廬公以故舊，日來視予，益驩。都閫馬公朝卿，又長才也，忽與偕至，再拜以請曰：璽少孤，賴母劉撫教有立。家本北邊，守居庸時，得朝夕奉左右。既奉敕守雁門，奉母至雁門養。已而思歸，奉歸居庸。既又僉書都司山西，奉母至山西養。已又欲歸，璽跪請且泣曰：子在晉，母在晉。母養未極，子心乃安。母曰：人老思鄉耳，汝勿復言。璽因入賀，遂奉以歸，今一載矣。瞻馳千里，璽寧無悲乎？母今年八十有一，九月八日，實維初度之辰。敬捧一觴，東望致祝，璽之意寧盡於此乎？辱諸公有遥壽萱堂之作，聯而爲什，願先生序之。

予聞之曰：孫公之忠，此母之教也。然則高才雄略之士，豈西北山川之所能獨擅哉？予之疑始釋然，而又以未及登堂拜母爲歉也。夫移孝爲忠，母以子貴，此古今之通例也。雖然，忠臣由於孝子，孝子而不進於忠臣者有之矣。是母必有是子，舉子而不肖其母者有之矣。今劉夫人有都閫爲之子，都閫有夫人爲之母，則忠臣孝子、慈母名士，萃於一門，鍾和兆祥，忘年愛日，夫人之壽寧有既乎？都閫忠勇名世，必有平定廓清之功。建大將旗鼓，勒名燕然，提兵瀚海，金書鐵券，山河帶礪之盟，夫人視之，萬里猶咫尺也，而又何但以山東西爲遥哉？聊書以引群玉。

儼山文集卷四十

序四

北潭稿序

禮部尚書贈少保謚文毅傅公北潭先生遺文一帙，嗣子今禮部主事桀入梓以傳，主事君謂深宜序。深乙丑禮闈公所舉士也，愧無能報公之知，久而未有以復。雖然，公之文何賴於深，此主事君之志也，敢辭。

惟我皇朝一代之文，自太師楊文貞公士奇寔始成家，一洗前人風沙浮靡之習，而以明潤簡潔爲體，以通達政務爲尚，以紀事輔經爲賢。時若王文端公行儉、梁洗馬用行輩，式相羽翼。至劉文安公主静崛興，又濟之以該洽。然莫盛於成化、弘治之間。蓋自英宗復辟，勵精治功，一代之典章紀綱粲然修舉。一二儒碩，若李文達公原德、岳文肅公季方，復以經綸輔之。故天下大治，四夷向化，年穀屢登。一時士大夫得以優游畢力於藝文之場，若李文正公賓之、吴文定公原博、王文恪公濟之，並在翰林，把握文柄，淳龐敦厚之氣盡還，而纖麗奇怪之作無有也。

公舉成化丁未進士，弘治間列職坊院，寔由三公之門。而一時同館以氣節相激昂者，羅文肅公景明其人也。是其師友淵源之地，已爲夐異。而涵養之深，造詣之密，公所自得者尤多。故其文章皆温雅典則，如鍘金璞玉，不見追琢刻畫之工，而光彩可掬。斯稿所存，豈惟家傳爾已。又嘗聞公言，文章政事，本出於一。文章之可施行者，即謂之政事；政事之有條理者，即謂之文章。蓋公之志，必欲舉一世於禮樂仁義之中，而不屑屑於語言文字之末，視韓退之、歐陽永叔輩弗論也。正德初，公佐吏部，再遷大宗伯。當朝正色，有壁立萬仞之風。每臨事謇諤，如正法王之號，奪番僧之田，阻監鎗之謀，論兵老之弊，皆有大功於宗社，而身始不安於朝廷矣。既歸北潭，登臨咏歌，超然形迹之外，而天下之望日歸焉。蓋公之隱見進退，所謂華國而經世者，焕然可述。文章之大，孰過於是。深故論次之以爲序。

送倫編修彦式歸娶序

倫君彦式，以禮闈第一人，天子親策之，以進士第一人賜及第。既又出館閣近臣爲之師，俾積學中秘，期大用焉。時彦式甫冠，年未受室，以故事，請歸行親迎禮。上若曰：禮成亟來。彦式入廷謝，廷辭，既卜行，冬官何先生汝璧，彦式師也，請爲彦式贈于深。

方是時，天下之慕彦式者衆矣。學者師其文，士大夫重其世，宰輔愛其才，同列薰其德，閭里榮其光也。惟昔先諭德公以狀元及第，雅負重望，爲史官之長。時予入院，踵其後，辱知愛焉。丁丑禮闈，與有職事，嘗旁從讀。首選者紅卷，擊節鼓掌，謂天下才也，私爲朝廷得人賀。及拆曉主者宣名以訓也。因憶癸酉秋北上，與冬官先生聯舟，日獲晤語，間稱其鄉士之佳，曰倫以諒、以訓兄弟也，則又諭德公子，余故耳熟焉。已而廣東之鄉書至，書首者以諒也。予既重冬官之精鑒，及是按籍勘磨，又知爲彦式，則余之欣喜慕豔，出於常情，而欲爲之助者亦衆矣。雖然，余何以加於彦式哉。

惟我朝設科目，以羅網海宇之士。名公碩輔雖相繼起，而一家之中，父子兄弟並以魁元策名當世如南海之倫氏，前乎未之有也。今天下稱之曰『三倫』。昔宋蘇明允先生與其二子子瞻、子由，自西蜀來，一旦名動京師。子瞻、子由俱出歐陽文忠公之門，天下稱之曰『三蘇』。程太中先生與其二子伯淳、正叔，自洛宦遊於湖湘，識濂溪周先生於邂逅，俾二子受學焉，遂成大儒。天下稱之曰『三程』。夫三蘇氏、三程氏之興，當有宋極盛之世，是故論者以爲匪止繫一家而已。我祖宗列聖格天之功、敷文之化，百六十年，於兹盛極矣。而三倫際興，豈非國祚之光與天下之光哉？後世將以配三蘇氏、三程氏，僉謂曰宜。雖然，明允晚起布衣，已非諭德公之比。至蘇氏之學，君子亦有遺憾焉。《記》曰『擬人必於其倫』，其三程氏乎？程氏之學，得聖人之全，而上繼孟氏，以承孔子、周公、文、武、禹、湯、堯、舜之統，其功萬世永賴。今嶺南先輩身居輔相，以推極程氏之功用，退而講明程氏之學，以淑後進者，各有偉人。自程氏後，其道於今日謂之大行可矣。而况彦式承家學，當嘉運，負高資，尚其益進於此學哉。汝璧曰，吾志也。遂書爲序。

壽王母趙太夫人七十序

浙水之東，姚江之上，有壽母曰趙太夫人，先南京吏部尚書龍山先生王公之配，新建伯兵部尚書守仁之繼母，今鄉進士守文之母也。行太常寺卿兼翰林學士陸深，於龍山公爲鄉試座主，亦嘗從陽明遊，而守文則督學時所校士，視太夫人猶母也。太夫人進封一品，今年壽七十。守文自京闈取捷，名在魁選，春試畢，歸。及六月十六日初度之辰，謀捧觴而問壽於深。

深憶往歲癸巳之春，持憲東巡，拜太夫人於紹興之里第。時太夫人出坐中堂，冠服雅艷，肅然語家門三數事。徐牽守文而囑之曰，是兒或可教，以毋忘先尚書之德。則又愀然曰，守仁遺孤幼，老眼在望門户事，儻可經理，以無忘新建伯之功，深唯唯。乃退自後寢，步履康和，神情安裕，有深思長慮之風，有凝和兆祥之氣。深再拜堂下，跂而俟其逾閾。出而歎曰，此天下之賢母也，亦天下之壽母也。是時，蔡提學僉憲宗兗、汪提學應軫、鄭大行寅時尚爲貢士，與徐貢士建俱以宗親侍，郡守、縣令、軍衛、黌校之士，皆從旁觀如堵，一時感動，摵摵有聲。非太夫人之賢而能若是乎？初，尚書公例當蔭子，時守文有庶兄守儉，太夫人亟推與之，曰恩當自長受。坐是守文居鄉校者數年，不與薦名。晚乃從太學，得列天子畿内之英，爲翰林先生之高第弟子。使天下拭目而覩之曰，是狀元冢宰之子，而會魁勳臣之弟，不又將繼踵而起矣乎？一時京師亦復感動有聲。非太夫人之賢而能若是乎？閫德懿範，見於吕宗伯、鄒太史、姚學士之所敍述，皆可咏歌，又有他人之所不及知者尚衆。然即此二事，亦可以爲太夫人壽矣。

今守文歸，即深之辭以爲祝，太夫人聞之，其有不樂乎？樂則壽不可量矣。深又聞之，賢於一鄉者必享一鄉之福，賢於一方者必享一方之福，賢於天下者必享天下之福。今天下之廣，不知如太夫人者有幾人乎？有之，足以享天下之福矣。夫享福莫大乎得壽。使太夫人得壽，蓋天下是享以天下，而守文之心可慰也。守文行矣，書以爲壽。

夏翁並壽詩序

郡教徐先生言於東海陸深曰：丙家苕溪之上，故有形勝。壯遊四方，乃即大江之陽而愛焉。水自嶓冢，山自嵩高者，適會於六合。沃土朴俗，尤所賞戀。耆士夏翁，長者也，又聯之爲婚媾，故遂家於六合。夏翁與其配某孺人並年七十，今辛卯之歲十月某日爲初度，願先生一言，以長六合之風，且以表丙卜居之志。予敬諾焉。

予昨調官晉陽，尋即奉詔南還，半歲之間，兩經六合。南面長江，如白龍委蛇。隔岸青山，交戟若畫。枕以園田，帶以岡阜，橋梁衢路，公府民廬，咸秩秩整比。而又挾之以濟通，利用厚生，故其人熙熙，無巧鑿狡獪之習。意必有鉅夫偉公出其間，以當山川之秀；亦或有高人韻士，隱約混同，以薰陶斯人。不然則壽考淳愿之人可訪也，恨乏知舊爲之物色。是時徐先生方丞太學，守官京師，遂無從聞問。蓐食去來，意未嘗不眷眷兹土也。徐先生所厚夏翁者，豈其人耶。徐先生曰：翁號虚庵，朴茂敦素，居家孝友，與人忠信，尤好施予。嘗修家譜，以聯屬族人；嘗捐金市地，以開廣學宫；嘗出百金，以修葺縣治；嘗供粥藥，以拯濟饑病；又嘗埋胔掩骼，凡若干千。縣大夫高其行，舉爲鄉飲賓者廿餘年。今精力清明，鬚眉森秀。夫婦之間，媲美儷德。予擊節曰：翁固其人哉。

予覽古記，桃源武陵，以爲神仙所宅。豐、沛之間，有朱陳村，嫁娶不出其地，傳數百年，以爲世外異境，若將趨焉。自今觀之，武陵不過谿山明麗，當時人避虐政，相率以往。久之長育子孫，非必真有沖舉羽翰之事。而朱、陳婚姻，止於二姓，必皆朴野，未知禮義文物之澤有如翁者，生長太平之世，名山大川不出人間，足以適體而樂志。夫婦父子之倫，藹然天和。碩士煒然文明，道誼之交際。方且葆和含真，駸駸上壽。使真有神仙，殆將過之矣，庸非聖世之一瑞哉？予與翁同鄉，愧未識翁，而徵於徐先生者已若是，固不必登堂三祝而後爲之壽也。世當有善頌者，播爲聲詩，以傳之永永。彼桃源、朱陳圖畫，又安足道也。遂序其事，以張六合。

送姚君謙夫赴象山丞序

今所謂親民之官者，惟守與令，而令爲尤親。令而下有丞，而丞爲尤親。大抵官資漸卑，則其去民漸近。去民漸近，則其與民漸親，勢也。與民漸親，則其澤民漸易，亦勢也。丞胡可少哉？今之守，非積數遷不至，而令與丞多出於筮仕。今之令，十七起甲科，故常彊鋭俊傑。今之丞，十八起胄子，率衰晚遲頓之人爾。是故今之令，往往樹特達奇偉之政，而丞有能配之者，求其十一且不可得。何也？將自畫於衰晚遲頓，苟以具位而已。故上之人以是待之，下之人亦以是忽之。雖有可致之勢，而特達奇偉之政，每在此而不在彼與？信然。兹豈國家官人之意與？君子自待之方乎？

吾邑姚君謙夫，少穎敏，以舊家子選入邑校，尋以資補胄子。今上天官，得丞象山縣。其年方壯，志方勵，視其外，扣其中，豈所謂畫於衰晚遲頓者哉？按：象山，古越地，僻在海曲，其民儉朴尚氣節，號稱易治。其令即余之同年馬君懋聞，所謂彊鋭俊傑者耶。其守諸侯弘望，則鄉前輩也。謙夫將有所遇矣，而特達奇偉之政起矣。於其行也，序以送之。

送沈子龍別駕之任汝寧序

國家進士之途闊矣，惟科目爲正途；士大夫仕進之途亦闊矣，惟州郡爲政本。若夫出自正途而道行於州郡，以基政而崇化，此當今之所以爲榮貴，而士大夫所履之亨衢也。由是以登簪臬，躋公卿，進而爲名臣賢輔，又進而與古之名臣賢輔同傳焉，皆可也。惟有慕外之心者，藉此以爲膏潤之地而失其職；惟有非分之望者，視此以爲卑瑣之累而不安於其職。是二者，皆非也。

可庵沈君字子龍，去歲以通判原職謁選於吏部，今年夏始得補汝寧，旅食京華。寂焉自守，無一毫非分之望，兹豈肯視汝寧爲膏潤之地耶？子龍與予同縣，稱舊家，世業醫儒。其祖若父皆與余通家，故子龍亦視予爲不薄。嘗與子龍論吾鄉風俗之概，衣食饒洽，人尚藝文，居民得以耕織自足，而僻處海隅，無通都奇麗之習，蓋淳如也。近年文風尤盛，家詩書而户筆墨，秀民賢子弟起取高科當顯任者，亦可與天下争衡矣。獨於所謂名臣賢輔者，二百年來未之或見，能不於子龍之汝寧有望乎哉？子龍尚不以卑瑣爲略可也。汝寧，今之中原，即古淮、蔡、汝、潁之地。其民果敢强毅，可率之以尊君親上之風。吾知子龍必能視汝寧之民如子弟，而汝寧之民亦將愛戴子龍如父母矣。如此，則名臣賢輔之功業，又豈在勢位間耶？聊於是行乎卜之也。子龍舉癸酉鄉薦，屢試春闈，乃就教職，秩滿遷南京國子學正，又秩滿始判處州，既而以讀禮歸。所至紓徐，人咸惜之，而子龍不以介意也。兹當捧部符而去，吾鄉之仕於朝者，咸賦詩爲贈。予知子龍早且深，是故望之最厚，因以爲序。